UNGHALAK
La quête sauvage

1re édition (1999), Transboréal
23, rue Berthollet – Paris (Ve)
Téléphone : 01 55 43 00 37
Télécopie : 01 55 43 00 38
Courriel : contact@transboreal.fr
Internet : www.transboreal.fr

Transboréal est une maison d'édition qui veut promouvoir le travail d'auteurs, d'illustrateurs et de photographes ayant fait preuve d'abnégation et de courage lors d'études ou de voyages au long cours marqués par une réelle connivence avec le milieu humain ou le monde naturel.

Conception graphique et réalisation : Transboréal
Impression : Jean-Lamour, à Maxéville (54)
ISBN : 2-913955-43-6
Dépôt légal : janvier 2006

Kim Hafez

UNGHALAK

La quête sauvage

TRANSBORÉAL

À Jack et Anita, ma famille de The Pas

À Jean et Anne, mes parents

« La Terre n'appartient pas à l'homme,
c'est l'homme qui appartient à la Terre.
L'homme n'a pas tissé la toile de la vie ;
il en est seulement une fibre.
Ce qu'il fait à la toile,
il se le fait à lui-même. »

Chef Seattle

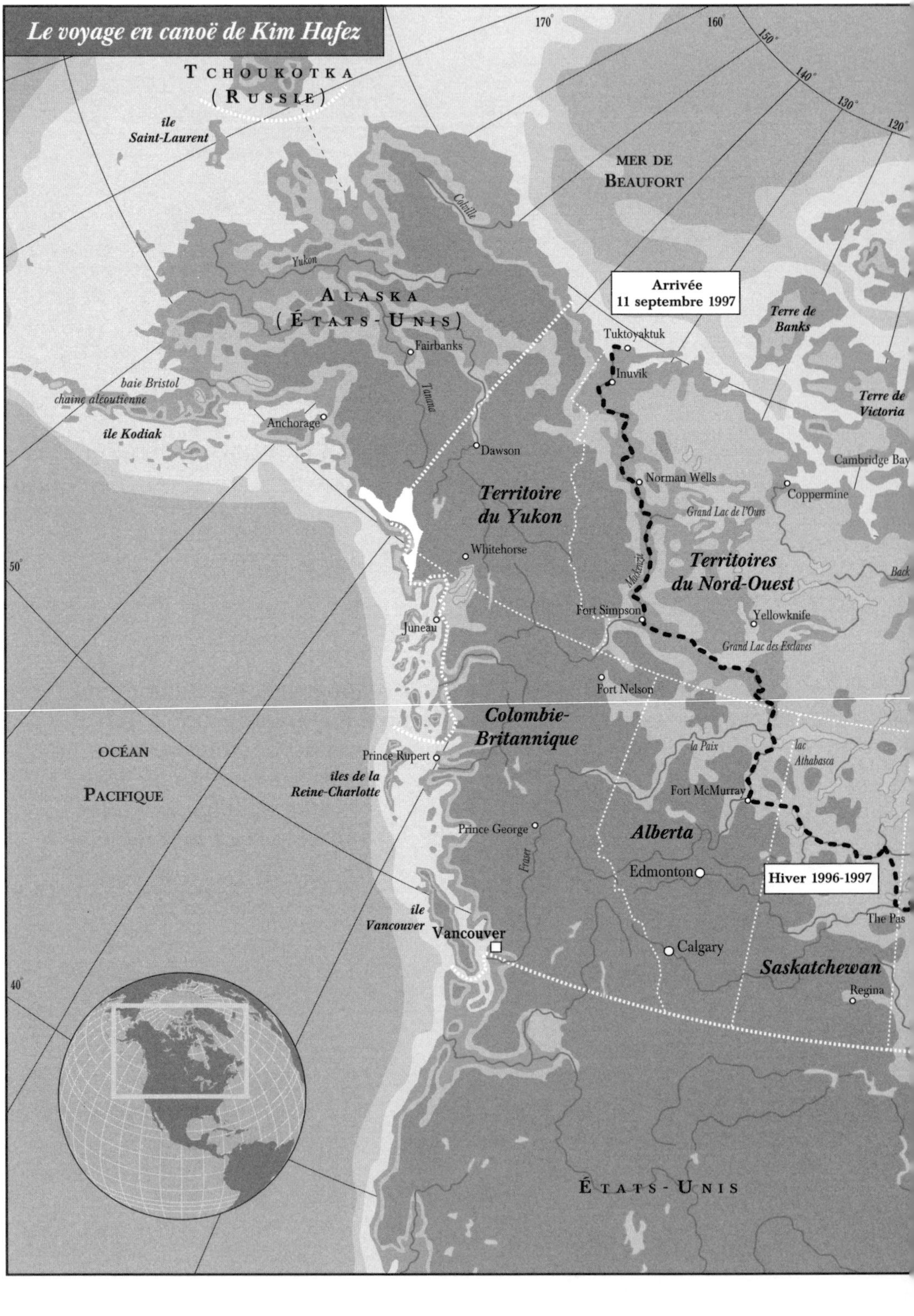
Le voyage en canoë de Kim Hafez
TCHOUKOTKA (RUSSIE)
île Saint-Laurent
MER DE BEAUFORT
Colville
Yukon
ALASKA (ÉTATS-UNIS)
Fairbanks
Tanana
baie Bristol
chaîne aléoutienne
île Kodiak
Anchorage
Dawson
Arrivée 11 septembre 1997
Tuktoyaktuk
Inuvik
Terre de Banks
Terre de Victoria
Cambridge Bay
Coppermine
Norman Wells
Grand Lac de l'Ours
Territoire du Yukon
Whitehorse
Mackenzie
Territoires du Nord-Ouest
Back
Fort Simpson
Yellowknife
Grand Lac des Esclaves
Juneau
Fort Nelson
Colombie-Britannique
la Paix
lac Athabasca
OCÉAN PACIFIQUE
Prince Rupert
îles de la Reine-Charlotte
Fort McMurray
Prince George
Alberta
Fraser
Edmonton
Hiver 1996-1997
île Vancouver
Vancouver
Calgary
The Pas
Saskatchewan
Regina
ÉTATS-UNIS
170°
160°
150°
140°
130°
120°
50°
40°

OCÉAN GLACIAL ARCTIQUE
Groenland
(Danemark)
ISLANDE
REYKJAVIK
cercle polaire arctique
Terre
d'Ellesmere
îles de la
Reine-Élisabeth
Thulé
Resolute Bay
Terre
de Baffin
Nuuk
Nunavut
Iqaluit
OCÉAN
ATLANTIQUE
CANADA
Kuujjuaq
George
Labrador
Churchill
Churchill
Nelson
BAIE
D'HUDSON
Schefferville
détroit de Belle-Isle
St-John's
Terre-Neuve
Port-aux-Basques
détroit de Cabot
Manitoba
lac
Winnipeg
Ontario
Québec
Saint-Laurent
Nouveau-
Brunswick
Nouvelle-Écosse
Halifax
Winnipeg
lac des
Bois
Thunder Bay
lac Nipigon
lac Supérieur
Départ
13 mai 1996
Québec
Montréal
OTTAWA
lac Huron
Toronto
lac Ontario
lac Michigan
lac Érié
New York
100°
90
80
70
60
50
40
30°
20°
10°

Prologue

« VOS GUEULES là-d'dans ! »

Les têtes se figèrent.

– Att'ention pour la poussière… Envoyez !

Le fond de Puyloubier brûla le gosier des quatorze hommes présents dans la salle du chef de corps.

– C'est le 5e…

– C'est le 5e, le plus beau, le plus chic, le plus chouette ! firent chorus les officiers avant d'entonner « Le Boudin ».

Un instant de silence précéda le mouvement des chaises. Tous s'asseyaient autour de leur chef. L'aspirant, qui était resté debout, poursuivit :

– Repas des officiers du 5e Régiment étranger en date du 10 janvier 1996…

Il marqua un temps d'arrêt, sans doute l'émotion. Tous le dardaient du regard, cherchant la moindre faille dans son comportement. Seul le plus ancien, un capitaine issu du rang, semblait compatissant, presque nostalgique. Le chef de corps, lui, était impassible. Par son silence, il approuvait.

Les mains figées sur les coutures du pantalon, le jeune officier reprit enfin :

– Mon Colonel, voici le menu que nous vous proposons. En entrée…

Tous arboraient leur tenue de défilé. Assis à la droite du chef de corps, j'étais le seul à être en blanc.

– Mon Colonel, autorisation d'offrir un pot au chef de bataillon Q… !

Les pots, les bouteilles de Puyloubier, le bureau du colonel, la signature du cahier des officiers, tout s'enchaîna avec précision et rapidité. La haie d'honneur, où officiers et sous-officiers attendaient au garde-à-vous, faisait face au bâtiment de la compagnie de commandement. Plusieurs bérets rouges bourgeonnaient entre les képis noirs de la Légion : une compagnie de parachutistes était venue renforcer le dispositif de sécurité. Je m'apprêtais à sortir. Ici, la ponctualité n'a jamais été une qualité, mais une manière de vivre, un honneur à défendre, un esprit. L'esprit Légion.

En saluant les cadres du régiment, des souvenirs surgissaient : les chantiers, les vapeurs de dynamite, la mission sur un autre atoll, les exercices de combat, les tirs, la visite de journalistes, la célébration de Noël, les repas de corps… L'année n'avait manqué ni d'action, ni de camaraderie. Mon séjour dans l'archipel des Tuamotu était terminé. Un an déjà. La musette pleine de traditions, j'embarquai dans la voiture du chef de corps. Les valeurs Légion « honneur et fidélité » étaient à jamais gravées dans mon cœur, comme les quinze plis réglementaires sur ma chemise. Un légionnaire d'origine asiatique me conduisit sur le tarmac de la base interarmées : le vol à destination de Tahiti embarquait.

Au pied de la passerelle, je remis mon képi. Le président des lieutenants et mon commandant d'unité se tenaient à une cinquantaine de mètres. Je les saluai une dernière fois.

LE CANOË DE L'EXPÉDITION : LE PROSPECTOR DE TRAILHEAD

Longueur : 4,90 m
Maître bau : 88 cm

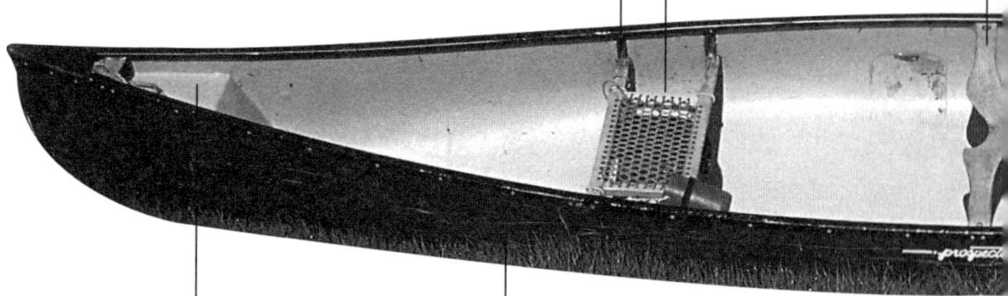

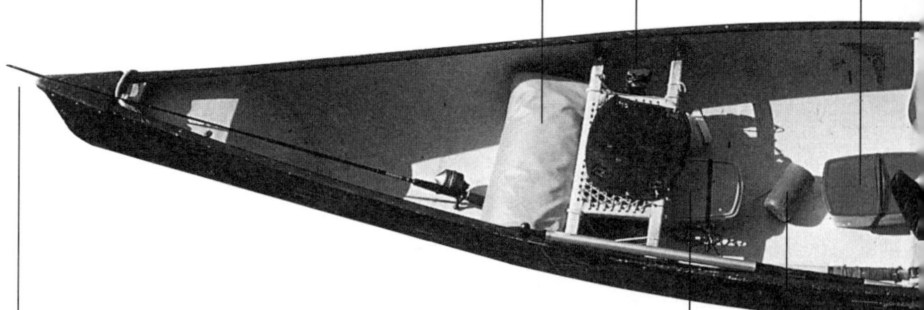

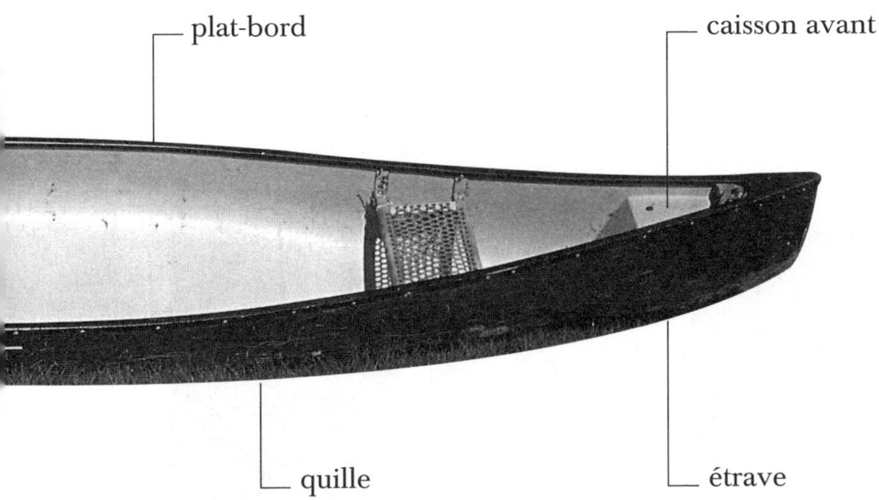
plat-bord
caisson avant
quille
étrave

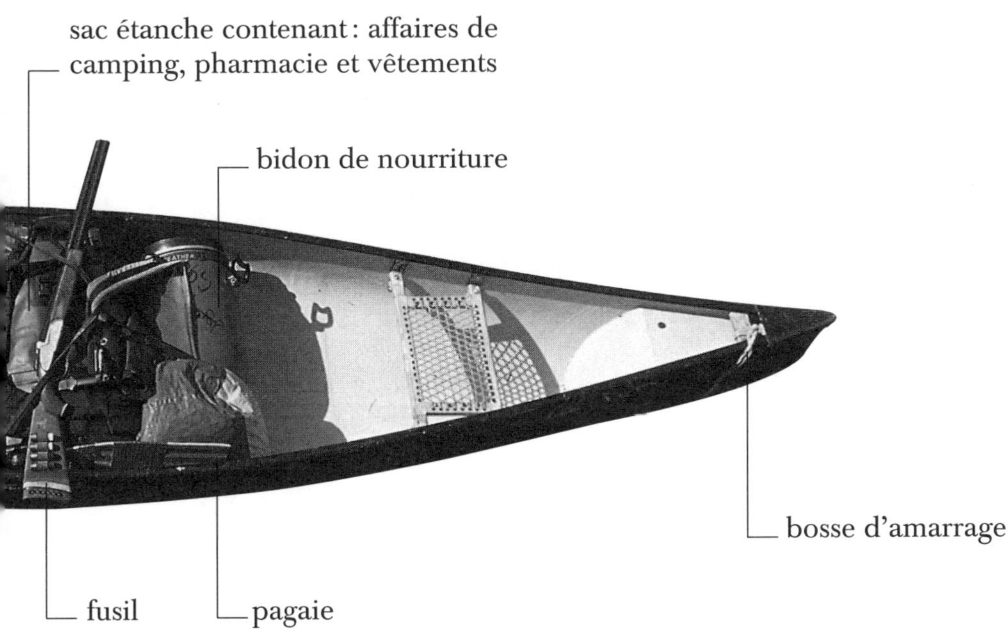
sac étanche contenant : affaires de camping, pharmacie et vêtements
bidon de nourriture
bosse d'amarrage
fusil
pagaie

I. Vers le Grand Nord

(mai 1996 – octobre 1996)

1. L'appel du Grand Nord

La vie recèle des trésors pourvu que l'on se donne la peine de creuser. Aussi avais-je décidé de creuser, et même jusqu'aux confins de la Terre, pour trouver le mien. Combien d'épreuves aurais-je à surmonter ? quels tourments aurais-je à subir ? et surtout, qu'allais-je découvrir ? En quoi consistait ce butin mystérieux pour lequel je pensais devoir parcourir des milliers de kilomètres et franchir mille obstacles ? Trouverais-je une mine d'or, un philtre d'amour, une vérité jalousement gardée, un nouveau sens à ma vie ?

J'avais alors 24 ans. Jeune officier de l'arme du génie, j'étais détaché dans un régiment de la Légion étrangère. Après avoir obtenu un diplôme d'ingénieur, je pensais trouver là le moyen d'assouvir ce désir ardent d'aventure et d'action qui me tenaillait. Je suis donc entré dans l'univers de ces guerriers au cœur d'enfant – une enfance souvent écourtée – que sont les légionnaires : allemands, chiliens, marocains, coréens, yougoslaves… français parfois, ils avaient tous pris « leurs godasses sur leur dos », comme dit la chanson, pour fuir qui une guerre, qui un régime, qui un chagrin ou un crime. Leur passé importait peu s'ils faisaient désormais preuve de courage et de loyauté. La Légion leur donnait une seconde chance. Aussi leur vie quotidienne était-elle marquée par une discipline de fer où chaque mission devait être exécutée à la perfection. Donner le meilleur de soi-même n'était pas une vertu, mais un devoir. De leur autre vie, il ne subsistait rien. Même pas leur nom. Commander des légionnaires est un honneur.

De la région d'Ottawa au lac Huron

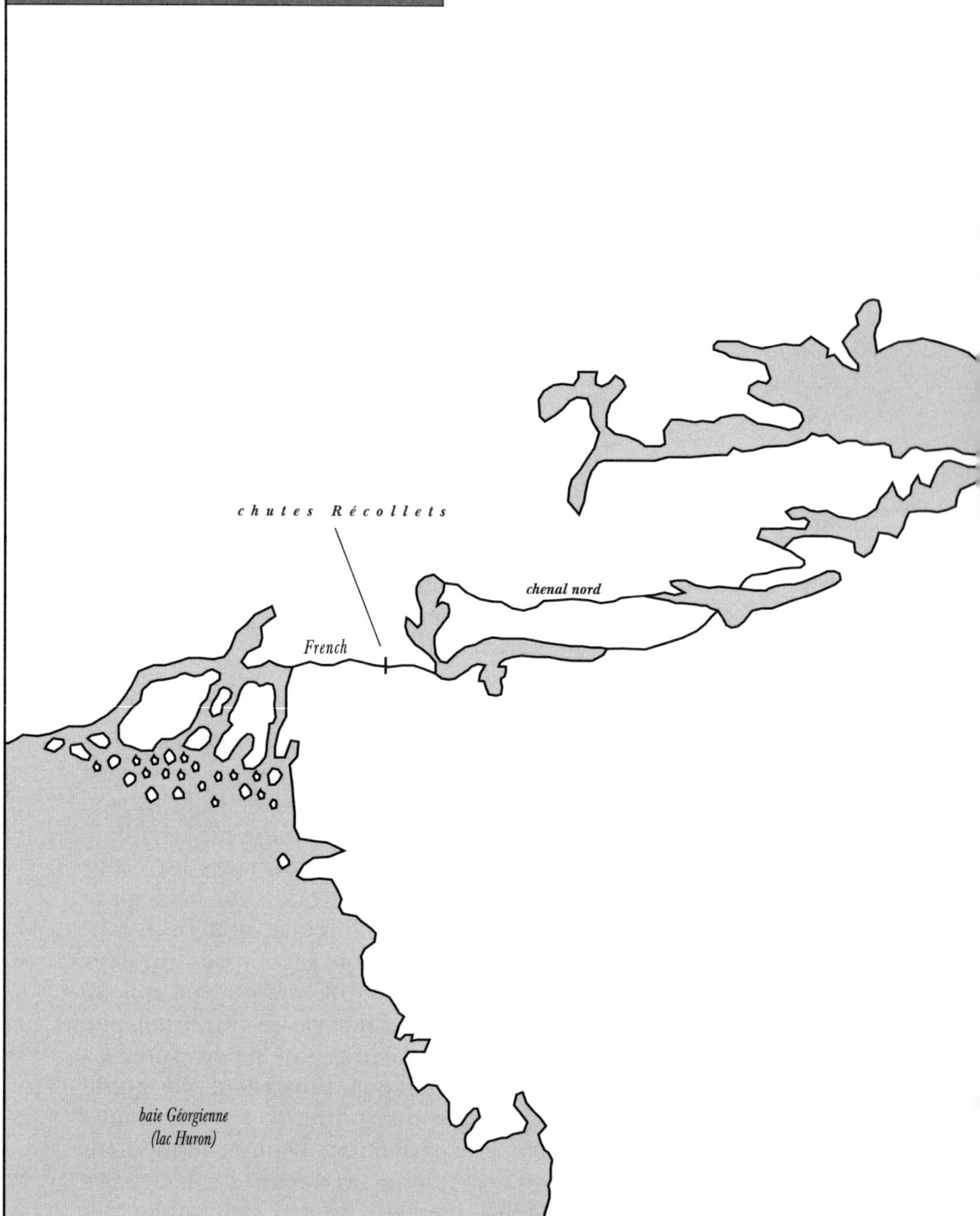

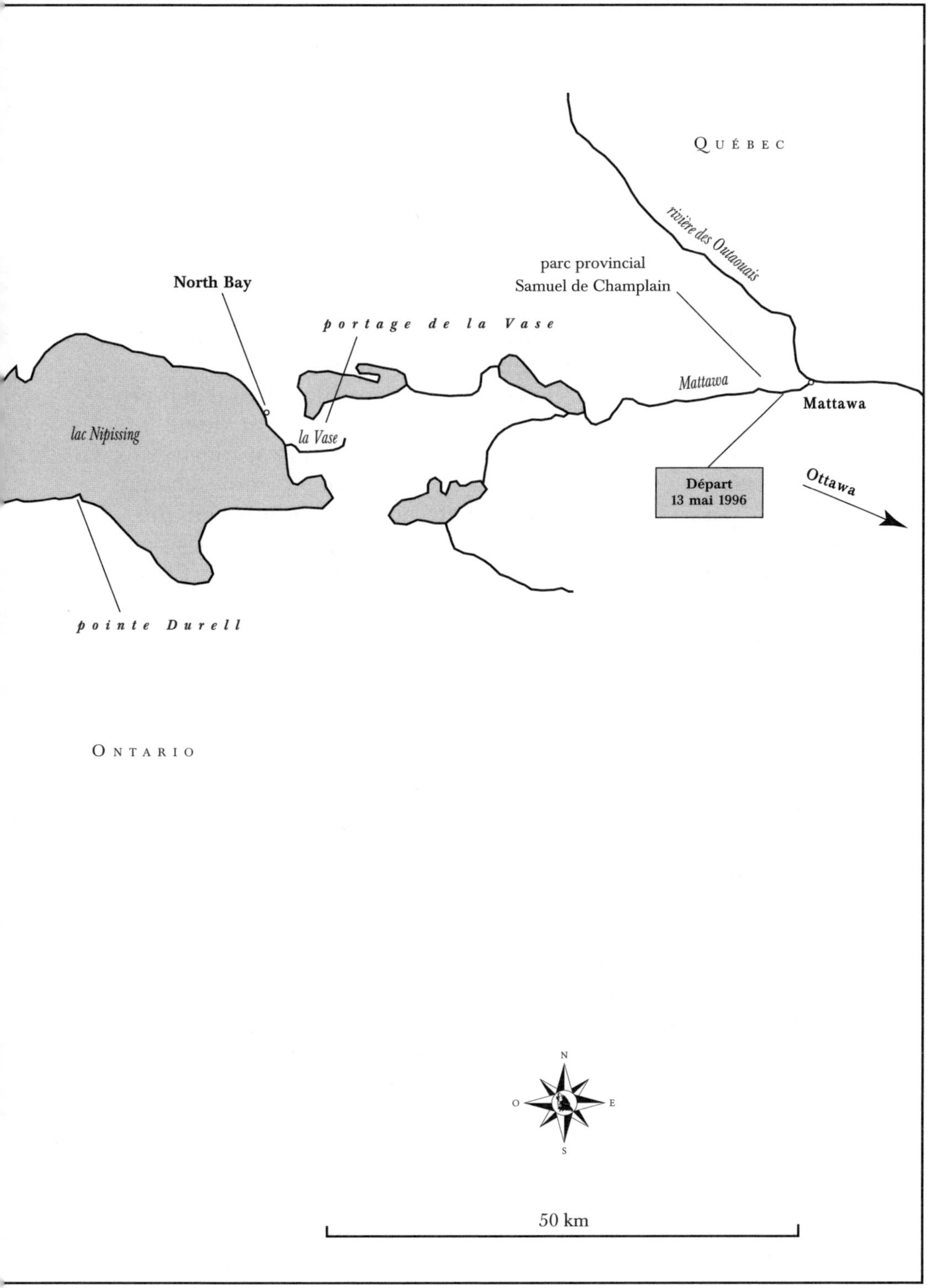
Québec
rivière des Outaouais
parc provincial
Samuel de Champlain
North Bay
portage de la Vase
Mattawa
Mattawa
lac Nipissing
la Vase
Départ
13 mai 1996
Ottawa
pointe Durell
Ontario
N
O
E
S
50 km

Cependant, derrière les chants au pas lent de la Légion, j'entendais le murmure d'autres espaces, le bruissement de régions sauvages où je savais que l'armée ne me conduirait jamais. Ce temps sous les drapeaux n'était pour moi qu'une étape. Sitôt en France, je décidai donc d'organiser mon départ.

En partant à l'aventure, je savais que je dilapiderais ma solde jusqu'au dernier écu et qu'à mon retour il serait difficile de trouver un emploi. Cela s'est révélé exact. J'y ai même perdu quelques amis. Peut-être, en y réfléchissant, trouverais-je dans ma vie les éléments pour justifier un tel départ, quoique la destinée de chacun suive bien souvent des cours capricieux. Il y a pourtant un événement que je désirerais vous conter. C'était en 1994, au mois d'août. Comme chaque année, je passais mes vacances d'été au pays de mon enfance : le Maroc. J'avais fini mes études en juin. Oisif, je traînais dans les rues de Casablanca en me demandant quoi faire. J'avais déjà sillonné les pentes du Moyen Atlas marocain à vélo tout-terrain, j'avais revu mes camarades de lycée et je crois même que j'étais allé une fois au cinéma. Puis j'ai trouvé : j'allais descendre un torrent perché dans les contreforts du Haut Atlas sur une chambre à air de tracteur ! Un torrent perdu. Là, j'ai découvert des paysages dont je ne soupçonnais pas l'existence : des canyons vertigineux, des toboggans naturels, des cascades, des passages souterrains et des forêts impénétrables. Pour la première fois, je voyais la terre depuis l'eau. Je passais sous un pont au lieu de l'emprunter. La vie se déployait sous un angle nouveau. Après l'Atlas, et avant de rejoindre les rangs, j'ai encore eu le temps de faire un stage de parachutisme en France et une randonnée solitaire dans le nord de l'Ontario. Je suis tombé amoureux de l'été indien.

Était-ce donc la mémoire du Grand Nord canadien qui m'insufflait ce désir d'espace, de nature et de liberté ? Cela ne fait aujourd'hui aucun doute. Poser son bivouac sur un tapis d'aiguilles de pin, s'endormir sous une nuit constellée, se désaltérer dans les rivières et pêcher son repas donnent à la vie un charme infini. Était-ce suffisant pour justifier mon départ ? Je ne saurais répondre. Car je crois qu'il y avait aussi un appel qui ne venait pas du Grand Nord, mais du plus profond de moi-même. Alors j'ai suivi mon instinct, et j'ai choisi le Canada comme terre d'aventure. J'ai pensé qu'il me faudrait partir longtemps et traverser de nombreuses contrées avant de trouver ce que je désirais découvrir. Comme moyen de déplacement, j'optai donc pour une embarcation légère, portable à dos d'homme, idéale pour progresser dans la forêt boréale : le canoë indien. De cette façon, j'avancerais à un rythme naturel, en autonomie totale. Mon projet ainsi défini, je prenais place, le 19 mars 1996, à bord d'un long-courrier à destination de Montréal.

2. Le «Samuel de Champlain»

LA PREMIÈRE QUESTION à régler était celle de l'itinéraire à suivre. Comme j'avais établi mon camp de base à Ottawa, c'était dans la région de la capitale que se ferait le départ. Je regardai autour de moi. Au nord et à l'est, l'océan me barrait la route. La frontière américaine m'interdisait le sud. L'ouest, seul, demeurait ouvert. Toutefois, en faisant route au couchant, je finirais par me heurter à l'océan Pacifique. C'était encore trop près. J'optai donc pour le nord-ouest. Parcourir le Canada dans sa plus grande dimension semblait en effet être le défi le plus satisfaisant.

Je dépliai la carte de ce vaste pays et cherchai le bleu parmi le vert. Les Grands Lacs, le lac Winnipeg, le lac Athabasca, le Grand Lac des Esclaves et le Grand Lac de l'Ours, tous de véritables mers intérieures, semblaient s'inscrire dans une courbe naturelle reliant l'Atlantique à la mer de Beaufort. Le Mackenzie, exutoire des deux derniers lacs dans l'océan Glacial, s'imposait en final comme le chemin royal de l'Arctique. Il ne me restait plus qu'à trouver des ponts fluviaux entre les autres. D'ailleurs, partout, il semblait y avoir des chapelets de lacs plus petits et une multitude de cours d'eau navigables. Cinquante-neuf cartes topographiques au 1/250 000 suffirent à m'en convaincre : le Canada est une terre criblée d'eau. Bien sûr, il me faudrait souvent marcher pour passer d'une rivière à l'autre, éviter les chutes ou traverser une ligne de partage des eaux. Toutefois, un voyage en canoë vers le cercle polaire semblait possible.

Je me donnais deux ans pour étancher ma soif d'aventure. Cela suffirait-il à atteindre la mer de Beaufort ? Sans doute que non, mais cela importait peu : il valait mieux être à court de temps que d'espace. Or, plus que tout, j'avais besoin d'espace et de liberté. À Ottawa, je disposais d'un mois avant la débâcle. Au Canada, il n'est pas question de navigation avant la fin avril : tout est figé dans la glace. Un mois pour organiser un voyage de deux ans. Alors au diable la recherche de sponsors, les couvertures médiatiques et les balises Argos ! J'ai acheté un canoë, cent trente kilos de bagages, et je suis parti.

– Ça ne tiendra jamais !

– T'en fais pas, j'ai l'habitude.

Il a tort, j'en suis sûr. Vingt-cinq ans que mon oncle Adry vit dans ce pays… et après ? Je suis nerveux : il me conduit avec armes et bagages à Mattawa, bourgade frontalière du Québec et de l'Ontario, et la neige n'arrête pas de tomber. Sale temps pour un mois de mai. Brusquement, une embardée nous projette sur la voie de gauche. Adry redresse. Si ça continue, on le perdra, c'est certain. Mais je ne dis rien, plutôt me retrancher dans mon inquiétude que d'entendre un de ses sempiternels « T'en fais pas ». Comment pourrais-je rester calme quand un canoë tout neuf, sanglé sur le toit de la voiture, prête son flanc à un vent furieux ? Trois semaines pour jeter mon dévolu sur celui-ci plutôt qu'un autre, c'est très court. D'autant plus court que je n'y connaissais rien. En France, j'avais revu famille et amis pour leur refaire mes adieux quelques semaines plus tard. Pas facile. Mais le besoin d'action et d'aventure était plus fort, le besoin de vivre tout simplement. Une autre rafale nous heurte de plein fouet. Le choc du canoë virevoltant sur l'aile du véhicule est si violent que la voiture dérape. La chaussée est une vraie patinoire. Adry braque à droite pour rejoindre le bas-côté. Quand je descends pour remettre l'embarcation en place, les bourrasques de neige me cinglent le visage.

Quatre heures plus tard, sans autre incident majeur, nous quittons la nationale pour emprunter un chemin de terre.

– Ici. Parfait !

Canoë et matériel sont rapidement déchargés. Je m'empresse de vérifier que l'équipement est au complet : quelque trois semaines de nourriture, les affaires d'été et d'hiver, tente, duvets, trousses de secours et de médicaments, cartes, boussoles, pagaies, casque, gilet de sauvetage. L'essentiel semble être là. De toute façon, il est trop tard pour faire un inventaire. Je ferai avec ce que j'ai. Adry remonte dans la voiture et me tend la dernière boîte de Coca en souriant :

– Fais gaffe…

– T'en fais pas !

Tout discours est inutile. Il fait un dernier signe d'adieu par la fenêtre, et la voiture disparaît dans le virage.

Au soir du 12 mai 1996, je montai donc ma tente en bordure de la Mattawa, un affluent de la rivière des Outaouais. Quand bien même l'hiver jetait ses derniers flocons, on sentait le printemps répandre sa douceur. Les ruisseaux chantaient. Les rapides, gonflés par le dégel, bouillonnaient, les poissons y frayaient par dizaines. J'avais choisi comme point de départ le parc provincial Samuel de Champlain. Je m'y trouvais seul, à l'aube d'un long périple, soulagé de pouvoir enfin partir. Près du feu, j'écoutais le silence de la forêt. Aucun moustique ne le troublait encore. Bouleaux, érables et conifères étaient mes seuls témoins. Le canoë, retourné à plusieurs pas de la tente, réfléchissait les lueurs vacillantes du camp. C'était un biplace de forme traditionnelle. Élancé, avec ses cinq mètres de longueur, il serait rapide sur les lacs ; sa proue et sa poupe relevées me permettraient d'affronter les rapides ainsi que les vagues des Grands Lacs ; sa modeste quille serait utile si je décidais de gréer une voile ; enfin, je l'avais choisi en fibre de verre pour des questions de rigidité, de facilité de réparation et de budget. Saurais-je seulement le manœuvrer ? Mon expérience de pagayeur était plutôt mince ; aussi remis-je cette question au lendemain.

Bien qu'il se fît tard, je n'avais pas sommeil. En fixant les flammes, je songeais aux premiers Européens qui avaient foulé ces terres. Jacques Cartier et son équipage y débarquèrent en 1534 sans toutefois s'y établir. Pendant longtemps, le Canada ne fut connu que des pêcheurs à la morue : les côtes du Labrador leur en offraient chaque année des bancs entiers. C'est Champlain qui, le premier, durant l'été 1608, fit construire plusieurs bâtisses fortifiées. Il avait choisi un promontoire en bordure de l'estuaire du Saint-Laurent pour être à l'abri des tempêtes du large et contrer une éventuelle attaque des indigènes.

Le premier hiver s'était révélé tragique pour la jeune colonie : la plupart ne survécurent ni au froid ni au scorbut. Cependant, la Nouvelle-France était née. Tout autour de ces fortifications allait se développer la ville de Québec. Puis on progresserait vers l'intérieur des terres en remontant le fleuve et, à son tour, Montréal verrait le jour. Trois siècles plus tard, les colons s'établiraient sur le littoral du Pacifique. Au nord, le long de la côte arctique, ils ne s'attarderaient guère. Seuls les Inuit habitent aujourd'hui ces régions polaires.

Les nuages se dissipaient. Je jetai une bûche dans le feu tandis que, lentement, le ciel se remplissait d'étoiles.

3. Les chutes Récollets

UN RENARD ME RÉVEILLE. Je jette un coup d'œil au thermomètre : –5 °C. Il fait encore noir. J'avale rapidement mon petit-déjeuner et boucle les sacs. Je n'ai qu'une hâte : commencer à pagayer. La rivière Mattawa court au pied d'un talus escarpé le long duquel je bascule le canoë. Prudemment, j'y dispose les cent trente kilos d'équipement et de nourriture, tandis que les sapins filtrent les rayons du jour naissant. Chatoyante, la forêt boréale se dévoile. Trop anxieux pour m'attarder devant le spectacle d'un sous-bois qui s'illumine, j'embarque et, à l'aide de la pagaie, je repousse l'embarcation de la berge. Le flot m'entraîne aussitôt... en arrière ! Pour aller vers l'ouest, je dois remonter la Mattawa. D'ailleurs, sur les sept mille kilomètres me séparant de la mer de Beaufort, une bonne moitié est à contre-courant.

La journée est rude. Aux efforts sur l'eau succèdent des marches éreintantes. À six reprises, je débarque pour contourner chutes et rapides. Cent soixante kilos de matériel à porter avec le canoë. Quatre voyages se révèlent nécessaires à chaque portage. Je charge, décharge, recharge... Sept fois le trajet ! Une heure pour faire cinq cents mètres ! Qu'est-ce qui m'a pris d'emporter autant d'affaires ? L'appréhension de l'inconnu sans doute. Mais, surtout, le désir de rester autonome. Je suis en mesure de tout réparer, d'une couture de tente jusqu'au canoë, et même de pratiquer des points de suture pour refermer une plaie. Je suis également paré à affronter l'hiver. Ah ! que l'indépendance est chèrement payée ! Y a-t-il meilleure rançon que la sueur pour conquérir sa liberté ?

À contre-courant, le portage s'impose naturellement : je pagaie aussi loin que possible dans le rapide, ou au pied de la cascade et, quand la puissance du flot a raison de mon entêtement, je mets pied à terre sur la rive la moins encombrée pour ensuite me frayer un passage à travers bois. Sur la rivière Mattawa, l'existence de sentiers de portage rend toute reconnaissance du terrain inutile. Le canoë, vidé, se place sur les épaules grâce au barrot, la traverse centrale en bois. Je prends vite conscience qu'en endossant le gilet de sauvetage j'en sors moins meurtri. Toutefois, la partie la plus délicate est sans doute de faire basculer une embarcation de cinq mètres de long sur son dos. À force de répétitions, j'attraperai le bon coup de reins. Quant à l'équipement, il est entièrement contenu dans cinq sacs étanches et un bidon. Heureusement, certains rapides ne nécessitent pas de débarquer : en apprenant à utiliser les retours de courant que créent certains rocs, je parviens à pagayer jusqu'en amont. L'apprentissage vient d'autant plus vite qu'il s'agit d'éviter un portage épuisant.

Lorsque la nuit me recouvre, je suis moulu. En tout, dix kilomètres à peine : un saut de puce. La tête me tourne. Je m'assois et ingurgite une poignée de fruits secs avant de planter le bivouac. La progression est dérisoire, mais le bilan du premier jour pas si mauvais : je suis en mesure, par ma patience et mes efforts, de remonter une rivière à son débit le plus élevé. Rien ne m'arrêtera donc. Arctique, je te gagnerai !

Trois jours sont nécessaires pour atteindre l'amont de la rivière Mattawa. Douleurs dorsales, tendinites et courbatures me harassent. La pagaie en bois est déjà fendue, j'ai entouré sa pelle de gros scotch. Je suis rompu aux portages et aux remontées de rapides : c'est éprouvant, mais je m'affranchis de ces passages difficiles sans perdre de temps. Pour l'instant, la force est meilleure alliée que la technique. J'ai établi le bivouac plus tôt pour remettre au lendemain le portage du prochain cours d'eau. En consultant ma carte topographique, je devine la route nationale à deux cents mètres de mon campement, tapie derrière un mamelon, et je décide d'y pousser une reconnaissance avant la nuit pour trouver l'itinéraire le plus court jusqu'à la rivière la Vase.

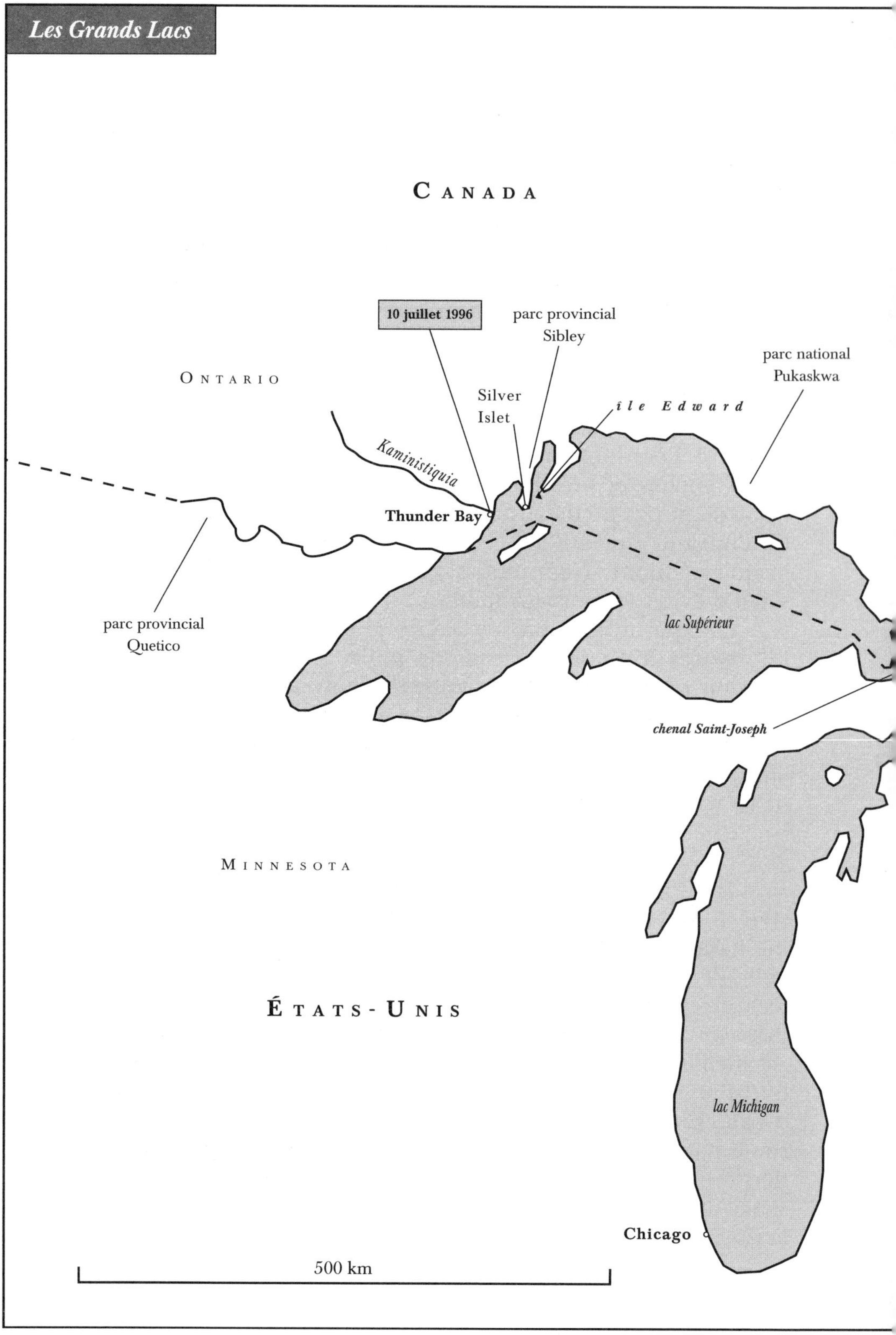

Les Grands Lacs
CANADA
10 juillet 1996
parc provincial
Sibley
parc national
Pukaskwa
ONTARIO
Silver
Islet
île Edward
Kaministiquia
Thunder Bay
parc provincial
Quetico
lac Supérieur
chenal Saint-Joseph
MINNESOTA
ÉTATS-UNIS
lac Michigan
Chicago
500 km

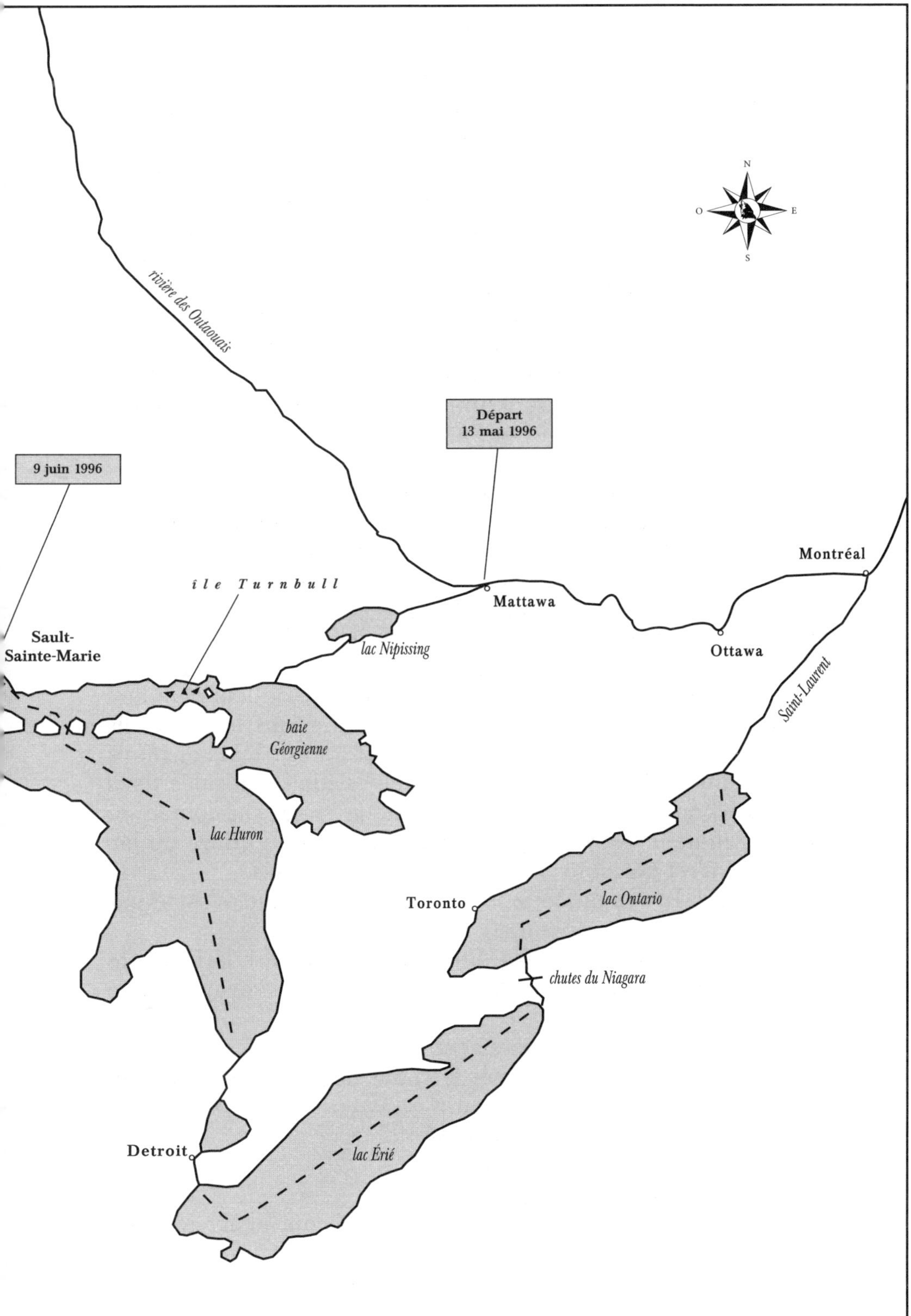
N
O
E
S
rivière des Outaouais
Départ
13 mai 1996
9 juin 1996
île Turnbull
Montréal
Mattawa
Sault-
Sainte-Marie
lac Nipissing
Ottawa
Saint-Laurent
baie
Géorgienne
lac Huron
Toronto
lac Ontario
chutes du Niagara
Detroit
lac Érié

Indiqué par un grand panneau en bord de route, le portage historique de la Vase se devine de loin. Toutefois, le sentier se perd dans la boue et les arbustes d'une tourbière. À l'aube du XVIIe siècle, Samuel de Champlain, géographe d'Henri IV et gouverneur de la jeune colonie, ouvrait vers l'ouest la route du commerce des fourrures : il était le premier Blanc à atteindre la région des Grands Lacs en passant par les rivières Mattawa et la Vase, le lac Nipissing et la rivière French. Ce sont ces mêmes cours d'eau que je vais emprunter pour gagner la baie Géorgienne. Du haut d'une colline, j'examine le vaste marécage en quête d'un passage et mémorise plusieurs points de repère avant de retourner au camp, satisfait de ma reconnaissance.

Le lendemain, je progresse toute la matinée dans un labyrinthe de joncs taillés à hauteur d'homme. En m'enfonçant dans la fange du plan d'eau, je retiens l'attention de plusieurs sangsues ; heureusement, il est encore trop tôt pour les moustiques, *black flies* et autres carnivores ailés qui envahiront l'été ! Je découvrirai
ph. 3 bientôt la raison d'un tel bourbier : une large digue de castors. C'est la manière dont ces ingénieurs aux dents longues se créent des plans d'eau pour assurer la sérénité de leurs amours monogames. Longtemps décimés à cause de leur fourrure, ils sont maintenant en surnombre et vengent à loisir leurs ancêtres en inondant routes et maisons avec une assiduité inégalée dans le monde boréal. Sur la rivière la Vase, je croise un couple en bateau à moteur. North Bay, une ville située en bordure du lac Nipissing, n'est plus loin : sans doute en viennent-ils.

– Salut ! Tu vas où comme ça ? s'écrie l'homme, étonné par le volume de mon équipement.

– À l'ouest, vers l'Alaska. J'essaierai d'atteindre la frontière avec la Saskatchewan avant l'hiver et de finir le voyage à l'été prochain.

– Tu vas faire les Grands Lacs ?

– Oui, la baie Géorgienne, le canal nord du lac Huron et toute la côte nord du lac Supérieur.

Son regard bonhomme s'assombrit.

– Le lac Supérieur, t'as déjà été ?

– Non… jamais vu même !

Il sourit en hochant la tête, comme si tout était vraiment perdu d'avance.

– Tu sais, je suis d'là-haut moi. Plusieurs de mes copains y sont morts. Tu vois ma copine ? reprend-il en se tournant vers sa blonde.

La jeune femme, qui n'avait encore rien dit, lève alors les yeux. Une chemise à carreaux nouée à la taille et un vieux short en jean effrangé dévoilent sa forte sensualité.

– Eh bien… l'été dernier, on y était. Ce jour-là, il faisait très beau. Elle a voulu faire un petit plongeon. Je l'ai arrêtée juste à temps ! Puis je lui ai demandé de mettre sa main dans l'eau et… tu sais quoi ?

Je fais signe que non.

– Elle n'a tenu que deux secondes ! Ce putain de lac est tellement profond qu'il reste à 3 °C pendant tout l'été !

Elle approuve timidement d'un signe de tête tout en souriant.

– Moi, ajoute-t-il, j'ai l'habitude : je suis né là-bas. Pour me baigner l'hiver, je creuse un trou dans la glace !

Je retiens mon envie d'éclater de rire, avant de prendre congé de mes hôtes fluviaux et, rapidement, je gagne le lac Nipissing. Blottie sur un îlot, une maison de campagne me retient pour la nuit. Ses rondins servent probablement de refuge favori à une famille de North Bay. Comme la porte est fermée, j'y adosse ma tente.

Ma montre me réveille à 3 heures du matin. Le bulletin météo capté la veille sur mon petit récepteur à ondes courtes avait annoncé un fort vent de sud-ouest. En partant de nuit, j'espère lui grappiller plusieurs kilomètres. Je démonte le bivouac en silence pour ne pas réveiller la maisonnée : un couple, un adolescent et deux chiens sont arrivés hier soir alors que je faisais cuire mes pâtes. J'avais sympathisé avec les quadrupèdes en leur donnant un spaghetti chacun avant de me faire adopter par le reste de la famille. Soudain, je trébuche sur un rocher. Mains en avant, j'évite de me heurter la tête contre le sol. La douleur me soude la mâchoire. La sandale s'englue. Lorsque j'allume la torche, je découvre un ongle à moitié retourné.

Cinq heures. Je pars enfin. La nuit est envahie par une brume épaisse. Je calcule l'azimut pour fendre la vaste baie méridionale du lac. Je le corrige de la déclinaison magnétique qui est de 20° ouest. J'aurai souvent à naviguer à la boussole sur les Grands Lacs : on m'a dit que le brouillard y était fréquent. Celui-ci, moins dangereux, constitue donc un terrain d'exercice idéal.

L'aube point doucement. Les vapeurs qui m'entourent m'aveuglent. Je garde les yeux rivés sur la boussole, posée à plat devant moi, au fond du canoë, son aiguille oscillant au rythme régulier de mes coups de pagaie. La journée s'annonce radieuse, les premiers rayons du soleil me réchauffent déjà. De loin en loin, j'entends le bruit d'un bateau à moteur ou des voix de pêcheurs résonnant dans cette étrange féerie naturelle quand, une heure plus tard, une ombre basse toute en longueur se profile devant ma proue. La côte ? Anxieux, je m'approche comme un enfant devant un passage secret. La pointe Durell ! Je n'ai donc pas dévié. Derrière ses lambeaux de brume, la rive sud se dénude lentement, dévoilant ses courbes de niveau avec retenue. Je la suis de loin. Lorsque la brise tourne en ma faveur, je tente de gréer mon poncho militaire. Pour cela, j'ébranche un jeune sapin et l'attache en guise de mât au barrot central. En utilisant un bois plus rigide en guise de vergue, je hisse ma voile carrée. Je contrôle son orientation grâce à deux bouts attachés aux points d'amure. Le vent s'y engouffre. J'étarque mon foc. Le canoë fend aussitôt le clapot. Je me couche sur le bâbord arrière pour faire contrepoids. Bientôt, la vitesse m'enivre. Les milles s'ajoutent. Je me sens libre, le temps n'a plus d'importance.

La terre s'est éloignée. J'ai dérivé de plusieurs kilomètres ! Je lâche l'écoute. La voile claque. Les bourrasques m'empêchent de l'affaler. Je tranche les cordages et pointe l'étrave vers la côte : plein sud, bout au vent. Neuf heures que je suis dans le canoë et je n'ai encore rien mangé, je m'en rends compte seulement maintenant. Trop tard pour réparer cette grossière erreur. Lutter contre les rafales est vain. J'essaie seulement de gagner du terrain entre deux coups de vent, tandis que le ciel se couvre d'un noir effrayant. Je fixe le rivage en enchaînant les coups de pagaie. Ne jamais s'arrêter, ne jamais penser à s'arrêter, ne jamais penser. Juste continuer, tout en changeant régulièrement de côté pour soulager mes épaules. La forêt s'approche, s'éloigne, puis se rapproche encore un peu. Les deux cents derniers mètres semblent ne plus finir. Quand je touche enfin terre, je hale le canoë sur la plage avant de m'allonger sur le sable, épuisé.

Je n'ai pas fermé les yeux depuis plus de cinq minutes que, d'instinct, ma tête se relève : mon esquif m'a abandonné, emporté par le vent ! Je bondis et plonge *illico*. Heureusement, je ne tarde pas à gagner le bord. À genoux dans le canoë, replié sur moi-même, je laisse l'eau glacée ruisseler le long de mes vêtements. Le froid m'a coupé la respiration. Puis, ayant retrouvé mon souffle, je retourne sur la berge pour décharger les sacs et attacher l'embarcation à plusieurs mètres de l'eau. Exténué, je m'étends à proximité.

Une heure s'est écoulée lorsque des gouttes viennent délicatement éclore sur mon visage chaviré de fatigue. Un plafond d'ébène me recouvre. Le ciel pleure. Je m'empresse de monter la tente, pendant que les larmes célestes deviennent torrents. Trempé une seconde fois, je me déshabille hâtivement et me recroqueville dans le sac de couchage. La nuit se déchire aussitôt. Le tonnerre retentit. Une fois… deux fois… trois fois. Des cordes de pluie s'abattent sur le double-toit. Je m'approche de l'unique fenêtre de mon abri. Elle est à l'arrière et donne sur la baie. Les éclairs zèbrent le ciel. Des dizaines de ramifications se ruent à l'assaut du lac. À une vague en succède une autre. Il y en a partout. La terre tremble. La nuit est en feu. Je replie l'antenne du poste radio et jette un coup d'œil aux arbres qui sont autour de moi. Deux d'entre eux s'agitent dangereusement. De courbettes tortillées en membres désarticulés, la danse est hystérique, la magie noire. Pourquoi au-dessus de mon bivouac ? Suis-je frappé d'un sort ? Malédiction ou bénédiction ? Je le saurai demain, dans un mois, dans un an. Je remonte la fermeture Éclair du duvet et, malgré le déluge d'eau et de feu, mes paupières se verrouillent sans effort pour une courte nuit.

Lorsque j'ouvre les yeux, le soleil est déjà haut. Fatigué, je paresse dans le duvet, reportant mon départ au lendemain. Un arceau de tente a cassé. Je suis sec. Dehors, le lac fume doucement. Tout est étrangement calme. Je reprends ma température : à l'aide du miroir de poche, je lis 38 °C sur la bandelette de mon thermomètre frontal. Tout va bien. Hier soir, j'avais 40 °C de fièvre : peut-être le contrecoup d'une hypothermie.

Surpris, le vison s'est jeté dans le fourré. Il m'observe en silence, tapi dans son manteau de fourrure. Je ne lui ai pas laissé le temps de s'emparer du poisson qui pourrissait sur la berge. C'est une aubaine, car je sais qu'il n'abandonnera jamais un festin pareil. Je saisis mon appareil photo pour faire la mise au point sur les ouïes, tout en guettant ma proie. Je n'attendrai pas

longtemps : à une vitesse fulgurante, la bête bondit et détale avec
ph. 8 sa prise entre les dents. J'ai déclenché trois fois.

Sur la rivière French, les nuées d'insectes ont succédé aux plaques de neige. Le vent de face est rude. Même si cette fois le courant me porte, des siestes quotidiennes de deux à trois heures où souvent je ferme les yeux dans le canoë, la tête et les pieds carrés sur les sacs, se révèlent indispensables pour tenir jusqu'au soir. Je pagaie environ huit heures par jour. C'est peu, mais aucune préparation physique n'a précédé mon départ, sauf celle consistant à parcourir Ottawa à pied pour économiser les tickets de bus. J'en paie les conséquences. J'alimente mes efforts avec un bol de céréales et du lait le matin, deux poignées de fruits secs et de cacahuètes pendant la journée et cent soixante grammes de spaghettis accompagnés d'un cube de bouillon, de sel et de cumin le soir. Tous les jours. C'est plutôt frugal. Cependant, je me suis fixé un budget de 50 dollars par mois, et je suis également limité en poids. Je comptais beaucoup sur la pêche mais, pour l'instant, je suis trop fatigué pour m'en donner la peine.

Massives, les lames du premier rapide me défient de poursuivre. Je contourne le goulet d'étranglement par un portage court et facile. Lorsque je remets à l'eau, une deuxième section de vagues surgit. Écumantes, elles bondissent rageusement les unes contre les autres avant de mourir dans une piscine. J'évalue le détour à une heure et demie de marche. Il fait chaud, je préfère régler l'affaire. Quand j'aperçois un passage moins turbulent sur la gauche, je me laisse emporter. Brusquement, le canoë se met en travers. Le flot m'entraîne aussitôt vers les plus hautes vagues. J'essaie de redresser, mais en vain, je suis déjà trop lourd. Le canoë se remplit. Je m'efforce de garder l'équilibre pour retarder l'inévitable quand, déjà, le rapide me rejette dans des eaux plus sereines. Toujours à genoux, avec de l'eau jusqu'au plat-bord, je suis soulagé d'avoir évité le pire. Grâce aux caissons étanches situés à ses extrémités et à mes sacs faisant office de bouée, mon canoë se révèle insubmersible. Sans geste brusque, je saisis alors la cafetière pour écoper.

ph. 1 Involontairement, je m'engage dans le chenal nord de la rivière où d'autres rapides sont cause d'émotions fortes et, comme une fourmi, j'enrichis, vague après vague, ma modeste expérience.

Samedi 25 mai. La nature somnole à l'abri des −2 °C qui figent l'aurore. Tandis que le soleil se hisse péniblement à travers les feuilles lourdes de givre, je donne les premiers coups de pagaie dans une épaisse buée lumineuse. Seule l'eau gouttant de ma pelle martèle la surface. Plusieurs éclats de lumière se glissent à travers les nappes brumeuses de la rivière et écartent le voile matinal. Le rideau se lève. Le soleil bondit par-dessus les sapins. La fraîcheur de la brise, en donnant vie à la forêt, achève de me réveiller. Le chant de la rivière se mêle à celui des oiseaux. Je peux commencer à pagayer vigoureusement. Grâce au calendrier interne de ma montre, je garde la notion du temps. Ainsi je suis parti depuis deux semaines bientôt, progressant au rythme d'une quinzaine de kilomètres par jour. J'espère faire mieux sur les Grands Lacs où aucun portage ne me retardera. Même si physiquement je commence à m'habituer à cette nouvelle vie, les siestes demeurent indispensables.

Le soleil est au zénith lorsque j'arrive à l'entrée du septième rapide. Le long de la rive droite, j'étudie le passage. Quatre mètres de granite le flanquent. Les lames sont grosses et régulières, presque parfaites. J'enfile le gilet et serre la sangle du casque. Mon sang s'accélère. Je tente de me rassurer : qu'ai-je à redouter sinon une douche froide ? L'attaquer par le centre, rester dans l'axe, freiner pour ne pas prendre trop d'eau... Je me répète les mots clés d'une théorie empirique avant de m'élancer. Le premier mur se dresse. Le canoë implore le ciel et replonge violemment. Oubliant ma théorie, je préfère m'agripper. Déjà, je suis propulsé sur la vague suivante. La proue s'écrase, les gerbes me cinglent le visage. Vague après vague, l'étrave fend les murs d'eau qui s'élèvent devant moi, pour retomber avec fracas dans le creux suivant. Lorsque je bondis par-dessus la dernière lame, je pousse un cri de joie. Je suis trempé, fier et heureux.

Tout en pagayant, je vérifie une nouvelle fois ma position sur la carte. Une chute approche. Je scrute l'aval, en quête du moindre indice, mais le soleil a embrasé tout le sud-ouest : les reflets m'aveuglent. La rivière s'est resserrée au fond d'un large canyon et la bise d'ouest qui s'y engouffre atténue l'effet d'un puissant courant. Par prudence, je me rapproche de la rive gauche, lorsqu'un coude surgit, qui réduit mon horizon à quinze mètres. Je pivote aussitôt dans le contre-courant pour débarquer et, après avoir solidement attaché le canoë à un arbuste, je gravis l'escarpement qui me surplombe.

Arrivé au sommet, je lève la tête. Une formidable masse d'eau plonge dans un brouillard d'or. L'aval est drapé d'argent. Alchimie secrète de la nature. Je reste plusieurs minutes à contempler la cataracte, la poitrine enflée, le cœur battant à tout rompre. Un frisson me parcourt, me révélant le sens de ma quête : la beauté de l'instant me submerge de bonheur, le temps a cessé d'être, l'éternité m'offre une saveur de plénitude.

Je me trouve aux chutes Récollets. Que d'efforts les pères n'avaient-ils pas déployés pour évangéliser les indigènes ! Sans doute la perspective de convertir une population entière justifiait-elle tous les sacrifices. Les Récollets arrivèrent les premiers, peu après la naissance de la colonie de Québec. Ils furent suivis, en 1632, par les Jésuites, autrement puissants et organisés. Dix ans plus tard, cet élan religieux entraîna la fondation de Montréal, formidable ville marchande. C'est à se demander qui, des Indiens ou des Blancs, avaient le plus besoin de nourriture spirituelle. Je profite des derniers rayons du soleil pour me laver. Dans l'eau glacée, mon cœur brûlant s'ouvre à un autre monde. Mon être s'imprègne de puissance et de liberté. Nu au sommet des chutes, je crie ma communion avec la nature sauvage, tandis que, dans ses chaudes lueurs, le crépuscule me vêt de sa sérénité.

4. L'île Turnbull

UNE KYRIELLE DE RAPIDES m'emporte vers l'avenir. Encaissés entre les rochers déchirés et la douce forêt boréale, beaucoup sont nés de la dernière glaciation, il y a plus de cent mille ans. De colossales masses de glace ont modelé la croûte septentrionale du continent nord-américain puis, s'éteignant sous le doux feu du dernier réchauffement climatique, commencé depuis quinze mille ans, elles nous ont laissé un héritage fabuleux. En effet, les Grands Lacs sont tous nés de la fonte de ces glaciers, ainsi que la plupart des rivières qui font du Canada le terrain de prédilection du pagayeur d'eau douce. C'est d'ailleurs le seul pays à avoir été exploré et cartographié au moyen de cette embarcation légère faite d'écorces de bouleau, cousues ensemble par des racines et scellées dans de la résine de pin. Fabriqué par les premiers habitants d'Amérique du Nord, ceux que l'on a appelés par erreur les Indiens, le canoë reste, aujourd'hui encore, un moyen de transport privilégié pour découvrir le Grand Nord.

Certains couloirs sont si étroits que je dois rétropagayer pour négocier les virages et éviter de me heurter au granite. Une cascade de plusieurs mètres me coupe la route. Aucun sentier ne m'indique où je puis débarquer. Les griffures d'un ours, que je découvre par hasard au dos d'un sapin, me révèlent le passage. ph. 5
Un pan d'écorce arraché. Du travail propre et net. Deux coups de patte, peut-être même un seul. C'est le dernier portage avant les Grands Lacs. Je ne suis pas fâché de pouvoir enfin m'affranchir de ces allers-retours épuisants.

De nouveau à bord, je replie la carte. Elle ne me servira plus : son échelle ne permet pas de l'interpréter correctement. En gardant le cap suffisamment longtemps, je finirai bien par sortir de ce dédale de lacs et de deltas. Cette foison d'îlots m'offre un écran providentiel contre le vent de la baie Géorgienne, une baie du lac Huron si large qu'on lui donne le nom de « Sixième Grand Lac ». Bientôt, une odeur familière me rappelle mon enfance. Je sens le parfum du large : le bouquet de la mer, avec l'iode en moins. L'anxiété me gagne. Je me demande à quoi vont ressembler les deux prochains mois de ma vie. Il fait très beau, presque chaud. Soudain, au détour d'une île, l'horizon est projeté à l'infini ! De l'eau s'étale à perte de vue. Un vent modéré anime quelques vagues nonchalantes. Le 27 mai 1996, je suis sur les Grands Lacs. Je m'arrête un instant pour contempler ce vide, cette immensité sans borne qui se déroule devant ma proue, et reprendre souffle. Serai-je seulement à la hauteur de mes ambitions ? Ou seront-elles noyées dans cet océan de folie ?

Finis les virages, terminés les portages et les inspections de rapides. À présent, les déplacements se font en ligne droite : francs et directs. Je pagaie pendant des heures vers un morceau de côte, avant de m'en approcher suffisamment pour définir un nouveau point à atteindre. Suite récurrente à l'infini. Objectif : avaler le maximum de kilomètres. Comme la veille, je m'installe sur une large dalle de granite, si typique de l'Ontario. Granite cinq cent mille fois millénaire jailli des entrailles de la Création. Cette courbure naturelle passant par les plus grands lacs, que l'on devine en consultant une carte du Canada, est en fait la frontière géologique entre les plaines sédimentaires de l'Ouest et les roches magmatiques de l'Est. J'embrasserai donc la limite de cette terre précambrienne jusqu'au centre du Manitoba ; je la retrouverai dans la Saskatchewan pour m'en débarrasser à la frontière suivante ; et, après un dernier flirt avec elle tout au nord de l'Alberta, je lui ferai mes adieux pour pénétrer dans les territoires du Nord-Ouest. En longeant ainsi le bouclier canadien, je remonterai le temps, je remonterai ma vie pour en découvrir une autre : plus simple, authentique, naturelle. Voilà, j'espère, quel sera mon destin.

Le matin, l'air frisquet s'engouffre dans les crevasses de mes mains desséchées. L'action conjuguée du froid et de l'eau y amorce certaines engelures. Je résisterai. Je m'adapterai. Les gants de cycliste que j'utilise pour pagayer m'y aident un peu. Souvent, le vent se lève dans l'après-midi, implacable. J'en suis alors réduit à écourter ma journée. S'il se montre quotidien, je ne verrai pas de sitôt le bout des Grands Lacs. Mais je ne suis qu'un invité sur ces vastes étendues, je n'ai pas mon mot à dire. Je peux seulement regarder, écouter, essayer de comprendre et réapprendre à vivre. Au soir, les moustiques de plus en plus nombreux m'incitent à gagner la tente de bonne heure. Étendu sur mon tapis de sol et au chaud du duvet, je me laisse séduire à travers la moustiquaire par l'astre de vie en pleine création. D'une palette de couleurs, d'un coup de crayon, il embrase le ciel. Les moutons dorés se tortillent de crête en crête jusqu'à l'horizon où leur berger les attend, tandis que je compte lentement les jalons de cette route interminable qui est mienne – l'ouest – avant de me réfugier sous les plumes d'oie pour arracher à la nuit un sommeil réparateur.

Je fais les cent pas devant ma tente. L'atmosphère qui m'entoure est sinistre. Pour éviter de suivre le contour tortueux de la côte, je cabote d'île en île depuis que je suis sur le lac Huron. Ce matin, comme les deux précédents, je suis à huit kilomètres de la terre ferme. Une obscurité funèbre donne au lac des idées sombres. Le brouillard est dense malgré un vent fort. Je ne vois pas à cent mètres. La pluie est diluvienne. Toutefois, les rafales qui soufflent d'est en ouest me font hésiter : en gréant ma voile, je pourrais boucler en quelques heures le programme de plusieurs jours. L'idée est tentante, qui finit par l'emporter sur la prudence. Je me jette à l'eau.

Les vagues sont grosses. Je suis propulsé de crêtes en creux. Derrière moi, un sillage blanc enfume la piste. J'ai peur. Je chante pour me donner du courage. Des chants Légion. L'eau qui ruisselle sur mon front m'aveugle. Je dois régulièrement m'essuyer les yeux. Les conditions exigent une concentration permanente, le moindre écart serait fatal. Anticiper les rouleaux, barrer, garder l'azimut, tenir les bouts… Avec les mains, les pieds, les dents. Bon sang ! Qu'est-ce que je fais là ? Plus de boulot ! plus d'argent ! plus de copine ! Tout ça pour quoi ? Risquer ma vie pour trois kilomètres de plus… Une île surgit du brouillard après une demi-heure de tourmente. La houle m'a considérablement ralenti. Je tire le canoë sur la berge et me réfugie sous un arbuste. Je suis indécis. Les conditions empirent, mais il m'est impossible de planter la tente sur ce tas de rochers.

Trois quarts d'heure à attendre sous la pluie. Attendre une solution, une idée, un miracle qui ne vient pas. Alors je repars. De puissantes vagues se heurtent au rivage. J'avance dans l'eau et choisis le moment propice pour embarquer. Je m'élance entre deux déferlantes. Je me suis attaché la boussole au poignet : vérifier l'azimut devient une obsession. Avec un temps pareil, j'aurais vite fait de me perdre. L'île la plus proche, Turnbull, est à quatre kilomètres. Je n'arrive plus à retenir la voile, une rafale de trop me ferait chavirer. Je lâche l'écoute. Claquements paniqués de toile sur un bouchon ballotté par la colère du lac. Tandis que j'essaie de rabattre le mât sans passer par-dessus bord, une lame saisit mon canoë et l'envoie dix mètres plus loin. Quand je reprends la pagaie, des récifs surgissent devant ma proue. Hallucination ou réel danger ? Jamais je ne le saurai car, avant d'avoir eu le temps de réagir, la vague suivante me déporte. Les rochers s'évanouissent sur la gauche. Je n'aurais pas dû partir. Une erreur de plus. Peut-être la dernière.

Je me remets dans l'axe de Turnbull. J'espère ne pas m'en être trop écarté. Dans mon dos, les bourrasques rabattent des trombes de pluie. Les lames obliques menacent de me retourner à chaque instant. Je ne chante plus. J'essaie de durer. Durer une minute, passer à la suivante. Impossible de pagayer. Garder l'équilibre exige déjà toute mon attention. Alors je me contente de barrer, serrant la pagaie entre le bras et le torse. De l'autre main, je m'agrippe. Je ne porte pas de gilet. Si je chavire, mon unique chance de survie dans ces eaux glaciales est de rattraper le canoë avant qu'il ne soit emporté. Or nager avec un gilet est impossible… L'eau s'accumule. La pluie. Les vagues. Je ne prends pas le risque d'écoper, le canoë se mettrait en travers. Je sais que les minutes me sont comptées. Je ne tiendrai plus longtemps dans cet état. Je ne suis pas à la mer, mais c'est pareil. Je suis transi.

Une île, enfin ! Une ombre massive à cent mètres. Je la contournerai par la gauche. Avec un peu de chance, je me jetterai dans sa baie. Si c'est Turnbull, il y en aura une, sinon… Elle se rapproche rapidement. Les vagues se creusent. Le salut est à tribord. Cinquante mètres. Je m'étonne d'être encore assis, chaque vague pourrait me renverser. J'ai le trac... plus qu'avant l'un de mes concours de piano au conservatoire, mais moins que pendant ma première chute libre. Une autre vague. Je ne suis plus qu'à dix mètres. Si à la prochaine je ne suis pas dans la crique, le ressac me projettera sur les rocs.

– Dieu !

Je ne sais pas pourquoi j'ai crié, mais je recommence de toutes mes forces :

– Dieu !

La vague me relâche. Le vent tombe. Des vaguelettes glissent autour de moi. Je suis dans une baie. Turnbull ? Aucune importance, j'ai réussi. Je tremble de froid, de peur, de rage, de joie. Jamais plus de tempête, je ne pourrai pas. Je ne pourrai plus. Je suis raide, j'ai du mal à coordonner mes mouvements. Je pousse cependant jusqu'à la plage où je débarque grelottant. À couvert de la forêt détrempée, je fais naître un feu avec de l'écorce de bouleau, la seule matière végétale à s'enflammer sous la pluie.

Pendant sept jours, pluie, vent et brouillard me maintiennent dans une humidité omniprésente. Plusieurs fois je renonce à prendre la mer à cause du mauvais temps. La vie vaut bien quelques attentes.

Ma patience est récompensée par un soleil prodigue sur les eaux étales du chenal Saint-Joseph. C'est à son extrémité ouest, d'une modeste chute, que je verrai le lac Supérieur se déverser dans le lac Huron. Je longe la côte américaine pour aller au plus court, quand un son de corne me fait tressaillir. Je me retourne. Le ciel s'éclipse derrière un blindage d'acier : un cargo monstrueux fonce droit sur moi au nom de la loi du plus fort ! Je m'écarte promptement jusqu'à trouver refuge auprès de la berge. La machine infernale aspire tellement d'eau sur son passage que je me retrouve échoué. Instinctivement, je mets pied à terre pour la regarder passer, debout, stupéfait. Sitôt que l'eau regagne ses positions, j'attrape la marée au vol afin de reprendre le sillage du large.

Bientôt, les cottages se multiplient, annonçant la ville de Sault-Sainte-Marie. La réverbération du soleil me brûle, mais une chaîne continue de propriétés privées m'empêche d'atterrir. Le seul îlot sur lequel j'ai voulu faire une pause était également conquis : des dizaines de goélands ont foncé sur moi alors que j'assouvissais un besoin naturel ! J'ai dû m'enfuir sans achever la besogne. Effrayants, ces oiseaux gris et blancs, aux becs orange et aux regards meurtriers.

– Ohé ! Du canot ! Tu veux une bière ?

Vingt et une heures déjà, le soleil coiffe encore les plus hauts arbres du quartier.

– J'arrive ! m'empressé-je de répondre.

Installés autour d'un feu, mes hôtes savourent les prémices de la saison estivale. Un garçonnet, intrigué par les lunettes de glacier qui pendent à mon cou, tente d'exprimer sa curiosité. Je les lui mets sur le nez et le coiffe de mon chapeau. Fier de sa nouvelle allure, il part explorer les lieux, tandis que le maître de maison, un homme de grande taille, m'entraîne vers la table :

– Vas-y, sers-toi. Y en a plein !

Les enfants, qui brandissent au bout de leur branche des saucisses carbonisées, essaient de me montrer comment faire cuire les miennes. Mais j'ai faim, je ne gâcherai pas ce que l'on m'offre. Leur brasier est si ardent qu'y faire cuire la viande exige habileté et patience. J'en ferai preuve. Entre deux bouchées de *hot dog* et une lampée de bière, je leur fais part de mes projets. Je ne sais pas s'ils font semblant de me croire pour ne pas me décourager, ou s'ils me croient réellement mais ne se rendent pas compte de la difficulté de mon entreprise. Au fond, quelle importance ? Est-ce que j'y crois moi-même ? L'essentiel, c'est le feu de camp, les *hot dogs* et les enfants qui jouent.

Lorsque je demande conseil pour bivouaquer, l'un d'eux m'indique un fanal qui brille à une dizaine de kilomètres :

– C'est une île, tu y seras tranquille pour camper.

J'acquiesce. Mais je ne m'y rendrai pas. Pagayer deux heures de plus, maintenant ? Non merci. Je préfère m'installer dans le premier jardin sans lumière ni chien.

Au matin, l'approche à contre-courant de Sault-Sainte-Marie est musclée. Quatre heures de sommeil ne m'ont pas remis de la longue journée de la veille. Je franchis à nouveau la frontière pour me diriger vers le supermarché canadien le plus proche. Mon accostage suscite beaucoup d'attention et, quand je débarque, c'est un véritable attroupement qui me presse de questions. On m'offre des cafés, on me donne des paquets de biscuits – d'autant plus appréciés que mon budget ne me permettra pas d'en acheter –, on me plaint, on m'envie, on rêve… Premier ravitaillement du voyage : je m'approvisionne en spaghettis, en cubes de bouillon, en sucre, en lait en poudre, en céréales, en noix, en cacahuètes et en fruits secs. Je défais les emballages pour compacter ces vivres dans des bocaux en plastique et des sachets de congélation, avant de tout entasser dans un sac sous les regards curieux de la foule qui m'entoure. Cela m'évite de transporter des détritus et me permet de gagner du volume. Je m'y retrouve plus facilement aussi, chaque aliment ayant son bocal et chaque bocal sa place dans le sac. L'ordre : rien de tel pour être efficace et garder les idées claires. Lorsque je quitte le ponton, une trentaine de passants me font de grands gestes d'adieu.

Le goulet qui me sépare du lac Supérieur se révèle peu profond. J'enfile les sandales pour y haler le canoë, mais une ph. 12 demi-heure de marche suffit à m'engourdir : l'eau est à quelques degrés seulement ! Inquiet à l'idée de me sectionner un orteil sans m'en rendre compte, je grimpe sur un rocher. Le sang afflue bientôt, rendant à mes pieds une apparence normale. Mes exercices préventifs ont donc porté leur fruit. Chaque soir, avant de me coucher, je laissais tremper mes mains et mes pieds dans l'eau glaciale aussi longtemps que je le pouvais. La première fois, je n'ai tenu qu'une dizaine de secondes, et la deuxième, un serpent d'eau surgi des profondeurs a écourté ma leçon de stoïcisme. Cependant, à force de persévérance, j'ai considérablement augmenté mes temps d'immersion. Ce n'est pas tant une résistance au froid que je recherchais, mais des réflexes de vasoconstriction et de dilatation. Objectif atteint puisque mes pieds se réchauffent en moins d'une minute.

Je franchis la seconde moitié du rapide avant d'enjamber une digue. Devant moi, le lac Supérieur se déploie. Le dieu des lacs. Le plus vaste des Grands Lacs : presque aussi étendu que la Suisse, la Belgique et l'Île-de-France réunies. Deux kilomètres plus loin, je m'installe sur une hauteur, comblé par tous les encouragements que l'on m'a prodigués. Avant de quitter la France, c'était plutôt : « T'es fou ! », « Laisse tomber, tu n'y arriveras pas ! », « Ce n'est pas possible ! », « Et si quelque chose t'arrivait ? ». Mais c'est justement pour cela que je suis parti ! Pour avoir la sensation d'exister, de vivre pleinement. Ce qui m'arrive aujourd'hui est formidable. J'incarne le rêve de tous ces gens qui ne partiront pas, qui comptent sur moi. J'espère ne pas les décevoir.

5. Le Grand Lac

IL M'OUVRE SES PORTES sur une mer de brume. Je ne vois rien. Le brouillard glacial dans lequel je baigne renferme les secrets de sa prétendue beauté. Les baies à traverser foisonnent, que je double à la boussole. Toujours longer la côte serait trop long, car je ne dispose pas d'une quantité suffisante de vivres. En outre, je n'ai pas les moyens techniques de traverser le plus grand lac du monde de part en part. Une autre fois, peut-être... Alors, au-delà de trois heures de traversée, soit quinze kilomètres tout au plus, je ne prends pas le risque d'être surpris par une tempête. Ici, elles sont réputées plus dangereuses encore qu'en Méditerranée. C'est pourquoi j'éprouve à chaque fois un grand soulagement lorsqu'une terre se profile. De longues et monotones étapes, de trente à quarante kilomètres, s'égrènent ainsi, à l'aveuglette. Depuis cinq jours, je tâtonne dans un brouillard à couper au couteau. Aucun soleil n'a encouragé ma progression vers le nord-ouest depuis le lac Huron. Des plaques de glace ont même réapparu dans l'ombre du rivage. Ce froid humide, qui pénètre jusqu'aux os, est éprouvant, usant. Allié à une sous-alimentation chronique, il contribue à resserrer de plusieurs crans ma ceinture. Mon poids est en chute libre. Et Thunder Bay encore loin: capitale du nord de l'Ontario, cette bourgade balise l'exutoire occidental du lac. Je pousse toujours plus loin, espérant entrevoir son fanal dans le frimas quotidien qui m'oppresse. En vain. Sept cents kilomètres de côtes désertes séparent Sault-Sainte-Marie de Thunder Bay. Ma montre ne sonne plus. La pile s'est vidée, ou peut-être suis-je trop fatigué pour entendre le timbre aigu de l'alarme. Quoi qu'il en soit, les réveils à 5 heures du matin sont révolus. Des levers à 6 heures et demie, voire 7 heures, deviennent une habitude plus raisonnable dans cette poursuite interminable.

D'un coup de vent d'ouest, le brouillard finit par se lever, découvrant des falaises abruptes qui défendent le lac de toute intrusion. Je n'ai décelé aucune trace humaine. J'ai l'impression de pénétrer chaque jour davantage dans une nature inaltérée. Je quitte le monde tel que je le connais pour en découvrir un autre dont j'ignore tout. À la différence des « voyageurs » – ces ouvriers de la traite des fourrures qui convoyaient les marchandises par canots –, je ne sais ni pagayer, ni porter. À la différence des Indiens, je ne sais ni pêcher, ni chasser. Toutefois, j'ai bon espoir d'apprendre. Je compte sur la gentillesse des gens que je rencontrerai, les prières de ma famille et de mes amis, ainsi que ma chance naturelle. De temps à autre, le ronronnement d'un poids lourd se cramponnant aux dénivelés de la Transcanadienne me parvient. Longue de cinq mille kilomètres, cette route nationale relie les côtes Est et Ouest. La civilisation est donc proche. Hors d'atteinte pourtant. Acculé à une muraille de granite, je ne suis qu'un grain de sable emporté dans un bain d'immensité. Lorsqu'une plage de galets s'ouvre dans la paroi de ces rocs millénaires, je me réfugie dans le fjord qu'elle m'offre pour contempler la nuit près d'un modeste feu de camp. Des quantités faramineuses de bois mort, parfois des arbres entiers, y sont entassées, témoignant de la toute-puissance du lac Supérieur.

Cependant, si l'horizon a repris ses distances, les journées n'en sont que plus difficiles car, pour contrer le vent d'ouest, je dois redoubler d'efforts, ce qui se révèle impossible certains jours.

Aux premières lueurs de l'aube, de violentes bourrasques empoignent les eaux. Je me replie dans le duvet et, sans peine, mes yeux se referment pour six heures de sieste ininterrompue. Au réveil, la surprise d'une tente érigée à proximité de la mienne me fait bondir :

– Salut ! J'espère qu'on ne dérange pas ?

– Au contraire ! Je n'ai vu personne depuis une semaine… Venez !

Le jeune couple s'approche. À l'aspect de leurs cheveux, je les soupçonne d'avoir également évité toute toilette depuis plusieurs jours.

– Alors, de quel côté vous allez ?

– À l'est. Et toi ?

– À l'ouest.

Scott et Tanya ont quitté Thunder Bay en kayak il y a quatre semaines – moi qui comptais sur deux de plus pour atteindre cette ville ! – et s'accordent encore deux mois et demi pour rallier Toronto. Âgés de 24 ans, ils viennent d'achever leurs études et s'offrent un été aventureux pour marquer l'événement. Un soleil timide accompagne notre veillée. Les moustiques en profitent. Mes compagnons enfilent leur chemise anti-insectes – un vêtement ample, de couleur claire et en partie maillé ; mes vêtements imprégnés de fumée font aussi bien l'affaire. Nous comparons les performances respectives des canoës et des kayaks, discutons de l'itinéraire, des lieux de bivouac et de ravitaillement, des gens rencontrés, des peurs, du mauvais temps, de l'avenir, avant de nous écrouler chacun de notre côté.

À l'aurore d'une journée radieuse, Tanya nous concocte le petit-déjeuner d'adieu. Une fois n'est pas coutume, la météo nous invite à prendre le large. Dans le carrousel des embrassades, un baiser s'échappe de mes lèvres pour se poser dans le cou de la jeune femme. Pas de bise en Amérique du Nord ! On se serre dans les bras, c'est tout. Alors, forcément, quand elle s'est avancée, moi j'étais déjà lancé dans mon élan... Scott se tenait de l'autre côté, je ne crois pas qu'il l'ait remarqué. Je décide donc de taire mon embarras. Tanya aussi.

Nous avons passé si peu de temps ensemble, mais tant partagé : les moustiques, le feu de camp, la beauté du crépuscule, la quiétude du lac... La veille, au cours d'une émission religieuse sur la seule station radiophonique que je pouvais capter, un père affirmait avec véhémence que la vie sur Terre était insignifiante et que seule « l'autre » avait de l'importance. J'avoue que la question de la vie après la mort ne me paraît pas cruciale. Je crois qu'il est plus important de croire en la vie elle-même. C'est un cadeau magnifique qu'il faut honorer. Aimer les autres en partageant des moments simples et forts comme ceux que nous venons de vivre, c'est cela qui me paraît essentiel. D'ailleurs, si Dieu nous a offert cette vie, il ne faut pas la gâcher ou la mépriser au profit d'une autre. Je me laisse porter par ces réflexions tout en pagayant dur. C'est souvent le cas. Quand je ne pense pas, je chante. Les refrains Légion reviennent souvent, ajoutant un parfum de nostalgie à ma solitude. Il arrive aussi que je me parle, parfois pendant des heures, jouant tour à tour le rôle de divers personnages.

Je lutte jusqu'au bout mais, au cœur de l'après-midi, la violence des vents annonce la fin de l'exercice. Je débarque sur une plage de galets au fond d'une anse abritée. Après avoir installé le campement, je m'ébats joyeusement dans l'eau, m'offrant un regain d'énergie et de jouvence. Le bain est à la fois physique et mental : je me débarrasse de la crasse, de la fatigue et des peurs. L'hygiène est d'une certaine façon la garantie de ma santé morale.

Jeudi 20 juin 1996 : j'ai 26 ans. Mon thermomètre de poche affiche 20 °C de moins qu'hier. L'incroyable masse d'eau du lac Supérieur m'inflige sa loi cruelle. Trombes de pluie, bourrasques et lames meurtrières retardent ma progression. Une fois de plus, je m'arrête en début d'après-midi, trempé, transi, brisé. Une fois de plus, je me résigne à patienter sous la tente. En regroupant les sacs à dix mètres de mon bivouac, je vais à l'encontre de tout ce qui est préconisé contre les ours. Suspendre la nourriture aux arbres ? Bah ! un vrai mythe, un beau mensonge ! Les ours noirs – seuls ursidés du Canada méridional à l'est des Rocheuses – grimpent aux arbres comme de vrais singes. Or que peut contenir un sac pendu à un tronc hormis d'alléchantes victuailles ? En fait, la solution idéale serait de tendre une corde entre deux arbres et d'y pendre le sac de manière à ce qu'il soit à trois mètres du sol et à deux mètres des branches les plus proches. Encore faut-il avoir des cordes, les arbres adéquats et beaucoup d'énergie à revendre ! Mes vivres sont séchés, et enfermés dans des sachets hermétiques qui sont eux-mêmes dans des sacs quasi étanches. Le risque de flatter les narines d'un plantigrade est par conséquent minime et, quand bien même mes gibecières seraient l'objet d'une convoitise, je préfère les avoir à proximité et bien en vue pour les défendre chèrement. Un ours noir, seul, reculerait devant plusieurs coups de pagaie assénés sur sa truffe. Le jeu en vaut largement la chandelle car, si je donne ma bourse, je risquerais fort d'y laisser également la vie, faute de nourriture et d'équipement.

Les jours suivants, quelques heures de pagaie, çà et là, me permettent de gagner deux ou trois kilomètres. Je ne cesse de me blottir contre le rivage pour échapper à la fureur du lac. Lorsque je ne suis pas dans le brouillard, je lutte contre le vent. Du vent d'ouest. Toujours. Bon sang! ce lac n'en finit plus. Mes provisions s'amenuisent. Jamais je n'ai autant rêvé de pitance. Bien plus qu'un rêve, cela se transforme en obsession, en cauchemar: celui de la faim. J'ai faim. Parfois, des rafales moins soutenues me permettent de pagayer jusqu'au crépuscule. Galvanisé par l'inaction des jours précédents, je pagaie alors comme on respire après une longue apnée. Ramer pendant huit heures, dix heures, douze heures même, est devenu naturel, presque indispensable. Quand la météo m'en empêche, je suis las, je m'ennuie, je mange davantage pour combler le temps: la pire des choses à faire! Je devrais au contraire jeûner afin de prolonger mes réserves, mais je m'autorise déjà si peu. Je n'y puis rien.

Bien avant l'aube, la détonation du ressac me réveille. Je quitte mon duvet pour me rendre compte de la taille des vagues. Il n'y a pas le moindre souffle, aucun nuage. Je jette alors les dés sur un départ matinal. En m'engageant à travers le môle rocheux qui protégeait ma lagune, je mesure bientôt l'ampleur de la houle: elle me coiffe à plus de trois mètres! Je songe au lac Huron, décidant néanmoins de poursuivre, fatigué de démonter et de remonter le bivouac au moindre coup de vent. D'ailleurs, il n'y en a pas: nul pli ne ride les monuments aquatiques qui m'entourent. Au fond d'un creux, je suis cerné d'eau et d'azur. Porté sur une crête, j'essaie de ne pas regarder en bas.

Au fil des heures, aucune brise ne se décidant à l'entretenir, la houle s'estompe. Sous le soleil à son zénith, un ranger, garde forestier du parc national Pukaskwa, fonce à ma rencontre en vedette motorisée:

– Tu viens d'où comme çà? demande-t-il, surpris de me voir si loin du rivage et sans gilet de sauvetage.

– D'Ottawa.

– Ottawa! Ça en fait un bout de chemin! T'es-tu présenté à l'entrée du parc?

– Non, je n'ai vu aucune entrée. Je devais être dans le brouillard ou trop loin des côtes.

– Tu devrais faire attention, l'eau est à 3 °C !

– C'est calme aujourd'hui.

– Je vais quand même te demander de signaler ta sortie quand tu arriveras à la station. Question de sécurité !

Il m'indique sur la carte l'emplacement du poste – un chalet blotti à l'intérieur d'un port naturel –, avant de disparaître à l'horizon.

Le lendemain, les rafales m'assiègent à nouveau. Je me recroqueville sous la tente à l'abri du froid. L'agencement de ce que j'y accumule pour passer le temps est précis. La toile rabattue, je pourrais presque me croire trois semaines en arrière, démuni devant l'hostilité du lac Huron. Depuis, rien n'a vraiment changé. Un autre Grand Lac, un autre combat. Sous l'abside, je range les chaussures de randonnée et un petit sac à dos, le seul qui ne soit pas étanche. Je regrette un peu de l'avoir pris. J'y entasse les affaires de pluie et tous ces menus objets qui encombrent l'univers du randonneur : lunettes de soleil, bombe anti-moustiques, thermomètre, harmonica, cordelettes, moustiquaire de tête, stylo, allumettes, hameçons, couverture de survie, et même des pétards mexicains que l'on m'avait donnés pour tenir à distance une bande de loups. Dans la tente, je compte les kilomètres parcourus et ceux restant à parcourir, faisant passer les cartes de la pile de droite sur la pile de gauche. Je connais les chiffres : mille kilomètres derrière moi, deux mille encore jusqu'à la Saskatchewan et six mille jusqu'à la mer de Beaufort. Pourtant, cela ne m'empêche pas de recompter. Alors, adossé au sac de couchage, je laisse les vents hurler et le temps s'écouler.

Lundi 1er juillet. Cela fait trois semaines que je navigue sur le lac Supérieur. Le brouillard se fait moins fréquent. J'en viens presque à le regretter tant le vent d'ouest, lui, est cruel : quotidien. Je diminue encore mes rations de pâtes. Quant au bocal de céréales, il est désespérément vide. J'ai bien essayé de pêcher, mais sans succès. Le lac est trop profond, les poissons se cachent. Je m'enfouis alors sous la tente pour me rappeler certaines bribes d'histoire.

Lorsque la Nouvelle-France tombe aux mains des Anglais, en 1763, les frontières de la « nouvelle » Nouvelle-Angleterre épousent celles de l'Amérique du Nord actuelle, hormis le Mexique, alors occupé par les Espagnols, et l'Alaska, par les Russes. En 1776, après la révolution des colonies du Sud – celle qui donnera naissance aux États-Unis d'Amérique –, les colonies fidèles à la Couronne – actuel Canada – prennent le nom d'Amérique du Nord britannique. Jusqu'à la moitié du XIXe siècle, celles-ci demeurent sans lien politique. Toutefois, avec l'avènement de la propulsion à la vapeur, du chemin de fer et du télégraphe, les distances diminuent. Par ailleurs, la guerre civile américaine qui éclate en 1861 précipite le processus d'unification. En effet, le regroupement de toutes les colonies britanniques est non seulement une solution aux tensions entre le haut (anglophone) et le bas (francophone) Canada, mais aussi une sécurité supplémentaire face à la menace yankee. L'Ontario, le Québec, la Nouvelle-Écosse et le Nouveau-Brunswick s'unissent alors pour former le Dominion du Canada et, lorsqu'en 1867 l'Acte de l'Amérique du Nord britannique est promulgué par la reine Victoria, le Canada voit officiellement le jour. C'était il y a exactement cent vingt-neuf ans en ce 1er juillet.

La nuit est tombée, froide comme toujours sur le Supérieur. Je ne m'accorde que quatre heures de sommeil. Puis, grâce à un départ nocturne, je réussis à pagayer trente-trois kilomètres avant que le vent d'ouest ne se fasse trop violent. Ce bond m'allège de la septième carte topographique du voyage. Sur la huitième, je vois enfin Thunder Bay, et je parie alors sur une autre nuit écourtée. Cependant, lorsque deux tentes se profilent à l'horizon du jour naissant, je renonce à l'avance que j'ai prise sur le vent dans l'obscurité. Même si la solitude ne me dérange pas, il est toujours agréable de pouvoir faire une rencontre : ici, aller vers l'autre n'est ni un besoin ni un devoir, c'est tout simplement naturel. Dans la flamme du soleil levant, je file donc vers le campement.

– Eh ! comment t'as su que le café était prêt ? s'exclame l'un d'eux en me voyant arriver.

– L'odeur ! réponds-je en débarquant.

En effet, la cafetière embaume leur bivouac, tandis qu'une large poêle s'apprête à accueillir un chargement de *pancakes*.
ph. 16 Doug, Peter, John et John, de Thunder Bay, sont eux aussi en canoë, et ils ont du mal à croire que je viens de parcourir seul le lac Supérieur dans toute sa longueur – ou presque.

– Tu resteras bien pour le petit-déjeuner ? propose Doug.

À la vue des galettes en train de brunir, je ne me fais pas prier.

– On a commencé à Silver Islet hier et on va jusqu'à Terrace Bay, explique Peter. Tu as dû y passer, c'est à quatre-vingts kilomètres à l'est d'ici. Dimanche, quelqu'un viendra nous récupérer en voiture. Si tu veux, tu peux te joindre à nous, comme ça on rentrera tous ensemble à Thunder Bay. Qu'en dis-tu ?

– Merci, mais je préfère poursuivre jusqu'à la ville. Dans ce sens, les kilomètres ont été si difficiles à gagner ! Qu'y a-t-il à Silver Islet ?

– Pas grand-chose. Une ancienne mine d'argent, plusieurs baraques, une route...

– Un magasin d'alimentation ?

– Oui, un petit magasin.

Bonne nouvelle. Je pourrai y acheter de quoi tenir jusqu'à Thunder Bay. Si je n'avais pas jugé nécessaire de remonter la rivière qui mène au hameau de Terrace Bay pour m'approvisionner, c'est à cause du détour que cela représentait. Aujourd'hui, je ne le regrette plus. Peter, chargé de l'intendance, me tend un sachet rempli de barres énergétiques :

– Des *power bars* faits maison ! dit-il en m'offrant le précieux paquet. Tu en auras davantage besoin que nous !

– En avez-vous assez ?

– Ne t'en fais pas, répond-il en brandissant un sachet similaire. Et puis... John veut perdre ses kilos !

– Ah ! Pour ça, on peut échanger nos canoës, dis-je en soupirant.

Doug m'énonce son numéro de téléphone que je griffonne sur ma carte :

– Appelle-nous quand tu seras en ville, tu es le bienvenu ! Tu sais : une douche chaude, une lessive, un lit.

– Merci ! dis-je en me rappelant les douceurs de la civilisation. Alors à bientôt !

À une vingtaine de mètres de leur bivouac, je brandis ma pagaie en guise d'au revoir avant de m'enfoncer à nouveau dans l'infinie solitude du Supérieur. Le vent se lève rapidement, rabotant sa surface. Le moral régulièrement entretenu par la dégustation d'une barre de céréales – un subtil mélange d'avoine, de chocolat, de noix, de cacahuètes, de fruits secs, de miel et de beurre –, j'étale le vent d'ouest sur trente kilomètres. La différence que peut faire l'alimentation est inouïe ! Je décide que mon budget mensuel devra être doublé et que j'investirai dans un bidon supplémentaire pour transporter davantage de vivres. Je trouverai bien le moyen de me faire un peu d'argent cet hiver. J'installe le campement sur la côte orientale de l'île Edward. Le ciel est à l'orage, mais le temps m'importe peu. J'ai le ventre plein, il me reste plusieurs barres énergétiques et de nouveaux amis m'attendent en ville.

Vendredi 5 juillet. Le vent m'a acculé sur le flanc ouest de l'île Edward, à cent kilomètres de Thunder Bay et vingt de Silver Islet. C'est fini. Je n'ai plus rien à manger. Depuis que je suis sur le lac Supérieur, je n'ai jamais mangé à ma faim – il faut croire que c'était déjà trop –, mais à aucun moment je ne m'étais douté que je serais bloqué un jour sur trois. Je somnole sous la tente, à l'abri des moustiques, en écoutant la radio de Thunder Bay sur 94 FM, quand l'animateur interrompt brusquement le programme pour annoncer un grain violent accompagné de fortes rafales de vent. Une trombe digne de couper Terri Clark, chanteuse renommée de *country*, en pleine interprétation de *Better things to do* doit sans conteste être prise au sérieux ! Je me précipite pour fermer les sacs, attacher le canoë et déployer les six cordelettes de sécurité de la tente avant de m'effondrer sur le duvet, exténué par tant d'efforts. Une pluie torrentielle s'abat. Déchirements et hurlements succèdent aux explosions. Thunder Bay porte bien son nom. Lorsqu'un deuxième arceau casse, je jure de ne plus jamais utiliser des arceaux en aluminium.

À l'aube, la terre, ivre de tourmente, n'a toujours pas dessaoulé. À l'attendre, je me fais de plus en plus petit. Sale, allongé sur mon tapis de sol, les cheveux remplis d'insectes, j'espère. Rien d'autre à faire. Rien à manger. Trop fatigué pour essayer de pêcher. Trop fatigué pour essayer quoi que ce soit. Alors je ferme les yeux.

Le lourd silence qui s'abat sur mon île me réveille. Quel jour ? Quelle heure ? Je ne sais pas. Je m'en fous. Je devine l'accalmie trompeuse, le silence suspect, le suspense hypocrite. J'allume la radio. Le prochain orage est prévu pour la fin de l'après-midi. Je n'en peux plus d'attendre. Vite, je jette l'équipement dans le canoë. Cinq kilomètres me séparent de la côte. Ah ! cinq kilomètres… La bise est incertaine.

Le ciel se retourne sur lui-même en laissant échapper plusieurs grognements incompréhensibles. L'inquiétude me ronge. Si le mauvais temps se réveille, jamais je n'aurai la force de traverser le champ de bataille. Sans interrompre le rythme lancinant du va-et-vient de ma pagaie, je croque une pastille de vitamine C. Cinq boîtes de ces vitamines reposent dans le fond de mes sacs : je savais que les produits frais manqueraient cruellement à mon alimentation et qu'une telle carence pouvait être fatale. Quant aux minéraux, je ne m'en étais guère soucié. La carence n'est dangereuse que si elle est prolongée et un apport même minime répond aux faibles besoins de l'organisme. De plus, fruits secs et poissons en contiennent déjà beaucoup. Aujourd'hui, je me sers de vitamine C comme de sucre, espérant retarder la crise d'hypoglycémie.

Des minutes cruelles s'égrènent – cent vingt exactement –, avant que je ne touche enfin terre. À peine ai-je débarqué sur un embryon de plage à trois mètres du lac que, déjà, les coups de semonce annoncent la reprise des combats. Ma position est vulnérable. Si le vent tourne, je serai dans l'eau mais, traqué, affamé, je n'ai pas la force de dénicher un meilleur abri.

La nuit est éprouvante ; je ne ferme pas les yeux. Au petit matin, des arbres déchirés gisent tout autour de moi. La terre fume encore. Silver Islet est à dix kilomètres. Je roule le duvet, puis me repose un instant. Je plie la tente. Je crois que j'ai fermé les yeux. Quand je les ai ouverts, il y avait encore les sacs à boucler. Je finis par embarquer. Pas un instant je ne perdrai la côte de vue, prêt à m'y jeter au moindre signe de tempête. Tandis que des crampes d'estomac me labourent, je rassemble les forces qu'il me reste pour soulever la pagaie. Il ne me viendra pas à l'esprit que celle en aluminium, par sa légèreté et sa pelle moins large, serait plus facile à manier. Non, je suis trop préoccupé pour cela. Occupé à soulever ma pagaie en bois et à l'actionner.

Le lac pèse sur mes épaules, ma tête, mes bras, mes yeux. Il m'écrase. Je ne sais même plus si j'avance. Si, un peu. La côte bouge. Du moment qu'elle ne s'éloigne pas, ça ira. Malgré la prostration à laquelle mon esprit s'abandonne, je sais exactement ce qui m'arrive. J'ai petit à petit rogné toutes mes réserves pour lutter contre le froid en alignant les kilomètres et, à présent, c'est le muscle lui-même qui s'atrophie de l'intérieur. La faim m'a gagné. Lorsqu'on est allongé, elle est supportable, mais là... L'angoisse, bien plus que le travail musculaire, épuise mes dernières réserves. Je vacille soudain. La conscience bascule. Le rideau tombe. Un voile noir piqueté de dizaines d'étoiles. Pas longtemps. Une ou deux secondes. Le temps d'une gifle intellectuelle et d'un comprimé de vitamine C.

J'ouvre les yeux. Je ne sais plus où je suis. Aucune importance. Ne pas chercher à savoir, c'est trop d'effort et puis... je pourrais être déçu. Non, il vaut mieux pagayer et espérer. Alors je rampe à travers le clapot, les doigts crispés sur le manche, le cœur accroché à la vie. Chaque geste est coûteux, chaque pensée représente un gouffre d'énergie où je risque de sombrer. N'accomplir que le strict nécessaire. Respirer calmement, actionner la pagaie. Respirer. Actionner. Je ne sais même plus dans quel sens, dans quel ordre. J'ouvre un œil pour m'assurer de la présence de la côte sur ma droite. Je découvre une forêt à gauche ! Je regarde à tribord. Des arbres aussi et... plusieurs maisons ! Silver Islet ! À gauche, c'est une île : je suis donc dans un pertuis.

J'attache le canoë au dock. Plusieurs barques y sont amarrées. La vue d'un bâtiment un peu plus important que les autres, à une cinquantaine de mètres, m'insuffle le courage d'un dernier effort. Les derniers pas. Cela ne fait aucun doute, il ne peut s'agir que du magasin. Deux chiens roupillent, effondrés dans la poussière. À peine remuent-ils la queue à mon passage. Le village est désert. Je me dirige vers la bâtisse : « Fermé, ouverture à 12 heures le dimanche ». Soulagé, je m'affale sur le banc pour attendre patiemment midi.

Les pains aux raisins que m'offrent le patron et la jeune caissière me tirent de la somnolence dans laquelle j'avais sombré depuis deux jours. Toutefois, seules quelques bouchées parviennent à passer le cap aride de mon gosier. C'est évident, mon estomac a tant rétréci que toute nourriture solide me rassasie immédiatement. Je me rabats sur du café, avalant plusieurs tasses fortement sucrées, avant de regagner mon canoë avec des provisions. Je ne pagaierai pas longtemps. Non loin de Silver Islet, un magnifique port naturel au pied de la « montagne du Tonnerre » m'invite à bivouaquer. Je suis dans le parc provincial Sibley : juste au moment où je plonge dans la baie, un couple de randonneurs surgit du bois. Je remarque leur étonnement.

Quant à savoir si c'est ma baignade dans ces eaux froides, ou le fait que je ne porte pas de maillot… Aussitôt que j'aurai enfilé mon pantalon, ils me presseront de questions. En repartant, la jeune femme me tendra même une orange :

– Si tu écris un livre, je l'achèterai ! dit-elle, enthousiaste.

– C'est gentil, mais je ne sais pas…

Un livre ! Écrire ! Comme si je n'avais que ça à faire ! Et elle n'est pas la première à me le suggérer. Drôles de gens. À croire que le moindre événement est prétexte à un livre. Que d'orgueil ! Ce n'est pas pour moi. Et puis, j'aurais l'air de quoi si je n'atteins pas l'Arctique ? Quel est le plus important, vivre ou écrire ? Vivre, bien sûr.

La biche qui broute devant ma tente accompagne mes interrogations jusqu'au crépuscule. Je pourrais presque la toucher, la caresser. Cependant, je ne fais aucun geste brusque, je ne veux pas l'effrayer. Sa confiance est étonnante. C'est à peine si elle fait attention à moi. Pourtant je sais qu'elle m'observe, à sa manière, discrètement.

Dès le lever du jour, de violentes bourrasques déchaînent le lac Supérieur. Pour la première fois, l'idée de passer la journée sous la tente me réjouit. Le bivouac est confortable et le garde-manger fourni. De plus, depuis que Doug et Peter m'ont parlé du « Grand Rendez-Vous » qui aura lieu le 13 juillet au fort William, près de Thunder Bay, je ne suis pas vraiment pressé. Je ne voudrais pas quitter la région avant le spectacle de ce musée vivant sur l'histoire du commerce des fourrures. Chaque année, au mois de juillet, et pendant une quinzaine de jours, les « voyageurs » se donnaient rendez-vous au fort William pour échanger couvertures, fusils, alcool… contre peaux et fourrures. C'était l'événement le plus important de la saison pelletière. Puis, après des jours et des nuits de danses, de beuveries et de filles, ils faisaient le chemin inverse avec leurs nouveaux chargements. Les pelleteries allaient vers la côte Est pour être embarquées sur des navires à destination de l'Europe, et les marchandises occidentales au nord et à l'ouest jusqu'aux *trading posts.* La peau de castor servait de monnaie d'échange.

Je lève l'ancre le lendemain. Thunder Bay est à vingt-cinq kilomètres devant moi, de l'autre côté de la vaste baie du même nom. Je distingue plusieurs îles à mi-chemin. Je calcule leur azimut. J'hésite, je pourrais être dans le port en fin d'après-midi.

Soixante kilomètres encore si je me blottis dans les bras que la côte me tend. Un tel détour ne se refuse pas, le lac m'a assez fait souffrir.

La façade ouest du Sleeping Giant se révèle pittoresque. La légende raconte que le géant Nanabozho, fils du Vent d'ouest et d'une Terrienne, avait découvert de l'argent sur le cap Thunder. Bien qu'il se fût dépêché de l'enterrer, deux Blancs étaient venus chercher le trésor. Fou de rage, Nanabozho implora l'aide de l'Oiseau-Tonnerre et une terrible tempête fit chavirer le canoë des hommes blancs. Le Grand Manitou (le Créateur) le lui avait défendu ; aussi pour le punir le figea-t-il dans un sommeil éternel. Ce « Géant endormi », que l'on peut voir aujourd'hui étendu sur le dos, au sommet de la montagne, attend que le Grand Esprit le réveille.

Lorsque je débarque à trente kilomètres de Thunder Bay, le vent s'engouffre dans la baie, balayant chaque recoin comme pour en chasser la poussière.

6. Thunder Bay

J'ENTRE DANS LE PORT. Comme à Sault-Sainte-Marie, je suis assailli par les questions. Mon teint hâlé, ma barbe, le volume impressionnant de ma cargaison, tout cela attire beaucoup de curieux, mais être encouragé n'a pas de prix. Aussi un vieil homme m'affirme-t-il: «La terre nous instruit mieux que les bouquins. Quand on l'écoute, on n'oublie pas.» Un autre me met en garde contre le Grand Nord: «Fais attention, généralement on n'en revient pas. C'est si beau.» À l'exception du modeste parc bordant la marina, je ne vois aucun endroit où planter une tente. Je me présente donc à l'homme de permanence avant d'installer mes quartiers dans le port de plaisance, où pelouse verdoyante et eau chaude transforment agréablement mon ordinaire. Le bivouac dressé, je m'assois et contemple le large, comme un artiste le ferait de son œuvre: satisfait. Toutefois, je savais que le périple était loin d'être achevé, même si j'avais pagayé sur les deux plus grands lacs du monde. Un badaud me tire de ma rêverie en me proposant de me conduire au supermarché.

Darcy, retraité, six fois grand-père, attendra patiemment que j'arpente les rayons du magasin pour choisir de quoi tenir un mois et demi. Cette fois, je ne lésine plus sur la quantité. Nous faisons ensuite le tour de sa charmante ville, sans oublier Simpson Street, le quartier chaud, où il me dévoile les secrets de chaque belle de nuit que nous entrevoyons! Discrétion requise, car ici c'est illégal. Heureusement, quand, à minuit, Darcy me reconduit à la marina, toutes mes affaires sont encore là: appareil photo, billets de vingt dollars et victuailles empilées dans des sacs recyclables.

Le lendemain, dès l'ouverture des commerces, j'arpente le bourg à la recherche d'arceaux en fibre de verre. J'emploierai la matinée à scier, poncer et ajuster les élastiques avant que les baguettes ne s'adaptent à ma tente. J'achète également une poêle à frire, de l'essence pour mon réchaud, un seau de pêche qui servira de bidon supplémentaire pour la nourriture, des piles pour ma radio et une autre pour ma montre. Ah, combien de fois déjà avais-je dressé cette liste d'achats, étendu sur mon tapis de sol et rêvant à des jours plus sereins ! Au téléphone, j'abreuve mon oncle, ma mère et mon père de nouvelles fraîches. Ce dernier me transmet le message d'un excellent camarade que je m'étais fait à l'Institut polytechnique de Grenoble. C'est de toi, Jérôme, dont je veux parler. Toi qui m'avais entraîné durant toute l'année scolaire en me faisant courir et nager quotidiennement. Quand tu as eu vent de ce poste de recherche à la fois lié à la mécanique et au sport de compétition, tu as tout de suite pensé que cela pouvait m'intéresser. En d'autres circonstances, sûrement. À présent, c'est différent, c'est trop tard : l'Arctique est un objectif qui ne se décommande pas. Comment pourrais-je y renoncer après tous ces jours de jeûne ? Je ne suis plus le même. L'homme que j'ai contemplé tout à l'heure dans le miroir était noir, brûlé par le soleil. Ses cheveux avaient poussé, mais c'était surtout sa barbe et ses douze kilos en moins qui le rendaient étrange, presque étranger à lui-même. Cet homme, c'était moi, ou du moins ce qu'il restait de l'ancien. Le nouveau était en train de naître. Ma mère me demande si je fais du footing le soir pour me dégourdir les jambes. Ce n'est pas facile d'expliquer à mes parents ce que je fais, surtout au téléphone. Ils sont si loin. D'ailleurs, est-ce que je le sais moi-même ?

Doug, qui m'avait invité lors de notre rencontre sur le lac, réside en bordure de la rivière Kaministiquia, celle que les « voyageurs » empruntaient pour gagner le fort William et acheminer les marchandises vers l'ouest. En me rendant chez lui en canoë, j'aperçois une pagaie coincée dans les blocs en béton d'un enrochement. Recouverte de mousse et légèrement entaillée, c'est la pelle large et robuste d'une Grey Owl en bois laminé que j'extrais des rochers. Un naufrage ? Une tragédie ? Un oubli ? Quoi qu'il en soit, voici soixante dollars d'économisés ! Quand je rejoins Doug, nous nous rendons, en voiture cette fois, chez Peter, où l'un des deux John nous attend aussi.

Chips et bières accompagneront notre réunion d'aventuriers jusque tard dans la nuit, quand Peter finira par nous révéler la recette de ses *power bars*. Il s'engage aussi à m'en envoyer un sac plein à la poste restante de Fort Frances, la prochaine bourgade sur ma route.

Lorsqu'à l'aube du 13 juillet je suis le premier à frapper aux portes du fort William, son personnel m'accorde une entrée gratuite car, de tous les visiteurs, je suis l'un des rares à être venu en canoë. Ainsi, après une courte marche à travers bois mais un long voyage à travers le temps, je découvre le fortin. Des centaines de Canadiens et d'Américains (bénévoles) y vivent comme au XVIIIe siècle : tout autour de la palissade, les Indiens travaillent les peaux dans leurs tipis en écorce de bouleau ; à l'intérieur, on s'active dans les *trading posts* et les magasins de fourrures ; dans les ateliers de fabrication, on s'applique à construire des barques et des canots. Le commerce pelletier, ses trappeurs blancs et indiens, ses coureurs de bois, ses « voyageurs », ses canoës en écorce de bouleau, la recherche de nouveaux territoires de trappe, la quête de la mer de l'Ouest… voilà ce qui a fait, jusqu'au début du XIXe siècle, l'âge épique du Canada. Mais comment a-t-il commencé ?

En ce temps-là, les guerres de Religion plongeaient l'Ancien Monde dans un bain de sang. L'écho des découvertes de Jacques Cartier (1534) commençait à se répandre comme une traînée de poudre en Bretagne et en Normandie : le Canada ne serait ni une île, ni la côte orientale des Indes, mais bel et bien un nouveau continent ! Un nouvel espoir. On pouvait fuir les guerres de Trente Ans, de Cent Ans, les guerres d'Italie, d'Autriche et d'Espagne, et partir. Enfin, pas tout à fait. Il fallait d'abord survivre à huit semaines de traversée dans des cales infectes où l'on pouvait mourir d'épidémie, être tué par des corsaires ou faire naufrage dans la tourmente. Autant dire que ces Français robustes et trapus qui allaient devenir les fameux « voyageurs » étaient d'une sacrée trempe. Engagés sous contrat par les compagnies de traite des fourrures, ils passaient leur temps à pagayer et porter les canots pour troquer casseroles, outils, couvertures, fusils et alcool contre les peaux amassées par les Indiens. Toutefois, qui dit commerce, dit argent, convoitise et… guerre. Très vite, la maladie qui ravageait l'Ancien Monde se répandit dans le Nouveau. En France, le Canada était même décrit comme les «faubourgs de l'enfer» à cause de la cruauté des Iroquois, alliés des Anglais, contre les Français et les Hurons.

Les chapeaux – la peau de castor procurait un excellent feutre pour confectionner les hauts-de-forme à la mode en Europe – n'étaient pas la seule raison à l'essor colonial en Amérique du Nord. En effet, la motivation première était de trouver un autre accès vers les Indes, une route plus sûre car, au sud, elle était contrôlée par les Espagnols et, à l'est, par les Arabes. La France et l'Angleterre devaient donc se battre pour ce qu'il restait: le Canada. Mourir pour quelques gibus et un peu d'épices… Dans la première moitié du XIXe siècle, la vapeur remplace la pagaie, la soie détrône la fourrure, les «voyageurs» sortent à jamais de l'histoire. Cependant, quand, à la mi-journée, gigues, violons, battements de tambour et coups de canon s'entremêlent pour célébrer l'arrivée des canots, je les ph. 18-19 vois ressusciter, vêtus de leur chemise ample, coiffés du bonnet rouge et chaussés de mocassins en peau d'élan. Des personnages joyeux, braillards et insouciants face à la rude vie qu'ils menaient: journées de dix-huit heures à ramer et à porter, où hernies, noyades et chutes ne manquaient pas.

Outre la route qui consistait à remonter la rivière Kam, une seconde qui, par le lac Supérieur, rejoignait directement la frontière avec les États-Unis, permettait de gagner les contrées de l'Ouest. C'est celle-là que j'avais décidé de suivre. Lorsqu'à Ottawa j'avais établi mon itinéraire, j'étais loin de me douter qu'il coïnciderait avec ces routes historiques du commerce des fourrures. J'avais donc retrouvé, en étudiant des cartes, la route que les Indiens, les coureurs de bois et les explorateurs avaient découverte par instinct, par chance et souvent au prix de leur vie.

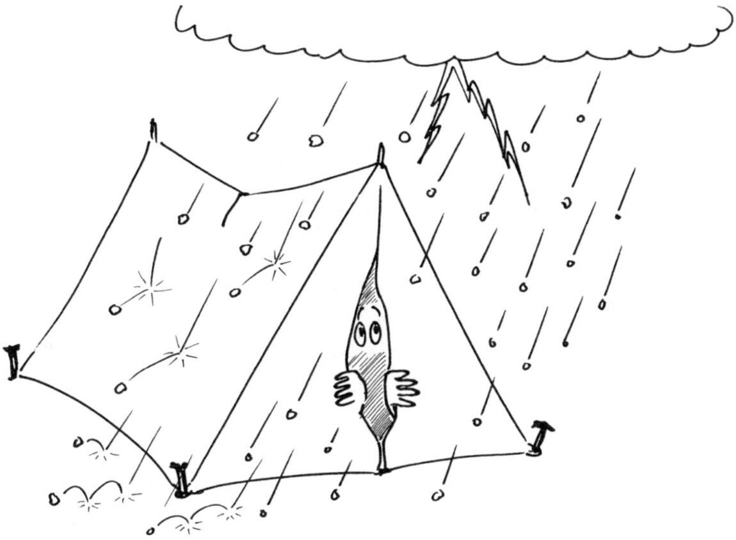

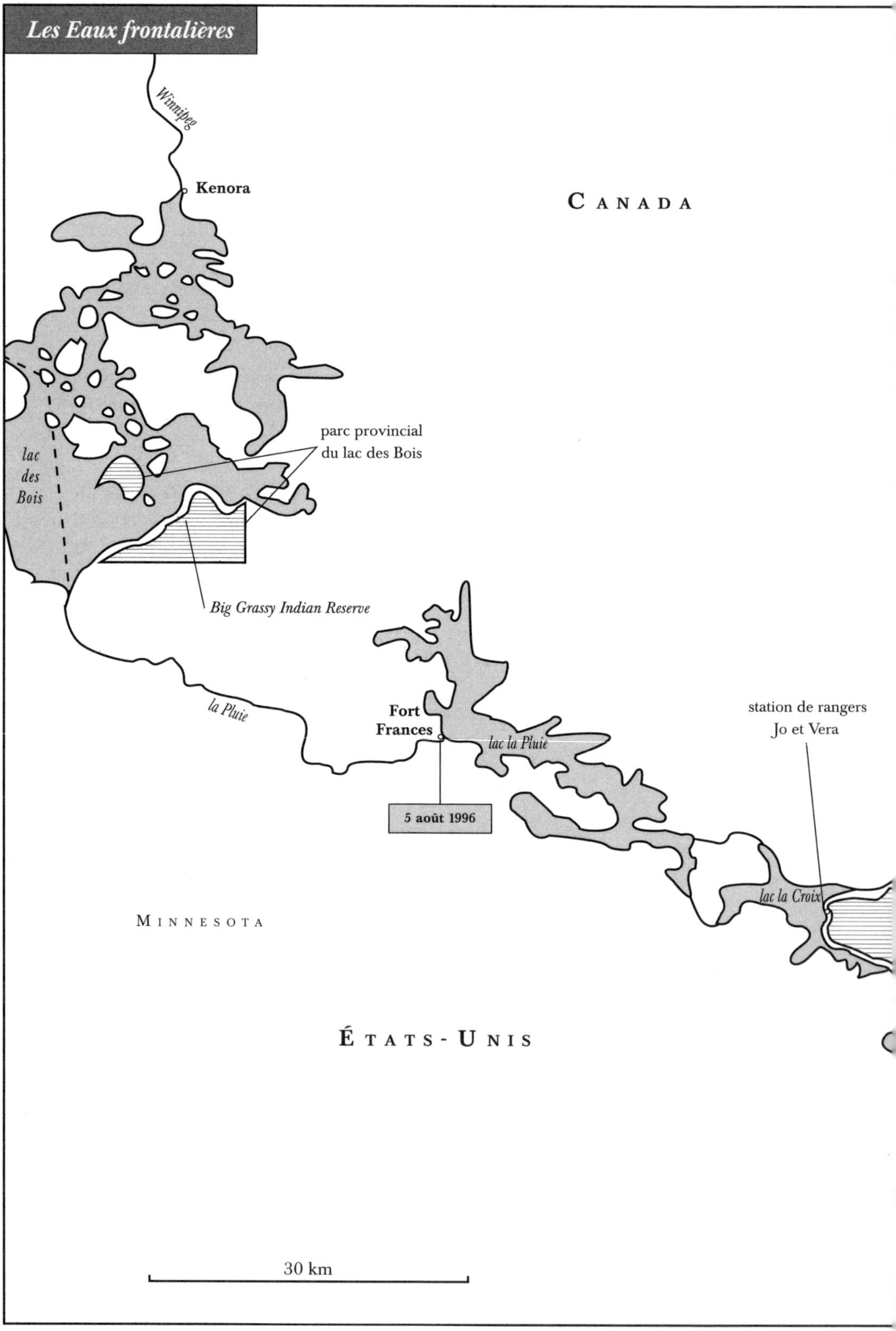
Les Eaux frontalières
Winnipeg
Kenora
CANADA
parc provincial
du lac des Bois
lac
des
Bois
Big Grassy Indian Reserve
la Pluie
Fort
Frances
lac la Pluie
5 août 1996
station de rangers
Jo et Vera
lac la Croix
MINNESOTA
ÉTATS-UNIS
30 km

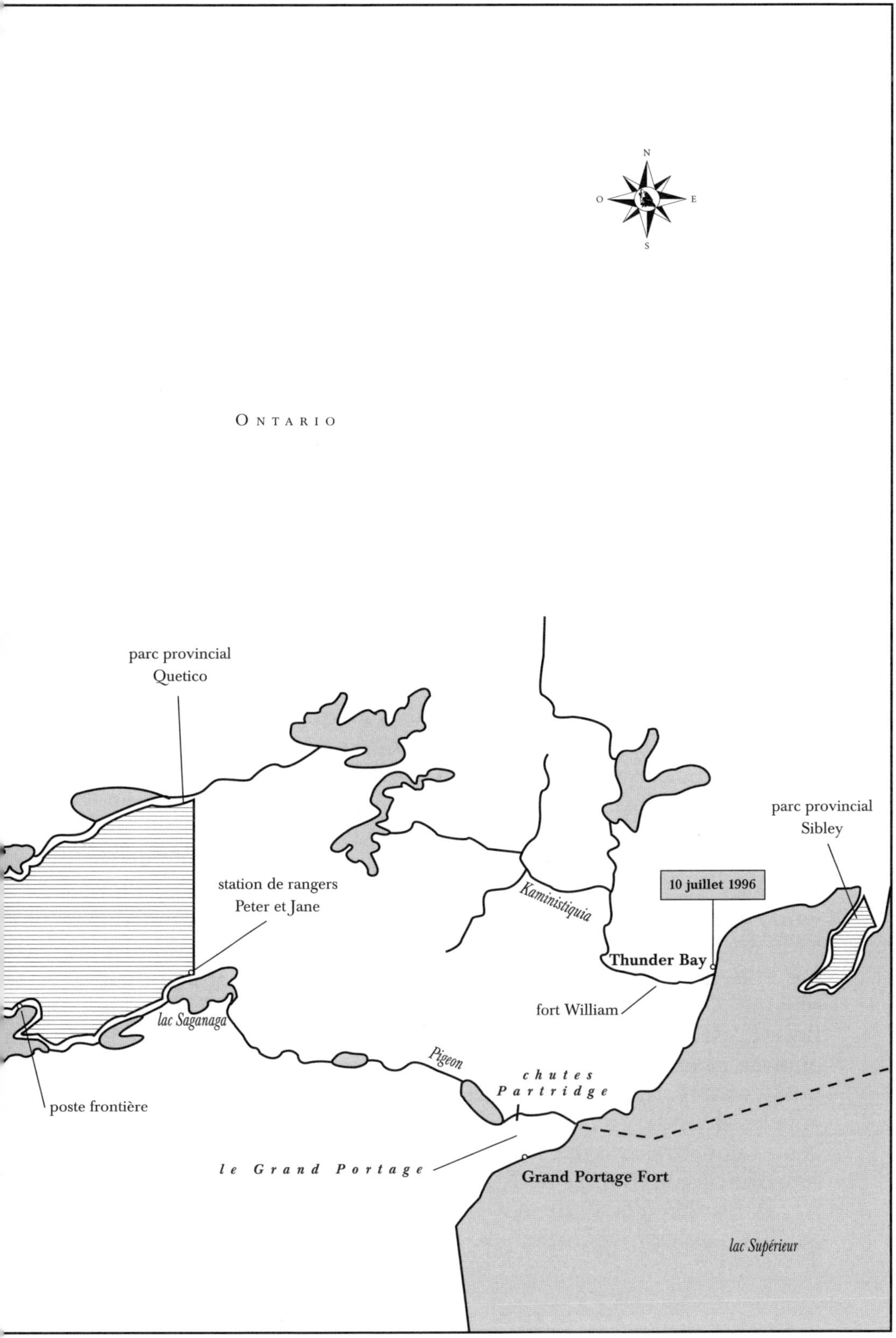
N
O
E
S
Ontario
parc provincial
Quetico
station de rangers
Peter et Jane
lac Saganaga
poste frontière
Kaministiquia
10 juillet 1996
Thunder Bay
fort William
parc provincial
Sibley
Pigeon
chutes
Partridge
le Grand Portage
Grand Portage Fort
lac Supérieur

7. Fausse piste

AU SOIR DU 15 JUILLET, la berge nord de la rivière Pigeon déroule son lit de calcaire où j'étends ma carcasse. Je suis à deux kilomètres à l'ouest du lac Supérieur, au pied de chutes ph. 20-21 d'une dizaine de mètres. De plus grandes encore m'attendent en amont. Je prévois trois jours de marche pour atteindre des eaux navigables. Je suis prêt, et pas mécontent de quitter le Supérieur. Sur la carte, le portage se faufile en pointillé le long de la rivière jusqu'aux chutes Partridge, les dernières. Aucun marais, ni franchissement, ne semble figurer sur ce sentier long de vingt-cinq kilomètres. D'ailleurs, une courte reconnaissance me confirme son existence : la sente est escarpée, mais nette et entretenue.

À la fin de la Révolution américaine, en 1783, les Grands Lacs servent à délimiter l'empire britannique et le nouvel État yankee dans la partie orientale du continent. Au début du XIXe siècle, de nouveaux accords fixent la frontière entre le lac des Bois et l'océan Pacifique le long du 49e parallèle. Il ne restait plus qu'à en trouver une entre le lac Supérieur et le lac des Bois. C'est le plus court chemin utilisé en canoë par les Indiens ojibwés et les « voyageurs » qui fut choisi quelques années plus tard comme ligne de démarcation. Ces cours d'eau furent appelés Boundary Waters : « Eaux frontalières ». Le long des cinq cents kilomètres qui me séparent du lac des Bois, l'Ontario s'étirera donc à ma droite et le Minnesota à ma gauche.

À l'aube, j'étrenne ma nouvelle poêle, retournant mes galettes au-dessus d'un feu de bois. Rouges de fruits sauvages et noyées dans du sirop d'érable, les crêpes comblent délicieusement mon vorace appétit. Après ce petit-déjeuner, je laisse encore derrière moi un tapis de fraises des bois pour organiser mon portage en quatre chargements de quarante kilos.

En m'enfonçant dans la forêt, je débusque l'été. À l'ombre des conifères centenaires, le mercure s'élève à plus de 30 °C. Les insectes grouillent. Seules les femelles des maringouins sont agressives, et elles ne manquent pas de me le rappeler : je suis bouffé et bouffi ! S'adapter ou disparaître, les lois de l'évolution sont simples, et les mesures de protection s'apprennent vite : pantalon, manches longues et moustiquaire de tête se greffent au fardeau de mon équipement. Pas un souffle d'air ne m'encourage dans cette marche épuisante. Les muscles se raidissent sous le poids d'un effort nouveau. Ils devront s'endurcir, car les portages seront quotidiens sur toute la zone frontalière. Heureusement, la plupart n'excèdent pas deux kilomètres. Après dix minutes de marche, je dépose mon barda et retourne chercher le deuxième chargement. Jusqu'au quatrième. C'était la façon de procéder des « voyageurs ». Ainsi, grâce aux allers-retours fréquents, je repose mes épaules sans pour autant ralentir ma cadence.

En amont de la première chute, le sentier disparaît brusquement. En me faufilant à travers les branches des conifères, je poursuis, espérant le rattraper un peu plus loin. Toutefois, la végétation s'épaissit rapidement. Je dépose canoë et bagages pour partir en reconnaissance. L'idée d'un demi-tour après quatre heures d'efforts ne m'enchante pas. Cependant, même sans chargement, c'est avec beaucoup de peine que je progresse. Je finis par m'incliner devant la flore et me rendre à l'évidence : il faut rebrousser chemin. Huit heures de marche en pure perte. Je remonte la tente à l'endroit même où je l'ai pliée au matin : rude coup pour le moral. Il ne me reste qu'à essayer par la route. Une préparation plus minutieuse du voyage m'aurait sans doute évité ce genre de désagréments, mais je sais par expérience qu'il n'en existe aucune de parfaite, quand bien même elle se serait déroulée sur des mois, voire des années. Je ne regrette rien. Je préfère souffrir dans une forêt impénétrable plutôt qu'au milieu des gaz d'échappement d'une grande ville. D'ailleurs, qu'est-ce que l'aventure sinon une recherche de soi et une quête de l'inconnu ?

Mon départ matinal est rempli d'espoir : celui de rattraper le retard accumulé la veille. J'apprendrai au fil de ce voyage que le temps peut être aussi sauvage qu'une bête. Il est vain de lui courir après. Il viendra à moi de lui-même quand je l'aurai mérité, quand je serai prêt et quand j'aurai arrêté de le poursuivre. En coupant à travers bois, je marche pendant une heure trois quarts pour rejoindre la nationale. Je me résigne à longer ses ondulations monotones, serrant la lisière pour échapper à la réverbération fiévreuse du bitume. En passant, quelques rares camions m'inondent de leur nuage de chaleur carbonique. La différence de climat entre le lac Supérieur et l'intérieur des terres m'accable. Mes pores, ouverts par la sueur, abreuvent d'eau et de sang le flot de moustiques qui m'assaille. Après trois kilomètres de nationale, deux kilomètres d'une route forestière me conduisent à une rivière à hauteur du parc provincial Middle Falls. Trois et deux, multiplier par sept… La piste devrait recouper le sentier de portage d'hier un peu plus loin. C'est un gros détour, mais je n'ai guère le choix. Sous le soleil écrasant de l'après-midi, je bénis ma rencontre avec le ranger du parc. Toutefois, mon enthousiasme s'effondre vite :

– Le sentier est désaffecté. Tu n'arriveras jamais à passer. Le vrai portage est vingt kilomètres plus au sud sur le lac Supérieur.

– Aux États-Unis ?

– Oui, il commence au premier village côtier que tu verras, Grand Portage Fort, m'apprend le jeune homme trapu.

Accablé par la nouvelle, je me laisse conduire en pick-up jusqu'à la case départ et refais en sens inverse le sentier d'un kilomètre que j'avais fait six heures plus tôt. L'idée de passer une troisième nuit au même endroit m'exaspère, et je décide de gagner Grand Portage Fort avant le soir. J'espère bien réussir car, dans l'obscurité et sans carte – les miennes se limitant au territoire canadien –, j'ai toutes les chances de me perdre.

L'hospitalité du lac Supérieur est surprenante. Je m'attendais à un rude combat. C'est tout le contraire. D'un coup de brise fraîche, d'un air de liberté, canicule et insectes se noient dans l'espace. En se couchant sur les langues de granite, la houle se charge d'embruns. Les thuyas géants, délicatement agités par le murmure des amours estivales, embaument toute la côte. De concert, vent, vagues et flore chantent les louanges du crépuscule. Le soleil décline, tandis qu'un tapis d'argent renvoie ses dernières lueurs. Débarrassé de mes cartes, oubliant la boussole, j'ai le sentiment de voir le lac Supérieur pour la première fois. Mon cœur bat enfin au rythme de sa beauté. Je songe alors au temps qu'il faut pour apprendre à regarder, intensément, intimement, partout… jusqu'à ce que les circonvolutions d'un aigle royal m'invitent à poursuivre le chemin de cette nouvelle vie. À la nuit tombante, les lumières réconfortantes du village me guident dans la baie de Grand Portage Fort.

La route originelle empruntée par les « voyageurs », dès 1688, était celle qui passait par le fort William. Peu après, La Vérendrye « découvrait » celle utilisée par les Indiens pour se rendre dans les grandes prairies de l'Ouest. Cette dernière passait plus au sud et, nécessitant un portage de treize kilomètres pour quitter le lac Supérieur, fut nommée route du Grand Portage. Comme elle était plus facile et plus courte, la Compagnie du Nord-Ouest l'adopta rapidement. Le fort Grand Portage, qui servit de nouveau quartier général, finit par donner son nom à la localité qui s'est naturellement développée autour de ce point de commerce. En 1803, à cause des taxes douanières imposées par les Américains le long de la frontière, les « voyageurs » durent retourner sur la rivière Kam, et leurs chants y résonnèrent jusqu'à ce que les sifflements du train ne les remplacent à jamais dans les années 1820.

Je découvre à Grand Portage Fort un paisible village du Minnesota. Des temps épiques, il ne reste qu'un vieux fortin en bois auquel je m'adosse, sous un bosquet, là même où les « voyageurs » devaient fêter le « Grand Rendez-Vous » et préparer leur retour. À la lueur du feu de camp, je noircis quelques lignes dans mon journal de bord, quand un groupe de jeunes se dirige vers moi : bonnets, chemises amples, ceintures bariolées, joyeux et insouciants.

– Bonjour ! dit celui qui semble être leur chef dans un français sans accent. Nous sommes des « voyageurs » !

– Eh ! Soyez les bienvenus alors ! dis-je non sans cacher mon étonnement.

Pour un endroit où le camping est défendu, il y a soudainement beaucoup d'animation : une quinzaine d'hommes et de femmes s'apprêtent à faire ripaille au bord du lac. Michel m'explique qu'il anime le *French Voyager Camp.* La colonie de vacances est également linguistique puisque les adolescents du Minnesota, à l'image des personnages qu'ils incarnent, ne doivent parler qu'en français. Musique, rires et histoires se mêlent autour du feu de camp, et je raconte la mienne pour clore leur ultime soirée d'un séjour de quatre semaines. Au moment de nous quitter, Karin, l'une des animatrices, me déconseille de faire le portage. Les fortes pluies de ces derniers jours l'auraient noyé sous des coulées de boue. Je me laisse convaincre.

Karin est là à midi, comme convenu. Tandis qu'elle charge mon équipement dans le van, j'arrime mon canoë sur le toit par-dessus les leurs. Nous devons agir vite, avant que le reste du groupe n'ait besoin du véhicule. Quinze kilomètres de boue sur une ancienne piste lui redonnent un air usé : mes deux journées perdues sont récupérées en une heure et demie ! Karin m'offre aussi un surplus de fruits et de légumes déshydratés que j'entasse pêle-mêle dans un sac-poubelle. Un de plus à porter outre les six miens. J'ai connu la faim, alors je porterai.

La forte pluie et l'heure avancée m'incitent à repousser le départ au lendemain. Une cabane abandonnée, en amont des chutes Partridge, m'offre son gîte exigu. À travers les carreaux brisés et la porte qui ne ferme pas, les moustiques affluent… à se taper la tête contre les murs de rondins. Au moins y suis-je au sec. Quand une accalmie m'invite à explorer le sentier de portage des chutes, je surprends deux loutres furetant dans un… kayak ! Je ne suis donc pas seul. Je patiente plusieurs minutes, mais rien ne se produit. J'aurais pourtant dû croiser quelqu'un sur le portage, la forêt est bien trop dense pour que quiconque puisse s'écarter du sentier. Je rebrousse chemin en sifflant plusieurs fois. Pas de réponse. Je me dirige alors vers la cascade, guidé par le grondement sourd et permanent. Le nuage d'embruns qui entoure la cataracte se mêle bientôt à la pluie. Derrière un nuage de moustiques que la brise dissipe un peu, j'aperçois un gaillard de taille moyenne, assis, finissant paisiblement une gamelle de pâtes :

– Salut !

Il sursaute.

– Ça alors ! Si je m'attendais à voir quelqu'un ici…

ph. 36 – J'ai vu ton kayak. Deux loutres étaient dedans !

– Ah ! les salopes…

Jo, un Américain de 30 ans, a quitté Vancouver à vélo et se dirige vers Halifax. Il envisage de traverser la région des Grands Lacs en kayak avant de reprendre ses roues. Grâce à sa femme qui l'attend à Grand Portage Fort, sa logistique est assurée. Jo est une mine de renseignements concernant les portages à venir : mauvais, parfois inexistants et encore beaucoup de boue et de moustiques. « Mais quand on va vers l'ouest, ça s'arrange », ajoute-t-il avant de reprendre la route.

Ma nuit dans la cabane est inconfortable. Je me réjouissais de faire l'économie d'un bivouac dans la boue mais, contorsionné sur les ressorts d'un vieux fauteuil, je tarde à trouver le sommeil. Autour de la moustiquaire dans laquelle je me suis drapé, le bourdonnement est incessant.

À 1 heure du matin, un bruit de moteur mal réglé trouble mon engourdissement. La porte s'écarte. Un faisceau de lumière balaie la pièce avant de m'aveugler :

– Qu'est-ce tu fous là ?

– Je dors.

– C'est interdit. C'est une réserve indienne ici !

– Ah bon ?

La torche se baisse. Un Indien se profile sous le chambranle qu'éclaire le véhicule ronronnant. Dans le contre-jour des phares, je devine un uniforme d'officier de police. Un second, en civil, plus chétif, se tient en retrait. Tout en lorgnant mon équipement éparpillé, le premier reprend :

– Tu vas où comme ça ?

– À l'ouest.

– On passe toutes les nuits. Parfois des Indiens viennent boire ici. Alors on surveille. Allez, bonne nuit !

Ils disparaissent aussi rapidement qu'ils étaient venus, me laissant seul combattre une nuit remplie de moustiques.

8. Balade frontalière

ph. 23 SOUS UN CIEL RADIEUX, je m'enfonce dans le corridor des Eaux frontalières où, du lac Supérieur au lac des Bois, un éventail de lacs plus petits et de rivières se déploie. Protégée par de vastes réserves naturelles, cette région essentiellement orientée vers le tourisme conserve son double patrimoine historique et naturel. Mes épaules portent d'ailleurs la marque du premier portage frontalier : deux kilomètres de jungle détrempée, vierge de toute activité humaine. Plus loin, les sentiers seront mieux entretenus, notamment dans les parcs nationaux, mais rester concentré à chaque instant demeure une précaution élémentaire. Une culbute avec quarante kilos sur le dos pourrait mettre un terme à mon aventure comme elle a coûté la vie à de nombreux « voyageurs » et, bien qu'il soit moins spectaculaire, ce risque-là est plus important que celui d'un naufrage ou d'une noyade.

Toutefois, retrouver les cours d'eau m'enchante. Même si cela signifie devoir les remonter. Quand je saute à l'eau pour haler le canoë vers l'amont, c'est en pente douce que la rivière descend jusqu'à moi, retroussant ses babines froides à hauteur de mes cuisses. Puis, lorsqu'elle se fait plus profonde, donc moins empressée, j'embarque pour pagayer à nouveau. Quant aux caprices de la météo, ils m'indiffèrent à présent. La plupart des lacs et chenaux sont suffisamment étroits pour que je reste protégé du vent par les épicéas qui les bordent. D'ailleurs, chaque méandre me dévoile un tableau inédit où j'ai parfois l'honneur de surprendre un orignal. Je marque alors une halte. Devant tant de majesté et de puissance, il faut se soumettre.

L'élan d'Amérique du Nord, qui est le plus grand et le plus lourd des cervidés, sait se faufiler avec grâce et en silence à travers une végétation dense, et nager presque aussi vite que je pagaie. Même les loups, en bande, se méfient de leurs puissants coups de jarret, ainsi que de leurs bois qui peuvent atteindre deux mètres d'envergure. Le saule nain est heureusement le déjeuner favori de cet animal herbivore et, quand il me regarde du coin de son œil méfiant, c'est seulement pour m'avertir de la présence de son rejeton, tête en l'air et maladroit, qui lui interdit toute concession face à une erreur de ma part. Le message est clair. Je me contente donc de manier, sans geste inutile, l'unique objectif 70-210 mm de mon appareil photo. ph. 25

Après avoir établi mon campement, une baignade me débarrasse de la boue que je traîne depuis deux jours. Séchant au gré du vent, je fais revenir une truite dans plusieurs lamelles séchées d'oignons et de tomates. Je mange beaucoup mieux depuis le lac Supérieur – autant par nécessité que pour alléger mes sacs. Tandis qu'un fond d'huile donne vie à ma poêle et à son contenu, je me laisse pénétrer par la douce chaleur du couchant. Étendu sur un surplomb de granite, je savoure la tranquillité de cette fin de journée où la paix extérieure devient intérieure. Sous ma tente, une fine toile en polycoton, pendue au double-toit, m'invite à explorer le monde des rêves. Ici et partout où je dresserai mon antre, je serai chez moi. Pour rien au monde, je ne voudrais être ailleurs. Je souhaiterais que ce voyage fût sans fin. La chasse serait-elle donc plus importante que le trésor ?

De lacs en rapides, les portages se succèdent au prix de l'effort. Je peine sous le poids des bagages, en particulier du plus volumineux qui contient mes affaires d'hiver, aussi lourd qu'inutile encore : duvet prévu pour –40 °C, vêtements pour –30 °C, bottes pour –60 °C, etc.

Soudain, une impasse. Plus de rivière. Pas de portage. Pourtant, j'ai retrouvé chaque détail de la carte dans les berges sinueuses que je longe depuis le matin. Je ne peux pas être perdu. Je sais toutefois ce que peuvent signifier des pointillés sur un document édité dans les années 1970 : pas grand-chose. Le cul-de-sac, lui, se moque bien de mes considérations topographiques : une digue de castors a ennoyé la place.

Je tourne en rond une demi-heure encore avant de brandir la pagaie pour prendre la palissade d'assaut. Du haut de ses deux mètres, en équilibre sur cette digue de cinquante centimètres de large sur cinq mètres de long, je mise sur le maigre ruisseau qui fuit de l'autre côté. Disparaissant rapidement à couvert des pinacées, il semble se diriger dans la bonne direction, celle du lac suivant : le lac Rose. En sautant dans son lit caillouteux, j'espère donc aller au plus court. D'un appui d'abord hésitant, sur une structure chaotique qui se révélera aussi stable que solide, je bascule mes sacs en aval avant de me laisser glisser au bas de la fortification. En un raclement de fibre, le canoë me rejoint. Un long portage improvisé commence alors. Des pierres couvertes de mousse que la pluie rend plus glissantes encore retiennent mes chevilles. Je m'acharne. Sans crier gare, le ruisselet change de cours. Quittant les bois, il m'entraîne au cœur d'un glacis marécageux avant de se fondre dans les herbes aquatiques. J'aperçois une lisière à deux cents mètres. Le lac Rose se cache-t-il derrière ? Pour m'en assurer, je pars en reconnaissance. À plusieurs reprises, le sol se dérobe, la vase m'aspire jusqu'à la taille. Si j'étais chargé, c'est jusqu'au cou qu'elle m'enlacerait. Une fois de plus, je suis victime de mon entêtement. Un jour, j'en suis certain, il me perdra. L'orage qui menaçait depuis la mi-journée éclate brusquement. Je rebrousse alors chemin – un chemin qui n'a jamais existé – en broyant le noir des cumulo-nimbus.

Je suis las, perdu entre deux pays, charriant la désolation de mon fardeau, quand une soudaine culbute me l'arrache. Les quatre fers en l'air sur des rochers traîtres, j'analyse les avaries. Pas de casse. Pourtant, mes jambes tremblent. Alors je ne porte plus. Je traîne le canoë, je jette les sacs, je chancelle de rocher en rocher : tout pour en finir au plus vite avec ce bourbier. Je n'ose regarder l'état du matériel. Jamais je n'ai rompu les rangs devant la difficulté. Au contraire, celle-ci m'a toujours poussé à me surpasser, aussi bien physiquement que mentalement. Or, à aucun moment, je n'ai autant plié. Ni les chiens sauvages de l'Atlas, ni les rudes conditions des stages militaires de Caylus ne m'avaient autant ébranlé. La peur, inévitable compagne de l'aventure, est génératrice de courage et de dépassement. Mais le doute et le découragement sont terribles. Cet après-midi, ils tentent d'enfoncer la porte de mon âme. J'ai envie de pleurer.

Que m'arrive-t-il donc ? Les tempêtes et la faim étaient bien plus cruelles que ces enfantillages de castors ! Pourtant, c'est aujourd'hui que le doute me transperce pour la première fois : je ne sais plus si j'aurai la force d'atteindre l'Arctique. Je savais bien que le voyage serait ardu, mais avait-il besoin de l'être autant ? Cela ne fait que deux mois et demi que je suis parti et les épreuves s'accumulent déjà. Combien d'autres encore essaieront de m'abattre ?

Couvert de boue et de maringouins, je regagne la digue. Il est trop tard pour tenter autre chose. Je pagaie un peu avant d'installer le bivouac sur la première île venue. Là, je refais le point. L'unique colline en vue de mon îlot me renseigne : j'étais sur la bonne route. Seulement, voilà, elle n'est plus praticable. Encore deux journées de perdues. Sans compter le détour et les portages en plus que je vais devoir faire pour retrouver le lac Rose. Un rayon de soleil me réconforte. Je tends une corde pour suspendre mes affaires. Feu et repas achèvent de panser mon moral. Sec, repu et au chaud du duvet, je me sens bien. Les cicatrices se referment pour gagner la sphère du souvenir. Rien de tel qu'un bain d'eau glacée pour augmenter sa résistance au froid – un bain de mauvaises surprises ne forge-t-il pas un moral d'acier ?

Le lendemain, je remonte nonchalamment la kyrielle des promontoires et des courbes de la veille, lorsqu'une rencontre avec six Américains répartis en binômes sur trois canoës coupe mon élan matinal. Leur présence, à la fois soudaine et rassurante, chasse mes interrogations quant à la réalité touristique de la région : je n'avais vu personne depuis Grand Portage Fort. Bien que je devine la réponse, je leur lance la salutation d'usage :

– *Hi there! Where are you heading to ?*

– On va au lac Rose ! On espère y être ce soir.

Lac Rose… Quel joli nom pour un lac dont l'accès est semé d'embûches ! Seule la femme du groupe semble avoir décelé la fausse note qui se cache derrière mon sourire évasif, tandis que les cinq mâles de la troupe ne se départent pas de leur bonne humeur.

– Je ne voudrais pas vous décourager, mais j'ai passé tout l'après-midi d'hier à chercher le portage. Les castors ont bouleversé le terrain !

L'enthousiasme innocent qui brillait dans leurs yeux s'éteint brusquement devant la gravité de mes propos.

– Mais qui sait ? Je suis peut-être passé à côté sans le voir.

La confusion s'empare du groupe, quand l'un d'eux tranche :

– Nos renseignements mentionnent également une digue de castors, annonce Jim en feuilletant son livret. Tu as raison, il faut qu'on se débrouille autrement.

Leur courte expédition de trois semaines permet un luxe de détails dont je n'ose rêver, comme un récent descriptif des cours d'eau frontaliers et une panoplie de cartes topographiques au 1/50 000. Ensemble, nous déterminons alors une autre route. Heureusement, la contrée, riche en lacs, en rivières et en sentiers, se prête facilement à ce jeu de piste improvisé. Il n'en sera que légèrement plus long : lac Clearwater, lac Bearskin et lac Duncan avant d'atteindre le lac Rose !

Le flanc nord du lac South m'invite au franchissement de la deuxième ligne de partage des eaux. Ce changement de pente à peine perceptible, qu'un demi-mètre de boue recouvre sur cinq cents mètres de longueur, me livrera tous les rapides jusqu'au lac Winnipeg : douces perspectives que de fuir à nouveau avec la pente. Chez les « voyageurs », ce portage court et relativement facile en période sèche était l'occasion pour les novices de prêter serment. Un à un, ils devaient s'agenouiller devant le maître de cérémonie, généralement un « bout de canot » – chaque équipage comprenait deux hommes « bouts de canot » dont la fonction était de manœuvrer l'embarcation, notamment dans les rapides. L'officiant faisait alors goutter sa pagaie sur la tête du pénitent qui devait jurer de ne plus coucher avec la femme d'un autre « voyageur » sans le consentement de l'intéressée ! Pour seuls témoins, je croise quatre adolescentes bedonnantes se débattant dans la fange du portage. Alors, sans jurer une seule fois, je me résigne à leur prêter main-forte, quand bien même la femme supervisant cette sortie de plusieurs jours semblait vouloir privilégier l'initiative individuelle. Combattre un mal physique et psychique par un séjour musclé dans le monde naturel est louable ; toutefois, je crois les encouragements indispensables.

– Ça ne te gêne pas, toi, la boue, les moustiques, la pluie ? demande l'une d'elles, au bord des larmes.

– Si, mais je commence à m'y habituer. Ça va faire deux mois et demi que je vis en plein air !

Les yeux s'arrondissent devant les chiffres annoncés, ravalant les larmes qui commençaient à poindre :

– Deux mois et demi !

– Je suis en route pour l'Arctique.

– Et… tu vas y arriver par ce lac ?

– Celui-ci, et quelques dizaines d'autres ! réponds-je en rigolant.

Courageusement, la jeune femme se redresse alors pour empoigner son sac et affronter les derniers mètres de boue.

Les rapides peu profonds rongent la carène de mon navire comme la gangrène, chaque jour un peu plus. La seule façon d'éviter les cailloux serait de marcher, mais le temps que je perdrais en mettant pied à terre ou à l'eau pour économiser de la fibre me ferait cruellement défaut à l'approche de l'embâcle. Pour l'instant, la triple couche de tissu de verre tient le coup. Je ne déplore aucune fuite. Je rajouterai une épaisseur de fibre cet hiver, si le canoë tient jusque-là.

À force de vouloir gagner du temps à tout prix, je finis par m'égarer. Les cartes au 1/250 000 ne sont décidément pas de taille à affronter les méandres de ces cours d'eaux frontaliers. Peu, voire aucun portage n'y figure, et seulement certains rapides. Qu'ai-je donc à me plaindre ? Les Indiens, eux, n'avaient ni cartes, ni boussole. La révolution de la lune, seule, servait de référence à la mesure d'une distance, les étoiles à la direction, et la faune, la flore ou la géologie à la dénomination des lacs et des rivières. Trois heures supplémentaires d'efforts seront nécessaires pour me remettre sur le droit chemin, avant que je n'installe le bivouac. Cela n'entame en rien mon moral que le doux soleil de cette soirée estivale garde au plus haut. Perché sur un îlot, je me laisse hypnotiser par le feu de camp. Sa fumée légère et langoureuse filtre la teinte violette que prennent les dernières rides du lac en réfléchissant celle de la cime des pins. L'écho d'un ménage de huarts s'affairant autour de sa progéniture rehausse mon enchantement. Une à une, les ombres s'allongent. Tout semble indiquer l'heure de se coucher. Pour moi aussi. Pourtant, si je pouvais me passer de dormir pour boire la sève de cette sérénité qui m'entoure… Malgré les difficultés, comment ne pas songer un instant à vivre le restant de mes jours devant ce feu de tranquillité ?

La rivière Ottertrack et le lac Knife m'ouvrent les portes du parc provincial Quetico. Grâce à l'autorisation rédigée par Peter et Jane, les rangers basés à l'extrémité orientale du parc, je peux traverser la réserve naturelle sans avoir à m'acquitter du droit de séjour. Bien que les lacs y deviennent plus nombreux, m'obligeant à multiplier les portages de l'un à l'autre, le visage de la forêt demeure le même. J'y retrouve l'expression farouche et pleine d'espoir que devaient avoir les Ojibwés en quête de nouveaux terrains de chasse, les explorateurs cherchant la « mer de l'Ouest », les missionnaires de nouvelles âmes à convertir et les aventuriers la fortune à l'Ouest. Sous leur apparente dureté, ces sillons creusés par le labour des glaces dissimulent aussi certaines douceurs de civilisation. On y découvre, comme dans la plupart des parcs nord-américains, des aires de bivouac aménagées : un espace plat pour la tente, un emplacement pour le feu de camp, plusieurs gros clous pour suspendre les sacs et, dans le Minnesota, le confort est même poussé jusqu'à la construction de feuillées surmontées de lunettes en bois : source de railleries de la part des Canadiens envers leurs voisins méridionaux !

En cette fin du mois de juillet, la saison touristique bat son plein. Une journée se passe rarement sans que je croise quelque canoë de vacanciers. Le souffle d'essence vaporisé de mon réchaud multicombustible remplace les doux ronflements du feu de camp, car beaucoup de visiteurs déposés en hydravion passent la totalité de leur séjour au même endroit, épuisant le bois mort environnant. Avec ces citadins en mal de tout, les contacts ne sont plus les mêmes. Aussi certains ne cachent-ils pas leur stupéfaction quand ils apprennent que personne ne me paie pour pagayer trente kilomètres par jour. Je réponds souvent par un haussement d'épaule, jugeant inutile de leur expliquer que ma motivation vient du cœur quand leur seule obsession est de rentabiliser deux semaines de vacances chèrement payées. À chacun sa vie et, quand je vois la leur, je préfère poursuivre la mienne.

– *What's going on here ?*

Cela devait finir par m'arriver : j'ai été repéré par un officier des douanes alors que j'essayais de contourner discrètement un poste frontière, la seule structure administrative entre la station de Peter et Jane et celle à l'extrémité occidentale du parc. C'est là que bateaux et hydravions convergent pour déposer clients et canoës. D'un coup de reins, je m'extrais du mien :

– Ben… je porte.

– Avez-vous un permis pour naviguer sur les Eaux frontalières ? demande-t-il sévèrement.

– Non.

– Et pour le parc ?

– Non plus, mais j'ai une autorisation signée ! dis-je en sortant de la poche mon unique et précieux atout.

Quand je lui explique que je n'aurais pas assez d'argent pour acheter mes spaghettis si je devais payer à chaque fois que je traverse un parc naturel, il finit par se dérider. Je crois même qu'il m'a souhaité bonne chance lorsque je suis reparti. Sur la même plage, à une vingtaine de mètres, trois canoës d'Américains en treillis et vestes de combat se préparent à mouiller. Machettes, haches et couteaux pendent aux ceinturons. L'excitation qui les gagne, en cette première journée de campagne, s'ajoute à l'agressivité de leurs coups de pagaie. Dans le groupe, je ne décèle aucune présence féminine. Leur guerre doit être une histoire d'hommes. Pourtant, c'est la douceur d'une femme qu'ils partent conquérir. La nature n'a rien d'un ennemi qu'il faut combattre. La seule lutte est celle que l'on mène contre ses propres faiblesses et ses peurs enfouies. Il ne faut point chercher à triompher de la nature, la lutte serait par trop inégale. Au contraire, il faut s'y glisser, s'y réfugier et s'en imprégner pour se nourrir de sa beauté et de sa force. Mais sûrement l'hydravion sera-t-il de retour avant qu'ils n'aient eu le temps de s'en rendre compte.

Les baies Thursday, Friday et Saturday du lac Crooked me conduisent aux confins du Quetico, où le lac la Croix tend ses bras vers les routes venues des forts William et Grand Portage pour unir leurs destinées. Le lac des Bois est encore à trois cents kilomètres, mais les deux ou trois portages restants pour l'atteindre se situent au nord de la frontière, à l'ombre des sapins canadiens. Les « voyageurs » pouvaient donc à nouveau pagayer sur les Eaux frontalières sans se soucier des taxes de leur voisin du sud. La peinture rupestre d'un orignal, que je distingue du ph. 27

caribou par la palmature des bois, veille sur le lieu sacré de cette croisée des chemins. À plusieurs pieds au-dessus du niveau de l'eau, sur la paroi abrupte du granite précambrien, il dresse son profil de couleur ocre à la mémoire des premiers habitants de la forêt boréale. La plupart des ethnologues soutiennent la théorie selon laquelle les Indiens ont migré de Sibérie pendant la dernière glaciation. À cause de la baisse du niveau des mers, le détroit de Béring était en effet exondé. Les intéressés, quant à eux, se disent là depuis le début de la Création. Ainsi, l'élan de cette contrée nordique garde les mystérieux secrets de l'histoire. Des empreintes de mains, orangées elles aussi, et de taille comparable aux miennes, entourent la légende que personne n'a su dater.

Je débarque bientôt à la station la Croix :

– Comment va le *French guy* ? Prends-toi une chaise et une bière !

ph. 29 Jo, le ranger, sait vraiment recevoir, car ni l'une ni l'autre ne manquent.

– Peter m'a annoncé à la radio que tu traversais le parc, mais je ne m'attendais pas à te voir si tôt !

Le visage buriné de Jo m'est immédiatement sympathique.

– Alors, dis-moi, tu viens d'où comme ça ?

– J'ai commencé à l'est des Grands Lacs, dans la région d'Ottawa.

Mystérieusement, mes paroles entrent en résonance avec le cœur de Jo. Ses yeux rieurs pétillent de nostalgie, retraçant un parcours qu'il connaît fort bien. Sans le savoir, en lui relatant mon périple, je faisais vibrer un de ses souvenirs les plus chers : la fameuse course de 1967. Pour fêter le centenaire de l'anniversaire du Canada, chaque province avait aligné une équipe de trois personnes pour relier en canoë les Rocheuses à Montréal : Jo avait été sélectionné pour défendre les couleurs de l'Ontario. Ses gestes éloquents découvrent des avant-bras bardés de tatouages asiatiques, trahissant un vétéran de la guerre de Corée. De la Corée au Tonkin, des « voyageurs » aux légionnaires, les décennies n'ont pas changé grand-chose. Il s'agit toujours des mêmes gars, noyant d'abord dans l'alcool un passé plus ou moins propre, qu'ils rachetaient ensuite par une vie rude que seuls les chants et la camaraderie permettaient d'adoucir.

– Tu as un sacré défi devant toi ! dit-il.

– C'est bien pour ça que je suis parti.

– Quoi qu'il arrive, n'abandonne jamais. Crois-moi, la satisfaction d'aboutir vaut toutes les peines.

Jo prêche un converti, mais l'écouter conforte ma détermination. Derrière ses paroles, je devine d'âpres combats. La preuve même d'une grande sagesse n'est-elle pas dans la simplicité d'une attitude réservée ? Les appels de sa femme, Vera, ranger elle aussi, nous annoncent le dîner. J'y fais honneur, en engouffrant steaks et patates. Puis, invité à passer la nuit sur le confortable sofa de la remise, je me laisse, au fil des songes, lentement dériver sur les méandres brumeux du fleuve Rouge.

Le lendemain, la première journée sans portage se solde par une progression de trente-huit kilomètres. La brise parfumée que dégagent les thuyas géants de mon îlot limite pour ma plus grande joie sa population d'insectes. La douce nuit qui se prépare n'exige pas de monter ma tente d'hiver. Alors, sur un tapis de branches et d'aiguilles, j'étends mon duvet. Pendant que l'eau frémit sur le feu, je profite d'un soleil éclatant pour me laver. La libre communion de mon corps nu avec l'élément liquide est un plaisir que je savoure de tout mon être. Comme j'aimerais le partager avec une femme ! C'est uniquement dans ces moments de perfection, où les fruits sont rouges et le poisson abondant, que je prends conscience avec une certaine tristesse de ce manque profond de compagnie. Il est si difficile de trouver la partenaire qui conviendrait à une telle expédition ! En situation extrême, certains désaccords pourraient même être fatals. Pendant la tempête que j'ai affrontée sur le lac Huron, une rupture dans l'harmonie de pensée et d'action aurait provoqué le naufrage et une mort quasi inéluctable, et même si l'entente n'était jamais rompue, la lourde responsabilité d'avoir, outre la sienne, la vie de l'autre entre ses mains pourrait conduire à des erreurs de jugement par excès d'émotivité. Pourtant, je crois qu'une telle aventure menée en couple scellerait à jamais l'alliance d'une union et serait bien plus précieuse qu'un voyage de noces ordinaire. Alors, en attendant de rencontrer l'âme sœur, j'abandonne la mienne aux bras de la nuit constellée.

9. Passager clandestin

À CAUSE DES ONDÉES et des orages violents, je n'ai atteint Fort Frances que dans l'après-midi du 5 août. Le hasard d'une rencontre avec Dave, un Américain, m'a conduit chez lui où sa femme, Barbara, nous a mijoté un daim abattu à l'automne précédent. Une tarte aux myrtilles avait achevé de combler nos estomacs affamés par l'air du large et, cédant à l'invitation de ce gentil ménage, je profitai ensuite du confortable lit de la chambre d'amis. Cependant, j'étais loin de me douter des difficultés qu'engendrerait ce bref séjour au Minnesota lorsque Dave me conduirait le lendemain à la poste canadienne de Fort Frances, de l'autre côté de la rivière, pour récupérer le colis que Peter avait dû m'envoyer.

Mon hôte non plus ne s'en doutait pas. Machinalement, il freine devant les gestes routiniers du douanier, tout en abaissant la fenêtre de son pick-up. Sans doute n'y aura-t-il pas de formalités : le poste frontière qui est à mi-pont au-dessus de la rivière la Pluie sert davantage de repère aux pêcheurs du dimanche que de barrage routier. C'est donc d'un air tout naturel qu'il explique au fonctionnaire les raisons de notre déplacement. Moi, j'ai su. Dès que j'ai vu la douane que je ne m'attendais pas à trouver entre deux villes si voisines que l'on pouvait nager de l'une à l'autre, j'ai su que j'étais dans le pétrin. De loin, on aurait même dit une seule et même bourgade traversée par la rivière. Les bateaux à moteur allaient et venaient sous le pont, violant sans cesse la frontière comme moi-même je l'avais fait pendant près d'un mois en canoë. Mais à présent, j'étais en voiture. J'avais basculé dans l'autre monde, dit civilisé, et là, sur ce pont, je savais que je n'étais pas à ma place. J'ai essayé de le dire à Dave avant que nous n'arrivions à hauteur de la barrière, mais il n'a rien voulu entendre. Il m'a dit qu'il allait très souvent à Fort Frances, qu'il n'y avait rien d'inhabituel à cela et que nous ne descendrions même pas du véhicule. Seulement voilà, Dave est honnête. Il aurait pu oublier de dire que j'étais citoyen français. Il ne l'a pas fait. Je ne lui en veux pas.

Résigné à affronter les questions, les paperasses et l'air méfiant de l'agent d'immigration, je rentre dans le bureau. Même si je n'ai rien pour l'attester, je suis autorisé à séjourner au Canada, jouissant d'un visa de six mois pour lequel j'ai demandé une prolongation d'un an. Je n'ai pris aucun papier avec moi pour ne pas risquer de les perdre. Grâce au recours de l'informatique, on finit par me croire et me laisser passer. Après tout, les fonctionnaires canadiens ne font que remplir leur mission et, pour m'avoir autorisé à fouler leur sol sans papier d'identité et après seulement dix minutes d'interrogatoire, je les trouve très compréhensifs. Nous nous rendons alors à la poste, où l'employé me sidère par son indifférence. Comment cette femme peut-elle ne pas comprendre la valeur, inestimable à mes yeux, de ce colis de barres énergétiques dont elle n'a aucune nouvelle ? Déçu, je la prie de le faire suivre à la poste restante de Kenora, la prochaine étape de mon voyage. Tout ce manège douanier non récompensé m'irrite d'autant plus que Dave m'aura accompagné pour rien. Mais nous avions encore à faire face au plus dur : les Américains.

Surpris que l'on m'ait autorisé à entrer au Canada sans passeport, ni même carte d'identité, ces derniers téléphonent à leurs collègues pour vérifier mes dires. Comment un sans-papiers a-t-il pu se trouver aux États-Unis à leur insu, quitter le pays et oser vouloir y retourner ? Cela dépassait leur pauvre imagination ! Tandis qu'une vieille pie me débite ses paroles acides, ne sachant pas quoi inventer pour m'accuser de tous les crimes, les doux sourires d'une jeune femme, distraite de son travail par la tournure inhabituelle des événements, apaisent mon cœur par ses flèches discrètes. N'ayant aucune envie d'interrompre les piaillements de la mégère et rien d'autre à perdre que la patience de Dave, j'attends impassiblement le verdict.

De trois pas alourdis par une stature bedonnante, l'officier d'immigration fait irruption dans la pièce pour m'inviter à le suivre dans son bureau. Un placard métallique, une table et deux chaises le meublent. Nous nous asseyons. Soigneusement, il ouvre le tiroir pour en sortir un formulaire. Le calme et la précision de ses gestes font deviner une grande expérience, une conscience professionnelle à toute épreuve. À moins que cela ne fasse partie de la procédure habituelle d'intimidation... Ou peut-être le bonhomme est-il tout simplement lent. Je ne distingue que le verso anglophone du document. Ses yeux parcourent l'autre face en diagonale. Lorsqu'il me la tendra pour que je signe ma déposition, je constaterai que cette dernière est rédigée en espagnol. En effet, que pouvais-je être d'autre qu'un Mexicain clandestin ?

– Vous parlez anglais ?

– Je me débrouille.

L'interrogatoire commençait bien. Nous allions pouvoir communiquer même si nous n'étions pas du même monde.

– Pays d'origine ?

– France.

Ma réponse assombrit les bons augures précédents. Les sourcils velus de mon interlocuteur s'étaient froncés : j'étais bien loin de mon pays pour que l'on puisse m'expulser comme la règle l'exige. Comment même cela était-il possible ? Je devais être un sacré nageur... L'homme, pensant à une ruse éventuelle, contourna la difficulté pour gagner ma confiance par des questions plus triviales :

– Nom, prénom ?

– Hafez Kim.

Là, c'était bien. Tout le monde pouvait s'appeler comme en avaient décidé ses parents. Rien à signaler... si ce n'est la consonance orientale de mon nom de famille et celle, anglo-saxonne, de mon prénom. Toutefois, je crois que la subtilité a échappé à l'officier qui s'appliquait à consigner soigneusement les lettres que je lui épelais.

– Lieu de naissance ?

– Maroc.

La subtilité ne pouvait plus lui échapper : il était tombé en plein dedans ! Du moins l'avais-je cru jusqu'à ce qu'il demande :

– C'est où ça ? Dans le sud de la France ?

J'abdiquai :
– Oui, c'est ça.
– Depuis combien de temps êtes-vous aux États-Unis ?
– Presque un mois, un jour oui, un jour non.
– Oui, mais depuis quand exactement ?
– Ben… Un jour oui, un jour non, depuis un mois.
– Bon, la dernière fois que vous êtes entrés, c'était quand ?
– Je ne sais pas. Il faudrait que je consulte une carte.
Il souffle, s'accordant une pause méritée.
– Bon, alors on va dire hier.
Je ne réponds pas.
– C'est pour le formulaire, précise-t-il, il me faut une date.
Il sort un mouchoir de sa poche pour s'éponger le front.
– Très bien, dit-il après avoir récupéré la preuve signée de l'interrogatoire, on va faire des photos souvenir si vous voulez bien.

Des clichés du genre bagnard. Un de face. Un de profil. Il ne me manquait plus, entre les mains, qu'un matricule gribouillé à la craie sur une tablette.

Je ressors du bureau. Dave est toujours là, attendant la suite des événements d'un air curieux et amusé par tant de remue-ménage. À mon allure désinvolte, la vieille pie reprend ses jacassements, mais les dirige cette fois contre Dave :
– Sache que je te fais une fleur. C'est bien parce que c'est toi.

Ont-ils conclu un marché pendant que j'avais le dos tourné ? Dave aurait-il eu de l'influence sur la mégère ? Retournant son bec vers moi, cette dernière ajoute :
– La patrouille frontalière va vous escorter jusqu'à votre canoë et s'assurer de votre départ.

Je ne réponds rien.

La patrouille arrive en effet bientôt dans un crissement de pneus. Elle se résume à un officier de police. La chance nous sourit : c'est un copain de Dave ! Ce n'est pas vraiment un hasard si Dave connaît beaucoup de monde : j'apprendrai plus tard, dans une de ses lettres, qu'il a été élu maire, et je savais que son honnêteté et sa générosité feraient de lui un chef très apprécié.

Tandis que le courant de la rivière la Pluie m'éloigne vivement du poste frontalier, de mélancoliques pensées me ramènent aux sourires tendrement échangés avec ma Cendrillon des douanes. La soirée filant bon train, les vaches du Minnesota, effrayées d'avoir à partager leur pâturage avec un étranger barbu, chevelu, et sans visa de surcroît, finissent par m'offrir leur lit de bouses pour y étendre le mien. Je fermerai donc les yeux en homme libre, seulement bercé par quelques meuglements interrogatifs.

Sur la rivière la Pluie, les lieux de bivouac sont rares. De campings aménagés en villages, je suis la route de l'Occident, guidé par le fanal commun aux aventuriers et aux romantiques, le soleil couchant, avec le vent d'ouest pour seule compagnie. Une fois de plus, on me laisse planter la tente gratuitement dans un camping de l'Ontario. J'en profite pour me glisser au bord de la rivière entre deux énormes caravanes : eau courante, électricité, antennes paraboliques, matériel de pêche tout neuf, etc.

– Comment te débrouilles-tu, financièrement ? demande l'un des vacanciers.

Fatigué, je réponds :

– Quand on n'a rien à dépenser, on ne dépense pas. On se contente de vivre.

– Il te faut quand même de l'argent. Tout le monde a besoin d'argent !

Comment lui expliquer, alors qu'il a travaillé toute sa vie pour acquérir ce qu'il possède aujourd'hui, que je suis aussi heureux, peut-être même davantage, avec ma tente et mon canoë. Les mots sont inutiles. L'homme crée lui-même ses besoins. Plus il a, plus il veut avoir et moins il est heureux. Cela dit, si j'avais les moyens de m'offrir une douche chaude un peu plus souvent...

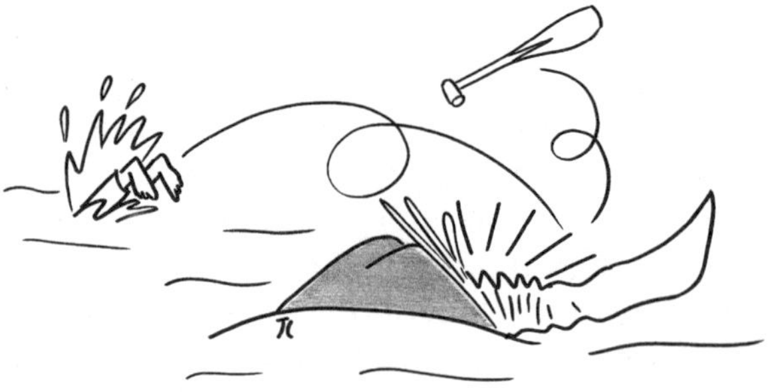

10. Pow-wow sur le lac des Bois

J'ATTEINS LE PARC PROVINCIAL du lac des Bois en plein cagnard de l'après-midi. Sur le flanc américain, un feu de forêt enfume l'atmosphère déjà alourdie par la sueur du lac. Les sapeurs vont pouvoir gagner ce que la saison de trappe ne leur a pas procuré. Ils sont en effet trappeurs avant d'être pompiers, charpentiers ou bûcherons. L'activité ancestrale ne rapporte plus comme autrefois. En Occident, la pression des militants pour la défense des animaux est de plus en plus forte. Quel est l'Indien qui n'a pas entendu parler de Brigitte Bardot? Aujourd'hui, seules quelques fourrures de loup revendues au Japon permettent encore de poursuivre ce mode de vie ancestral. Les incendies, quant à eux, sont une constante de l'été boréal. Naturels à la suite d'orages ou occasionnés par des campeurs négligents, ils permettent l'embauche de nombre d'Indiens, heureux de travailler en plein air pour préserver l'environnement. De plus, les dizaines de milliers d'hectares de forêt calcinés chaque été contribuent à la bonne santé de la flore, non seulement en la débarrassant de ses espèces malades, mais aussi en exterminant les milliards d'insectes qui la rongent. Les trembles, premiers à repousser par-dessus les cendres, sont naturellement rejoints par les épinettes, les pins et les mélèzes. Après dix ans, la faune se risquera à couvert de la jeune forêt en essayant, comme à l'accoutumée, d'éviter les hommes et leurs pièges.

La fièvre qui me gagne, malgré chèche, casquette et lunettes de glacier, m'incite à quitter le lac au plus vite sous peine d'insolation. Assis autour d'une table, un jeune couple blanc, un bébé et un Indien attendent à l'ombre d'une bâche la fraîcheur du soir. Seuls deux chiots qui s'amusent près de l'eau ne semblent pas souffrir de la canicule.

– Joins-toi à nous ! On a des steaks et des bières à partager ! proposent-ils aussitôt que je débarque.

Mon expédition intrigue… et donne soif : la mention de chaque cours d'eau franchi est pour mes hôtes l'occasion d'une nouvelle tournée, à l'instar des « voyageurs » qui, eux, célébraient l'événement d'un signe de croix.

– Je vais à la réserve ! annonce bientôt Tristan.

Tristan est ojibwé, comme la plupart des Indiens de la région. En quittant les Eaux frontalières pour me diriger vers le nord, je rencontrerai les Crees, les Chipewyans, puis les Inuit sur la côte arctique. Les autochtones, dont la plupart vivent dans le Grand Nord, ne représentent que 2 % de la population canadienne. Des tribus entières ont disparu pendant les conflits entre la France et l'Angleterre. D'autres furent décimées par manque d'immunité naturelle contre les maladies de l'Ancien Monde, comme la variole ou la grippe. Aujourd'hui, la croissance démographique est inversée, celle des Indiens valant plusieurs fois celle des Blancs.

– T'es de là-bas ? lui demandé-je.

– Non, je vis en ville, à Thunder Bay. Un boulot dans la construction. Quand il faut jouer à l'équilibriste sur des poutres métalliques, c'est à nous qu'ils font appel.

– Qu'est-ce que tu vas faire à la réserve ?

– Pas grand-chose.

Il finit toutefois par avouer :

– C'est pour une fille… Je lui ai dit que je passerai.

Des sourires narquois se dessinent autour de la tablée.

– Tu veux venir ? Il y aura un *pow-wow*, s'empresse-t-il d'ajouter, énervé par nos expressions puériles.

– J'ai le droit ?

– Oui, bien sûr ! Tu seras mon invité.

Nous embarquons dans le pick-up. Tristan roule à tombeau ouvert. Je boucle ce qui tient lieu de ceinture.

– Regarde, un pélican ! dit-il en me montrant un pygargue.

Tristan est ivre, et la piste trop étroite pour laisser passer deux voitures. Dérapage non contrôlé. Nous virons sur la route goudronnée. Plus de poussière, je souffle. Pas Tristan, qui écrase la pédale !

Heureusement, la Big Grassy Indian Reserve n'est pas loin. Nous y arrivons indemnes. Tandis que Tristan part à la recherche de la jeune femme, je me dirige vers le battement des tambours. Des Indiens, vêtus de leurs costumes traditionnels en cuir ph. 30 ornés de plumes d'aigle, dansent en cercle, ajustant leur pas au rythme de plus en plus rapide des tam-tams. La poussière soulevée commence déjà à recouvrir les perles de leurs mocassins finement brodés. Les plus jeunes danseurs ont à peine 6 ou 7 ans. Les chants de ces premiers habitants d'Amérique du Nord, où graves et aigus se répondent inlassablement, inspirent respect, humilité et grandeur. *First Nations*, comme ils préfèrent être appelés, les Indiens ont une histoire et des traditions proches de la nature. Les *pow-wows* servent à ne pas les oublier. À cette occasion, la nourriture est offerte à tous, danseurs comme spectateurs et passants : poisson et *bannock* (pain indien frit) à volonté. Les plans amoureux de Tristan ne se concrétisent pas. Nous retournons au camp, lui, bredouille, moi, le cœur rempli de l'allégresse de ces traditions autochtones et l'esprit désireux d'en savoir plus.

Tôt, le lendemain matin, un homme d'une quarantaine d'années interrompt la préparation de mon petit-déjeuner :

– Bonjour ! J'aurais besoin d'un coup de main, dit-il avec un accent prononcé.

– Oui ?

– J'ai fait demi-tour avec une voiture de location et je me suis retrouvé dans le fossé. Est-ce que vous pouvez m'aider à la dégager ?

– D'accord. Je vais voir s'ils peuvent venir eux aussi, réponds-je en désignant la tente de mes amis de la veille.

Le nombre de bouteilles vides jalonnant leur bivouac, que je n'avais pas remarquées de prime abord, explique la torpeur dont je n'arrive pas à les sortir. Même les chiots semblent cuver leurs aventures !

– Tant pis ! On se débrouillera seul.

La voiture est à un kilomètre. L'homme profite du chemin pour me raconter sa vie. D'origine tchèque, il a immigré au Canada et a fini serveur à Thunder Bay. Dix ans qu'il fait ce métier. Il en a assez, et il m'avoue employer ses week-ends à chercher un lopin de terre, pensant y mettre une caravane six mois de l'année et passer l'autre moitié dans le Sud, là où l'hiver ne connaît pas la neige. Il n'est pas le seul. Le Canada est un pays qui se distingue par sa mosaïque raciale et culturelle. En effet, si la France et la Grande-Bretagne ont fourni la plupart des colons jusqu'au XVIIIe siècle, le XIXe siècle a marqué un tournant dans l'immigration canadienne. D'Europe centrale et orientale, d'Asie et d'Amérique latine, ceux qui allaient devenir des citoyens canadiens ont afflué pour coloniser les terres de l'Ouest et contribuer à la construction du nouveau pays, comme celle du chemin de fer transcontinental achevée en 1885. La première loi visant à restreindre l'immigration ne date que de 1869, deux années après l'établissement de la Confédération, et ne fait qu'exclure les «criminels» et autres «indésirables». Même si aujourd'hui le nombre d'entrées a considérablement diminué, par suite de restrictions supplémentaires, il se situe encore autour de deux cent mille par an, noyant peu à peu la dualité ethnique fondatrice du pays, sans pour autant en éliminer les tensions.

Les roues arrière sont embourbées dans le fossé. Le châssis touche et la roue avant gauche patine. En la soulevant à l'aide du cric pour y glisser plusieurs bûches, je me souviens des nombreux sauvetages de ma Renault 5 enlisée dans les sables marocains. Quelles pistes n'avais-je pas parcourues au volant de cette voiture vieille de vingt ans ? Combien de rochers mes plaques de protection n'avaient-elles pas décapités ? Combien de pneus avais-je laissé agoniser sur les cruels chemins de l'Atlas ? À elle seule, sa carrosserie était une mosaïque d'aciers et de couleurs, et son cœur de pistons résistait aux épreuves du temps et à celles que je lui infligeais, approchant les trois cent mille kilomètres ! La berline est dégagée au second essai. De retour au campement, avec des saucisses et des œufs, nous faisons revenir sur la poêle un petit-déjeuner de rois.

– Je crois que le moment est venu pour moi de changer de vie et de faire ce dont j'ai toujours rêvé, dit l'homme en s'en mettant plein les moustaches.

Sans doute en faisais-je autant avec ma barbe, qui devenait de plus en plus drue au fil des kilomètres, mais la vie est si courte qu'il serait dommage de ne pas la mordre à pleines dents.

Mes adieux au parc et à ses occupants scellent le cours septentrional que prend désormais mon voyage. Je quitte définitivement la frontière pour me diriger vers le Grand Nord. Une bise d'ouest se lève, qui creuse le lac des Bois. Une lame claque sur mon bâbord. Une deuxième me passe par-dessus la tête. La troisième, plus massive, s'écrase en plein dans le vaisseau. Pas question de lâcher la pagaie pour rejeter ces paquets de mer, mais continuer à fuir vers le chemin de repli que m'offre un îlot.

D'île en île, je me faufile à travers le mauvais temps. Sur l'une d'elles, je passerai trente-six heures, m'offrant ainsi la première véritable journée de repos depuis les Grands Lacs. Bien sûr, les moments de récupération sont nécessaires, mais s'ils sont trop nombreux, l'hiver m'infligera sa correction. Alors, laisser la météo décider n'est pas si mal. C'est l'occasion de regarder un aigle planer, de rouler en boule des feuilles de thuya géant et de respirer leur parfum. C'est le temps de m'asseoir, le temps de vivre, d'en avoir conscience et d'en être pleinement heureux. En fait, la vie elle-même, avec son soleil et ses tempêtes, ses feux de camp et ses digues de castors, suffisait à mon bonheur.

Le 15 août, Kenora surgit au détour d'une île. Je me suis perdu trois fois avant d'arriver: les centaines d'îlots et l'absence de points de repère ont sanctionné chaque manquement à la discipline, chaque perte de concentration. C'est pourtant ce qui fait tout le charme du lac. Comment ne pas oublier la boussole pour s'émerveiller devant une telle profusion de chenaux et de reflets, ainsi que de pélicans surgissant de l'aurore brumeuse pour planer jusqu'au crépuscule? Comment ne pas m'abreuver des grâces que la terre me prodigue? C'est probablement l'abondance des forêts insulaires qui lui a valu ce nom de lac des Bois. De loin, on ne distingue pas les passages sinuant à travers les îles. On doit continuer à avancer, deviner, flairer le chenal, consulter la carte, vérifier la boussole... Mais, toujours, l'appel de la nature est le plus fort. Les yeux s'enivrent alors de couleurs et de formes, et l'âme tout entière finit par s'adonner à l'abondance de parfums, de chants et de douceurs. Cette joie qui me comble a donc un prix: pour se retrouver, il faut d'abord se perdre, oublier où je suis... et même qui j'ai été. Une plage publique m'offre son gazon verdoyant pour confier mon bonheur aux étoiles. Je ne suis pas sûr d'avoir le droit d'y monter une tente, mais il est tard et personne ne semble vouloir contrarier l'homme des bois que je suis devenu.

Au petit matin, je me douche sous le robinet extérieur d'un bâtiment municipal avant de gagner en canoë la bourgade. De larges enseignes tournées vers le large m'indiquent ce dont j'ai besoin : vivres, quincaillerie, matériel de camping et articles de pêche. Seule la poste, où nul colis de barres énergétiques ne m'attendra, demeure timidement à l'écart du centre économique. Je traîne en ville toute la journée – une fois n'est pas coutume – afin de ne pas oublier les restes de civilisation qui subsistent dans mon esprit à moitié sauvage.

Le soir, je suis invité à bord d'un *house-boat* pour partager un ragoût d'orignal. La viande d'élan se révèle bien plus tendre et moins grasse que celle de nos vaches folles, et quel délicieux parfum ! J'apprécierai davantage encore, l'été suivant, des côtelettes de caribou en sauce préalablement marinées et bouillies. Mais pour l'instant, l'élan suffisait. C'est à mon allure farouche et fatiguée, ainsi qu'à l'originalité de mon moyen de transport, que je dois la main tendue par Jim du pont de son bateau-maison. Tandis que beaucoup, en ville, se méfient du baroudeur que je suis, ceux qui ont connu les joies de l'aventure m'invitent à bras ouverts, sachant distinguer la franchise derrière les traits d'un visage brûlé, même rongé par la barbe, car les yeux, pour qui sait les lire, ne mentent point. Jim me montre plusieurs photos de sa croisière autour du lac Winnipeg. La beauté des plages de sable marquera le plus ma mémoire, tout en apaisant mes craintes : s'il avait réussi à la voile, je devais parvenir à m'en sortir en canoë. J'oubliais cependant un détail : la saison. Je choisissais la plus mauvaise, c'est-à-dire le court automne boréal précédant l'embâcle, pour naviguer sur le lac Winnipeg. Mais j'aurais tout le loisir d'en prendre conscience. Pour l'heure, j'étais serein, rassasié et reconnaissant envers mon hôte pour cette soirée bercée par le clapotis du lac.

11. La rivière aux six barrages

LA RIVIÈRE WINNIPEG coule paisiblement à travers la forêt ph. 31 pour alimenter le lac du même nom, celui que je redoute chaque jour davantage. C'est pourtant grâce à lui que je gagnerai le Grand Nord. Mais c'est justement cela : il faut gagner. Dominer ou être dominé. La loi boréale est simple, cruelle, inexorable. Et je courrais au-devant d'elle aussi sûrement que la rivière file vers le nord, irrésistiblement attiré par sa force, sa beauté, son pouvoir de vie et de mort sur tous ceux qui la bravent.

Au troisième essai, je réussis enfin à me lever. La masse d'eau suspendue à mon gilet de sauvetage, en s'égouttant, me libère progressivement. Les cheveux rabattus dans les yeux, je tire instinctivement sur le trapèze qui, en me tractant, m'oblige à composer avec le sillage du puissant hors-bord. Le vent écarte ma tignasse : je retrouve la vue. J'en profite pour caler mes talons avec un peu plus d'assurance et, d'un signe du pouce, oubliant la courte leçon théorique que j'avais reçue avant de me jeter à l'eau, je signale fièrement ma relative maîtrise de ce sport nouveau. Par malheur, c'est le geste à faire pour demander plus de vitesse… et, d'un coup, je suis propulsé dans les airs ! La rencontre inopinée avec une famille de Winnipeg, venue passer le week-end dans sa maison de campagne, a été l'occasion de m'initier aux acrobaties du ski nautique. Rhian, ma monitrice de choc, achève une thèse sur les oiseaux du Canada. Une escapade dans les bois me donne l'occasion d'en apprendre un peu plus sur les plantes comestibles et leur vitamine C naturelle. Rhian m'avertit aussi de la présence d'une amibe dans le lac Winnipeg, qui provoque ce qu'on appelle *beaver fever*, la fièvre du castor. Vivant dans l'intestin de certains animaux, elle se retrouve dans leurs excréments et, par conséquent, dans l'eau s'ils séjournent à proximité. Moins l'endroit est fréquenté par l'homme, plus il l'est par les bêtes et plus le risque d'être parasité par cet animal unicellulaire est grand. L'affection peut s'étendre aux organes nobles. Une fois plus au sud, une autre fois chez les rangers du Quetico, j'ai entendu parler de cette expédition avortée où le pagayeur avait enduré une longue convalescence dans un lit d'hôpital. Maintenant seulement, j'en connais la cause. Je resterai donc sur mes gardes, même si je pense avoir les intestins blindés par les ruisseaux du Maroc, où seule l'eau du robinet suffit à infliger la plus inoubliable des touristas au visiteur !

Cependant, la référence à ce lac était pour moi bien plus terrible que n'importe quelle bactérie que je pourrais y trouver. Il venait me rappeler sa dangereuse proximité. Inévitablement, ma route serait celle qui mène au baroud. J'allais livrer le même combat que sur les Grands Lacs avec, en prime, l'embâcle qui pouvait figer les eaux à tout moment. Les portes du Grand Nord s'entrebâilleront. La suite devra se mériter.

Le 20 août, je pénètre dans la province du lac redouté : le Manitoba. La Saskatchewan et l'Alberta me séparent encore des territoires du Nord-Ouest que j'espère atteindre au cours de l'été prochain. La vigueur de cet été-ci commence à décliner, et la baisse progressive de la température semble mieux convenir aux *black flies* qu'aux moustiques. Ma peau, pourtant aguerrie, ne perd rien au change : les mouches ne piquent pas, elles mordent pour arracher de minuscules lambeaux de chair. Seule l'auréole de sang autour des mollets ou de la nuque renseigne alors quant à l'ampleur de leurs assauts.

Malgré un vent de face et deux barrages à franchir, je rajoute, en quarante-huit heures, soixante-quinze kilomètres à ma progression. Bien que chalets de vacances et activités nautiques ne soient pas rares, il n'est pas habituel de parcourir la rivière Winnipeg dans sa totalité. Les six centrales hydroélectriques qui se partagent les quatre-vingt-dix mètres de dénivelé de la rivière n'enlèvent rien au charme de ses rochers torturés, même si une à deux heures sont nécessaires pour contourner leurs imposantes structures en béton armé. La concentration de telles stations d'énergie est d'ailleurs inhabituelle pour ces régions du centre : le plus grand nombre est situé au Québec et dans les chaînes côtières du Pacifique.

Par un simple feu, je réponds à mes besoins domestiques. Pourquoi m'embarrasserais-je du reste quand un soleil conciliant me l'offre ? J'ai jeté mon dévolu sur un îlot. L'impression de sécurité y est supérieure : d'un coup d'œil, je peux m'assurer de l'absence d'ours ou de lynx. En donnant au crépuscule mes derniers coups de pagaie, j'ai senti naître en moi une grande liberté. Alliée à une puissance physique qui n'a cessé de croître depuis que j'ai quitté les Grands Lacs – je pense atteindre une moyenne journalière de 5 km/h en vitesse relative, alors que j'en étais à peine à 3,5 km/h les premières semaines –, elle me donne l'impression d'être invincible. C'est cette force, empreinte de liberté, à l'image du monde naturel dans lequel j'évolue, qui donne un sens à mon aventure. Ma détermination n'en est que plus grande et le voyage plus noble. Comme l'aigle qui, guidant ma route vers le Grand Nord par ses larges circonvolutions, ne saurait trouver sa sustentation sans la pression de l'air, je ne serais rien sans l'univers fascinant qui supporte mes moindres faits et gestes. Tandis que j'apprends petit à petit à vivre en sa compagnie, il commence déjà à m'accorder sa confiance, partageant avec moi l'intensité de son pouvoir. Poursuivre ma quête, c'est honorer sa bienveillance pour continuer à grandir sous son aile.

Ted et Marnie ont pas mal usé leurs rangers. C'est dans leur maison à Pinawa, une localité riveraine, qu'ils me relatent leurs aventures en Asie, en Océanie et en Europe. M'inviter à souper est pour eux une manière de rendre l'hospitalité qu'ils ont reçue à maintes reprises pendant leurs voyages. Ils s'étaient reconnus en moi alors que je vagabondais dans le port de Kenora et m'avaient proposé le gîte lorsque je passerais devant leur village. Il est vrai que l'aspect de mon canoë ne laisse que peu de doute quant à l'ampleur de mon expédition, mais l'élément le plus insolite – qui suscite autant la curiosité qu'il force le respect – est sans doute la paire de raquettes à neige à sa proue ! À évoquer nos odyssées respectives, nous en venons naturellement à dérouler d'anciennes cartes. Ce mot « carte », à lui seul,

3

Peut-on imaginer plus grand bonheur que de se fondre dans la nature pour caresser sa beauté ? Conquis par ses espaces sauvages, j'ai choisi le Grand Nord canadien comme terre d'aventure. Le 13 mai 1996, près d'Ottawa, j'embarque dans un canoë indien. 5
Dès lors, digues de castors, rapides et portages jalonneront les sept mille kilomètres qui me séparent de l'océan Glacial arctique.

4

7 9

8 Seul dans le Nouveau Monde ? Rarement. Il y a toujours un écureuil à l'affût d'une 10
6 noisette, un vison pour dérober mon souper, un castor pour abattre un arbre. Le cri
si particulier des huarts, oiseaux plongeurs au bec noir et pointu, rompt régulièrement
pour mon plus grand plaisir le silence de la forêt.

11

12

En remontant les rapides de Sault-Sainte-Marie, je découvre les eaux glacées du lac Supérieur : le plus grand lac du monde n'a pas assez du court été boréal pour se réchauffer, il demeure à quelques degrés seulement. Un mois durant, je caboterai le long de ses côtes désertes, tantôt dans le brouillard, tantôt dans la tourmente, échappant de justesse à ses terribles tempêtes.

13

14

Trop souvent contraint de rester sur la berge, je connais la faim et, pire que la faim elle-même, la peur d'avoir faim, obsession qui me hantera désormais tout au long du périple. Cependant, quand je serai blotti dans ma tente, à l'abri des vents glacials, mon cœur s'ouvrira à une nouvelle dimension, spirituelle, qui grandira au fil des épreuves.

15

16 18
17 À Thunder Bay, je suis l'hôte des deux John, de Doug et de Peter. Un autre Peter me 19
conduit au cœur d'une mine d'argent désaffectée. Non loin, au « musée vivant » du fort 21
William, j'en apprends davantage sur les premiers colons et le commerce des fourrures
avant de poursuivre ma route vers l'ouest. Pour gagner les Eaux frontalières, je dois
remonter vingt-cinq kilomètres de chutes et de rapides où je m'égare…
20

23

Lorsque, soulagé d'en avoir fini avec les Grands Lacs, j'atteins enfin des eaux navigables, je me glisse dans le corridor fluvial qui sépare l'Ontario du Minnesota.
22 Pendant cinq cents kilomètres, je bivouaquerai tantôt au Canada tantôt aux États-Unis, me délectant de truites pour entretenir la force que nécessitent de nombreux portages dans cette région.

24

25

L'orignal, le plus massif des cervidés, m'incite à la prudence. Accompagnée de son petit, la femelle est dangereuse et, plutôt que de lui couper la route, je saisis mon appareil photographique. Souvent représenté dans les peintures rupestres, ce roi de la forêt 27
boréale procurait aux premiers habitants d'Amérique du Nord nourriture et cuir pour les vêtements en abondance.

26

29 30

Jo, ranger du parc provincial Quetico, m'offre l'hospitalité. Comment un vétéran de la guerre de Corée et un ex-officier dans la Légion étrangère se racontent-ils leurs
28 campagnes ? Devant quelques bières, évidemment ! Sur le lac des Bois, un danseur de *pow-wow*, vêtu de son costume de parade, pose fièrement avant que je ne m'élance sur la rivière Winnipeg pour quitter les Eaux frontalières.

31

32

Les premiers rayons du levant déversent leur or sur les brumes de l'aube : orchestré par quelque souffle magique, un ballet de flammes chatoyantes me réveille. Plus je progresserai vers le septentrion, plus la nature m'honorera de ces bouquets de lumière, jusqu'à ce que, au terme du voyage, elle finisse par se livrer entièrement, partageant avec moi ses secrets les mieux gardés.

33

34

Sur le lac Winnipeg, trois jeunes membres d'équipage montent à bord de mon kayak : Dallas, Cheyenne et Veranda. Après une nuit passée en leur compagnie dans une réserve indienne de la côte occidentale, je retrouve l'immense solitude de cette mer intérieure du Manitoba. Pourtant, outre les pélicans, les loutres toujours curieuses
35 et les marmottes, un coyote surveille étroitement ma progression. 37

36 38

39

Mi-septembre. Les feuilles brûlées par l'été tourbillonnent, annonçant le court automne qui précède l'embâcle. Je ne compte plus sur l'été indien : la chute des températures est sans équivoque. Tandis que les vents me réduisent à patienter sous la tente, les dernières oies quittent la contrée pour rejoindre des climats plus tempérés.

40

41

Le mauvais temps persiste. Je m'impose des rations de plus en plus frugales afin de garder entières celles de mes journées de progression. Deux cent cinquante kilomètres me séparent de la rivière Saskatchewan que j'atteindrai à la mi-octobre, sous la neige, quelques jours seulement avant l'embâcle.

42

m'entraîne sur les routes de la soie et des ruées vers l'or, celles des pirates des Caraïbes ou de la Malaisie, du cap Horn au détroit de Béring, « de Beyrouth à Dakar », comme le dit le chant de la Légion, et jusqu'au pays où tous les rêves sont permis. Mot magique qui conditionne ma vie d'aujourd'hui, comme toute mon existence, qui sait ? Car plus on se fond dans la nature, plus elle veut partager ses secrets. Plus on apprend, plus on s'aperçoit qu'il y a davantage à apprendre. Plus on se découvre, plus loin on désire poursuivre cette recherche. C'est certain, le voyage à la seule force des muscles est la meilleure façon de vivre que je connaisse.

Au matin, alors que je quitte le patelin, un vieil homme m'interpelle :

– Alors, comme ça, tu vas pagayer sur le lac ?

– Oh ! ça ne pourra pas être pire que le lac Supérieur ! réponds-je, davantage dans l'espoir de m'encourager que de contredire les allusions cachées de mon interlocuteur.

– Le lac Supérieur, hein ? C'est du gâteau par rapport à ce qui t'attend ! Crois-moi, ici, quand les vagues sont grosses, elles se creusent tellement qu'on peut voir le fond du lac !

Je souris. Je ne pouvais m'empêcher de songer à l'homme qui prétendait se baigner dans les glaces du Supérieur, et son souvenir rajoutait un soupçon de comédie au drame que l'on m'esquissait.

– Je ferai attention !

J'abandonne les dernières habitations de Pinawa afin de poursuivre le chemin qui, à défaut de faire de moi un homme du Grand Nord, me mènera au moins jusqu'à l'hiver. La rivière devient bientôt lac et, manque de chance, le vent ne tarde pas à se lever. Je bataille jusqu'au soir contre les vagues. Aucun bivouac convenable ne se présente, ils sont tous en terrain privé. Le cottage à ma gauche est particulièrement spacieux et la pelouse qui s'étend devant plus encore. Que ne donnerais-je pas pour achever ma journée et y installer ma tente !

– Ça… gâ… te ! Camp… ici… tu veux ! crie un homme.

Des bribes de mots tant les bourrasques se sont faites plus puissantes derrière le coude du rivage. J'en capte néanmoins suffisamment pour reconnaître une invitation. Profitant de l'offre inespérée, je vire de 90 degrés à bâbord pour accoster sur la grève de mon nouvel hôte. J'apprendrai que je dois cette invitation à sa fille qui, des carreaux de la cuisine, m'avait vu passer. Merci à toi, généreuse Dana, car c'est finalement sur le confortable lit de la chambre d'amis que je m'abandonnerai à la nuit.

À l'aube, le vent polaire me force à une journée de repos. Je la consacre à assister les Penner dans leurs préparatifs de départ. Ces derniers s'apprêtent à regagner leur Alberta natale. Le magnifique chalet tout en rondins ne se remplit de leur bonne humeur que pendant les vacances estivales. Devinant que le cœur de mes hôtes se serre à l'idée de rejoindre la longue et rude saison qui les attend, le mien sympathise. Ici, seules les prémices hivernales se font sentir, telle la bise glaciale d'aujourd'hui et les 3 °C de la nuit dernière. Je suis invité à m'en protéger en bénéficiant à nouveau d'un lit et en finissant les provisions du réfrigérateur, à condition de couper le disjoncteur quand je m'en irai à mon tour. Leur générosité – comme celle des gens que je croiserai sûrement encore – sera le gage de ma réussite. J'avoue que je ne m'attendais pas à entretenir une telle complicité avec les Canadiens. D'ailleurs, je ne pensais pas en rencontrer autant. Il est vrai que parler à quelqu'un était un luxe sur les Grands Lacs mais, depuis, j'ai été accueilli de nombreuses fois. Ici, il semble que les hommes sont plus attentionnés ; ils prennent le temps de regarder ce qui se passe autour d'eux, peut-être aussi parce que je voyage seul dans un pays qui a l'une des plus faibles densités de population au monde.

Le lac Winnipeg s'ouvre à moi dans la soirée du 27 août. Déjà, les rouleaux me harcèlent. Plusieurs brisent contre le canoë. Je rejoins alors la côte dont je m'étais imprudemment éloigné pour partager mon inquiétude avec la désolation d'un rivage rocheux et inhospitalier. Je m'assois devant ma tente, face au couchant, quand une solitude que je n'avais encore jamais ressentie s'empare des mélodies de mon harmonica. Maintes fois j'ai été seul, parfois des semaines durant. Pourtant, ce soir, c'est différent. Il y a eu rupture, peut-être, de cette douce continuité qui me portait au fil des rencontres. Hier encore, je savourais ma dernière nuit sur la rivière, à Saint-George, en compagnie de Brian, Raymond et Harvey. Cette fois, comme pour marquer la fin d'une longue série d'invitations, c'est moi qui recevais dans mon spacieux bivouac. D'un feu, de patates sautées et de poissons frits, nous avions tardivement prolongé notre veillée confiée aux étoiles. Aujourd'hui, c'est ma solitude que je leur confie. Elle est lourde, triste. Cette nouvelle agression me démunit. J'ai même un peu peur. Quelles dures épreuves ce lac immense me réserve-t-il ? Comme le dit si bien Massoud l'Afghan, le courage est comme une goutte d'eau prête à se transformer en perle. Alors c'est en toi, Ciel, que j'espère trouver un père, un guide et cette goutte d'eau qui deviendra perle dans les forges de ma volonté.

Je ramasse une bouteille en plastique qui gisait sur le rivage pour y tailler une écope. Cela fait trois mois que j'aurais dû le faire mais, pour des raisons obscures, je sais que j'ai atteint ce soir l'échéance de cet acte toujours différé.

12. Tourments sur le lac Winnipeg

MIDI. Douze coups d'un vent puissant sonnent mon repli sur la côte. Les vingt kilomètres que j'ai parcourus m'ont coûté trop d'énergie: il ne faut pas que je dépense plus que les rations journalières imposées par le volume du sac et du bidon de nourriture que je transporte. Humble d'une première expérience de la faim, je dois rester vigilant. C'est donc consciemment que je me prépare à combattre les tourments de l'inanition. Sur ce lac immense et désert, je sens qu'ils viendront me hanter. Après les rafales de vent et les murs de vagues, c'est ma propre peur que j'affronterai pendant les semaines à venir. C'est moi-même que j'essaierai de vaincre. Je n'ai nul besoin de miroir pour contempler les faiblesses de mon âme ou savoir si ma propre compagnie me suffira, j'ai le plus grand réflecteur en face de moi: ma solitude. Ainsi, ma volonté de vivre sera éprouvée. Ma détermination et ma confiance en sortiront raffermies. Ou anéanties.

Cependant, certains remords entament déjà la force de mes convictions. La densité des micro-algues est si importante que l'eau du lac est opaque. Quel meilleur moyen pour des bactéries de s'emparer de mon destin? Rhian m'a mis en garde. Ces êtres microscopiques ont besoin d'un support pour rester en suspension: algues, bois, poussières, tout est bon. Les chances qu'une eau limpide en soit exempte sont grandes. Dans l'Atlas marocain, c'est la température de l'eau qui me renseignait sur sa qualité. Quand elle était froide, elle provenait d'une source, et je n'avais plus qu'à remonter son filet pour pouvoir y tremper mes lèvres.

Le lac Winnipeg
Nelson
N
O
E
S
Saskatchewan
ancienne
réserve indienne
MANITOBA
lac Cedar
Grand Rapids
The Pas
Easterville
5 octobre 1996
lac Winnipeg
pointe Long
Berens
pointe McBeth
Jackhead Indian Reserve
baie Fisher
pointe West Doghead
27 août 1996
Fisher River Indian Reserve
Saint-
George
Winnipeg
Red
Kenora
Winnipeg
100 km

Peut-être aurais-je dû écouter l'infirmière du dispensaire de Saint-George et rester quarante-huit heures de plus au village pour commander des comprimés de chlore. Faire bouillir et laisser refroidir l'eau toute la nuit est trop contraignant. D'ailleurs, l'opération ne serait pas rentable : j'en bois plus de trois litres par jour et ma cafetière ne fait qu'un litre et demi. J'utiliserai donc mes comprimés purificateurs. J'en ai une cinquantaine. Dose recommandée : un par litre. Soit deux semaines d'eau potable. Je pense être sur le lac pendant un mois ; aussi n'en utiliserai-je qu'un pour deux litres, espérant stimuler mes défenses naturelles, puis un pour quatre d'ici trois jours si aucun trouble n'apparaît.

Le vent se tait. Une aubaine. Quatre-vingt-cinq kilomètres sont le bilan des dernières quarante-huit heures. Sans courant, je maintiens ma vitesse à 5 km/h pendant les huit heures et demie d'effort quotidien, et les pauses cumulées, se résumant le plus souvent à une seule pour le déjeuner, ne dépassent pas soixante minutes. Mes journées de neuf heures et demie sont donc fort bien employées. J'y trouve l'équilibre tant recherché entre dépense calorique, nourriture consommée et distance parcourue, nécessaire à la réussite de mon périple. La confiance me regagne doucement, chassant les pointes de solitude qui assaillent mon âme depuis que j'ai quitté Jim, Rhian, Dana, Brian et tous les autres. Bien sûr, il ne faut pas chiffrer la solitude au nombre de personnes qui nous entourent quotidiennement. Cela serait trop simple, voire cruel, car il y a des villes où l'on se sent plus seul qu'au milieu du Sahara. La solitude se définit plutôt par le rapport – ou devrais-je dire l'éloignement ? – que l'on entretient avec soi-même, le cadre dans lequel cette relation prend place, seul ou entouré, ville ou désert, conditionnant évidemment sa qualité, mais pas toujours dans le sens attendu. N'ai-je pas récemment compris que pour se retrouver il faut d'abord se perdre ? De même, flanqué de personnes ne comprenant rien aux motivations qui me poussent à conquérir le Canada à la pagaie, je me sens plus isolé qu'en présence de la bande de coyotes qui grondent ce soir autour de mon bivouac. La nuit dernière, déjà, leurs hurlements avaient suscité une tension si grande que je n'avais trouvé le sommeil que bien après eux et, ce matin, j'ai aperçu plusieurs empreintes sur le sable du rivage. Sans le concert qu'ils m'avaient offert à ciel ouvert, j'aurais pu croire à des chiens errants. J'ai également rayé les loups de ma liste de suspects, leurs signatures étant – je le constaterai bientôt – beaucoup plus larges. Du fond de mon duvet, je me laisse envahir par ces cris que je suppose inoffensifs en cette fin d'été. Pourquoi me font-ils soudainement penser aux rigueurs de l'hiver ? Les coyotes, bien plus que moi, doivent le sentir proche, redoutant la famine qu'il engendre parfois.

Le calme plat ne dure pas. Les vagues m'empêchent de franchir le détroit qui me sépare de la pointe West Doghead, une péninsule de la côte ouest du lac. Je me retranche alors dans une baie de la côte orientale. Au détour d'un îlot, une dalle de granite se présente, sur laquelle je décide d'installer mon campement. Ce rocher volcanique est le dernier que j'embrasserai cet été, puisque le lac Winnipeg comble la faille entre les monts érodés du bouclier canadien et les plaines sédimentaires de l'Ouest. Frustré de ne pas avoir fourni autant d'efforts que les jours précédents, malgré les trente kilomètres pagayés, je plonge entre les îles, à l'abri des secousses du large, pour satisfaire mon appétit de plusieurs longueurs de natation.

Hormis les baignades que la température des Grands Lacs m'imposait brèves, et celles plus agréables dans les Eaux frontalières, je n'ai jamais réellement nagé pendant mon voyage. Sans doute la peine de la journée suffisait-elle. Ce jour-là, enivré par ces victoires faciles remportées sur le lac Winnipeg, j'oubliai l'incroyable distance qu'il me restait à braver, et le vent chaud, en lustrant les ondulations rebelles du lac, confortait l'orgueilleux désir d'exprimer ma force dans une séance de natation. D'ailleurs, je ne me jetai pas tête baissée dans un effort inconnu : les entraînements m'étaient devenus familiers dès l'âge de 12 ans. Ma mère m'avait inscrit à la piscine olympique de Casablanca, qui était située à dix minutes de vélo du quartier où nous habitions. Mes soirées et mes week-ends étaient donc ponctués de longueurs interminables de cinquante mètres, où je forçais mes poumons à rattraper les gars de 18 ans qui filaient devant moi. J'exultais à l'idée d'appartenir à une équipe prestigieuse, même si, en fait, il n'en était rien. Nous partagions seulement le même entraîneur. Toutefois, je nageais dans les mêmes couloirs, je suivais le même programme et j'encaissais les mêmes vociférations qu'il débitait lorsque l'un d'entre nous montrait le moindre signe de fatigue. Alors, rapidement, la persévérance et la compétition forcée avec les athlètes que je côtoyais firent du sportif très moyen que j'étais un redoutable nageur.

Cependant, dès les premiers mouvements de crawl, une vive douleur dans la colonne vertébrale me paralyse. Plusieurs fois déjà, un mal similaire, quoique moins intense, avait écourté ma nuit. Quelques étirements suffisant à le faire disparaître, je n'y avais guère prêté attention et l'avais mis sur le compte de mon tapis de sol, pas assez gonflé. Aujourd'hui, je me rends compte que la réalité est tout autre. Il s'agit du lourd bilan d'un accident de ski sur les glaciers de Tignes: deux reins déchirés, plusieurs vertèbres fêlées et un disque écrasé. Mon jeune âge avait favorisé les cicatrisations et les soudures naturelles sous l'œil attentif du personnel hospitalier de Moûtiers, puis de la Pitié-Salpêtrière à Paris. Une année de rééducation, alliée à des activités de plus en plus musclées, m'avait ensuite débarrassé de ce qui n'est plus qu'un souvenir. Persuadé que la douleur se dissipera d'elle-même dans la saine activité qui occupe mes journées, je la confie pour la nuit à ma dalle précambrienne, cherchant à l'enfouir sous ses siècles d'histoire.

L'aurore n'apaise en rien mes douleurs. Le granite semble avoir eu l'effet inverse et le vent, en hurlant son malaise toute la nuit, n'a fait qu'accroître le mien. Les grésillements de mon récepteur radio m'en ont précisé la vitesse: 80 km/h. Face à l'expectative, mon mal de dos s'intensifie: il gagne mon genou gauche, tandis que les rafales me réduisent à la souffrance d'un espoir silencieux. La position géographique du lac Winnipeg, qui borde l'est des grandes prairies de la Saskatchewan et de l'Alberta, explique la violence de ces vents. Si ces vastes contrées de l'Ouest avaient été difficilement colonisées, c'est bien parce que le vent y était plus rude, l'hiver plus meurtrier et la contrée plus sauvage. En outre, à la différence des terres de l'Est, aucune grande forêt ni aucun relief n'entravait la bise glaciale. Le cheval y fut beaucoup plus populaire et c'est là que sont nés, aux États-Unis comme au Canada, les cow-boys et leurs légendaires westerns. Les airs que le vent m'amène aujourd'hui de ces pays où chapeaux et musique *country* sont toujours à l'honneur n'ont rien de ceux d'un bal campagnard. Septembre n'est pas une saison de fête, mais de récolte. Et moi, me résignant à un deuxième jour d'attente, je récoltais sa colère.

À l'ouest du troisième jour, rien de nouveau. Sauf les relents de combats amers que les bourrasques vomissent à mes pieds, les élancements continuels dans mon nerf sciatique gauche et le chagrin du ciel en proie aux tourments de l'enfer. Mon malaise est si cruel que fermer les yeux pour oublier ma condition est impossible. Aucune position ne me soulage. Ayant passé la nuit à me retourner sur mon tapis de sol, je n'ai pas dormi une heure. Seules deux postures me conviennent encore : le côté droit ou le gauche, les genoux à moitié repliés sur l'abdomen. Cette position latérale de sécurité remplira les nuits à venir, interdisant tout laisser-aller ventral ou dorsal. Cependant, incapable de dormir, comment ferai-je pour pagayer ? Pour la seconde fois cet été, le doute m'envahit. Mon impuissance m'exaspère. Aussi combattrai-je le mal par la colère. J'ancrerai ma détermination pour lutter. J'économise les raisins secs et me contente d'un maïs grillé, rendant grâce au fermier qui m'en a offert un sac à Saint-George, ainsi que plusieurs concombres en guise d'encouragement. Le moment de me servir de médicaments est venu. J'essaie toujours d'en retarder l'usage, espérant un rétablissement naturel. D'ailleurs, en limitant leur ingestion, je les rends plus efficaces. À présent, le caractère aigu que prend ma douleur ne me laisse guère le choix. Dans cet espoir de synthèse artificielle, supposée la calmer, je me retourne alors sur moi-même pour affronter une nouvelle nuit d'insomnie.

Au lever du jour, j'entrevois une possible négociation avec Éole : son vent d'ouest modéré tempère le deuil que le ciel me suggère. Une demi-heure de recueillement est toutefois nécessaire pour mûrir l'audace d'une tentative.

Elle se révèle fructueuse ! Je franchis le détroit sans difficulté. Pour traverser l'imposante baie Fisher, je compte à présent sur plusieurs îles. J'ai toujours mal au dos, et je manque d'assurance. À travers les vapeurs bruineuses du lac et dans l'ombre de la danse macabre des nuages, je distingue sans pouvoir en apprécier la distance le sursaut de plusieurs éclairs menaçants. Je décide alors de m'enfoncer plus au sud dans la vaste baie, pour m'offrir au maximum la protection des côtes. Prévoir le pire est devenu plus qu'un instinct ; c'est une seconde nature, un réflexe de survie. Je connais trop bien les conséquences d'une brusque tempête, et celle qui se prépare, ramassant sur elle-même éclairs, rouleaux et bourrasques, laisse présager un déchaînement sans précédent.

Je ne parviens à libérer mon appréhension que dans de puissants coups de pagaie. Seule une pause de vingt minutes, dont je consacre la moitié à un somme, me permet d'avaler un concombre et des fruits secs. Car la tension qui me gagne me pousse à repartir pour pagayer de plus belle. Peut-être est-ce le balancement naturel de mon corps dans cette course folle contre l'orage qui provoque la rupture d'un crochet de fixation de mon siège. Ou serait-ce encore un défaut de fabrication, comme celui des arceaux taillés dans le même alliage ? Malgré un rapprochement tentant, c'est le manche en aluminium de ma pagaie de secours qui me souffle une solution de fortune : en la fixant le long du plat-bord, j'y attache le siège à l'aide d'une cordelette.

J'établis mon campement sur une île. Ma journée de quarante-trois kilomètres a été assez riche en émotions et en efforts pour que je m'octroie les faveurs vespérales d'un bivouac. L'échauffement musculaire semble avoir apaisé ma tension vertébrale, et je profite de ce surplus de chaleur interne pour me laver. Si la température de l'eau est encore supportable, le vent qui me sèche, lui, rabote impitoyablement mes derniers soupçons de graisse.

La tempête que je redoutais contient sa rage toute la nuit pour exploser au petit matin. Du noir abcès brusquement percé giclent les flammes de l'orage qu'une pluie torride s'acharne aussitôt à éteindre. Contraint de patienter sous la tente, mais rassuré par l'évolution de mes ennuis vertébraux, j'étale mon désœuvrement sur un lit de cartes topographiques et, pendant les quarante-huit heures que durera la tourmente, je noierai mes pensées dans les quatre cent trente-cinq kilomètres que ce lac me réserve encore. Alors que les attentes se multiplient, chaque fois plus longues et ennuyeuses, les journées, elles, raccourcissent cruellement. À l'approche de la saison froide, les ailes de milliers d'oiseaux migrateurs sifflent à l'unisson en rasant ma tente. Les V impressionnants de centaines de canards et ceux plus réduits des oies sauvages pointent inlassablement vers le sud. Rien ne les arrêtera plus dans cette épreuve bisannuelle que l'instinct et la chute des températures leur dictent. Quant à moi, tourné vers le septentrion, je ne cesse de buter sur les obstacles barométriques que le front me jette. Un seul jour de navigation sur les cinq derniers. Dans cette guerre de tranchée, avec comme unique alliée la patience, je perdrai : le gel des eaux me ferait prisonnier avant que je n'atteigne l'extrémité du lac Winnipeg.

Je pagaie sans relâche toute la journée. La remontée vers le nord, le long de la côte ouest du lac Winnipeg, se déroule en sens inverse du flux des oiseaux. Fourbu, j'atteins au soir la plage de Jackhead Indian Reserve où j'interromps les jeux de trois bambins :

– Eh ! Tu ressembles à un gars de la télé ! s'écrie le plus grand des deux garçons.

– Comment t'appelles-tu ?

– Dallas, répond-il. Lui, c'est mon frère Cheyenne, et la fille, c'est Veranda.

– Salut, moi c'est Kim.

– Dis… T'es sûr que t'es pas un gars de la télé ?

– Vous croyez que je peux camper ici cette nuit ?

– C'est un pays libre, tu peux faire ce que tu veux ! répond la fillette, très sûre d'elle.

– Tu m'emmènes faire un tour dans ton bateau ? demande Dallas.

– Je suis fatigué, j'ai…

– Juste un petit tour ! S'il te plaît !

– Bon, allez, viens.

Lorsque j'abandonne un sac sur la berge pour que Dallas puisse s'installer sur le siège avant, les deux autres réclament aussitôt une place ! Je finis par vider le canoë pour les prendre tous les trois :

– Jusqu'à la pointe ! gloussent-ils en chœur.

Arrivés au lieu-dit, ils reprendront :

– L'autre pointe ! L'autre pointe !

Surmené par ces heures supplémentaires, je leur abandonne les pagaies. Mes rames les dépassant de trois têtes, leur manipulation se révèle ardue. M'adossant alors sur le sac de vivres que j'avais laissé derrière moi, j'observe leurs efforts gauches et asynchrones avec une certaine satisfaction. Après plusieurs
ph. 34 voltes, je reprends les commandes du navire pour retourner vers la plage où Olga, la mère des garçons, récompense ma peine en m'invitant à dîner.

Sa maison est un peu plus loin, face à l'école. De la réserve indienne du début du XXe siècle, il ne reste que le nom et un statut privilégié pour ses habitants. Les wigwams en peaux ou en écorce de bouleau ont été remplacés par de vraies maisons. Le mot « réserve » résulte des traités signés aux XVIIIe et XIXe siècles entre Blancs et Indiens, où des terres ont été réservées exclusivement à l'usage de ces derniers. Bien sûr, ceux-ci ont aujourd'hui le droit de s'installer ailleurs comme n'importe quel autre citoyen canadien, mais ils doivent alors renoncer à leur statut privilégié, notamment aux allocations gouvernementales. Olga est la seule institutrice indienne de la collectivité. Bien qu'elle vienne du Sud, comme les trois autres Blancs qui enseignent ici, elle est la seule à y résider : « Les autres retournent à Winnipeg chaque week-end » m'apprend-elle sans cacher ses désillusions :

– Ces enfants ont autant besoin d'enseignants que d'éducateurs et de gens qui les aident et les comprennent dans leur vie quotidienne. La plupart des parents ne s'occupent pas d'eux, alors non seulement ils ont des difficultés en classe, mais ils ignorent aussi le sens des mots tels que respect, intégrité et assiduité. Prends Veranda par exemple : elle a passé toute la journée avec nous et je suis sûre que ses parents n'ont aucune idée de l'endroit où elle se trouve !

– Ne serait-il pas possible d'engager un dialogue avec les parents, et de leur faire prendre conscience de leurs responsabilités ?

– J'aimerais bien, mais je suis nouvelle ici, je ne suis pas trop écoutée, et puis je dois d'abord en parler au chef et au conseil. Et comme le chef est un abruti... En attendant les nouvelles élections, je fais ce que je peux avec les enfants. Parfois, c'est vraiment dur, surtout avec les plus grands. Mais c'est le métier que j'aime, reprend-elle en m'invitant à entrer.

Comme les trois autres logements attribués aux instituteurs, celui d'Olga est spacieux et bien aménagé. Elle n'a pas fini son installation ; aussi plusieurs cartons encombrent-ils encore un coin du salon. Les barreaux aux fenêtres me surprennent :

– Cela évite les pillages lorsque les enseignants partent en week-end : des coups d'adolescents désœuvrés, m'explique-t-elle tristement.

Je profite qu'Olga s'affaire en cuisine pour monter la tente devant son perron. Les enfants, qui ne m'avaient pas lâché d'une semelle, toujours persuadés d'avoir affaire à une célébrité télévisée, écarquillent les yeux au moment où, grâce à trois sardines enfoncées dans le gazon, je dresse mon antre en forme de tunnel et, derechef, leur soif d'aventure se réveille. Après un rapide conseil, ils me présenteront leur requête d'une même voix :

– On voudrait dormir dans ta tente !

– Et moi alors, je dors où ?

– Dans notre chambre ! s'empressent de répondre Dallas et Cheyenne qui avaient visiblement tout prévu.

– Bon, c'est d'accord. Mais pas de chaussures, pas de bagarres et personne d'autre. Compris ?

– Pourquoi ? demande Veranda.

– Parce que c'est ma maison et que j'en ai besoin ! J'aurai sans doute à passer l'hiver dedans. Alors faites attention à ne pas me la démolir !

Pendant le repas, Olga raconte comment une offrande de tabac a sauvé sa famille d'une tornade, tandis que la plupart des baraques de la réserve ont été démolies.

– Je crois beaucoup à ces choses-là, me confie-t-elle.

Lorsqu'elle m'apprend qu'il faut brûler des feuilles de thuya géant pour que le destin soit favorable et respirer sa bonne odeur pour parler juste, je ne peux m'empêcher de lui avouer que je mets quotidiennement une branche de ces résineux dans mes spaghettis : pour les parfumer ! Certains m'avaient certifié que leurs feuilles contiennent de la vitamine C. D'autres, au contraire, m'avaient mis en garde contre le poison qu'elles renferment… sans doute un poison extrêmement lent que l'ingestion répétée doit rendre inoffensif !

La principale activité locale est la pêche. D'après Olga, le gouvernement donnerait juste assez d'argent pour que la réserve survive. Il n'y a aucun commerce, hormis une épicerie de fortune où l'inventaire se fait d'un coup d'œil : boîtes de haricots, paquets de chips, sodas et glaces. Personne ne saurait tenir les comptes d'un plus grand magasin. Alors, conduire plusieurs heures pour faire ses emplettes ailleurs est devenu prétexte à se changer les idées. Le *statu quo* y trouve son compte. La réserve, dépourvue de traditions et de spiritualité ancestrale, ne s'épanouirait donc pas dans le mode de vie blanc qui prône le développement économique. Prisonnière entre deux mondes interdits, isolée aux confins orientaux des Prairies, elle cherchera sa voie, ou dépérira lentement sous le regard indifférent des politiciens malgré leurs quelques poignées de dollars.

À l'aube, ma tente est vide. Les trois déserteurs dorment au chaud, tassés dans le canapé du salon. L'inconfort, la fraîcheur et les bruits de la nuit auront eu raison de leur témérité. Après avoir acheté deux boîtes de haricots, à un prix que l'absence de concurrence rend exorbitant, je fais mes adieux à la charmante institutrice. En chemin pour la plage où j'avais accosté, un vieil Indien ne parlant que l'ojibwé me tend un pain encore chaud. Ravi par le geste autant que par l'offrande, je tente de lui exprimer ma gratitude. La gentillesse des gens les plus pauvres m'a toujours impressionné. Chez eux, elle est si naturelle et si douce que rien de ce que je pourrais dire ne lui rendrait l'honneur qu'elle mérite. Alors, seul mon regard lui retournera son amour. C'est la même chaleur fraternelle que j'avais côtoyée dans le Moyen Atlas marocain. Un soir, après avoir installé mon campement dans les ruines d'une demeure en pisé et m'être adossé au seul muret qui subsistait, je me contentai d'un feu de camp et de la compagnie des étoiles. Je n'avais plus de provisions et mon estomac appelait à l'aide pour surmonter les derniers kilomètres à gravir le lendemain. C'est alors qu'un berger, sans doute intrigué par la fumée inhabituelle en ces lieux peu fréquentés, répondit à mes cris intérieurs avec un *tanhourt*, galette berbère faite de différentes céréales. Des laines de sa djellaba, il sortit également quelques feuilles de thé vert dont, amicalement, nous arrosâmes notre repas. Qu'y avait-il de mieux pour apaiser la faim et combler les cœurs ? Ce vieil Indien du Manitoba et ce berger de l'Atlas, dont j'ignorais jusqu'aux noms, étaient frères, sinon de sang, d'amour, et moi j'étais fier et heureux de mériter leur attention.

Pendant douze kilomètres, je lutte contre un coriace vent de face, avant d'élire une plage sablonneuse comme lieu de bivouac. Seulement, en m'acquittant de la corvée de bois, je prends conscience du voisinage : le sable grouille d'empreintes ! J'y devine l'application d'un ourson à suivre sa mère, ainsi que l'attitude réservée d'un coyote solitaire face à une ourse protectrice et à un orignal en rut.

L'état de mon dos m'oblige à ralentir l'allure. Même si je vais mieux, je me sens encore vulnérable, comme à la merci du moindre choc ou faux mouvement. Alors, je ne force pas.

Mais la tourmente m'assaille à nouveau. Des vagues me traquent jusqu'au bivouac. Trop proche de l'eau et acculée à la forêt, ma tanière est incertaine. Les beaux jours sont finis, le froid a chassé la douceur estivale, le légendaire été indien s'est éclipsé avant même d'avoir brillé. Lors d'un voyage dans le nord de l'Ontario, il y a plusieurs années, je l'avais pourtant connu. Les trois premières semaines d'octobre que j'avais choisies pour cette randonnée étaient exemptes de neige et chatoyantes de couleurs. L'été avec les insectes en moins, l'automne sans les rigueurs hivernales, voilà ce que devait être la saison mythique. Dans le nord-ouest, je m'attendais à ce qu'elle se glisse plus tôt dans la faille automnale qui sépare les jours chauds de l'embâcle, mais plus rien désormais ne me permet de l'espérer. Je ne mange pas de la journée, me contentant d'une pitance au soir : je ne suis pas prêt d'oublier la leçon que le lac Supérieur m'a infligée. Pour tromper mon ennui, j'inspecte l'état de mon équipement. Je passe soigneusement la main sur chaque centimètre carré du canoë. Sur la tente, je découvre une couture à consolider.

Les cris de la tempête me réveillent en pleine nuit. Le vent soutenu et constant a poussé le volume longiligne du lac d'un même côté, provoquant une véritable marée. Les vagues se pressent à mes pieds. À la lueur des éclairs qui foudroient la nuit, les trombes d'eau paraissent plus effroyables encore. Je n'ai aucune envie de quitter mon abri pour le déplacer. D'ailleurs, je ne pourrais gagner qu'un mètre tout au plus. Cependant, le niveau du lac continue à monter. En passant la main dehors, je constate la progression de l'eau. La toile ne suffira pas à contenir l'avancée des flots. Je sors. Le lac est déchaîné. J'affale la tente sans la vider et la traîne jusqu'aux premiers buissons. En déplaçant le canoë, que j'avais mis en arrière, je gagne finalement deux mètres. Je le place juste devant, comme un brise-lames, puis l'attache solidement à un tronc. Je n'ai plus qu'à replacer les rochers pour remettre ma tente d'aplomb. Je suis déjà trempé. Je m'active pour lutter contre le froid quand, brusquement, une main m'empoigne le bras gauche ! Je virevolte aussitôt pour envoyer mon droit sur la silhouette qui se tient derrière moi… mais ne rencontre que le tronc dressé d'un arbre mort avec une branche en forme de main. Je regagne alors le duvet pour y enfouir mes peurs.

Au matin, l'aube se découvre d'autant plus triste qu'un brouillard silencieux l'étouffe. L'absence de vent laisse la bruine suinter sans détour. Droite, elle entraîne dans sa chute les bas nuages pour marier le ciel et la terre. Sur les Grands Lacs, il fallait s'en contenter un jour sur deux. Ici, je m'y oppose.

Instinctivement, je préfère attendre. Le froid m'incite à la prudence. Au cours de l'après-midi, le jeune pêcheur que j'avais entrevu la veille, mais qui n'avait pu accoster en raison du ressac, vient me rendre visite. J'embarque avec lui pour assister à la levée des filets :

– La tempête t'en a fait voir ? s'enquiert-il.

– Un peu, oui ! J'ai une bonne tente, heureusement.

– Ça fait combien de temps que tu es là ?

– Troisième jour, aujourd'hui. Je partirai demain si le vent ne se lève pas.

– Fais gaffe sur ce lac, surtout en cette saison. Maintenant, ça va devenir de plus en plus mauvais.

Je l'aide à extraire des filets perches, dorés et *suckers*[1] : nous remplissons plusieurs cageots en moins d'une heure. Quand je retourne au bivouac, avec deux poissons en poche, il me propose :

– On est au camp de la pointe McBeth. Arrête-toi en passant, c'est à une dizaine de milles au nord.

– D'accord. À demain peut-être !

Vendredi 13 septembre : mon jour de chance. La vie est tellement plus belle quand le soleil brille. Trois heures suffisent pour atteindre la station de pêche McBeth où, sitôt que j'ai débarqué, Shirley me convie dans son modeste baraquement. À cette heure, tous les hommes sont encore sur le lac.

L'intérieur de sa cabane se borne à deux lits, une table et un poêle à bois. Je m'assois, laissant à mon hôte la place de préparer le café. L'invitation n'a rien à cacher, si ce n'est la modestie et la simplicité d'un moment de partage que Shirley ne doit pas souvent avoir l'occasion de s'offrir avec un étranger. À petites gorgées, j'avale le nectar de cette rencontre chaleureuse, tandis qu'elle me présente ses travaux artistiques. Aussi m'offre-t-elle un de ses *dream catchers*, ou « attrapeurs de rêve », qu'elle fabrique pendant que son mari pêche : il s'agit d'une petite couronne en osier tressé, ornée de plumes et de perles, qui sert de cadre à un maillage en boyaux d'orignal. Elle m'explique

1. *Suckers* : littéralement, suceurs. Poissons ainsi dénommés en raison de la forme de leur bouche.

comment je dois le suspendre à ma fenêtre pour que l'énergie du soleil, les esprits et les rêves puissent circuler librement. Les mauvais rêves, quant à eux, restent prisonniers dans l'enchevêtrement de la toile.

Une dizaine d'abris en bois et en tôles, similaires à celui de Shirley, entourent le bâtiment principal où ont lieu le nettoyage et la mise en caisse des prises. Dans un autre cabanon, Melford, le pêcheur de la veille, m'invite à déjeuner : « C'est ma mère qui prépare le repas ! » déclare-t-il, comme s'il avait craint que je ne sois déjà au courant de ses lacunes domestiques. Tous ces pêcheurs sont des métis qui viennent de la Fisher River Indian Reserve, une réserve située à deux cents kilomètres au sud. Deux fois par an, au rythme de l'embâcle et de la débâcle, ils s'installent en bordure du lac Winnipeg pour six à sept semaines de pêche. Autrefois, c'était la chasse aux bisons qui rythmait leur vie, mais ces mammifères ont disparu dès la fin du XIXe siècle à l'avènement des fusils à répétition. On comprend donc pourquoi, en 1869, ce peuple de Blancs, français pour la plupart, qui avait pris femme au sein des tribus indiennes, s'était soulevé face au lointain gouvernement pour faire valoir sa façon de vivre sur les terres de la rivière Red, alors que les vagues de colons déferlaient. La création du Manitoba, en 1870, avec des droits particuliers pour les métis, avait momentanément marqué la fin des tensions et, en juillet de la même année, la toute nouvelle province ralliait la Confédération de 1867. Cependant, en 1885, le mouvement de rébellion reprit. Depuis les victoires passées, les choses avaient bien changé : la police montée avait été créée pour régler les conflits locaux, et le Canadian Pacific Railway, achevé, rendait les troupes gouvernementales beaucoup plus mobiles pour réprimer des tensions sociales d'envergure. Au fil des générations, les modes de vie se sont harmonisés pour ne laisser du passé que des noms de famille français et des visages métissés. Aujourd'hui encore, c'est dans la province du Manitoba – au cœur du Canada actuel – que le brassage interethnique reste le plus important.

La météo favorable m'engage à digérer à bord du canoë le rôti d'orignal que mes hôtes ont spécialement préparé. Melford propose de m'emmener de l'autre côté de la pointe McBeth en bateau. Je décline son offre, sans doute par fierté devant mes spectateurs. À cause du relief sous-marin, les vagues balaient en permanence le cap. Je m'approche. Je calcule. L'appréhension m'enivre de plaisir. J'oublie les périls encourus et, pendant un court instant, je me souviens d'une situation similaire au Maroc lors d'une marée d'équinoxe. Une déferlante m'avait surpris alors que je lui tournais le dos, assis dans une vieille barque de pêcheur. L'accélération m'avait cloué sur mon siège et, prisonnier de cette formidable force d'inertie, j'étais incapable de sauter à l'eau. La barque s'était fortement inclinée : j'allais m'écraser sur le rivage. Je me contractai, prêt à recevoir le châtiment que j'avais mérité pour avoir usé d'un bien qui ne m'appartenait pas quand, ouvrant les yeux, je me retrouvai par miracle échoué sur le sable ! Le frisson intellectuel qui me parcourt me rappelle juste à temps la force de ces rouleaux. La poupe du canoë se soulève. Je pagaie aussi vite que je peux. La proue s'incline doucement avant de glisser sur la vague. Surf réussi avec cent trente kilos de bagages ! Je me retourne pour faire un signe d'adieu, fier et encore tremblant d'avoir vaincu la pointe McBeth, quand deux rouleaux, plus trapus et l'un derrière l'autre, claquent sévèrement contre ma coque. La douche me fait aussitôt ravaler mon amour-propre et écoper le résultat de mon arrogance.

Les vagues qui me dépassent, doublées d'un vent puissant, bousculent ma frêle embarcation. Je profite néanmoins de ce coup de pouce dans le dos pour augmenter ma vitesse. Bientôt, un second crochet de fixation cède. Je glisse rapidement le sac de vivres sous mes fesses pour reprendre la route, campé sur mes provisions. Lorsque je me rapproche au soir de la côte pour y élire ma demeure, le vent s'est apaisé. Le soleil a mis le lac en feu. Des milliers de lames de couteau miroitent à la surface de l'eau. Même avec des lunettes de glacier, je garde les yeux à moitié clos. J'ôte chandail et maillot pour mieux pénétrer cet univers de lumière. Une poignée de vaguelettes se jettent sur mon torse nu. Glaciales. Le lac m'étreint. J'exulte. Cette existence meilleure, dont je savoure les moindres instants, se cache derrière son prix dérisoire à payer : quelques frissons au contact de la fraîcheur de ses attouchements. Je l'avoue, les fins de journée dans le soleil couchant sont pour moi des moments privilégiés, uniques, inoubliables. C'est l'instant de vérité avec une contrée sauvage que j'essaie d'approcher, le moment de partage recherché après plusieurs aubes d'efforts. Cette récompense que m'offre la nature, quoique toujours semblable en apparence, est la plus belle que je connaisse, et elle seule, par le bonheur qu'elle engendre, justifie toutes les privations.

Au détour d'une presqu'île, je surprends des centaines de canards haletants. La panique est immédiate. Certains s'envolent à droite, d'autres à gauche, d'autres encore, ne sachant qui suivre, s'agitent sur l'eau en tous sens tandis que les plus gros et les plus vieux tentent désespérément de prendre leur envol. La concentration des volatiles est telle que plusieurs, ivres de terreur, cherchant encore d'où provient le danger nasillé par leurs frères, manquent de s'assommer sur ma coque ! Juste à temps, ces derniers redresseront leur trajectoire angoissée. Cette naïveté propre aux canards me fait toujours sourire. Les oies, quant à elles, ont une conduite beaucoup plus digne. Elles ne se déplacent jamais par centaines, mais par dizaines tout au plus. À terre, lorsqu'elles sentent un danger, elles se figent aussitôt : ainsi « camouflées », elles laissent le prédateur poursuivre son chemin. Jamais un colvert ne songerait à un tel acte de bravoure.

Lorsque mon tour arrive de faire une pause, les rouleaux m'interdisent toute manœuvre à moins de deux cents mètres du bord. Chaque tentative se solde par un échec. Le rivage me rejette. Le large menace. Prisonnier entre deux eaux, je continue dans l'espoir de trouver une plage mieux orientée. Quand je réitère l'approche une heure plus tard, une déferlante manque de me retourner, qui remplit à moitié le canoë. Je ne parviens plus à manœuvrer. Cahin-caha, je poursuis alors vers la plage, alternant coups de pagaie et coups d'écope. Mon débarquement est marqué par une salve d'eau. Je hale précipitamment le canoë sur la grève.

Inondé, mais heureux de ne pas avoir chaviré, j'érige la tente sur le sable vierge. Derrière la dune, je découvre la désolation d'une contrée marécageuse. Plus loin, à l'intérieur des terres, la forêt reprend vie. Au nord, aussi loin que me transportent les jumelles, je scrute les golfes dénudés de cette côte sauvage, m'imaginant défier jour après jour la brutalité de ses rouleaux.

Progressant vivement vers le nord, j'ai presque oublié l'échéance de l'hiver. Pourtant, celui-ci n'omet pas de se faire sentir, abaissant le niveau du mercure un peu plus chaque matin. Le changement est si progressif que je m'y suis naturellement habitué, sans en prendre vraiment conscience. Ce jour de mi-septembre est le premier à réveiller en moi l'instinct ancestral qui pousse à trouver refuge avant les rigueurs de la longue saison. Je ne connais pas les hivers canadiens : –20 °C, –30 °C, –40 °C sont encore des abstractions pour moi. Pourquoi y ai-je subitement pensé ? Je ne saurais l'expliquer. Peut-être l'instinct, cette intuition innée, aussi utile qu'une boussole, qui chez nous a disparu depuis que nous n'avons plus à chasser pour nous nourrir ou à trouver des cavernes pour nous abriter. Il s'est éteint, progressivement détruit par les voitures, les maisons et les supermarchés. Alors, en attendant de pouvoir rallumer cette flamme dans ma poitrine, j'essaie d'en raviver certains tisons. Je suis convaincu que cela peut se développer, au même titre que l'intelligence, mais en déchiffrant les sens perçus par le cœur au lieu d'exploiter ceux qu'analyse la raison.

Aussi loin que la pensée de ma promenade solitaire me conduit, les traces d'un coyote me précèdent. Serait-ce celui qui me suit depuis plusieurs jours ? J'ai relevé ses empreintes chaque matin, comme s'il avait profité de la nuit pour me rattraper et prendre un peu d'avance. J'imagine cet ermite longeant la plage à la recherche d'un petit-déjeuner, apercevant soudain ma tente et marquant un temps d'arrêt, puis décrivant un arc de cercle pour l'éviter avant de reprendre sa course. Jamais sa progression furtive ne m'avait réveillé. Il me rappelle le chien que je m'étais mis en tête de prendre, à défaut d'un équipier avec qui partager mon aventure. En effet, quel compagnon plus fidèle pouvais-je espérer ? Il mangerait moins qu'un de mes semblables et, avec un peu de chance et d'entraînement, réussirait peut-être à refermer ses crocs sur quelque lièvre ou canard affaibli. Il ne se plaindrait jamais de mon entêtement et m'avertirait de la présence de visiteurs indésirables. Oui, j'étais persuadé qu'un chien robuste serait le partenaire idéal. Malgré cela, j'avais finalement décidé de partir seul. Il fallait d'abord que j'apprenne à me débrouiller avant d'engager un autre avec moi, plus encore si ce devait être un animal, car il n'aurait aucun pouvoir de décision et m'accorderait par conséquent une confiance aveugle.

Une fois encore, les bourrasques ne me laissent pas d'autre choix que de gagner le rivage après seulement une matinée de travail.

La manœuvre pour éviter de briser mon canoë est toujours la même. Je m'approche de la côte et attends la vague propice pour m'engager dans les rouleaux, puis je saute à l'eau et tire l'embarcation sur le sable avant que le lac ne bondisse. Après l'installation du bivouac, je pars explorer la grève. Les empreintes d'un loup sont impressionnantes. Outre leur taille, je les distingue des traces de mon coyote par une foulée plus longue. Tout en les suivant, curieux de voir où elles me mèneront, je ramasse des cailloux aux formes et aux couleurs particulières. Un ciel éclatant surplombe ma balade. L'air est froid. Des volées de sable me cinglent le visage. La plage se fait plus farouche encore pour conjurer mon intrusion. C'est ainsi que je l'aime, sauvage. Pourquoi est-ce que je cherche tant à la conquérir ? Est-ce le défi que la nature me lance ou son altière beauté qui me fait courir les chemins de l'aventure ? Pourquoi est-ce que je passe mes journées à me battre ? Pourquoi est-ce que je passe mes nuits recroquevillé sous le murmure glacial du firmament ? Certes, je suis heureux et libre. Sans doute ne l'ai-je jamais autant été. Mais est-ce là l'essentiel ? Ne suis-je pas en train de satisfaire un besoin égoïste ? Même ceux qui sont prévenus de mon voyage ignorent où je me trouve. Ne suis-je pas en train de me couper du reste du monde ? Seul sur cette plage déserte, je ne peux empêcher toutes ces questions de surgir. Sûrement ai-je jusqu'à l'océan pour y répondre. Pour le moment, Grand Rapids m'attend à cent quatre-vingts kilomètres au nord.

Je ne reprends la route que le surlendemain. Ce rythme saccadé de progression, alternant journées de navigation et d'attente, est moins pénible que le régime des deux premières semaines sur le lac où j'étais contraint de patienter chaque fois trois jours pour en pagayer deux. Toutefois, j'ai conscience que ces luttes menées contre la météo ne sont que des anicroches. Le vrai combat, lui, ne saurait tarder. Cela fait déjà trois semaines que je défie le lac Winnipeg : il aura attendu que j'aie atteint le point de non-retour. L'épreuve de vérité approche, c'est certain. Je devrai affronter la faim, le danger et aussi ma propre peur par les seules armes de la patience et du courage. Quel meilleur duel que de surmonter ses angoisses pour fortifier son cœur ? Cela, ou sombrer dans la folie et, par manque de volonté de vivre, s'abandonner à la mort.

Tandis que je pagayais, mon sang-froid se transformait à mon insu en rage. Elle remontait des tréfonds de mon inconscient, de la même manière que l'instinct le faisait parfois, et je la nourrissais de toutes ces terreurs enfouies dans mon âme. Je l'exprimais dans la violence de mes coups de pagaie. Ma fureur de vivre avait atteint son paroxysme. J'aurais pu vaincre n'importe quel démon de l'enfer et même l'enfer tout entier, quand bien même cet enfer eût été moi. J'étais emporté par la flamme de la guerre, celle qui me ferait survivre, celle qui me redonnerait un jour l'instinct oublié. Cependant, le conflit n'avait pas encore éclaté. Je ne connaissais même pas la nature de l'ennemi à combattre. Pour l'instant, il se cachait. Il me savait gonflé d'ardeur, prêt à faire couler le sang. J'aurais tant voulu en finir, mais je ne dictais pas les règles. La guerre serait une guerre des nerfs, et je perdais là ma première bataille. Je devais retrouver mes esprits et chasser cette haine qui m'avait soudainement avili. Je ne devais pas frapper avec animosité, mais avec amour car, si la haine me conduisait à la victoire, ma vie en serait détruite, vidée de son sens, et c'est finalement la mort de l'âme qu'elle me réserverait. Il valait donc mieux succomber armé d'amour que vaincre le cœur rempli de haine.

Trente-trois kilomètres de plus me conduisent sur une plage de galets : le champ de bataille m'est désormais plus favorable. L'attente sur du sable use bien plus vite. Car, malgré toutes les précautions, des grains finissent toujours par se glisser dans la tente, le duvet et les vêtements, et par souiller les mécanismes de la raison. Sur des galets, je pourrai assurer plus longtemps la propreté du bivouac et augmenter ainsi ma résistance psychologique. Depuis longtemps, je sais que respecter les règles d'hygiène que l'on se fixe permet de prolonger la santé morale et l'ordre intellectuel. Or la guerre que l'on va me déclarer sera un combat moral, pas physique. Contre le froid, j'ai l'équipement nécessaire ; contre la soif, j'ai le lac tout entier ; contre la faim, j'ai la capacité de jeûner longtemps sans perdre la vie. La seule lutte sera donc intérieure. Mon cœur battra pour trouver le courage de vivre et empêcher ma raison de sombrer.

À mon grand dam, l'aurore se montre étrangement paisible. Mon intuition m'aurait-elle abusé ? Mon instinct m'aurait-il trahi ? Cela serait terrible si cette voix qui venait du plus profond de moi cherchait à me tromper. En qui d'autre pourrais-je avoir confiance ? Troublé, mais voulant tirer profit du calme relatif pour gagner de nouveaux kilomètres, je prends le large.

Je ne fais pas deux kilomètres que des bourrasques embusquées fondent sur moi ! Très vite, les lames qui brisent sur les rochers empêchent tout repli salutaire. Je me rapproche néanmoins du rivage, espérant trouver une faille dans son mur de défense. C'est alors que j'aperçois mon coyote à l'allure souple et légère. Son épaisse fourrure recouvre une silhouette ph. 38 probablement tiraillée par la faim. Tout en flairant les galets, il prend soin de ne pas me distancer. Par des regards furtifs, il guette mon naufrage : sans doute me croit-il perdu. Je pivote à bâbord pour m'engager entre les récifs. Un rouleau s'écrase sur les sacs, balayant carte, boussole et montre. Trop tard pour la montre… Si elle était posée devant moi, sur la carte, c'est parce qu'elle est, au même titre que la boussole, un précieux instrument de navigation. Connaissant approximativement ma vitesse et le temps écoulé, je peux en déduire la distance parcourue et estimer ma position sur la carte, que la boussole permet de confirmer. Évidemment, par beau temps, la carte à elle seule, avec un minimum d'attention, suffit à me renseigner. Lorsqu'un second rouleau me projette sur les galets, je saute par-dessus bord.

Le canoë est sauf. Je suis prêt à livrer la guerre de tranchée tant attendue. Au moins ai-je pu choisir la mienne. Les deux terrasses de galets qui me séparent du niveau de l'eau me garderont à l'abri du ressac. Acculé à une colline escarpée, je ne pourrai reculer davantage. Quant au coyote, il a disparu dans les monts qui me surplombent. J'ai atterri sur la face sud de la pointe Long, le « Grand Détour » comme le surnommaient les « voyageurs », à cent quinze kilomètres de Grand Rapids. La pointe Long est une gigantesque poussée des terres contrastant avec le tracé rectiligne de la côte ouest, un nez de cinquante kilomètres de long sur une dizaine de large. Je haubane la tente à de gros rochers. Les sacs et le canoë sont à l'abri. J'attends l'avenir de pied ferme.

Recroquevillé dans la tente, essayant d'échapper au froid, je n'échappe pas à la tempête. Les lames ne cessent de déferler sur la côte. En se heurtant aux rochers, les plus grosses éclaboussent le double-toit. Les vents rugissants s'ajoutent au fracas des rouleaux. L'agonie du rivage s'éternise, attendant patiemment la mienne. Pour cette épreuve d'endurance, j'économise mes forces. Je rationne mes vivres. Afin de ne pas supprimer les petits-déjeuners, je m'applique à faire durer un fond de farine. En quittant la tente pour puiser de l'eau, je découvre mon sac d'hiver à cinquante mètres du bivouac. Sûrement un ourson qui se sera amusé à le traîner avant d'être rappelé à l'ordre par sa mère. Les bourrasques auront couvert le bruit des galets roulant sous le sac. Je frémis à l'idée d'avoir failli perdre la seule arme dont je dispose contre l'hiver. J'attache alors solidement tous les sacs entre eux et à un arbre.

La présence d'ours sur cette terre ravagée ne m'étonne guère. Ils doivent se sentir à l'abri de chasseurs occasionnels. Pour moi, cela exclut toute possibilité de rencontre avec un humain. De toute façon, je ne compte sur personne pour me libérer des entrailles du lac. La liberté a un prix : celui de pouvoir subvenir à ses propres besoins. En effet, combien il serait facile de déclencher un signal d'alerte pour voir un hélicoptère se poser – bien qu'ici nul endroit ne s'y prête – quand la situation deviendrait cruciale. Justement trop facile pour pouvoir en tirer une leçon. Or la souffrance physique fait partie de l'apprentissage de la vie. Pourquoi donc notre société essaie-t-elle par tous les moyens de la réduire ? C'est cette société-là que je fuis en m'isolant aux confins du lac Winnipeg, craignant à mon tour d'être happé par l'amour du confort matériel. Aussi ne placerai-je jamais ma vie dans les mains d'une balise Argos, persuadé que la meilleure balise que l'on puisse avoir est celle qui réside dans la force de sa volonté à atteindre le but fixé et à triompher du défi que l'on s'est librement imposé.

La richesse d'un voyage ne se compte pas en additionnant le coût du matériel qu'il nécessite, mais est fonction de ce que le cœur en retient. Une expédition à pied autour du monde, avec un modeste baluchon, serait beaucoup plus heureuse qu'une croisière, même si elle allait de la Méditerranée aux Caraïbes en passant par les îles Marquises ! Si je me suis encombré de cent trente kilos d'équipement, c'est parce que je ne pensais pas avoir le courage de me lancer avec un sac à dos dans une aventure transcontinentale. Mon choix s'était porté sur le Canada car je savais que j'y trouverais, contrairement à mes raids plus courts dans le sud du Maroc, bois et eau douce à volonté. Avec suffisamment de spaghettis et un matériel de camping adéquat, je pouvais donc vivre au grand air indéfiniment, ou du moins aussi longtemps que le périple durerait. Mon choix fut réfléchi et mon itinéraire soigneusement arrêté. Si je considère toujours ce voyage comme une aventure, c'est parce que toutes ses autres données m'étaient inconnues... et notamment la maîtrise du canoë. La pêche, la chasse, les bêtes sauvages, le froid, étaient prévisibles. Les tempêtes et la faim l'étaient moins. Et d'autres épreuves viendront peut-être se greffer à la liste de mes tourments et de mon enrichissement personnel.

Entre le courage et la folie, il n'y a qu'un pas : l'inconscience. Alors, autant je suis prêt à assumer un choix que j'ai fait délibérément, même s'il doit me conduire à la mort, autant je ne suis pas fou. Jamais je ne me serais mis en tête de traverser le Canada pieds nus, en diagonale, avec un couteau suisse en poche. En tout cas, pas il y a quelques mois. Il est évident que si j'y parviens, et si je désire poursuivre cette vie de voyage et d'aventure, mon prochain périple sera plus ambitieux encore.

Fatigué, j'abandonne mes réflexions. D'ailleurs, la journée est rendue à son moment le plus intéressant. Le soleil, dont je perçois le halo à travers la grisaille, semble indiquer 5 heures de l'après-midi : l'heure tant attendue du repas. Au moment de mâcher un à un les quatre spaghettis de mon bouillon de poule au cumin, je constate que le bidon de sel est vide. Je devrai donc me contenter de celui que contiennent les cubes déshydratés de bouillon. Une éventuelle carence ne m'inquiète pas car, la température continuant à chuter, les pertes de sodium seront d'autant plus minimes que je resterai à attendre.

Vingt-quatre septembre, quatrième jour de tempête. Première fois qu'une attente se prolonge plus de trois jours. Combien d'autres encore ? Les premières gelées font craquer la toile de tente. Blotti dans le duvet, je fais l'inventaire des vivres : à peine un kilo de pâtes, quatre conserves de haricots et un sachet de raisins secs. Ma réserve de nourriture est donc loin d'être épuisée.

Depuis que j'ai quitté Jackhead Indian Reserve, je rends grâce à Dieu tous les soirs d'avoir la gamelle pleine et le cœur vaillant car, finalement, c'est tout ce qui importe. Quand Olga avait dit les grâces avant le dîner, je m'étais rendu compte à quel point il était important de les prononcer, d'autant que le souvenir de la faim était encore frais dans ma mémoire. Prier avant de manger pour remercier le Ciel m'est devenu aussi naturel, aussi facile et aussi indispensable que de me lever le matin et de pagayer toute la journée. Par cet acte, je ne faisais rien d'extraordinaire :

je me rendais simplement à l'évidence. J'ai bien senti que j'étais protégé et guidé tout au long de mon voyage mais, jusque-là, je n'avais jamais vraiment songé à rendre grâce. Ainsi, le rite sacré s'est rapidement imposé dans ma vie quotidienne. D'abord pensées comme de simples remerciements, mes prières se sont étoffées au fil des repas jusqu'à précéder également les petits-déjeuners qui, par leur apport énergétique, valaient au moins autant que les soupers. Même si je n'ai jamais eu de réponse immédiatement perceptible, ce monologue a peu à peu tissé un lien fraternel avec Dieu. J'ai fini par trouver en Lui un ami à qui je peux confier toutes sortes de pensées. D'ailleurs, Il m'avait secouru en maintes occasions et ma reconnaissance Lui était par conséquent acquise. Je sais bien qu'Il ne remplacera jamais la force de ma détermination, mais qu'Il la guidera sur le chemin de l'amour, m'ouvrant ainsi en grand les portes de la spiritualité. Déjà, j'aborde l'avenir, en particulier l'hiver, d'une manière plus sereine car, conscient de la confiance que je peux avoir en mon Guide, celle que j'ai en moi se trouve renforcée.

Le vent maudit le «Grand Détour» de jour comme de nuit. Plus que risquée, toute tentative se révélerait désastreuse. Mon canoë serait instantanément broyé par une armada de vagues prêtes à refermer leurs flots sur des récifs aiguisés. Heureusement, la qualité textile de ma tente, alliée à la souplesse de ses arceaux en fibre, me garde de la pluie et des courants d'air. Je supprime la poignée de raisins secs du midi. Ils me seront plus utiles lorsque je serai à nouveau en mesure de pagayer. Inéluctablement, l'action conjuguée du froid et du jeûne que je m'impose resserre le cran de ma ceinture, mais jamais plus on ne me surprendra à cours de vivres, quand bien même cela ne serait qu'une tasse de farine. La fatigue me réduit à la prudence, et la prudence à une attente d'ascète qui accroît ma fatigue. Pelotonné dans le duvet, je nourris mon hibernation léthargique par la seule force de la patience. Aucun livre ne vient m'aider à fuir la tourmente. Je n'ai pas voulu alourdir mon bagage. Je ne le regrette pas. Une activité intellectuelle, si minime soit-elle, est consommatrice d'énergie et fragiliserait la concentration permanente que je m'applique à garder pour supporter l'attente. D'ailleurs, l'usure morale que m'infligent en ce moment les éléments est suffisante.

Au matin du septième jour, enfin, des conditions plus attrayantes me décident au risque d'une tentative. Je puise sans relâche dans mes muscles raidis par le manque d'exercice et de « carburant », espérant oublier ce mauvais cap à passer. Malgré un vent contraire, je suis soulagé de pouvoir pagayer plusieurs kilomètres, car une peur aussi nouvelle qu'étrange était née de l'attente : je craignais de ne plus être capable de pagayer. Quatre heures plus tard, j'échoue mon canoë à l'extrémité orientale de la pointe Long. Lorsque je débarque sur la vaste plage de sable, mes abdominaux tétanisés m'arrachent un juron de douleur. Un
ph. 42 vent plus fort me contraint de bivouaquer.

L'énergie que je viens de dépenser n'a guère changé la situation. Peut-être même l'a-t-elle fait empirer en me conduisant à un carrefour de vents plus étoilé encore que ne l'était la face sud de la pointe Long. Toutefois, cela n'a pas vraiment d'importance. J'ai usé d'une patience froide et déterminée, j'ai lutté contre le vent et je suis prêt à guetter une autre inattention de la météo pour me glisser plus avant dans cette faille étroite qui mène vers le Grand Nord. Le froid, s'affirmant par un souffle toujours plus glacial, ne m'empêchera pas de célébrer cette victoire par un bain. Le cœur réchauffé par une ardeur nouvelle, je prépare donc savon, caleçon et chaussettes de rechange, me délectant par avance du moment où je les enfilerai. Je retarde encore mon entrée en matière, aussi attendue que crainte, en ouvrant le sac d'hiver pour y dérober le duvet prévu pour – 40 °C : je suis las d'être réveillé tous les matins par les – 10 °C des fraîches nuits automnales. Alors, nu à la croisée d'une immensité rugissante, je crie ma joie et ma peur au sein des déferlantes glacées ! J'en ressors propre et transi. Puis, après une casserole de spaghettis bien méritée, je succombe à la chaleur de mon sac de couchage.

Depuis minuit, je prie l'aube de se lever. Comme si, avec elle, tout irait mieux. À vrai dire, qu'espérer de plus ? La tente est fouettée sans relâche. Des froissements rêches s'échappent du double-toit gelé. Sous la gigantesque pression, les arceaux s'écrasent d'un côté puis de l'autre. Les fibres gémissent et craquent sous la flexion destructrice. La tente tout entière, dans ses dernières convulsions, implore l'urgence de mon secours, avant d'être éventrée, réduite en lambeaux et dispersée par le tourbillon de fureur qui la terrorise. Je tremble sous les hurlements terrifiants de l'agresseur, plus encore en percevant ceux de sa victime. Je n'ose imaginer la situation si ma tente cédait.

Les bourrasques de pluie et de grêle accablent mon seul abri contre la tourmente. Sous les arceaux tremblants, je continue à prier pour tenir jusqu'à l'aube. L'obscurité dans laquelle je suis plongé ne me permettrait pas de retrouver ma tente si, en essayant de la déplacer, elle m'était arrachée des mains. La dépression est saisissante. Jamais je n'ai été confronté à un tel déchaînement de puissance. Les arbres sont déchiquetés, les rochers pulvérisés, le sable atomisé. Je suis réduit à attendre, assis, prêt à agir si elle rend l'âme, prêt à m'emmitoufler dans les restes de son cadavre gelé pour rester au sec. Les cordelettes de sécurité fouettent la carcasse décharnée de mon refuge. Je n'ai pas osé les tendre, car elles pourraient déchirer la toile au lieu de maintenir les arceaux. Alors j'ai jugé préférable de laisser la structure se déformer librement, espérant que son élasticité absorberait la majeure partie des contraintes et que sa plasticité contiendrait toute amorce de fissure. Les fibres d'un arceau en verre, cassant une par une, contribuent largement à ce genre de déformation. La tête sur les genoux, j'ai tout le temps de me rappeler ces lois de résistance des matériaux. Loin de tout laboratoire expérimental, je surveille, en temps réel, les mécanismes de rupture qui pourraient morceler ma tente et me prendre la vie. L'idée de l'aube à laquelle je m'accroche est tellement plus rassurante ! Si j'avais été plus prudent, j'aurais installé le bivouac dans le sous-bois jusqu'où la plage s'étend, mais pour ne pas avoir à transporter le matériel j'ai monté la tente au beau milieu de la plage, à la pointe du plus meurtrier des caps de mon voyage : la pointe Long.

Les mains sur la tête, la tête sur les genoux, je sombre dans un état de semi-conscience. J'ouvre un œil, de temps à autre, pour guetter l'aurore. Jamais nuit n'aura été aussi longue et meurtrière. Même la foudre n'est pas aussi cruelle. Une fois tombée, elle s'éteint ou s'enfuit vers d'autres lieux. Ici, la tornade est prisonnière du gigantesque carrefour de rencontre de tous les souffles de la Terre. Condamnée à tournoyer sans fin, elle pousse ses cris de mort en bondissant autour du poteau de torture auquel je me suis inconsciemment attaché.

De demi-sommeil en semi-cauchemar, par miracle, je gagnerai l'aube, où la tourmente s'apaise imperceptiblement. Les yeux cernés de nervosité, je dresse le bilan de la nuit. La toile de tente est lacérée de plusieurs rictus, mais entière. La plage a cédé six mètres de terrain au lac. Je m'habille rapidement et me place sous la protection des taillis.

Un linceul ouaté repose délicatement sur les feuilles mortes, ondulant au pied de la forêt jusqu'à venir lécher mon abri et dessiner une fine raie blanche sur le bleu alvéolé du double-toit. Ce sont les premières neiges. Le couvert que m'offrent les sapins et les fourrés m'autorise à combattre le froid par un joyeux feu de camp. Je me contente de mes deux chandails en laine, préférant garder les vêtements plus chauds pour l'hiver.

ph. 43 Les mauvaises conditions climatiques et l'énormité des rouleaux persistent. À quatre-vingts kilomètres de Grand Rapids, que deux jours sans vent pourraient conjurer, je suis encerclé par la ténacité de la nature. J'empile du bois mort détrempé par la pluie et la neige fondue. Accroupi, je me réchauffe les mains près du feu. Le confort se révèle bien modeste face à la relecture de certaines pages de mon journal de bord. Où sont donc passés les moustiques des interminables soirées d'été, les majestueux couchers de soleil, les champs de framboises et les rencontres chaleureuses ? Tandis que les retombées des nuages bas qui se pressent sur le lac se partagent tour à tour en pluie, neige et grêle, je reste enfermé dans mon abri. Mon estomac se creuse. J'ai peur d'avoir faim.

Soudain, deux tonnes de viande détalent de part et d'autre de mon bivouac : un couple d'orignaux ! La saison des amours est donc commencée. Je m'estime heureux de ne pas avoir été chargé par le mâle, très irritable en cette période de rut. Sans doute la bestialité de son ardeur masculine a-t-elle été apaisée par les doux câlins de sa compagne à qui je dois, sinon la vie, du moins ma tente.

Les journées s'égrènent. J'attends toujours. Il fait 1 °C à l'abri du vent. Je ne mange quasiment plus. Je garde mes dernières provisions pour les heures de progression. Une courte marche me fait prendre conscience de mon inquiétante fébrilité. Je m'en contente, persuadé de faire le bon choix en me sevrant. L'autodiscipline est ma meilleure arme contre la déchéance qui me guette. C'est pourquoi, même sans montre, je règle mes journées de façon précise. Après la rapide toilette matinale, des grésillements radiophoniques – dont je limite le volume pour prolonger la durée de vie de mes piles – me recrachent des mélodies entrecoupées de flashs d'information. Le feu est démarré vers 11 heures pour annoncer un petit-déjeuner factice. Puis je me recroqueville dans le duvet, essayant d'oublier les douleurs dorsales qui se réveillent parfois. Je ressors de la tente vers 17 heures pour raviver le feu et préparer le repas : plusieurs pâtes dans un bouillon d'eau épaissi d'une goutte d'huile. Vaisselle et toilette du soir, avant d'annoter dans le journal de bord les faits marquants d'une journée identique à la précédente. L'opération est néanmoins indispensable si je veux garder la notion du temps. Aujourd'hui, premier jour d'octobre, ma petite sœur souffle ses dix bougies.

Dixième jour d'attente. Les crampes d'estomac persistent. Provoquées par l'acidité du suc gastrique qui ne rencontre aucun aliment à digérer, elles me brûlent la paroi abdominale. Deux choses me font encore tenir : mon journal de bord et la radio. J'apprends ainsi la mort de deux chasseurs imprudents, engloutis par les eaux. Les conditions sont si mauvaises que la police montée ne peut même pas procéder aux recherches. Tout en me faisant frémir, la triste nouvelle me conforte dans ma prudence. Un chavirage en cette saison est impardonnable, ces deux hommes viennent d'en faire les frais. Je leur adresse une courte prière et, pour la première fois, je formule une requête. Si Dieu est aussi proche de moi que je le pense, Il l'entendra.

À l'aube, −5 °C planent sur un silence de mort. Sous les épaisseurs de mon sac de couchage, je perçois un changement. Le calme étrange qui me parvient m'incite à la prudence de gestes réservés, comme si j'avais peur de rompre cet état fragile dont la nature m'honore. À travers la toile, une immense et muette clarté m'aveugle. Lorsque je fais doucement glisser la fermeture Éclair de l'entrée, un vrai lagon des mers du Sud s'étale jusqu'à l'horizon ! Ma surprise, ma joie, mon bonheur sont sans mesure ! L'offre est inespérée, l'excitation sans borne, le cadeau divin ! En un instant, toute fatigue s'envole, toute peur s'évanouit, toute tension s'apaise. Je repars enfin. Dans ma hâte, je fais fi du petit-déjeuner. Les ailes de la victoire suffisent à me propulser vers l'avant pour reprendre le chemin de mon avenir.

Même si les muscles sont flétris, même si un vent modéré se lève en fin de matinée, je poursuis mon destin, longeant la côte pour profiter de l'écran naturel que m'offre sa forêt.

Je gagne ainsi trente kilomètres. À nouveau, je célèbre ma joie de vivre par une tradition qui m'est devenue chère, celle du bain à chaque fois plus glacial. Quand le cœur est chaud, le corps supporte tout. Alors, d'un gloussement de joie, je m'enfonce dans le lac glacé. La danse autour du feu remplacera la serviette dont je ne me suis pas encombré. En dosant ma ration de pâtes, je reste néanmoins prudent. Les cinquante kilomètres qu'il me reste à franchir ne se feront pas d'une seule traite. Il me reste quatre cents grammes de spaghettis sur les mille que j'avais au premier jour à la pointe Long. Cela fait une consommation de quarante grammes de pâtes par jour. Bien que cette moyenne soit peu représentative – j'étais parti de cent cinquante grammes pour progressivement diminuer jusqu'à une vingtaine –, voilà qui est révélateur des limites que mon organisme peut atteindre sans connaître de fatigue irréversible. Une fois encore, les circonstances m'ont donné une leçon qui a besoin d'être répétée : la seule limite physique de l'homme est celle de son imagination. Arc-bouté sur les murs de ma détermination, j'essaierai toujours de repousser les frontières de la mienne et, si Dieu le veut, je franchirai bientôt celles du Grand Nord.

Deux jours plus tard, le 5 octobre, je pénètre dans la vaste baie de Grand Rapids, lorsque des nuées d'orage ramènent à toute allure sur moi une embarcation de pêcheur :

– Veux-tu que je te remorque pour les derniers milles qu'il te reste jusqu'à la rivière ? crie-t-il par-dessus les vagues.

– Je me débrouillerai. Merci d'être venu me voir !

Oui, je me débrouillerai. J'ai souffert sur ce lac. Je désire venger ma patience par une victoire totale et sans équivoque. Ce n'est plus un secret : il faut souffrir pour gagner.

À l'embouchure de la rivière Saskatchewan, Ed ramasse les canettes et les bouteilles de bière vides qui traînent sur le rivage. À dix *cents* l'une, remboursée au bar, il aura bientôt de quoi s'offrir un pack de douze Labatt. Sitôt le pont franchi, je gare mon canoë sur la rive gauche, c'est-à-dire à ma droite puisque, à nouveau, je dois remonter le courant. Le lac Winnipeg draine les eaux de l'ouest par la rivière Saskatchewan, du sud par la rivière Red et de l'est par plusieurs rivières dont la plus importante est la Berens.

Le lac est lui-même drainé au nord par le Nelson, un fleuve parmi tant d'autres à se jeter dans l'un des plus grands golfes du monde, la baie d'Hudson. Ce lac est donc un véritable carrefour de navigation. C'est pourquoi il m'avait intéressé lorsque je m'étais penché sur une carte du Canada. J'espérais pouvoir l'atteindre avant le premier hiver, passer ce dernier à proximité et mûrir la direction qu'emprunterait la suite du voyage.

Toutefois, quatre mois et demi ont largement suffi à prendre la décision de réaliser le rêve qui me traversait l'esprit à chaque fois que je dépliais la carte de ce vaste pays : il y avait ce village tout là-haut, le bout de la piste, le bout du monde. En outre, à présent, les tempêtes et la faim devaient être récompensées. Ainsi, Tuktoyaktuk, port inuit de la mer de Beaufort, est devenu mon objectif. Je n'en démordrai pas. The Pas est une bourgade du Manitoba à deux cent cinquante kilomètres en amont, tout près de la frontière avec la Saskatchewan ; aussi ai-je décidé que ce serait ma dernière ligne droite avant l'embâcle.

Ed m'accompagne jusqu'au magasin. L'épicerie se révèle modeste. Chère aussi. Elle est tenue par des Indiens : j'apprends que j'ai quitté le pays des Ojibwés pour celui des Crees. Le Grand Nord se découvre-t-il enfin ? Les sacs de vivres réapprovisionnés, on embarque canoë et matériel à l'arrière d'un pick-up qu'Ed a emprunté, et ce dernier m'accompagne généreusement de l'autre côté du barrage hydroélectrique. Le lac Cedar est le résultat de l'ouvrage d'art : une inondation de toutes les basses terres. Sur ce lac artificiel, l'embrun glacial me cingle le visage. Je m'éloigne d'une douzaine de kilomètres avant de trouver, au sommet d'une falaise, un lieu sûr où passer la nuit. Les parois érodées m'imposent un portage de cent mètres avant que je ne sois en sécurité et à couvert des premiers arbres. Une fois la tente montée, je m'abrite de la pluie sous ma grande bâche d'hiver. Puis, adossé à un bouleau, fatigué mais triomphant, je reste en compagnie de mon feu de camp jusque tard dans la nuit.

13. Le lac perdu

JE SUIS SOULAGÉ d'en avoir fini avec le lac Winnipeg. Assis près du feu, j'écoute la pluie rebondir sur les feuilles mortes. Parfois, la neige impose son silence, mais les flocons ne résistent pas aux températures encore douces pour la saison : la terre demeure chinée, rouge et or. J'ai empilé suffisamment de bois mort pour laisser couler un bain de chaleur. Adossé à mes sacs, je m'abandonne peu à peu à la rêverie. C'est à chaque fois l'odeur roussie de mes chaussettes qui me réveille. Je tends alors la main pour alimenter le foyer d'une nouvelle bûche, avant de me camper plus prudemment sur mon gilet de sauvetage. La radio fredonne des airs de *country*, style de musique très populaire dans le Nord-Ouest. Serait-ce l'influence des cow-boys de l'Ouest ou l'isolement du Nord qui rapproche l'homme de sa terre ? Mon bivouac est si bien installé que je n'éprouve pas l'habituel désir de repartir. Les douzaines de troncs échoués au pied de la falaise, à l'endroit même où j'ai accosté, me suffiraient à alimenter un feu pendant tout l'hiver. J'avoue que l'idée de le passer ici m'a traversé l'esprit. Comme je ne suis qu'à dix kilomètres du village, une journée suffirait à un aller-retour pour m'y ravitailler, et si je dégotais une luge, cela se ferait sans peine…

Les chaussettes fument. Je me ressaisis. Sans doute le cocon de chaleur dans lequel je me suis replié m'a-t-il détourné de mon objectif. Même en faisant de The Pas l'étape d'hiver, il restera quatre mille kilomètres à franchir pour atteindre Tuktoyaktuk. En outre, l'été arctique sera plus court. Je ne reviendrai donc pas sur ma décision et j'irai jusqu'à The Pas, puisque le retard de la saison froide me le permet.

Toutefois, le lendemain, devant l'ampleur des vagues, je suis encore réduit à patienter. En début d'après-midi, un bruit de moteur interrompt ma sieste. Le 4x4 du bureau des ressources naturelles de Grand Rapids s'est prudemment arrêté à cinquante mètres du bord de la falaise. Le petit fonctionnaire en uniforme qui en descend s'étonne de ma présence, avant de justifier la sienne par la surveillance des parois sédimentaires du plateau. Quelques mots de ma part déclenchent une réaction en chaîne de conseils. Ainsi il m'apprend que la couche de neige permanente ne saurait guère tarder, que le lac Cedar est pire que le lac Winnipeg et que la beauté des territoires du Nord-Ouest est à couper le souffle, mais que tout peut geler dès septembre et qu'il vaut mieux s'armer contre les ours !

Le lac Cedar... pire que le lac Winnipeg. J'ai du mal à le croire. Aussi mauvais, sûrement, mais comment diable pourrait-il être pire ? Et quand bien même, plus j'ai lutté pour surmonter un obstacle, plus la récompense a été grande. Le froid, le vent et les orages printaniers ne m'avaient-ils pas offert le moment de bonheur des chutes Récollets ? C'est là que, pour la première fois, j'avais ressenti cette complicité parfaite avec le monde naturel, et que je m'étais imprégné de sa force et de sa liberté. Puis il y eut les terribles tempêtes sur le lac Huron qui faillirent mettre un terme au voyage, les pluies incessantes et un soleil d'autant plus meurtrier qu'il se faisait rare avant que je ne fusse à nouveau transporté de joie par l'attention des habitants de Sault-Sainte-Marie. Je partageais alors mon voyage avec d'autres hommes. De notre communion était né mon enchantement, et leurs rêves étaient naturellement venus se réfugier dans ma barque pour courir avec moi les routes de l'aventure. Bien plus terrible que la tourmente des eaux fut celle de la faim. Ébranlant ma volonté jusqu'aux portes de l'évanouissement, elle m'avait changé intérieurement et permis de développer une nouvelle conception de la vie. C'est en pesant douze kilos de moins que j'avais finalement réussi à atteindre Thunder Bay. Là encore, ma peine a été largement récompensée, puisque nourriture, douche chaude, lit douillet et amitié m'ont été offerts à volonté. À nouveau, les assauts de la solitude, des tempêtes et de la faim m'ont mis à l'épreuve sur le lac Winnipeg, et peut-être le combat va-t-il continuer sur le lac Cedar. Cependant, je sais que la suite n'en sera que plus belle, qui me donnera le courage et la volonté de continuer toujours plus loin dans cette quête de vérité qu'inconsciemment je n'ai cessé de suivre depuis le premier coup de pagaie. Le canoë est lacéré de mille rayures, les muscles de ma détermination se sont endurcis et ma recherche poursuivra inlassablement son cours. Dans cette retraite, je dois me donner corps et âme. La dimension physique est essentielle. Si elle ne l'était pas, pourquoi l'esprit se serait-il embarrassé d'une enveloppe charnelle ? La vie est un trésor de chemins spirituels qu'il faut explorer avec tout son être, et pas seulement l'intellect. Comment ce dernier pourrait-il s'épanouir dans un corps qui ne l'est pas ?

Pendant longtemps, dans ma vie quotidienne, j'ai cherché à équilibrer mes activités physiques et intellectuelles. Maintenant seulement, je prends conscience du troisième vecteur indispensable à mon épanouissement : celui qui exprime la dimension spirituelle. Débarrassé de toute réflexion intellectuelle, hormis certaines opérations d'arithmétique auxquelles mes calculs topographiques m'ont parfois conduit, j'ai laissé le champ libre à un état assez inhabituel qui m'a occupé plus ou moins consciemment à chaque fois que je découvrais un nouvel ennemi : faim, foudre, tempête..., autrement dit à chaque fois que je prenais conscience de la fragilité de mon existence. En fait, dépouillé de toute composante physique ou intellectuelle, j'étais tout simplement projeté sur l'axe du troisième vecteur et, à travers cette lucarne entrouverte sur la mort, avait jailli plus de grandeur que je n'en avais jamais prêté à la vie. Pourtant, Dieu sait à quel point, déjà, j'aime vivre. À présent, je suis convaincu que notre séjour terrestre sert à préparer la suite, pas forcément la mort, le paradis, la rencontre avec Dieu, ou quoi que ce soit d'autre que les hommes pourraient imaginer, mais préparer et aider l'esprit à grandir, sans se soucier de son évolution future une fois qu'il sera séparé du corps. Il me suffit de savoir qu'elle conduit à une étape meilleure de la vie actuelle pour persévérer dans cette voie qui s'ouvre enfin à mon cœur et à mon être tout entier.

Troisième jour sur la falaise. Je ne crois plus au hasard. En me retenant, la Nature sait ce qu'Elle fait. J'ai confiance en Elle. Je brûle cependant mes dernières bûches et, le soir venu, je jette mon siège de sapin dans le brasier comme pour conjurer le sort.

Une volée d'escarbilles embrase la nuit. Un tapis de neige les éteint bientôt. À la lumière des étoiles, je laisse mon feu dépérir, veillé par les prières que la brise lui souffle, avant de me réfugier dans le duvet pour confier à la nuit boréale ma foi dans les jours à venir.

Malgré la clarté du firmament glacial, l'aube me ramène son lot de nuées. Une légère brise s'emploie à remuer sans conviction l'eau sombre du rivage. J'envisage froidement le départ. Bâche, toile, sacs, tout est raidi par le gel. Lever le camp est pénible.

Le décor lugubre et mystérieux que me dévoile le lac est troublant. Le scénario se déroule au bout du monde. Il n'y a ni jour ni nuit. Le ciel est d'un gris si dense que le halo du soleil s'est perdu. De temps à autre, je distingue des haillons de brume plus foncés qui trompent l'harmonie des cieux tant la distinction est difficile. Le silence de leur liaison est oppressant. Même la houle, ondulant sur un lit d'eau sale, est sournoise. Les remous qu'elle provoque en atteignant la côte sont étouffés par les joncs, les bancs de sable et peut-être aussi certains êtres maléfiques. L'air pèse sur mes épaules. Entre deux ondées, je m'enfonce dans le brouillard sépulcral d'une terre oubliée. Hormis un aigle, frappé d'un sort le privant de toute majesté, seul mon radeau trahit la mort. Le lac hanté, en proie à une longue agonie, ne cherche plus à cacher sa déchéance. La renonciation de ce monde perdu est sans équivoque. En pourrissant dans les cachots humides des herbes aquatiques, la berge interdit toute évasion et, repoussé des hautes terres par une jungle impénétrable, je reste alors prisonnier de mon canoë, condamné à errer dans les méandres humides et givrés du marais Cedar. Sans doute est-ce le dernier esprit de bien, traînant en ces lieux maudits, qui m'offre la seule butte dégagée après trente-deux kilomètres de tours et de détours.

Ils coulent dans des larmes automnales, querelles de lames et de rafales, ces flots mornes où le vague à l'âme rappelle des visages et des femmes. Mais, emprisonné sur ma butte et tourmenté par tant de luttes, des conspirations malveillantes m'appellent à une mort foudroyante. Je désire seulement la paix, sourire, rêver jusqu'au souper; alors, en couchant mes pensées, peut-être qu'un jour j'y parviendrai. Ne sachant plus que faire du temps, je l'use parfois à composer, volant telle une feuille dans le vent, je flirte de bises en alizés. Et si la mort vient me chercher, je saurais bien lui résister ; elle aurait tort de se presser à mon chevet inachevé. La force de ma sérénité me conduira à cet amour, le gage de ma pérennité me marquera, j'espère, toujours.

Tout annonce la fin, l'embâcle, la mort. Et je suis encore là, bloqué par la brusque et énième fureur des flots. Toujours je crois à l'attente finale, à l'ultime tempête, à la dernière épreuve. Or juste avant l'hiver, tout est flou, torturé et insaisissable. Rien n'est franc. Tout est compromission et mélange. Boue et neige, vent et brouillard, tourmente et calme. Je ne comprends pas la signification des éléments qui s'agitent autour de moi, je ne peux qu'en subir les conséquences. Alors j'attends, impassible. Parfois, je me demande si cela a vraiment un sens, si je n'ai pas tout inventé afin de poursuivre une œuvre insensée. Soixante-quinze kilomètres me séparent de la rivière Saskatchewan. Si je les franchis, la première manche sera gagnée puisque je serai en mesure de pagayer tous les jours quelles que soient les conditions.

Cette nuit, la clarté d'une aurore boréale m'a réveillé. Verticale, tortueuse, blanche, elle ressemblait à de la poudre d'étoiles tombant du ciel pour alimenter la mystérieuse fumée d'un feu de camp secret. D'abord, j'ai cru voir du brouillard. J'ai même pensé que je rêvais. Cependant, j'étais debout, près de ma tente, j'avais froid et l'image persistait. Puis, en levant les yeux, j'ai surpris la formidable explosion d'étoiles qui régnait au-dessus de moi. Il n'y avait donc pas de brume. Les fantômes qui dansaient en face de ma tente, tout proches, étaient bien réels. Je me suis alors souvenu de l'existence des aurores boréales qui crépitent parfois au milieu de la nuit en l'honorant de ses éclats, et je suis resté un instant à contempler celle-ci, avant que le froid ne m'engourdisse. Longtemps crainte par certains Inuit et explorateurs, admirée par d'autres, la danse de ces *Northern Lights* (lumières du Nord) trahit l'interaction de particules chargées provenant d'une éruption à la surface du Soleil avec le pôle Nord magnétique. Blanches, vertes, bleues ou rouges, les aurores boréales sont courantes dans le firmament magique des nuits de grand froid, bien que, cette nuit, la température ne soit guère tombée en dessous de – 15 °C.

Encore trois jours à attendre. Trois jours de plus. Trois jours de moins pour me construire un abri pour l'hiver. Que de temps perdu ! Pourtant, l'est-il réellement ? Mère Nature aurait-elle d'autres desseins pour moi ? Je suis fatigué de cette saison entre chien et loup qu'ondées et giboulées continuent à se partager. Le vent lui-même radote un souffle dont chaque note se perd dans le brouillard du gigantesque marécage. Cette fourberie des éléments est bien pire que la franchise d'un grain furieux. Le doute permanent qui règne finit par user. Tout est humide, gelé ou en passe de le devenir. Le duvet est lourd de condensation, l'esprit transi par l'attente. Je n'arrive plus à trancher. Je ne sais plus si je prends les bonnes décisions : je n'ai pagayé que cinq jours au cours des trois dernières semaines ! Devant ce bilan pitoyable, je démonte la tente et boucle les sacs. La réserve indienne d'Easterville est à une trentaine de kilomètres. J'essaierai d'y parvenir avant la nuit.

Le rideau d'un brouillard glacial et saturé tombe sur ma fuite en avant, ne découvrant qu'au dernier moment les vagues qui m'assaillent de toute part. Ballotté à l'improviste et sans arrêt, j'ai presque le mal de mer.

À l'aube, quand j'entre dans le modeste port d'Easterville, je suis moulu. La boue me glace le sang jusqu'à mi-cuisse. Pour couper court, j'ai pataugé, sué, juré et sombré dans un champ de vase et de joncs avant de faire demi-tour, résigné à contourner la péninsule fangeuse précédant la réserve. Cecil, qui prépare son bateau, m'a vu arriver. Il s'apprête à gagner l'ancienne réserve indienne pour relever ses filets comme il le fait chaque semaine. J'apprends alors que cette dernière est située sur une île proche de l'embouchure de la Saskatchewan. Voyant là un signe du destin, je transborde sacs et canoë dans sa barque.

Les vagues grossissent à mesure que nous nous éloignons. Les lames de trois mètres, très serrées, signeraient la mort du canoéiste. Je comprends maintenant ce qui fait du lac Cedar sa triste renommée : c'est autant la taille de ses rouleaux que ses marécages côtiers n'offrant pas le moindre espoir de repli. Cecil, lui, est bien obligé de composer avec cette nature hostile. Sa vie se limite au barrage, à l'est, et à l'embouchure de la rivière, à l'ouest. Au-delà, c'est la localité de The Pas qui pose ses filets. D'ailleurs, quand la saison ne se prête ni à la chasse ni à la pêche, il s'y rend volontiers pour dilapider ses dollars. En attendant ces plaisirs hivernaux, c'est avec expérience qu'il fait rebondir son bateau de crête en crête. Ainsi, jamais je ne saurai si je serais parvenu à gagner la rivière par mes propres moyens. Peut-être cela vaut-il mieux. Bien sûr, je ne crois plus à la chance, je pense plutôt que l'on récolte exactement ce que l'on sème. J'avais semé patience, détermination, espoirs et prières. J'en récoltais les fruits, me semblait-il.

Mon équipement repose sur les cageots et les filets. Je maintiens le canoë fermement pour qu'il ne rebondisse pas trop fort. À chaque fois que le bateau retombe, des gerbes d'eau nous cinglent le visage. Certaines me douchent entièrement. Cecil est debout à l'arrière, cheveux au vent. Il tient la barre en souriant. Il se doute bien que c'est un baptême pour moi. Sans crier gare, le moteur s'emballe. La barque se tait au fond d'un creux. Je lance un regard interrogateur au pilote. Il s'est retourné, pestant contre sa mécanique. Le mur qui nous coiffe va nous engloutir dans son rouleau béant. Je ne peux rien faire. Juste à temps, le doux cafouillage des pistons repart. L'hélice s'arc-boute sur les flots pour nous sauver de la gigantesque mâchoire d'eau.

Le bruit du moteur, la tourmente, les rebondissements de la proue et les rafales d'embruns interdisent toute communication. Alors nous nous taisons. Je repense aux deux gars qui sont morts. Certes, les mois et les kilomètres m'ont rendu plus conscient : la vie est si fragile. De plus, ne pas achever ce voyage rendrait vaines non seulement toutes les souffrances que j'ai endurées, mais aussi toutes les minutes de bonheur qu'elles ont engendrées. Plusieurs fois encore, le moteur s'est tu. J'ai fini par m'y habituer. C'est seulement en arrivant à bon port que je me suis rendu compte qu'aucun de nous ne portait de gilet : moi, par habitude, Cecil, parce qu'il n'en avait pas. Les champs de lames ont eu raison de nos cirés. Nous sommes trempés. Heureusement, le vieux poêle à bois de la cabane construite par son grand-père fonctionne toujours. L'édification du barrage de Grand Rapids, dans les années 1960, a inondé toute la contrée. De la réserve originelle, il ne subsiste que plusieurs baraques et une église en ruine. Cecil et ses amis y viennent encore pour chasser, pêcher ou simplement séjourner entre copains. Ses deux frères nous rejoindront d'ailleurs pour le dîner – une bonne soupe de canards tués la veille –, puis nous retournerons tous les quatre dans les joncs afin d'assurer le repas du lendemain.

14. Le juge de la rivière Saskatchewan

TAILLÉS À HAUTEUR d'homme, des milliers de joncs couvrent l'embouchure de la Saskatchewan. Debout sur le plat-bord du bateau de Cecil, je scrute cet océan aux reflets beige sale. Plusieurs chenaux serpentent à travers le labyrinthe végétal qu'aucune terre ne supporte. Pas une butte n'offre son mirador. Aucune bouée. Aucun repère. Cecil est le seul à oser s'y aventurer pour jeter ses filets. Sans lui, combien de jours aurais-je erré sans pouvoir mettre pied à terre ? Aujourd'hui seulement, je prends conscience des tours heureux de la providence d'hier. Cecil m'indique sur la carte les camps de pêche que je rencontrerai en chemin. Son habileté à les positionner me surprend : jamais un Indien n'avait été en mesure de me fournir avec précision un renseignement de navigation. La plupart n'ont aucune notion de distance ou même de temps ; en tout cas ils ne savent pas l'exprimer, bien qu'intrinsèquement ils connaissent leur région mieux que quiconque.

– Ce sont les seules terres hautes, donc les seuls endroits où tu pourras camper. Bonne chance !

– À cet hiver, en ville ! réponds-je en guise d'adieu.

Dès les premiers coups de pagaie, je me heurte à un courant puissant. Je colle à la berge de joncs pour y chercher un flux moindre et me soustraire à la bise, tout en prenant soin de ne pas m'engager dans un bras sans issue. Le premier camp est à dix kilomètres. Lorsque j'y débarque dans la soirée, il est désert. Toutefois, j'avais raison de penser que ses occupants ne tarderaient guère : un moteur avait ronronné tout l'après-midi.

Carrie et Ricky sont les premiers à rentrer. Ricky est un petit gars de 9 ans qui a du mal à se montrer derrière le gilet d'adulte qu'il arbore, ce qui n'affecte en rien son enthousiasme à accompagner Carrie, un jeune homme qui dit travailler pour Don. Quand je lui demande si je peux passer la nuit sur place, il me répond que sans doute son boss l'accepterait. Peu après, c'est au tour de Mary, la femme de l'employeur, et de Brad, un autre saisonnier, de rentrer avec la seconde barque. Les mains et le ciré couverts de sang, Mary achève de vider les brochets que Brad a relevés. *«Northern pikes!»* reprend ce dernier d'un air de connaisseur, en insistant sur le *«Northern»*. Sans doute les brochets du sud sont-ils légèrement différents, mais je n'en ai pas la moindre idée, et Mary non plus. Petite, brune, avec des cheveux courts et bouclés, Mary garde un visage souriant, même plongée jusqu'aux coudes dans le bain gluant des abats de poisson. Quand elle m'a aperçu, un gloussement a manifesté sa joie d'avoir un visiteur inattendu. Pendant que les garçons déchargent les cageots, je l'aide à dénouer les filets. Bien que cela me paraisse compliqué de prime abord, je trouve rapidement le tour de main :

– Je parie que tu ne pensais pas dénouer un jour des filets de pêche ! dit-elle, à nouveau en rigolant.

– C'est vrai ! Et Ricky, qu'est-ce qu'il fait dans tout ça ? Il travaille lui aussi ?

– Non, c'est un de nos enfants adoptifs. Il était maltraité dans sa famille. Maintenant, c'est comme s'il était notre fils, mais ses parents peuvent le reprendre à tout moment. Il y en a beaucoup comme lui dans le Nord, surtout chez les Indiens. Heureusement, il y a aussi beaucoup de familles disposées à les accueillir.

– Il a l'air heureux.

– Oui, ça va beaucoup mieux maintenant.

Bien sûr, Mary n'a vu aucun inconvénient à ce que je campe sur la colline, et elle m'a même invité à partager leur dîner. Son énergie à remplir ses fonctions de mère et de cuisinière, après une rude journée de travail, ne manque pas de m'impressionner. Assistée de Ricky, elle démarre le poêle à bois de la cuisine, tandis que Brad et Carrie rejoignent leur quartier pour s'étendre sur des lits superposés. J'en profite pour me laver dans la rivière, avant qu'une croûte de gel ne la fige pour la nuit. Il n'y a évidemment pas d'eau courante dans les camps de pêche. Leurs occupants doivent attendre le week-end pour se doucher en ville.

Propre, la barbe en bataille et les cheveux hirsutes, j'achève de me réchauffer près du poêle. Malgré l'atmosphère chaleureuse qu'il dégage, je sens l'inquiétude de Mary croître avec la tombée de la nuit. Son joli sourire ne s'illuminera qu'une heure plus tard, au bruit d'un moteur familier : Don, son homme, et John reviendront de la ville avec un léger retard.

De taille imposante, arborant des lunettes de plusieurs millimètres d'épaisseur, Don est le genre de colosse qui dissimule son grand cœur derrière des airs bourrus. De ses ancêtres français, il n'a conservé que le nom de famille : Villeneuve. Comme beaucoup à The Pas, il parle mieux le cree que le français ; l'anglais reste cependant la langue commune. En prenant la main d'une Indienne, ce Blanc a fondé une famille métisse où tolérance, simplicité et générosité constituent le pain quotidien. Je comprends que Ricky ne veuille plus les quitter, même s'il lui arrive parfois de grogner son juron favori : *« Bullshit ! »*. Pendant que je tente de lui expliquer comment je trouve mon chemin avec une carte et une boussole, Don s'émerveille de l'utilité de mon protège-carte militaire, pourtant rudimentaire et usé. Je promets alors de lui en offrir un que je ferai venir d'Ottawa.

– Je te jure ! Il s'est baigné ! répète Carrie.

– Ouais, ouais, t'as raison, répond John.

Deuxième jour sur la rivière. Sous ses dernières lueurs, j'amarre le canoë au ponton du troisième camp où Mike et Ken achèvent de s'emmitoufler :

– Vas-y, sers-toi : le café est sur le poêle. On ne devrait pas être absents longtemps, crie Mike en lançant leur bateau sur les reflets ténébreux du cours d'eau.

Déjà, le bruit du moteur se fond dans la nuit. Je décharge mes sacs et retourne machinalement le canoë à plusieurs mètres de l'eau. La journée a été longue et froide ; aussi accepté-je sans gêne l'invitation des deux pêcheurs.

Exiguë, leur cabane ne contient que l'essentiel. Deux lits superposés occupent le pan droit. Un troisième, un peu plus large, repose contre le mur du fond. Le poêle à bois a été installé dans le coin près de l'entrée. Une petite fenêtre taillée dans le mur de gauche côtoie l'étagère de la cuisine. Bien sûr, il n'y a pas de cuisine. La cuisine, c'est le poêle. Au milieu, deux chaises sont tournées vers le lit du fond. Un paquet de cartes a été jeté sur la table basse qui les sépare. À côté, des mégots s'entassent dans une boîte de conserve. Des vêtements pendent en hauteur pour sécher plus rapidement. Entre les chaussettes et les vieux chandails, plusieurs photos de pin-up égayent la pièce. Une moquette sale et poussiéreuse donne également un air de confort, bien que celui du feu soit incomparable.

Les gargouillements de mon estomac mettent un terme à mon assoupissement. Je les maîtrise avec une platée de spaghettis. Quant à mes hôtes, je me demande bien ce qu'ils peuvent manger : à part des boîtes de café, du lait instantané et du sucre, il n'y a pas grand-chose. Plusieurs conserves de haricots servent au rangement des cuillères, du tabac et d'autres menus objets que je ne distingue plus à cause de la pénombre.

J'avais les yeux à nouveau fermés, quand Mike et Ken firent irruption dans la pièce :

– Alors, t'as trouvé tout ce qu'il te fallait ? demande Mike en allumant les deux lampes à huile de la bicoque.

– Oui, merci.

– Ken, tu refais du café ? Je m'occupe des cartes et j'en roule quelques-unes, reprend-il en s'affairant autour de la table.

– Tu sais jouer au *crib* ? demande Ken.

– Non.

– Tu devrais aller raconter ton histoire à la radio, quand tu seras à The Pas. Il y a une émission le matin avec Gordy. C'est un marrant ce gars-là. Qu'est-ce tu vas faire tout l'hiver à The Pas ?

– Je ne sais pas. Je chercherai sûrement du boulot.

– Oh ! ici, c'est vite vu. Tout le monde est soit pêcheur, soit trappeur !

– Y a aussi les bûcherons, ajoute Mike.

– Ouais, répond Ken. De toute façon, c'est la fin de la saison : il va falloir attendre que la glace soit assez épaisse. Mais il y a toujours des gens qui cherchent un coup de main. Je suis certain que tu trouveras les gars sympas.

Je ne savais pas quelle heure il pouvait bien être, mais mon horloge biologique sonnait à toute volée celle d'un sommeil récupérateur que ces deux oiseaux semblaient ignorer en avalant café sur café. Pendant que Mike distribuait les cartes, j'aperçus Ken qui se roulait des pétards de marijuana, avant de sombrer dans une torpeur nocturne et enfumée.

Au lever du jour, je secoue la poudreuse de mes sacs. En les ph. 44
jetant dans le canoë, je me rappelle les hésitations maladroites et la coque lustrée de mes débuts.

– T'arrives juste avant l'embâcle, t'as de la chance ! dit Mike.

– Merci pour les œufs et le lard !

– Je ferai savoir que tu cherches du boulot, dit Ken en me faisant un signe de la main.

– Merci, salut !

La neige réduit la visibilité à cent mètres. Les flocons effleurent à peine mon visage. Sur l'équipement, ils se posent et s'accumulent. Aucun souffle ne perturbe la féerie de leur ballet. Pagayer sous la neige est étrange, presque surréel. Mon K-way, mes deux chandails en laine et mon pantalon en Goretex, en plus de ma dépense physique, suffisent à maintenir l'équilibre thermique de ma position assise. Si je devais commencer à transpirer, il faudrait que je me dévête. Tout montagnard le sait : éviter que la sueur ne gèle sur soi, une fois à l'arrêt, est une règle élémentaire.

Je ne quitte Wooden Tent, le dernier camp avant la ville, que tard dans la matinée du 19 octobre. Tout est déjà fermé, cadenassé, prêt à endurer l'hiver. Seule une vieille cabane en rondins est ouverte, abandonnée à son triste sort. La neige suinte à travers son toit. Les laines d'isolation ont disparu, remplacées par des cartons cloués aux murs. Un matelas gît par terre, à moitié éventré, au milieu de détritus de journaux, de linge et de mégots. Le poêle, quant à lui, fonctionne. D'ailleurs, il ne faut pas grand-chose pour qu'il marche : une entrée pour mettre le bois, une arrivée d'air et une sortie pour évacuer la fumée. Le reste n'est qu'améliorations le plus souvent esthétiques. J'en profite pour sécher convenablement ma tente et mon sac de couchage.

Tard dans l'après-midi, je croise Don qui revient de la ville :

– Bonne nouvelle ! J'ai raconté ton histoire aux gars de la radio. C'est Jim et Gordy, dit-il en me tendant un papier. Va les voir, ils t'aideront sûrement !

– Génial ! Tu sais où je peux camper ce soir ?

– Tu vas bientôt voir des maisons sur ta gauche, juste après le coude que fait la rivière vers le nord. Arrête-toi à la première, c'est une grande maison blanche. Je suis sûr qu'ils te laisseront planter la tente.

– Bon. Ne tarde pas trop, Mary va encore se faire du souci !

– Ah, les femmes !

– Merci encore et bonne chance pour la pêche !

– On commence à s'organiser pour rentrer, la rivière ne va pas tarder à geler. Viens me voir quand tu auras trouvé où loger, il se pourrait que j'aie besoin de tes bras de temps à autre !

Je remercie Don une fois de plus, avant de reprendre ma lente progression vers The Pas, tout en essayant de dénicher un terrain assez haut pour y planter la tente. Cela m'ennuie d'imposer ma présence sur la pelouse de particuliers. Toutefois, la gadoue omniprésente au bord du cours d'eau me contraint de poursuivre jusqu'à la maison en question. Sitôt que j'ai mis pied à terre, en contrebas d'une berge de plusieurs mètres, deux chiens dévalent la pente en s'égosillant de tous leurs crocs ! Heureusement, le ballet de leur queue et la chaude tonalité de leurs aboiements ne trompent pas : ils viennent en paix. Ouf ! Le vacarme fait tout de même sortir Wendy qui, par ce temps, devait s'attendre à voir un ours plutôt qu'un canoéiste :

– Bonjour, je remonte la rivière en canoë. Vous croyez que je peux planter ma tente ici, pour la nuit ?

– Venez, entrez ! Roger, mon mari, est à l'intérieur, répond-elle après un léger moment d'hésitation.

Roger s'apprêtait à aller chercher leur fils Jimmy et son copain Tchad qui crapahutaient non loin dans l'espoir de tuer leur premier daim. J'embarque dans le 4x4 avec lui. Une perdrix immobile, en bordure du chemin, sera le seul gibier que nous apercevrons. D'un appel de phares, nous débusquons les chasseurs. Ils répondent par trois signaux de lampe de poche : tout va bien. Ou plutôt, tout va mal : il n'y a aucun daim en vue. Déçus de ne pas avoir décoché une seule flèche, les deux adolescents montent bredouilles. Heureusement, Wendy ne les a pas attendus pour s'occuper du dîner qu'ils partageront généreusement avec moi.

– As-tu fait une demande particulière pour rester aussi longtemps au Canada ? s'enquiert Roger.

– L'agent d'immigration des douanes m'a donné un visa de six mois et j'ai posté une demande complémentaire d'un an avant de commencer à pagayer. J'ai voulu la faire à l'aéroport pour que cela soit plus simple, mais ça n'a pas été possible. Alors j'ai rempli les formulaires, je les ai renvoyés et, à présent, j'avoue que je me fiche pas mal de leur réponse. Tant mieux s'ils acceptent, sinon… ils peuvent toujours venir me chercher ! dis-je en rigolant.

À cela, j'ai ajouté que j'avais illégalement séjourné aux États-Unis et que je pêchais sans permis, alors…

– Que comptes-tu faire maintenant ?

– Je n'ai pas vraiment le choix, je passerai probablement l'hiver à The Pas.

– Tu connais quelqu'un ?

– Non, personne. Peut-être que je me construirai un abri dans les bois. Avec une bonne hache et un poêle d'occasion. Ou peut-être que je chercherai du boulot au noir.

Sans doute pour ne pas perturber ma nuit de bonheur dans un vrai lit, Roger ne me révèle que le lendemain qui il est :

– Si tu as faim, tu seras toujours le bienvenu chez moi. Tu me trouveras facilement… Je suis le juge !

Ce dernier mot résonne sur toute la longueur des douze kilomètres qui me séparent de la ville. Le ciel m'accordant néanmoins sa clémence, chassant ses nuages mais pas ma fatigue, je me concentre sur les derniers coups de pagaie.

Un pont se découpe bientôt devant moi, reliant la réserve indienne à la communauté blanche. Plusieurs pêcheurs, certains assis près d'un feu, d'autres à l'abri du vent derrière une bâche, me regardent passer. Je fais signe de loin. Ils répondent. Un « Bonjour » poli ou un « Bienvenue chez nous » ? Je le saurai bientôt. Je me dirige vers un ponton. Dimanche 20 octobre, l'été est fini.

Trois mille kilomètres, en cinq mois et une semaine.

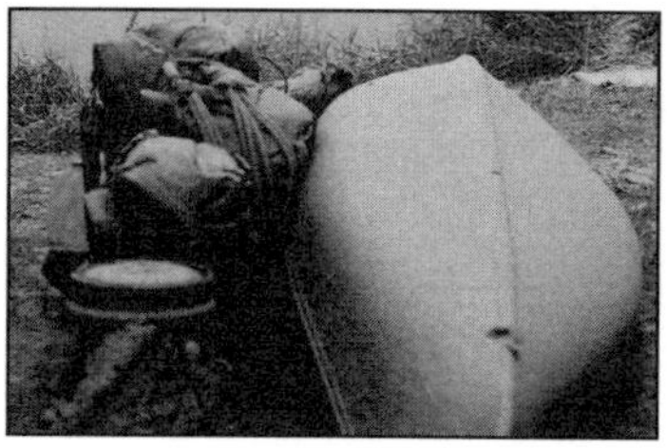 

II. L'HIVER

(octobre 1996 – mai 1997)

15. Jack et Anita

« SALUT ! T'es d'où ? » demande un homme blanc en descendant de sa voiture.

– De France, réponds-je en amarrant le canoë au ponton.

– De France…

– Mais je pagaie seulement depuis Ottawa !

– Ottawa, eh ? répète-t-il en s'imaginant le long parcours.

Je me relève pour serrer la main de mon interlocuteur.

– Jack, dit-il pour se présenter.

– Enchanté, je m'appelle Kim.

– Je t'ai vu passer tout à l'heure.

D'une soixantaine d'années, de taille moyenne, chaussé de bottes en caoutchouc et coiffé d'une casquette de base-ball, Jack est vêtu d'une chemise à carreaux doublée de laine et d'un solide pantalon en toile dont il se sert pour pêcher. Une petite moustache grise cache sa fine lèvre supérieure. En lui se devinent beaucoup de calme et de mesure.

– Tu dois avoir une petite faim ? reprend-il.

– Ben…

Il n'est que 16 heures. Mais il n'y a pas une seule heure du jour ou de la nuit où je ne sois en grand appétit.

– C'est moi qui régale, dit-il pour me convaincre.

– Et que fait-on de mes affaires ?

– On va mettre tes sacs dans ma voiture. On viendra chercher le canoë plus tard, quand j'aurai récupéré mon pick-up. Bernie, le mari de ma fille Brenda, me l'a emprunté.

– Ça ne risque rien ?

– Ça devrait aller. Le tout est de revenir avant la nuit.

Jack me paraît être un homme sérieux, je décide de lui faire confiance. Il vit dans une maison sur la Third Street. Les rues sont toutes parallèles à la rivière et les avenues perpendiculaires, m'explique-t-il. La localité est ainsi divisée en « blocs », comme la plupart des villes nord-américaines. Anita, sa femme, est restée à leur cottage en bordure du lac Clearwater, à une trentaine de kilomètres. Aussi, pour ne pas avoir à cuisiner, Jack préfère-t-il m'inviter dans un boui-boui. À son grand dam, je commande une salade composée. Dans un restaurant du Nord où la viande est à l'honneur, cela fait plutôt désordre. Toutefois, je n'ai rien mangé de vert et de frais depuis si longtemps que je ne peux résister à mon envie, même pour faire plaisir à mon hôte. Tandis que nous mangeons, je lui conte mon voyage. Tantôt il sourcille, tantôt il lance : *« That one must've been tough, eh ? »*[2], tout en se régalant de côtelettes.

– Et maintenant ? demande-t-il lorsque j'ai terminé.

– Eh bien, je n'ai plus qu'à attendre le printemps !

– Hum... ça risque d'être long, répond-il le plus sérieusement du monde.

– Je crois aussi.

– Si tu veux, je peux t'héberger pour quelques jours, en attendant que tu trouves où aller, propose-t-il généreusement.

Évidemment, j'accepte. Le lendemain, je fais la connaissance d'Anita. Au tumulte de la bourgade, si tant est qu'il y en ait, cette dernière préfère la quiétude de leur maison de
ph. 47 campagne, un chalet tout en bois que chauffent un poêle à mazout et un autre à bois. La cuisine et le séjour se partagent une large pièce, tandis que trois chambres à coucher occupent l'aile droite. Une extension du salon, nouvellement bâtie, offre au travers de sa large baie vitrée une vue imprenable sur le lac Clearwater. Anita, de son fauteuil, ne se lasse pas de contempler ces eaux bleutées qui, à l'horizon, épousent le ciel. Dans ce havre de tranquillité, un livre de prière, un chandail à tricoter ou un jeu de cartes suffisent à son bonheur. D'ailleurs, elle aimerait y vivre à l'année, même si, pendant la saison froide, il faut remplir les seaux avec de la neige pour avoir de l'eau. Bien qu'elle s'accommode de l'isolement, son mari préfère passer

2. « Cela a dû être dur, n'est-ce pas ? »

en ville l'hiver toujours rigoureux sous ces latitudes. D'ailleurs, il y a déjà installé ses quartiers et n'attend plus que sa femme, réticente comme à chaque automne. S'il n'y avait pas les petits-enfants à The Pas, sans doute aurait-elle raison de la fermeté de Jack, mais… il y a les petits-enfants.

Anita est un peu plus petite que son époux, des yeux noisette, un nez droit et de beaux cheveux gris. Les profondes rides de son visage témoignent d'une vie rude dans un pays rude à vivre, et peut-être aussi des six enfants qu'elle a élevés seule. Jack a fait carrière dans la construction lourde – il est à présent à la retraite – et il était sans cesse en vadrouille pour bâtir des routes dans cette province aussi grande que la France. Sans doute la lourde responsabilité de l'éducation forge-t-elle la tendresse car, dans le regard d'Anita, je lis une patrie de gentillesse. Outre l'anglais, elle parle le français manitobain, qui diffère légèrement du québécois, notamment dans les expressions argotiques. Je préfère toutefois m'en tenir à l'anglais par égard pour Jack, qui affirme ne pas comprendre un seul mot de la langue de Champlain.

Jack et Anita Fulmore furent un cadeau du Ciel : ils m'ouvri- ph. 46
rent aussi bien leur porte que leur cœur et, finalement, m'adoptèrent pour tout l'hiver. Je crois que s'il y a un événement que je ne peux pas attribuer au hasard ou à la chance, au cours de ce voyage, c'est bien celui-là. Voilà comment les choses se sont déroulées. Au troisième jour, Jack me fit la proposition suivante :

– Si tu veux, tu peux passer l'hiver chez nous.

D'abord, il n'ajouta rien, attendant de connaître ma réponse. J'hésitai. Non pas que je n'en eusse pas envie, au contraire je pensais que cela serait formidable, mais j'étais embarrassé d'accepter tant de générosité. Aussi Jack poursuivit-il :

– Mais il faut que tu saches… Anita est très pointilleuse sur l'heure du repas, et elle n'attendra pas si tu es en retard.

Il avait dit cela avec beaucoup de gravité. Ah, que m'importaient les horaires si je pouvais passer l'hiver en compagnie de ce couple si gentil ! Alors j'acceptai.

J'occupais la chambre d'amis de leur maison citadine, une modeste mais charmante demeure comprenant un rez-de-chaussée et un sous-sol aménagé. Bien que l'alimentation en eau et électricité fût moderne, le poêle à bois qui servait autrefois avait été installé en bas comme chauffage d'appoint. Dans ces régions isolées, l'habitude de se suffire à soi-même ne se perd pas aussi facilement que dans le Sud, aussi le congélateur contient-il souvent poisson et gibier en abondance.

Scott, l'aîné de leurs petits-fils, âgé de 24 ans, vivait également avec eux. Il avait provisoirement interrompu ses études universitaires, qu'il menait dans une ville du Sud, pour gagner de quoi les poursuivre. Ainsi, travailler dans un bar-restaurant de The Pas lui permettait d'être près de sa famille tout en faisant l'économie d'un loyer. Scott avait emménagé chez ses grands-parents peu avant mon arrivée, et avait préféré s'installer dans la chambre du sous-sol pour plus d'indépendance. Nous devînmes rapidement très bons camarades et, régulièrement, nous poussions des cris sauvages dans le salon d'Anita lors de parties de bras de fer impitoyables ! Car, en marge de ses études en communication, Scott voulait devenir catcheur. Il n'avait pas encore intégré le milieu professionnel, néanmoins, à force d'exercices de musculation et en observant les lutteurs, il avait acquis une constitution robuste ainsi qu'une certaine technique du combat. Aussi pour le mettre à l'épreuve le provoquais-je au bras de fer. Si nous étions de force égale, j'étais toutefois le plus endurant : trois mille kilomètres à la pagaie vous forgent quelques muscles en plus !

La première chose que je voulais faire en ville, et que je réalisai le lendemain de mon arrivée, était de me recueillir dans l'église pour remercier le Ciel de m'avoir conduit sain et sauf jusqu'à The Pas. La bâtisse étant fermée, je m'adressai au bureau paroissial pour expliquer à madame Jones les raisons de mon souhait inhabituel : prier. Elle m'ouvrit donc les portes du lieu de culte, avant de se précipiter chez le prêtre pour l'avertir qu'un individu au visage tanné, aux cheveux longs et à l'odeur des bois avait pénétré dans le lieu saint ! Grâce à madame Jones, je rencontrai donc le père Robert. Il était ce qu'on pourrait appeler un prêtre du Nord. Ne craignant ni le froid, ni l'isolement, il avait séjourné à plusieurs reprises dans des communautés indiennes. Aussi avait-il une grande ouverture d'esprit qui, je dois l'avouer, me réconciliait grandement avec l'Église. Ses sermons, simples et vivants, me touchaient profondément. Il n'était nullement question de paraboles ressassées ou d'invectives comme on en entend parfois, mais de réflexions fondées sur des situations concrètes et quotidiennes. En l'écoutant, j'avais le sentiment qu'il s'adressait non pas à des hommes mais à une communauté. Car il s'agissait bien là d'une communauté : plus important encore que l'engagement de chacun vis-à-vis de sa foi était le lien de chacun envers les autres. C'est d'ailleurs ce qui fait la force d'une église, et le père Robert le savait.

Même si le voyage avait considérablement renforcé ma foi, je n'étais pas pour autant devenu pratiquant. Cependant, blotti au fond de mon duvet à l'abri de la tourmente qui avait soufflé sur la pointe Long pendant douze jours, j'avais promis à Dieu que j'irais à la messe tous les dimanches si je parvenais à sortir du lac Winnipeg. Promesse puérile… mais promesse tenue. En outre, accompagner Jack et Anita me procurait beaucoup de plaisir : c'était la tradition familiale du dimanche matin. Pendant le raid, je me suis progressivement senti très proche de Dieu. Lui parler tous les jours avant d'avaler mes spaghettis me L'avait rendu familier. Paradoxalement, dans l'église, je n'arrivais plus à prier. Il y avait trop de monde. Trop de bruit. Or j'avais besoin de calme, d'espace et de temps. Néanmoins, au fil des semaines, je me rendrais compte que la raison d'une messe n'est pas tant de se rapprocher de Dieu ou de recevoir, que de se rapprocher des autres et de donner.

16. L'enterrement

« N'AS-TU PAS un costume à me prêter ? »

– J'en ai deux, prends celui-ci, répondit Scott tout en s'habillant.

Jack me prêta la chemise ; Bruce, un des beaux-fils, la cravate. À moins que ce ne fût l'inverse, je ne sais plus. Quand j'ai pensé aux chaussures, il était trop tard. Tous s'entassaient devant la porte, prêts à sortir. Toujours nu-pieds, j'essayais de me nouer la cravate autour du cou. Je n'avais entrepris cet exercice compliqué qu'une seule fois auparavant. C'était le dernier jour de mon école d'officiers, celui où l'on se fait remettre ses épaulettes. Mon parrain, un aspirant de la promotion précédente, s'était chargé de ce rôle avec fierté. J'allais suivre un chemin différent, mais nous partagions le même sourire condescendant en regardant passer les bérets bleus. Le sien était rouge. Le mien serait vert. Bruce m'aida finalement pour la cravate. Si, à la Légion, j'avais appris à repasser impeccablement, les nœuds de cravate m'étaient restés étrangers. Puis j'enfilai mes chaussures de randonnée, minutieusement brossées et noyées de graisse, prêtes à affronter un second été.

En cette fin du mois de novembre, il faisait froid. À la fenêtre, le thermomètre indiquait – 18 °C. Nous passâmes vite du porche dans la voiture. Celle-ci était à peine chauffée, même si le moteur ronronnait depuis un quart d'heure, noyant les roues arrière dans un nuage de fumée. Jack était silencieux, placide devant l'événement qui le déchirait. Anita, à la différence de son époux, n'essayait pas de dissimuler sa peine. Tout en restant pudique, elle savait l'exprimer sans retenue, mêlée malgré tout à sa joie de revoir les membres éloignés de sa famille. Elle avait veillé toute la nuit pour les attendre, les accueillir convenablement et, en bonne maîtresse de maison, s'assurer qu'ils mangent de tout et ne manquent de rien.

Nous nous rendîmes à la chapelle funéraire. La bière, ouverte, laissait voir un homme d'une soixantaine d'années, en costume, avec des souliers noirs bien cirés. La peine qui m'envahissait depuis la veille ne lui était pas adressée – il avait l'air serein dans son cercueil –, mais allait à Jack et Anita, et à leur famille : c'était son frère que Jack mettait en terre.

Le cimetière est situé à plusieurs kilomètres au sud de la localité, sur la route de Winnipeg, la seule d'ailleurs dont l'asphalte nous relie au reste du pays. Elle se prolonge en ville par Main Street : on y trouve la poste, un magasin de chasse et de pêche, la police montée, trois stations-service qui font office de garages, un hôtel, plusieurs petits commerces et le journal local, *The Opasquia Times*. Tout autour de la tombe, les visages étaient meurtris par la bise glaciale. La mort, elle, emplissait les yeux et le cœur de son rapt inadmissible. Tôt ou tard, elle viendrait nous faucher, mais voir les autres partir était bien plus cruel. Je me demandai d'où provenait le tas de terre que recouvrait une bâche en plastique car, à cette époque de l'année, le sol est gelé. Il avait sûrement fallu creuser profondément.

Plusieurs voitures redémarrèrent. Il était temps. Les larmes commençaient à se figer sur les visages transis, et les chaussures de ville, même doublées de caoutchouc, sont propices aux gelures d'orteils. Nous aussi, après avoir fait nos adieux au défunt, nous retournâmes à la maison. Rapidement, celle-ci se remplit d'inconnus. J'avais bien rencontré Linda, Pat, Brenda et Audrey, les quatre filles de Jack et Anita qui habitent à The Pas, mais pas leurs époux, les petits-enfants, les copines, les autres, la famille, la famille de la famille, et ceux qui venaient de la Saskatchewan, d'Alberta et de Colombie-Britannique…

La dinde et les salades étaient très appétissantes. D'ailleurs, chacun félicitait Anita pour sa merveilleuse organisation. Nourrir autant de monde n'est pas une mince affaire, même si l'on en a l'habitude dans ces familles. Jack et Anita ont chacun une dizaine de frères et sœurs. Leurs enfants se sont limités à six et les petits-enfants à quatre par famille. Quant aux arrière-petits-enfants, ils sont en cours. Cependant, d'une génération à l'autre, la réduction du noyau familial est nette. Finalement, Don, en les quittant, les avaient tous réunis, et ces retrouvailles, avec la douleur pour dénominateur commun, avaient adouci leur chagrin.

Puis les bouches se remplirent de tartes. Désaltérées par les goulées de boisson gazeuse, elles babillèrent sur le mauvais temps, regrettant la disparition de ce frère, père, grand-père, oncle, grand-oncle... ou se tournant parfois vers moi, et s'interrogeant sur ce membre de la famille que l'on ne connaissait pas.

La nuit avait été longue. La journée le fut aussi. Jack manifestait sa peine avec modestie, généreux envers la souffrance des autres. Pourtant, il était profondément attristé par le départ de ce frère qui vivait au loin et qu'il ne voyait plus guère. Anita, elle, était exténuée, mais jamais elle ne l'aurait montré avant que le dernier de ses enfants – ils étaient tous en quelque sorte ses enfants – ne quittât enfin la maison. Je partageai leurs larmes en leur offrant ma sympathie. Je ne pouvais malheureusement faire davantage, si ce n'est ramasser les miettes de gâteau ou les jouets qui traînaient après que la famille se fut dispersée. Ou leur acheter un insignifiant cadeau que je leur offrirais pour Noël.

En effet, la grande fête d'origine païenne approchait. De nouveau, Anita s'apprêtait à recevoir. Cette fois cela se cantonnerait à sa descendance : même si deux de ses enfants ne résident pas à The Pas, ici elle en a déjà quatre et... douze de ses vingt et un petits-enfants. J'offris à Jack un tapis de sol en mousse dure afin qu'il puisse entretenir ses abdominaux sans souffrir du dos. Pour Anita, cette arrière-grand-mère débordante d'énergie, je dégottai une corde à sauter qu'elle s'employa à faire tournoyer avec une endurance et une assiduité extrême d'autant que l'hiver la privait de son activité favorite : le jardinage. Moi, pour Noël, je reçus le plus beau cadeau de tous : leur amour.

17. Hivernage boréal

Au fil des mois, Jack et Anita sont devenus de véritables parents pour moi. Les repas à heure fixe, la messe le dimanche matin, les jeux avec les petits-enfants, la pêche à travers la glace avec Jack, les gentils coups de gueule de sa femme lorsqu'il sortait manger des sucreries en cachette avec ses amis, prétextant qu'il allait courir les filles – ou peut-être était-ce une ruse pour le faire réellement ! –, tout cela me plaisait beaucoup.

« Why on earth The Pas ? »[3] m'a-t-on souvent demandé, comme si le choix ne pouvait être pire. Par hasard. Le village était sur ma route et l'embâcle imminent. Deux semaines après mon arrivée, je pouvais traverser la rivière en raquettes. Autrement dit, je n'ai guère eu le choix. J'ai mis pied à terre, ce jour-là, avec une certaine appréhension : The Pas n'a pas bonne réputation dans le Sud. Outre son climat rigoureux, on m'avait affirmé à maintes reprises que la vie y serait vraiment rude. Certaines allusions à sa forte population autochtone furent aussi faites, le nombre d'Indiens rattrapant vite celui des Blancs. Une fois seulement, quelqu'un avait ajouté que cela faciliterait peut-être mon intégration.

The Pas est une localité retirée du Centre ouest du Manitoba. Ici on la dit, avec un certain dédain pour tout ce qui est du Sud, située dans le Nord. Ce Nord qui a un arrière-goût d'isolement, d'austérité et de froid, avec une saveur de pureté, de magie et

---

3. « Mais pourquoi donc The Pas ? »

de rêve. N'était-ce pas cela que j'étais venu chercher dans le Grand Nord canadien ? Où, ailleurs, peut-on voir les cristaux d'un lac gelé voler sous les gambades majestueuses d'un orignal en rut ? Où, ailleurs, peut-on se laisser envoûter par les danses d'une aurore boréale, une nuit où Celsius et Fahrenheit s'enlacent à -40 ° ? Où, de nos jours, peut-on encore se blottir au sein d'une ville pour échapper à la rigueur de l'hiver ? Ici. Dans le Nord : *« God's Country »*, la terre de Dieu, comme ils disent. Plus au nord encore, le poste avancé de Thompson résiste aux intempéries. C'est le terminus routier pour la baie d'Hudson. La suite, quatre cents kilomètres, se fait par chemin de fer. Il n'y a pour ainsi dire plus grand-chose au nord de The Pas, dans le Manitoba du moins. Il est donc légitime pour les hommes d'ici de se considérer comme des *Northerners*, des hommes du Nord.

The Pas n'est pas une grande ville, mais une bonne localité avec sa quinzaine de milliers d'habitants, indiens pour presque la moitié. Ces derniers vivent en majorité sur la rive gauche de la Saskatchewan, dans l'Opaskwayak Cree Nation Indian Reserve, l'une des plus grandes réserves indiennes et la plus riche que j'aie vue, qui comprend un stade couvert de hockey sur glace, une école, un centre commercial et un centre communautaire en cours de construction pour jouer au bingo durant les longues soirées d'hiver… et aussi d'été.

Les Indiens jouent beaucoup. D'ailleurs, c'est en partie grâce à cet argent que la réserve a pu investir et s'épanouir économiquement. Dépenser ses allocations familiales dans des bars ou des commerces tenus par les Blancs serait désastreux. C'est pourquoi ils font tout pour avoir leurs propres installations sportives, culturelles ou commerciales, et drainer ainsi le maximum de capitaux, y compris ceux des Blancs. Preuve que le pécule gouvernemental peut être source de profit s'il est utilisé correctement.

Les conditions de vie des Indiens du Canada sont très diverses. Certains ont sauté dans le train du progrès, d'autres vivent bien en dessous du seuil de pauvreté. Certains sont avocats dans les grandes villes du pays, d'autres vivent de chasse, de pêche et de trappe. Certains sont sans abri dans les métropoles, alors que d'autres sont confortablement installés dans les réserves. Les opinions des Canadiens sont également très partagées. Beaucoup ont un sentiment de culpabilité en raison du traitement qu'ont subi les autochtones pendant la colonisation.

Sans doute les colons avaient-ils eu peur de ne pas comprendre un peuple différent, de ne pas être en mesure de cohabiter avec lui et de voir leur propre culture s'effriter. Il fallait donc mettre des barrières et, si une civilisation devait disparaître, autant que ce fût celle des autres. Pourtant, sans l'aide des Hurons et de leur thé aux aiguilles de conifère, riches en vitamine C, les Blancs seraient morts du scorbut avant d'avoir fêté leur premier anniversaire dans le Nouveau Monde. Ces remèdes provenaient de la connaissance que les Indiens avaient de la terre, un savoir acquis par l'observation patiente du monde animal et de ses comportements. En bien des façons, il fut indispensable à la survie des Blancs. Pourtant, cette main tendue fut vite oubliée. Le gouvernement canadien a donc mis en place un système d'aides financières pour apaiser les esprits. Dédommagement à renfort de dollars pour un mal qui ne peut se guérir que dans les cœurs. D'aucuns trouvent injuste le fait que, non seulement les Indiens ne paient ni impôts ni taxes, mais perçoivent en plus des allocations mensuelles, dont une bonne partie est dilapidée au jeu, en whisky et en cocaïne parfois. «Le passé est regrettable, mais il est mort. Alors, essayons de construire un futur sur les bases saines de l'égalité», avancent-ils. Oui… mais comment traiter à égalité un fonctionnaire d'Ottawa et un Chipewyan dont la vie est rythmée par la forêt, les migrations du gibier et les saisons? Les disparités culturelles et ethniques sont à la mesure du pays, énormes.

C'était mon premier hiver au Canada. Quelle ne fut pas ma surprise lorsque je vis un poids lourd traverser un lac gelé! En creusant un trou de plusieurs pieds de profondeur dans la glace pour pêcher, je compris comment cela était possible. J'aimais beaucoup regarder la neige tomber, surtout à travers les carreaux d'une maison surchauffée. Il fit jusqu'à −38 °C. À ces températures, seul le vent fait la différence et la moindre parcelle de peau non protégée court le risque d'une gelure.

Je consacrai le premier mois à remettre mon équipement en état. Nettoyer, laver, réparer et compléter, une «remise en condition» comme on dit à l'armée: l'entretien n'est-il pas un acte de combat? Je devais être prêt à reprendre la route dès que la glace donnerait le moindre signe de faiblesse – j'ignorais alors qu'il me faudrait attendre sept mois avant que ce jour n'arrive. J'enduisis les parties abîmées du canoë, l'avant, l'arrière et la quille, d'un mélange de fibre de verre et d'époxy vendu comme mastic à carrosserie. C'est un peu lourd par rapport à une réparation conventionnelle avec du tissu de verre, mais plus simple à mettre en œuvre. J'avais acquis une certaine expérience de ces matériaux composites en école d'ingénieurs. Non pas dans les salles de cours, mais en dessous : un conduit d'eau chaude mal isolé dégageait juste ce qu'il fallait de chaleur pour maintenir la cave à 25 °C et, avec l'ami qui partageait ma chambre de cité universitaire, nous avions occupé nos week-ends à y fabriquer des planches de surf. J'étais donc capable de bichonner mon canoë. Je remplaçai aussi les quatre équerres en aluminium du siège arrière par d'autres découpées dans un acier de deux millimètres d'épaisseur.

Réparer, et enfin compléter. Je commandai les cartes topographiques qui me manquaient pour aller jusqu'à Tuktoyaktuk. À 7 dollars la carte, je ne les avais pas toutes achetées au départ d'Ottawa : il m'en fallait encore vingt-six. Il me restait 400 dollars en arrivant à The Pas, sur les 1 000 dollars que j'avais emportés, soit 200 une fois les cartes achetées. C'était maigre pour un second été, même si dans le Nord il était bref, d'autant que je devais prévoir le retour. L'hiver fut donc riche en petits boulots. Après chaque nouvelle chute de neige, j'enfourchais le vélo que Jack m'avait prêté pour aller travailler : déneiger à la pelle des maisons, des allées et des trottoirs était sain et lucratif. Je fus aussi employé à décharger des palettes de bière, à faire la plonge, à empiler des stères de bois, à nettoyer une étable… Sous mon gros anorak rouge, j'étais facilement reconnaissable : *« Hey, that's the crazy French guy riding a bike in the middle of winter ! »*[4] criait-on à mon passage. Seuls mes cils couverts de givre dépassaient de la cagoule, que je devais toujours ôter avec précaution sous peine de m'arracher la barbe. Toutefois, ces gestes s'apprennent vite, et enfourcher la bicyclette à 2 heures du matin, par −25 °C, après les huit ou neuf heures de plonge du samedi soir dans les vapeurs de l'arrière-cuisine, était une véritable délivrance – sauf lorsqu'on m'appelait tôt le dimanche pour aller faire le cow-boy dans une ferme !

4. « Hé ! C'est ce dingo de Français qui fait du vélo en plein hiver ! »

Cependant, c'est la vie que j'avais choisie. Rien de tel que de ramasser la bouse de vache pour doubler son diplôme de troisième cycle d'un peu d'humilité. Entre gagner sa vie à la sueur de son front ou en usant le dossier d'une chaise et le clavier d'un ordinateur, il n'y a pas une si grande différence : les deux mondes sont sclérosés. On ne peut commencer à apprendre qu'en passant de l'un à l'autre. J'étais heureux d'en faire l'expérience.

L'hiver s'écoula à une vitesse incroyable. Déjà, la fin du mois de février s'illuminait sous les feux d'artifice du festival des trappeurs : le Northern Manitoba Trapper's Festival. Les compétitions à remporter pour être sacré *King Trapper* rappellent la force, l'endurance et l'habileté dont devaient faire preuve les hommes du Nord afin de subvenir à leurs besoins et de survivre dans leur rude environnement. Ainsi, l'épreuve du *flour packing*, qui consiste à porter à dos d'homme autant de sacs de farine que possible, a pour origine le temps où les denrées étaient acheminées à bord de canots et transportées au cours d'innombrables portages. Le *pole climbing* juge de l'efficacité à grimper en haut d'un arbre pour s'orienter ou échapper à un animal. L'habileté à faire bouillir de l'eau et cuire du pain fait également partie des épreuves avec, entre autres, l'abattage de troncs, le sciage, le lancer de hache, le piégeage, la pêche à travers la glace, la course en raquettes... Dix-sept joutes au total, sanctionnées par un système de points : cent dollars par épreuve gagnée et la gloire pour le vainqueur.

Pendant le festival, une course de chiens de traîneau a aussi drainé les meilleurs *mushers*[5] d'Amérique du Nord. L'effervescence qui règne sur la ligne de départ est toujours captivante. L'excitation des chiens est à son paroxysme et toute l'équipe est nécessaire pour les retenir et démêler leurs traits. C'est le moment où le concurrent fait ses dernières recommandations au chien de tête, sur qui repose la course. Les autres ne sont que des machines à tirer. Le *leader*, lui, a pour mission de garder la corde centrale tendue à chaque instant. C'est également lui qui,

5. Le *musher* est le conducteur de l'attelage. *« Oi, mush ! »* est l'ordre que l'on crie aux chiens pour les faire courir.

sous les ordres de son maître, conduit l'attelage, tourne au bon moment et empêche la troupe de vadrouiller à chaque fois qu'un lièvre surgit. L'entente entre le *musher* et son *leader* est donc primordiale. D'ailleurs, ce chien dominant est en général séparé des autres pour vivre proche de son maître – dominant, car il s'est imposé à la meute tout entière par sa force, son intelligence et sa cruauté.

Au printemps, j'ai abandonné la plupart de mes boulots pour me consacrer à des présentations illustrées de diapositives de mon voyage. J'en ai donné une pour adultes et de nombreuses pour les enfants des six écoles de la localité. Quel effet de voir toutes ces petites têtes me regarder comme si j'étais un héros ! Finalement, ils m'ont donné bien plus que je n'avais à offrir. Évidemment, je leur parlais d'histoire, de géographie et d'aventure. Mieux encore, je leur prouvais que le rêve est aussi important que la connaissance car, avec un peu d'imagination et beaucoup de volonté, tout devient possible.

18. Fébrile attente

DEPUIS HIER, j'ai peur. Le départ est fixé au 3 mai. La débâcle est imminente. Comme toujours, la rupture des glaces sert de prétexte à de nombreux paris. Un tronc est placé sur la rivière à une centaine de mètres en amont du pont : quiconque aura prédit la date et l'heure auxquelles il passera en dessous sera le gagnant. Je ne parie pas. J'attends. Dans mon inexplicable détresse, les enfants me sont d'un grand secours. Ceux du collège Opasquia m'ont déjà écrit des dizaines de lettres. À l'école primaire Mary Duncan, j'ai été assailli de câlins en échange d'autographes. Malgré cela, je me sens seul. Je ne sais pas à qui avouer mon inquiétude. Vivement le départ. ph. 49

Le 26 avril, le tronc franchit le pont. Dès le lendemain, la famille Fulmore et sa vaste parentèle me passent les menottes aux poignets afin de me juger ! Roland, le mari d'Audrey, surgit avec un taille-haie pour me couper barbe et cheveux. Poings liés, je suis à leur merci, et tous semblent avoir un grief contre moi ! Tous, sauf Lauren, la jeune fille de Bruce et Pat, avec qui j'ai entretenu une complicité sans borne l'hiver durant. Heureusement, Linda, l'aînée des filles de Jack et Anita, consent à me défendre. Le lynchage sera évité. Toutefois, je suis reconnu coupable d'avoir évité les ciseaux, conduit sans permis mais surtout, et à lui seul ce crime me vaudra la pire des sentences, d'être plus têtu qu'Anita Fulmore ! Je suis donc condamné à pagayer jusqu'à Tuktoyaktuk en trois mois et demi, sous peine d'être prisonnier à jamais des glaces éternelles.

Cependant, le débit de la Saskatchewan est beaucoup plus élevé qu'à l'automne. C'est donc par des rivières détournées, plus modestes, qu'il me faudra gagner le nord-ouest. Le 28 avril, je pars en reconnaissance sur la rivière Birch, secondé par Scott. À deux, j'ai pensé que nous pourrions couvrir une plus grande distance. Il neige dru. Le vent piaffe ses habituelles bourrasques de printemps. Bordés par deux rangées de saules nains, les méandres de la rivière nous protègent quelque peu. Pour Scott, malgré sa forme physique, c'est un sacré baptême.

Nos quatre heures d'efforts ne sont pas récompensées. À la mi-journée, les glaces nous barrent définitivement la route. Le résultat de l'exploration est sans appel : impossible de partir dans les jours suivants.

– Qu'est-ce qu'on fait ? demande Scott.

– Demi-tour ! On cassera la croûte un peu plus loin.

Mais, brusquement, Scott tombe à l'eau. Malgré mon coup de reins pour tenter de rétablir l'équilibre, je passe moi aussi par-dessus bord.

Je ne prends pas immédiatement conscience de la gravité de la situation. D'ailleurs, il ne fait pas si froid : je n'ai pas eu le souffle coupé. Les bottes et les couches de vêtements qui m'entraînent vers le fond me ramènent à la réalité. Je jette un coup d'œil autour de moi. Le canoë dérive sous le vent en direction de la berge. Les pagaies descendent la rivière. Et Scott...

– Scott !

– Par ici !

Je suis rassuré, il portait son gilet de sauvetage.

– Ça va ?

Il me fait signe que oui. Je nage en direction du canoë. Lorsque je me hisse sur les blocs de glace du rivage, le froid m'assomme. Je m'agenouille un instant pour reprendre mes esprits. Ma respiration est saccadée. Puis je repense à Scott, toujours dans l'eau. Tremblant, je saisis la pagaie de secours qui était heureusement attachée à l'embarcation. Peu après, mon équipier embarque à son tour pour se laisser choir au fond du canoë. Les deux pagaies en bois ont disparu. Mes frissons redoublent. Jamais on ne pourra rentrer si je suis seul à pagayer. Scott le sait et, autant que moi, il scrute les berges.

Je ne sais par quel miracle nous retrouverons les pagaies un peu plus loin, en aval, coincées parmi des branchages. Déjà, l'eau qui s'écoule de nos vêtements a gelé dans le fond du canoë. Nous devons agir vite. Je me rappelle avoir aperçu, en fin de matinée, une cabane en ruine sur la rive droite. J'avais même pensé qu'elle pourrait servir de refuge providentiel, avant de chasser cette sombre éventualité : parfois, l'instinct nous joue des tours.

Je suis frigorifié. Scott aussi. Nous parvenons cependant à atteindre le gîte. En partie inondé par la rivière, il se limite à une pièce de deux mètres sur trois où gisent deux châlits métalliques. Derrière ses planches disjointes, nous nous mettons à l'abri du vent. Vite, un feu ! Le briquet est dans ma poche. Mais la pierre est mouillée. Pas moyen d'obtenir une étincelle. Pendant que j'essaie désespérément, Scott arrache plusieurs lattes. Il les casse en morceaux qu'il entasse sur l'un des châlits. Des restes de nids d'oiseau feront l'affaire pour les enflammer sitôt que le briquet fonctionnera.

– Tant pis. Si on pagaie dur, ça nous réchauffera ! lance Scott, tremblant de tous ses membres.

Je sais Scott. Tu n'en peux plus de grelotter à attendre ce feu qui ne vient pas, et je ne vaux guère mieux, mais :

– Non ! On est à quatre heures de la ville. On est gelés. On ne tiendra pas dix minutes avec ce vent. Il faut d'abord se réchauffer !

Oui, se réchauffer. Nous n'avons pas le choix. L'idée de Scott est insensée. En revanche, sa réaction est positive : il est prêt à se battre jusqu'au bout pour rester en vie. Sa volonté d'agir et sa confiance en ma décision me rassurent. La partie est à moitié gagnée. Si seulement ce satané briquet voulait s'allumer ! C'était censé être une balade d'une journée : nous n'avons emporté ni tente, ni duvets.

– Il faut enlever nos vêtements !

J'étais tellement concentré sur le briquet, luttant contre le froid, que je n'y avais pas songé plus tôt. Or l'eau peut geler sur nous d'un moment à l'autre (en revanche, quand la température est positive il vaut mieux ne pas se dévêtir car, même mouillée, la laine tient chaud). Scott a si froid qu'il arrache maintenant les planches avec rage. J'ai peur qu'il ne se blesse avec un clou ou une écharde. Je ne dis rien. D'ailleurs, je n'arrive plus à parler. Ma mâchoire tremble trop. Sans feu, je crains qu'on ne s'en sorte pas. Le froid commence déjà à m'engourdir.

Une étincelle jaillit enfin. D'une flamme menue, le feu ouvre un œil. Bénis soient les briquets jetables ! Nous passons alors quatre heures à trembler, à nous réchauffer, à tousser. Et, les yeux rougis par la fumée, quatre heures pour rentrer.

Le départ est reporté au samedi 17 mai, sur la rivière Sturgeon-Weir, dans la province de la Saskatchewan. Maurice et Jeanine, un couple d'enseignants dont j'avais gardé les chats et les oiseaux, ont proposé de m'y emmener en pick-up.

Peter m'appelle de Thunder Bay pour que je lui fasse part de mon itinéraire. Cette fois, plus d'erreur de date possible ! m'assure-t-il. Je renseigne également la police montée de The Pas : m'offrir le soutien des postes jalonnant mon parcours ne sera pas un luxe en cas d'accident. En effet, si j'ai trop de retard à un des *check in*, le détachement concerné enverra une équipe de recherche. C'est le *Wilderness Travel Program* : un service gratuit qui repose sur la communication entre les postes de brousse.

Mercredi 14 mai. Je mange beaucoup, c'est instinctif, mais je suis si nerveux que je perds du poids. Andy, avec qui j'ai chassé le daim, me donne un fusil de calibre 12, une cinquantaine de cartouches pour oiseaux et quelques balles pour les ours. Dans le Sud, je ne pensais pas en avoir besoin. À présent, c'est différent : il serait très risqué de partir sans arme. Dans le Grand Nord, les bêtes sont chez elles. D'ailleurs, j'ai l'accord officieux de la police montée. Lorne, avec qui je suis allé pêcher la truite plusieurs fois, m'équipe en cuillères. Ainsi, avec la canne démontable que la famille de Jack et Anita m'a offerte pour Noël, je suis paré. Les commerçants, quant à eux, sont prêts à me soutenir financièrement en cas de pépin. La solidarité que l'on me témoigne me touche beaucoup. Sûrement sera-t-elle le gage de ma réussite. En attendant, elle ne fait que renforcer mon inquiétude.

Jeudi. Pour marquer le départ, les douces filles de Jack et Anita me font avaler tous les tord-boyaux d'un bar ! Je résisterai et, à l'aube, je serai encore debout, contrairement à certaines d'entre elles… N'est-ce pas Brenda ?

Vendredi…

Samedi. Je ne suis toujours pas remis de la nuit de jeudi. Le départ est reporté à dimanche. Le matériel est inspecté une dernière fois. Les sacs sont minutieusement bouclés. « Tout ce qui n'est pas nécessaire est nuisible », comme l'affirme un dicton bédouin. Voilà bien une règle d'or difficile à appliquer.

Dimanche. Je ne sais plus vraiment quoi penser. Pendant que Maurice conduit, j'ai peur, en silence. Peur de ne plus être capable de pagayer contre le vent, le courant et les vagues ; peur d'avoir faim ; peur de l'inconnu ; peur de ne pas savoir maîtriser ma peur. Cependant, tout est prêt : vingt kilos de nourriture et trente kilos d'équipement, plus le canoë qui en fait trente. Il est trop tard pour reculer. Je viens de faire mes adieux à Jack et Anita : rapidement, car je n'aime pas les adieux. Peut-être serai-je de retour pour Noël, mais je n'ai rien dit. Comment aurais-je pu être sûr de quoi que ce soit ?

La bise tourmente la rivière Sturgeon-Weir. Je m'éloigne lentement de la berge où Maurice et Jeanine me font de grands signes d'adieu. Dix-huit kilomètres à contre-courant, un portage et une remontée de rapide en halant le canoë m'occupent jusqu'au crépuscule. L'eau me brûle les pieds tant elle est glacée. J'en oublie mes peurs. D'ailleurs, un aigle a tournoyé au-dessus de mon canoë : le Grand Esprit veille donc sur moi.

En m'installant dans une cabane de trappeur, je dérange les habitudes d'une souris. Six lits superposés, adossés aux murs, guettent la saison. Une grande table, au milieu de la pièce, attend ses chaises. Négligemment laissées au-dehors, elles languissent autour d'un ancien foyer. À travers le givre des carreaux, allongé sur un lit, je contemple les étoiles. Je suis à nouveau seul.

Seul, à quatre mille kilomètres de ma destination.

III. Vers l'Océan Glacial

(mai 1997 – octobre 1997)

19. Les terres giboyeuses

SOUS UNE NEIGE DRUE, je repense à la souris. Comment diable s'y est-elle prise pour me grignoter un bout de pain ? Un portage surgit. Je le franchis en deux voyages. Deux fois quarante kilos : trois fois le sentier à la place des sept de l'été dernier. J'ai renvoyé par la poste tout ce que j'ai jugé inutile : vêtements d'hiver, raquettes, couverture polaire, bâche, corde, pelle, et même une pagaie – j'ai gardé la Grey Owl et celle en aluminium. J'ai aussi réduit le matériel de réparation et d'entretien, vidé aux trois-quarts ma trousse de secours et jeté la moitié des médicaments pour garder uniquement ceux qui n'étaient pas périmés. J'ai deux articles en plus : un calibre 12 et une canne à pêche, les deux seuls qui soient vraiment indispensables. En m'allégeant ainsi, je m'accorde une chance de remplir en temps voulu ce contrat insensé de quatre mille kilomètres : trois mois et demi. J'ai appris à faire avec moins, ou plutôt, j'espère apprendre. Sans doute y aurait-il encore beaucoup à réduire.

La chute des flocons s'atténue. Je quitte la pénombre de la forêt pour déboucher sur le lac Mirond. Des plaques de glace y étalent leur blancheur mortifiante aussi loin que portent mes jumelles. Toutefois, un étrange désir me gagne, qui m'incite à poursuivre ma route à travers cet obstacle nouveau. Prudemment, je me glisse alors entre les pièces de son puzzle. Je dois souvent me mettre debout pour chercher la faille mais, bientôt, aucune fissure ne m'offre son chemin. ph. 50

Je débarque sur un îlot où, un à un, des embryons d'icebergs viennent s'échouer. En adossant ma tente à une coulée de granite, je retrouve les habitudes de l'été précédent : la corvée d'eau, la quiétude du feu de camp, le tapis d'aiguilles qu'aucun insecte ne vient encore fouiller. L'hiver n'a été qu'une journée de repos. Une simple nuit de sommeil. Je n'ai pas le sentiment d'avoir rompu ma course pendant sept mois. Tout s'est enchaîné naturellement : le 20 octobre 1996, c'était avant-hier ; hier, je suis reparti ; et aujourd'hui je me rappelle ces odeurs séculaires qui viennent du temps où je buvais le sang chaud des cerfs et où je me repaissais dans une grotte. Peut-être est-ce le rocher précambrien lui-même qui me souffle mon histoire. Le fusil a remplacé le silex. J'y glisse une cartouche, du numéro quatre pour canard. Puis j'attends, caché, immobile, guettant le sifflement qui ne manquera pas de se faire entendre. La nuit tombant, et les spaghettis aidant, je repose le fusil sans avoir tiré un seul coup de feu.

D'un galop bien matinal, par –5 °C, le vent apporte son lot de flocons. Depuis plusieurs jours, c'est l'ouest qui l'attire. Les plaques de glace se sont légèrement rétractées du flanc oriental du lac. C'est donc pour une reconnaissance audacieuse que je me faufile dans la brèche de trois mètres de large qui s'esquisse entre la rive et la glace.

Le passage se resserre rapidement. Le chenal s'obstrue. En grimpant sur le cap rocheux que m'offre la côte à cet endroit, je découvre, de l'autre côté, trois colverts barbotant dans une crique. Sans bruit, je retourne au canoë pour y saisir le fusil. Je le charge au pied du talus, espérant étouffer le claquement du fût, et remonte pour prendre position. Les canards, surpris, bondissent. Ils s'envolent. Je vise un mâle, accompagne son ascension et presse doucement la détente. À ma grande surprise, amplifiée par le retard entre la détonation et son résultat, les ailes cessent soudainement de battre. Le malard se fige dans son élan. Il tombe à pic. Plus rien ne bouge. Plus un bruit. L'oiseau est mort. Je lui ai ôté la vie.

Mes remords s'évanouissent dans les volutes de fumée. La
ph. 64 cuisson où sans cesse je le retourne en l'arrosant d'huile, de sel et de cumin se révèle interminable, et le magret très caoutchouteux.

Pendant trois jours, je patiente face au lac gelé. Je quitte régulièrement ma position insulaire pour explorer les nouvelles brèches et me rendre compte de l'évolution de la glace. Je pousse

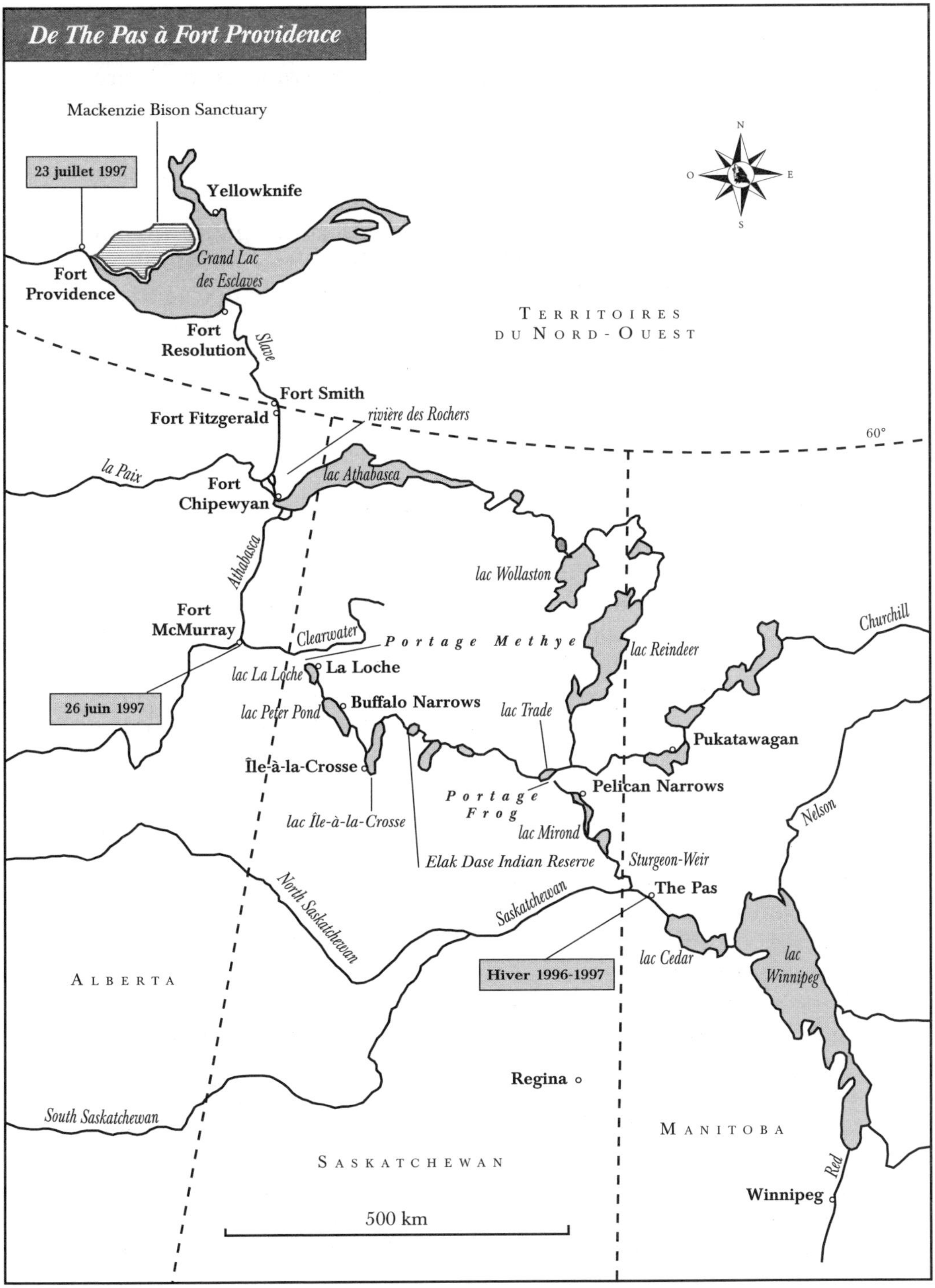
De The Pas à Fort Providence
Mackenzie Bison Sanctuary
23 juillet 1997
Yellowknife
Grand Lac des Esclaves
Fort Providence
Fort Resolution
Slave
Territoires du Nord-Ouest
Fort Smith
Fort Fitzgerald
rivière des Rochers
60°
la Paix
Fort Chipewyan
lac Athabasca
Athabasca
lac Wollaston
Fort McMurray
Clearwater
Portage Methye
lac Reindeer
Churchill
La Loche
lac La Loche
26 juin 1997
Buffalo Narrows
lac Peter Pond
lac Trade
Pukatawagan
Île-à-la-Crosse
Pelican Narrows
Portage Frog
Nelson
lac Île-à-la-Crosse
lac Mirond
Elak Dase Indian Reserve
Sturgeon-Weir
North Saskatchewan
Saskatchewan
The Pas
lac Cedar
lac Winnipeg
Alberta
Hiver 1996-1997
Regina
South Saskatchewan
Manitoba
Saskatchewan
Red
Winnipeg
500 km

toujours plus loin mes avances, caressant la blancheur de cette peau jusqu'à y enfoncer ma pagaie. La progression est dérisoire. Je bouillonne d'impatience. La glace ne fond pas assez vite et, si le vent tourne, cet écartement timide se refermera aussitôt. Alors, je détourne tout empressement en essayant mon nouveau matériel de pêche.

J'attrape un brochet. Sa denture est si coupante qu'elle manque de sectionner le filin d'acier rajouté en bout de ligne. Avec précaution, je relâche ma prise de soixante-dix centimètres. Je n'ai que faire de toute cette viande, mes gibecières sont pleines. Entre les sandwichs que Jack m'a concoctés, les biscuits d'Anita et le riz au chile de Jeanine, je n'ai presque pas entamé mes provisions. Cependant, tout ce que je désire, c'est pagayer, car la fin du voyage sera terrible si je traîne. Je dois, à tout prix, battre de vitesse le retour de l'hiver. Cela se jouera dans le mois à venir. Je vais lutter contre le courant, les rapides, les chutes, les portages, le froid, puis la chaleur et son lot de moustiques. Seulement après, je pourrai respirer, jouer ou dormir, le courant me portera. Mais d'abord il me faudra batailler, pleurer des larmes de sang, de sueur et de peine pour payer le droit à la vie, le droit au Grand Nord. Mille kilomètres de remontée pour renouveler mon acte de foi et prouver ma détermination sans succomber à la haine ou à la colère, mais en gardant mon sang-froid et en faisant preuve de respect, voilà ce qui m'attend. J'ai assez patienté. Assez pour savoir que ce lac ne dégèlera pas avant une semaine ou deux ; et assez pour prendre un élan qui me conduira, avec l'aide de Dieu, jusqu'en Alberta, de l'autre côté de la ligne de partage des eaux. Ma décision est donc arrêtée.

Dans la pâle lueur de l'aube, la situation est inchangée. Épaisse, obstinée et incontournable à l'ouest, la glace semble plus consentante sur la rive orientale. Le vent est neutre, le ciel de poix et la banquise sévère. Une légère pluie joue néanmoins en ma faveur, criblant de pores le lac gelé. Je lève le camp.

Je me croyais fort de l'expérience de l'année précédente. Je pensais avoir tout vu, tout enduré, tout vaincu. Pourtant, le spectacle qui s'offre à mes yeux est inédit. Bien sûr, pendant l'hiver, j'ai eu le loisir de me familiariser avec ces étendues immaculées et infiniment plates. Souvent, j'y passais des heures, accroupi devant un trou à actionner un bout de bois pour donner vie à mon leurre. Quand Jack sortait l'abri pliable, nous pouvions même nous protéger des morsures du vent en nous recroquevillant sur un chauffage au propane et, dans le noir, surveiller les voltes des truites autour de nos hameçons. Aujourd'hui, la différence est cruelle. Non seulement la glace n'est pas assez épaisse pour que je puisse marcher dessus sans m'enfoncer, mais en plus je dois m'y aventurer en canoë. Sûrement est-ce le bon sens qui m'a convaincu d'attendre trois jours. Peut-être est-ce la folie qui me pousse maintenant à braver ce lac à moitié solide. Peut-être est-ce…

Je n'achève pas ma pensée. La glace parle d'elle-même lorsque je la racle pour me maintenir dans le mètre cinquante de largeur du chenal bordant la côte. Sur le granite, la coque sacrifie son revêtement. La marge de manœuvre est étroite. L'alternative est simple : passer ou couler. C'est évident, il vaut mieux affronter la débâcle tant que je suis encore au meilleur de ma forme, plutôt que de repousser sans cesse l'inéluctable et d'y faire face durant l'embâcle prochain, lorsque des milliers de kilomètres m'auront affaibli.

En se refermant, le chenal me pousse contre l'immobilité d'une baie. Sans hésiter, je lance mon canoë sur la plate-forme immobile. Elle se dérobe doucement. Une multitude d'aiguilles jaillit. Sans plus attendre, je plonge la pagaie au milieu des débris pour continuer à briser la glace. Renforcée par un demi-centimètre de mastic à carrosserie, l'étrave résiste. Mètre après mètre, je déchire le lac gelé. De temps à autre, je m'arrête pour souffler. Je me retourne alors pour contempler la trace que je laisse : la trouée d'un demi-mètre de large, mi-eau, mi-glace, se referme sournoisement derrière moi. Les baies gelées succèdent à des étendues ouvertes, mais en longeant la côte toute la matinée je suis contraint à de longs détours avant d'atteindre la partie centrale du lac. Ouverte, cette dernière est rompue par le vent et le clapot. La fluidité et la légèreté du mouvement m'offrent une trêve délicieuse. Je peux enfin me débarrasser de l'étreinte du rivage pour rejoindre la côte opposée, où un chenal naturel me conduira au lac suivant, le lac Pelican.

Plus épaisse, la glace du bord ouest ne rompt pas. À genoux dans le canoë, j'y enfonce d'un coup sec ma pagaie afin de m'appuyer sur elle pour faire glisser le bateau en avant. Cinquante centimètres, pas un de plus. Pourvu que la carène tienne le coup dans ce désert d'eau gelée ! J'espère aussi ne pas emboutir le tube creux en aluminium de ma pagaie ou casser le plastique de sa pelle, car celle en bois ne survivrait pas trente secondes à ce régime d'enfer. Les gouttes de sueur perlent, coulent, pleurent, bouleversées par les gémissements de la fibre. La température est à peine positive. En débardeur, je transpire pourtant abondamment. Heureusement, pas un souffle ne gèle la pellicule d'eau tiède qui m'inonde le front, la nuque et le buste.

Après plusieurs heures à ramper vers l'ouest, je gagne enfin le lac Pelican. Moins profond, il m'offre sans retenue la perspective de ses eaux. J'exulte. La pénombre s'installant, je m'empresse de superposer les couches de laine et de polaire avant de poursuivre, épuisé mais triomphant, jusqu'au village indien de Pelican Narrows.

Le magasin est encore ouvert. Il semble même que tous les habitants s'y soient donné rendez-vous. On y rencontre les membres de sa famille qui ne vivent pas sous le même toit, des voisins plus éloignés, ceux qui reviennent de la pêche ou de la trappe, et même l'officier de la police montée qui vient acheter une poupée pour sa fille. C'est l'unique commerce du village. Alors, en plus des denrées alimentaires, on y trouve de tout: des barbecues, des manteaux, des fusils, des pièges, des harnais pour chien de traîneau, des jouets, des moteurs, des canots, des filets de pêche, des cigarettes, des poêles à bois, des lampes à huile, des gants fourrés, la poste, les filles, les ragots, les querelles… Quand je cherche les boîtes de sardines, je ne trouve que des boîtes de thon:

– Là-bas, près des produits de nettoyage! m'indique un employé.

Je n'ai pu m'empêcher d'acheter des vivres. C'était plus fort que moi. Déraisonnable si l'on considère tout ce que j'avais déjà, le peu de dollars que j'avais économisés pour l'été et le prix de plus en plus exorbitant des denrées de base comme la farine et les boîtes de haricots.

– Salut! Je suis le pagayeur en route pour l'Arctique!

– Ah, oui! Je t'attendais, répond le grand officier devant le perron.

– Je prévois d'être au poste suivant pour la mi-juin.

– D'accord, je transmettrai, mais Pukatawagan n'est pas si loin, tu devrais mettre moins de temps que…

– C'est de l'autre côté que je vais. À l'ouest! Je remonte le fleuve Churchill jusqu'à Île-à-la-Crosse.

Évidemment, à l'est, c'est aussi l'Arctique puisque le Churchill se jette dans la baie d'Hudson. Il aurait pourtant dû savoir vers où je me dirigeais : j'avais moi-même envoyé mon itinéraire par courrier. De plus, le poste de The Pas avait appelé Pelican Narrows pour les prévenir de mon départ.

– Ah ? Bon courage alors !

– Est-ce que tout est ouvert devant moi ?

– Je ne suis pas sûr. On dirait.

– Le lac Mirond est encore dur comme pierre !

– Ah bon.

Il commençait bien, ce programme de sécurité...

La pluie et la fonte des neiges ont transformé le bled en bourbier : il n'y a pas beaucoup d'asphalte dans ces villages du Nord. Ici, on se déplace exclusivement à pied, en bateau à moteur ou à motoneige. Seuls deux vieux pick-up, criblés de rouille et remplis de gosses, et le 4x4 de la police montée, tentent encore de s'en dépêtrer. Avec plusieurs boîtes en poche, exténué, je fuis le village embourbé pour bivouaquer sur une île. Là, je dresse le bilan de la journée : quarante kilomètres, dont seulement vingt-huit dans la bonne direction, et vingt dollars de moins.

Une pluie monotone me glace les pieds, les mains et le visage depuis deux jours. Le mercure s'est définitivement installé au-dessus de 0 °C. Les myriades d'insectes ne vont pas tarder. Je les sens déjà se glisser entre les gouttes d'eau, s'insinuer dans mes longs cheveux, mon K-way et mes pieds nus, puis remonter insidieusement le long de mes mollets pour se délecter de mon sang et de ma chair. Je me souviens comment, pendant plusieurs jours, j'avais évité d'en tuer un seul. C'était sur le lac Supérieur, un matin où j'avais recueilli un papillon dont les ailes étaient plaquées sur l'eau. Surpris par le vent, il avait probablement été emporté assez loin des côtes pour ne pas avoir eu la force d'y retourner. Depuis combien de temps était-il là, attendant vaillamment la mort ? Je l'ignorais. Affecté par son désarroi et admiratif devant sa ténacité à lutter jusqu'au dernier battement, je l'avais délicatement soulevé avec la pelle de ma pagaie pour le déposer, à moitié mort, sur mes sacs. Par chance, le temps était radieux. Le soleil eut vite fait de réchauffer son corps frêle.

Au bout de dix minutes à peine, il remuait à nouveau ses ailes, mais ne pouvait s'arracher à la gravité. Puis, après quelques instants encore, il prit son envol et retrouva la côte ainsi que sa liberté. La joie qu'avait suscitée cette envolée, cet hymne à la vie, à cette vie que j'avais eu l'impression de sauver, était extraordinaire. Je m'étais alors juré de ne plus tuer d'insectes et, pendant les jours qui suivirent, je les chassai délicatement d'un geste maîtrisé.

En m'offrant ses rails, le portage Frog interrompt ma rêverie. Long de neuf cents mètres, un petit chemin de fer relie le lac Pelican au fleuve Churchill. Le système de wagonnet que l'on pousse manuellement a été installé par les Indiens pour transborder plus facilement leurs bateaux à moteur. Le chariot étant à l'autre bout, je décide néanmoins de m'en passer. Après une heure de marche, j'engloutis ma ration de midi dans le canoë en me laissant doucement bercer par les eaux du lac Trade.

Le Churchill bondit d'un lac à l'autre par une série de rapides et de chutes que je vais devoir remonter sur près de huit cents kilomètres. Cette route fluviale est la seule voie vers l'ouest à travers la taïga sauvage du Canada central. Traversant des forêts de mélèzes, de sapins et d'épinettes, le contour déchiré de son lit affiche un amour frivole, s'offrant tantôt aux talwegs du bouclier granitique, flirtant tantôt avec la platitude des terres sédimentaires du Sud.

Le lac Trade, comme son nom l'indique, était un point de passage obligé pour les Crees, les Chipewyans et les Inuit qui désiraient commercer avec la Compagnie de la baie d'Hudson. Ces *First Nations* étaient en effet rapidement devenues dépendantes d'un marché de Blancs : pas une dépendance physiologique, comme celle pourtant réelle que le whisky a engendrée, mais vitale. Car il y avait des fusils en jeu. Alors il fallait tuer des castors pour s'en procurer. Les guerres intertribales n'avaient plus pour but de torturer certains guerriers ou de s'octroyer des femmes pour se dédommager d'une défaite ou d'une maladie, mais bel et bien d'exterminer la peuplade voisine afin de régler les différends une fois pour toutes et ne plus se soucier des privilèges commerciaux de ses voisins. Ce sont deux Français, Des Groseilliers et son beau-frère Radisson, qui ont découvert, au XVIIe siècle, la valeur économique de ces terres du Nord.

Ces régions potentiellement riches étaient néanmoins difficiles d'accès ; en outre, la période de dégel n'était que de quelques mois. D'où leur idée d'y accéder par voie maritime pour établir des bases dans la baie elle-même, à l'embouchure des fleuves qui s'y déversent. Rien n'empêcherait ensuite de rayonner vers l'intérieur. En 1660, de retour à Montréal avec des canots remplis de pelleteries, ils furent arrêtés pour trafic alors qu'ils pensaient être reçus en héros ! Colbert, secrétaire d'État de l'époque, se désintéressait de leur projet en baie d'Hudson et misait plutôt sur l'agriculture pour consolider l'économie naissante de la colonie française. Loin d'être découragés par l'attitude de la France, Des Groseilliers et Radisson se tournèrent vers l'Angleterre où, à la cour du roi Charles II, ils obtinrent sympathie et support financier. À cette époque, la France et l'Angleterre n'étaient pas en guerre ; aussi, bien que peu patriote, cette volte-face ne fut-elle pas considérée comme une trahison. La Compagnie de la baie d'Hudson fut ainsi créée au printemps 1670. La capitale nordique du commerce pelletier fut située à l'embouchure du fleuve Nelson (l'exutoire du lac Winnipeg) et sa zone d'influence s'étendit à toutes les terres drainées par les eaux se jetant dans la baie, soit un vaste empire : un quart du Canada actuel ! Sans le savoir, la France perdait là, presque un siècle avant la signature du traité de Paris, sa première bataille.

Il ne reste guère de Blancs dans ces contrées toujours aussi rudes. Les seuls coups de feu sont ceux des chasseurs. Néanmoins, il semble que l'agitation qui devait régner à ce carrefour de chemins ait laissé certaines traces de nostalgie. En moins d'une heure, j'entends trois bateaux à moteur : on s'en va toujours voir un voisin qui réside à quelques dizaines de kilomètres ; on va partager un orignal avec un membre de la famille moins chanceux ; on va trapper aussi, de temps à autre, pour ne pas oublier les gestes et les montrer à la nouvelle génération. Le commerce des fourrures survit à peine. Depuis l'avènement des chapeaux en soie, au milieu du XIXe siècle, il n'est guère rentable. De plus, cette même société qui avait poussé les Indiens à exterminer les castors, et à rompre l'équilibre naturel dont ils vivaient pour se nourrir et se vêtir, accuse à présent les derniers trappeurs des crimes les plus monstrueux. Au début de la colonisation, émergeant de l'âge de pierre, les autochtones n'y avaient vu que du feu : les fusils remplaçaient avantageusement les haches, les couvertures en laine, même humides, étaient chaudes, les casseroles étaient beaucoup plus pratiques pour faire bouillir de l'eau que les sacs en cuir dans lesquels on jetait des pierres brûlantes, et la panoplie des outils en acier représentait un progrès évident. Cependant, en mettant le doigt dans cet engrenage économique, ils devinrent les esclaves d'une civilisation qui exigeait toujours plus de pelleteries. Alors les Indiens tuaient. Les Indiens massacraient. Les Indiens exterminaient. Et on allait de plus en plus loin, au nord et à l'ouest, pour trouver de nouvelles bêtes. Entre-temps, les maladies contagieuses, l'alcool, les luttes internes, les guerres entre Blancs et les rivalités entre compagnies de traite décimaient progressivement la race indienne, tout en vomissant des fourrures de castor sur le marché européen.

L'histoire qui se déroulait au même moment aux États-Unis était différente, mais la fin malheureusement semblable. Au sud du 49e parallèle, il ne s'agissait pas de dépecer les castors mais de scalper les Peaux-Rouges eux-mêmes ! Ces derniers, repoussés toujours plus à l'ouest par la ruée des colons, étaient contraints d'employer la force pour défendre leurs territoires de chasse, c'est-à-dire leur vie. Alors, naturellement, les Blancs virent en eux la bête sauvage tel l'ours ou le lynx qu'il fallait traquer et exterminer pour cultiver la terre ou élever du bétail en paix. Les survivants ont été parqués dans des réserves sur lesquelles on empiéta petit à petit pour en exploiter les terres tout en promettant toujours plus de nourriture. Résultat : les Indiens sont morts de faim en cage.

Profitant de la surface marbrée du lac, je laisse mes pensées à ce carrefour de civilisations, de prospérité et de contradictions, pour replonger dans mon train-train quotidien de voyageur : pagayer.

Le lac Keg est gardé par une succession de chutes et de rapides. Sans doute les premiers « voyageurs » y perdirent-ils quelques tonnelets d'eau-de-vie pour le nommer ainsi. Un îlot fend la largeur du premier rapide en deux. Après une vaine tentative à droite, je me rue à gauche dans le contre-courant des flots. Plusieurs fois je recommence, serrant le bord de près, là où la puissance du courant est moindre, pour gagner, mètre après mètre, l'amont. Cependant, à chaque reprise, le rapide balaie mon audace vers l'aval : l'emploi de la force est vain. Avec un équipage de six, les « voyageurs » remontaient facilement ces goulets d'étranglement et, lorsque le rapide était infranchissable, ils se mettaient en ligne sur le rivage pour tirer leurs canots à la queue leu leu avec une corde. Afin que le remorquage fût plus efficace encore, et aussi par mesure de sécurité, l'un d'eux se mettait à l'arrière de la file, à hauteur du canot, et repoussait l'embarcation au moyen d'une longue perche.

Je n'ai d'autre choix que de tenter la manœuvre. Huit mètres de corde sont fixés à chacune des extrémités de mon canoë. Je les déroule toutes les deux pour contrôler son orientation, bien que rien ne me permette de repousser la poupe si elle devait embrasser les parois escarpées de granite ; le plat-bord en aluminium devra, seul, encaisser les chocs. Mon escalade est périlleuse. Ne pouvant remorquer le canoë au fur et à mesure de ma progression, je me contente de le ramener à moi tous les deux mètres. Le procédé se révèle efficace et, après vingt minutes, je regagne mon bord.

La violence du deuxième rapide se montre intraitable. Après avoir solidement amarré le canoë, je pars en reconnaissance à travers la végétation. Cependant, j'avance à grand-peine, sautant de rochers en ponts de glace instables, de lits boueux en congères de neige molle. Parvenu en amont du rapide, j'aperçois la sente d'un portage sur l'autre rive. D'un coup d'azimut, j'apprécie l'endroit où elle prend naissance : en plein sur la rive sud du lac Trade ! Résigné, je dévale l'eau vive si durement conquise et, en quelques minutes, d'une offrande généreuse au futur, je fais un bond de deux heures dans le passé.

Je découvre le sentier à plusieurs centaines de mètres en aval du premier goulet. Neige et glace se partagent ses sept cents mètres. Quand j'en viens à bout, le halo du soleil est déjà au zénith. Je n'ai progressé que de trois kilomètres depuis le matin. J'improvise le portage du rapide suivant à travers bois.

Le quatrième s'annonce plus ardu. Sur la rive, un surplomb de glace m'aguiche. La rivière a creusé le cœur de cette berge enneigée pour en faire une langue suspendue à son lit. À bout de bras, j'y balance les sacs avant de faire basculer le canoë et d'escalader sa paroi verglacée. Au risque de me rompre le cou, je parviens à me hisser dessus. Les bouleaux m'autorisent à traîner l'embarcation sur la neige, mais très vite les épicéas se resserrent pour me barrer la route. Mon portage est encombré de troncs et d'arbrisseaux. Silencieux sous la torture de la forêt, j'avance, pas après pas, lentement mais déterminé. Je dépose les sacs pour aller chercher le canoë. Avec ma coquille sur la tête, j'évite coups et blessures mais, aveugle, je bifurque au mauvais endroit. Heureusement, des buissons peu familiers m'engagent à un demi-tour réfléchi. Pas un filet de soleil ne viendra encourager cette rude journée où je voudrais atteindre le lac suivant avant de songer à me concocter un repas. Je remets à l'eau.

Les chutes Keg grondent bientôt devant moi : le fleuve tumultueux se jette de part et d'autre d'une île. Lorsque je m'échoue sur la rive droite pour m'infiltrer dans une cohorte de sapins, je m'enfonce dans un tapis de boue et de neige fondue. Je pensais avoir fourni l'ultime effort sur les glaces du lac Mirond. Rien n'était plus faux. Et lorsqu'au soir je serai convaincu de m'être débarrassé des portages les plus difficiles, je me tromperai encore. Ah ! si j'avais su… C'est normal. La suite est toujours plus ardue. Sinon, quelle valeur aurait-elle ? Une seule chose a réellement de l'importance, c'est la tâche que l'on accomplit sur le moment. Il serait en effet inhumain de prévoir toutes les difficultés que l'avenir nous réserve. Peut-être est-ce pour cela que je suis parti si vite, fuyant les sponsors et les recherches bibliographiques. Je me suis élancé dans la forêt sans aucune information, si ce n'est celles que je découvre dans mes cartes topographiques, mais avec toute mon énergie, mon ardeur et ma naïveté. Suffiront-elles seulement à me porter jusqu'au bout ?

Le portage franchi, une bifurcation m'offre derechef l'embarras d'une décision. Dans un livre, une revue spécialisée ou une description bon marché des chutes Keg, se cache sûrement la solution, le chemin le plus facile pour contourner ces chutes ; et, à coup sûr, une ou deux pages avant, y aurais-je lu qu'il ne faut pas remonter le premier rapide, mais chercher un sentier de portage à deux cents mètres en aval. Oui, probablement, tout cela est écrit. Néanmoins, je m'oppose vivement à l'idée d'être guidé, car même si beaucoup de cours d'eau sont répertoriés, classés, décortiqués et minutieusement décrits, je suis certain qu'il reste des rapides, des chutes et des passages dangereux sur lesquels personne n'a encore épilogué, ou pire, que les conseils prodigués ne sont plus valables, à cause d'un changement géologique, d'une perturbation de la flore ou tout simplement de l'étiage anormalement haut ou bas ; auquel cas le randonneur n'aurait plus l'acuité nécessaire pour se rendre compte de l'erreur de description, alors que tout sens de l'adaptation lui ferait défaut : il serait devenu dépendant de son guide, écrit ou réel, et, celui-ci étant dépassé, il se retrouverait incapable de se débrouiller seul.

Or l'indépendance est nécessaire à la survie, comme la liberté à l'épanouissement. Je vous l'avoue, mon but est moins de traverser le Canada que de me surpasser physiquement et de grandir spirituellement. Mon objectif est moins d'atteindre Tuktoyaktuk que de donner le meilleur de moi-même. Vous l'aurez maintenant compris. Je ne me suis pas lancé dans cette aventure pour voir l'Arctique, les Inuit ou les caribous, sinon c'est l'avion que j'aurais préféré au canoë, mais pour vivre chaque jour de ce voyage le plus intensément possible, sentir le présent couler dans mes veines et goûter le sang, la sueur et la joie qui perlent à mon front. Certes, les conditions sont difficiles. Cependant, la facilité a-t-elle jamais payé ? Non, évidemment. Si le travail à accomplir est mâché, on ne peut en retirer aucune satisfaction. En revanche, s'il est ardu et provocateur, le réaliser exigera toutes les compétences acquises et en développera de nouvelles. Voilà pourquoi je suis parti comme ça, sans rien, mais finalement avec tout ce dont j'avais réellement besoin. Sans doute n'y a-t-il pas de meilleure préparation. On dit souvent que les meilleurs matheux sont les plus paresseux car, n'ayant pas le courage d'écrire des pages de calculs pour arriver au résultat, ils trouvent l'astuce qui leur permettra de résoudre l'équation en quelques lignes seulement. Un vrai aventurier, c'est exactement cela. Il ne consacre pas des journées entières à lire de vieux journaux de bord ou des descriptions techniques de la route qu'il compte prendre un jour, mais il boucle son sac et part. En tout cas, c'est ce que j'avais fait.

J'embarque pour gagner la chute suivante. Sur un haut roc de granite, j'inspecte mon champ d'action : tenter de franchir la cascade par un remorquage risqué, ou grimper la pente que m'offre une forêt plus accueillante sur la droite ?

Les espoirs que m'a susurrés la colline sont déçus par une heure de reconnaissance vaine. Je retourne alors sur la rive droite pour m'enfoncer une troisième fois dans les bois.

La vingt-quatrième carte topographique du voyage – la 73P au 1/250 000 – m'avait déjà beaucoup impressionné lorsque je l'avais déroulée à Ottawa. D'abord parce qu'il fallait minutieusement l'étudier pour distinguer une chaîne continue de lacs et de rapides censée représenter un fleuve, le Churchill, mais plus encore par son aspect général extrêmement accidenté. Tout y est en effet incliné vers le nord-est. Les courbes de niveau, les lacs et les ruisseaux sont tous penchés ! Qu'y a-t-il donc là-haut pour que la topographie tout entière s'y rue ainsi ? Réponse : des centaines d'ours blancs, le fantôme d'Henry Hudson et l'océan Glacial, cœur de la dernière glaciation. On ne sait pas précisément pourquoi cela s'est passé ainsi, mais les étés se sont faits de plus en plus courts. Peut-être une légère variation de l'orbite terrestre ou du système solaire tout entier, ou encore l'impact d'une météorite, le passage d'un nuage de poussières interstellaires ou tout simplement une modification des courants atmosphériques et océaniques due à la dérive continentale. Quelle qu'en soit la raison, les étés sont devenus trop brefs pour que la neige accumulée pendant l'hiver puisse fondre. En plusieurs milliers d'années et sous leur propre pression, les congères sont devenues des glaciers. Toujours à cause de leur propre masse, ces montagnes de glace se sont étendues à une vitesse moyenne de plusieurs centimètres par jour. Sous l'effet de leur poids, la croûte terrestre s'est même affaissée. Grâce à son élasticité, cette dernière reprend lentement, aujourd'hui encore, sa position initiale ; peut-être alors la baie d'Hudson sera-t-elle un jour exondée. En attendant, comme pour conjurer le sort, elle draine près de la moitié des eaux du Canada : Radisson et Des Groseilliers avaient vraiment eu une idée formidable en songeant à exploiter un si vaste territoire.

ph. 51 Le débit du Churchill, lui, est à son plus haut niveau. Sitôt que ses berges se resserrent, le courant augmente considérablement et exige le meilleur de mes muscles. C'est long, fatigant, et je dois souvent me mettre à l'eau pour continuer à avancer. Je m'égare parfois : tout se ressemble dans cette contrée détrempée. Sur les lacs, je retrouve les mêmes baies, les mêmes pins centenaires, le même granite parcheminé par le temps. De plus, ma concentration est sans cesse distraite par les reflets chatoyants verts et bleus de l'univers que je découvre derrière chaque péninsule.

Un soleil prodigue le rend parfait, sans une ride de vent, même si, affamés par leur hibernation, les ours y pullulent. Alors que je cherche à m'installer pour la nuit, je tombe nez à mufle avec l'un de ces plantigrades. Heureusement, seul l'ours noir habite la forêt boréale – l'ours blanc occupe la côte arctique, et le brun, appelé grizzly en Amérique du Nord, peuple les reliefs de l'Ouest jusqu'aux océans Pacifique et Glacial. La surprise, plus que la prudence, me propulse deux kilomètres plus loin où je débarque sur une presqu'île. Mais là aussi, je débusque encore un ours. Après une journée de quinze heures, je préfère parier sur un jeune mâle découvrant la vie plutôt que sur une réunion de famille. J'installe donc mes quartiers. Le fusil reposera à mes côtés.

Inondant d'éclats les lacs d'huile, le soleil fait feu de toute part sur ma peau encore étiolée par l'hiver, tandis que des tourbillons d'insectes sevrés gravitent autour de ma moustiquaire de tête. Dans ce bourdonnement perpétuel, par un heureux mélange de chance, d'instinct et d'expérience, je déniche facilement les sentiers de portage lorsqu'ils existent.

– Eh ! tu dois avoir une bonne carte !

– Oui ! réponds-je, sans oser avouer que j'en ai plusieurs dizaines.

Pour ces quatre Indiens, achever les derniers travaux de maintenance d'une pourvoirie est un bon moyen d'arrondir leurs allocations. Ils m'apprennent que le camp ouvrira demain ses portes pour la saison de pêche :

– Les cow-boys vont bientôt débarquer.

– Les cow-boys ?

– Oui, les friqués d'Américains quoi !

– Comment font-ils pour venir jusqu'ici ?

– Hydravion !

La civilisation va-t-elle donc me rattraper partout où je vais ?

– Eh ! tu ne dois pas rigoler tous les jours à remonter le fleuve Churchill ? demande l'un d'eux.

– C'est vrai... sauf quand je rencontre une bande d'Indiens qui font semblant de travailler !

Un rictus se contracte aussitôt sous le nez busqué, mais qui se transforme vite en franche rigolade :

– Ouais, ouais, t'as raison. Travailler, nous, on laisse ça aux Blancs ! Ils connaissent bien. Mais dis-nous, pourquoi t'as pas pris par la Reindeer ?

C'était en effet une possibilité. Au lieu de prendre à l'ouest, j'aurais pu filer vers le nord en remontant la rivière Reindeer, puis rejoindre le lac Athabasca dont j'aurais alors dû longer la côte nord dans toute sa longueur :

– C'est plus long, et j'aime mieux éviter de pagayer sur les lacs Reindeer, Wollaston et Athabasca. J'ai eu assez de grands lacs l'été dernier ! Tout seul, c'est dur. Et puis, il faut varier les plaisirs, non ?

– Oui, peut-être.

Lorsque j'atteins le premier des deux ponts avec le monde extérieur que je verrai sur le Churchill, un couple de vacanciers blancs m'offre un jus de fruits et quelques babils de civilisation. Ainsi, j'apprends que le gouvernement Juppé a démissionné :

– Ah oui…

– Et ce Québec alors ! reprend l'homme. Si ce n'est pas malheureux ça… Qu'est-ce que tu en penses, toi ?

Tout ce qui m'importait, c'était de me débarrasser du portage Si les Québécois veulent priver le Canada de la plus vaste de ses provinces, qu'ils le fassent ! Bien sûr, la fierté nationale serait blessée, mais elle s'en remettrait vite, et même si la curiosité me pousse à connaître les pourcentages, je reste indifférent à la question.

– Tu dois bien avoir une opinion. Tout le monde a une opinion ! insiste-t-il devant mon manque d'enthousiasme à répondre.

Je n'allais quand même pas lui rétorquer que je n'en avais rien à faire, tout en sirotant son jus d'orange. Le monde ne s'arrêtera pas de tourner le jour où une clique de politiciens aura fait pencher la balance du côté du « oui ». L'homme s'accorde trop d'importance. Une courte leçon d'astronomie suffirait à le rendre plus modeste. Je ne pense pas que c'est la vie sur Terre qui soit futile, mais plutôt l'attachement que l'homme porte à son ego. Aussi cette faiblesse est-elle la cause de toutes les souffrances. Quant à l'amour de la vie, je le crois essentiel.

Vingt-cinq kilomètres. Six en marchant. Trois portages.

Les rapides foisonnent des jours durant. Volumineux, courts et trapus, ou étalés sur plusieurs centaines de mètres, ils ont tous un point en commun : leur niveau est exceptionnellement haut. De ce fait, ils se révèlent bien plus nombreux que ceux indiqués sur mes cartes. J'en avais recensé quarante-quatre jusqu'à Île-à-la-Crosse. À ce rythme, j'en compterai une bonne centaine avant d'atteindre la localité. L'enneigement a battu des records cet hiver et la débâcle a été impitoyable, noyant les plus petits remous dans de véritables raz de marée. Elle a même failli, une nouvelle fois, rayer Winnipeg de la carte du Manitoba. Cette capitale provinciale est située dans la vallée de la Red, une rivière dont l'amont dégèle avant l'aval puisqu'elle coule vers le nord. L'eau, qui ne peut librement s'écouler, provoque des inondations à chaque printemps, et les habitants de cette région sont rompus aux sacs de sable et aux digues de fortune. Toutefois, l'année fut terrible. Plusieurs villages ont été engloutis. La ville elle-même fut menacée malgré le *ditch* artificiel qui l'entoure – un talus de plusieurs mètres de haut. La solidarité des Canadiens envers les familles sinistrées fut exemplaire, pas seulement au Manitoba. Pendant plusieurs semaines, il n'était plus question des séculaires débats de séparation du Québec, mais tous s'étaient unis pour venir en aide à ceux qui avaient tout perdu. Le drame maîtrisé, les experts manitobains ès inondations s'envolèrent pour la Chine, elle aussi en proie à ce drame, et le droit à l'autodétermination du Québec refit la une des médias.

Séparé par le temps et l'espace, je suis seul sur le fleuve Churchill à jouir des libations de sa beauté sauvage et à m'enivrer de la majesté des parois granitiques qui l'enserrent. Trop isolé et farouche pour être assailli par les vacanciers, il ne voit plus guère passer de canoës depuis que les rudes « voyageurs » ont disparu. Il n'existe donc quasiment pas de sentiers de portage pour le pagayeur en quête d'amont, et moins encore quand le rapide n'est que printanier. Il faut se mouiller, haler et ahaner. Pourtant, la valse que m'offrent les rapides rompt avec la monotonie des lacs, et moi, qui ne suis pas danseur, je m'y laisse inviter avec plaisir.

Plusieurs gigues clôturent ma journée de seize heures qu'un colvert vient récompenser. Les spaghettis au bouillon de poule de l'année précédente sont remplacés par du ragoût de canard sur lit de tagliatelles ! Le poisson abonde, mais l'oiseau migrateur, fatigué par son récent périple, a perdu beaucoup de sa vivacité, aussi son envol est-il trop paresseux pour lui éviter une giclée de plomb. Souvent, je salive devant mon gibier sanguinolent avant même d'avoir débarqué. La préparation du repas est rapide elle aussi, autant pour bâillonner les hurlements de mon estomac que pour jouir au plus vite d'un sommeil réparateur. Je déplume grossièrement la poitrine ; deux coups de couteau suffisent à en extraire la venaison que je lave des souillures éventuelles ; et je jette sur la poêle les morceaux finement découpés, encore tièdes, pour les saisir dans un fond d'huile. J'y ajoute de l'eau, un quart de sachet de soupe de tomate en poudre pour donner de la consistance et, bien sûr, les sempiternels sel et cumin. Dix minutes de cuisson, de même que pour les pâtes qui bouillonnent à côté, et le festin est servi, l'estomac apaisé et la sérénité reconquise.

Je pagaie contre les îles pour échapper au vent, quand un orage soudain me jette sur la terre la plus proche. Cahin-caha, je me ressaisis sur le rivage où une haie de saules nains me fait face. Je hale mon canoë à travers leurs branchages emmêlés et ceux des mélèzes qui les talonnent, avant d'installer ma tente sur un tapis de mousse et d'écorce. Tout autour de moi, les vieux arbres se retiennent entre eux. Sous leur château de cartes, j'écoute distraitement la pluie marteler le double-toit, tandis qu'à la torche j'essaie de repérer ma position. Je la devine en plein sur le 106e méridien, c'est-à-dire au changement de carte topographique. Celles au 1/250 000 se succèdent tous les degrés pairs dans l'axe est/ouest, et tous les degrés dans le sens sud/nord. Bref, j'ignore où je suis. Les coups de tonnerre se chevauchent, sauvages et foudroyants, rythmant la valse des pins et la clameur des eaux.

La violence de la nuit renverse les couleurs de la forêt. À coups de bourrasques, l'orage brasse arbres, lac et ciel. Le mélange exotique, frais et humide qui parfume l'aurore est rempli de toiles d'araignée. Alourdies par la rosée, elles brillent de mille éclats, renvoyant ceux, chatoyants, de l'étrange brume
ph. 6 lumineuse qui accompagne mon départ. Chinée, blanc, bleu et vert, elle s'évertue à habiller les flots pour cacher les îles. Troublé par la chaude humidité qu'elle prodigue, je tente de me concentrer sur la boussole pour ne pas me perdre dans cette

jungle boréale. Ne suis-je pas déjà passé par là ? Ces reflets pers et flous n'appartiennent-ils pas au mamelon que j'ai contourné il y a une demi-heure ? Je continue néanmoins à glisser, faisant confiance au magnétisme terrestre. J'espère seulement avoir correctement tenu compte de sa déclinaison.

Le doute qui planait depuis les premières lueurs de l'aube se lève enfin. La brise me découvre le bleu royal d'un ciel radieux, une terre vibrant d'aiguilles de pin et de senteurs, et une mer d'huile percée par les galipettes des brochets. Je suis dans les îles Black Bear. Tout en consultant carte et boussole, je me délecte de cette flore aux contours charnels. Une faune abondante la rend pleine de vie et d'allégresse. Un orignal bougon et grisonnant se dérobe à mon approche pourtant silencieuse, avant de me dévisager dans la baie suivante. Au faîte de la pinède, un couple de pygargues se relaie auprès de ses aiglons braillards et toujours affamés pour éloigner les prédateurs. Plus près de moi, des castors font claquer leur large queue. Je ne semble pas les déranger dans le va-et-vient consciencieux qu'ils font entre leur hutte de branchages et les trembles dont ils aiment ronger l'écorce. Le monde boréal s'est-il fait à ma présence ? Il est si beau que cela serait un honneur.

La peine, ou plutôt l'effort que je fournis de l'aube au crépuscule, n'enlève rien au charme de la nature pour laquelle je me bats. Malgré rapides et portages, j'éprouve un immense plaisir à donner le meilleur de moi-même pendant des journées de plus en plus longues pour mériter de vivre la sérénité de cet univers sauvage et permettre à mon cœur de battre au rythme de sa sève. Je lui offre ma sueur et parfois mon sang ; il me nourrit, me protège et m'instruit de sa sagesse, oxygénant mon feu de camp de paix et de plénitude. Ma vie se réduit à transpirer, manger et dormir. Jamais elle n'a été aussi simple. Jamais elle n'a été aussi éprouvante. Jamais, dans l'épuisement qui me gagne, je n'ai été aussi heureux. Ah ! est-ce tout simplement cela, être heureux ?

Le Churchill était le fleuve favori des « voyageurs », pour sa beauté, son gibier et l'abondance de ses lieux de bivouac. Le descendre était un jeu plus qu'un travail et, les années de faibles précipitations, le remonter se faisait aisément. Seules les hordes d'insectes troublaient alors la grâce de cette contrée nordique en assaillant le moindre morceau de peau découvert. Cela n'a guère changé. Je suis à nouveau contraint de démonter le bivouac et de gagner le large avant de pouvoir avaler mon petit-déjeuner. Sur l'eau, le nuage est toujours moins dense. Plus actifs qu'à l'accoutumée, les moustiques sentent comme moi l'orage qui se trame derrière ce silence moite. La taïga tout entière suffoque. Une étincelle suffirait à l'embraser. Installé dans le canoë, je soulève la moustiquaire de tête pour engouffrer les cuillerées d'avoine bouillie. Rehaussé de chocolat, de lait en poudre, de sucre roux, de raisins secs et de noix, ce concentré d'énergie se révèle très appétissant. Bientôt, comme par enchantement, les bourdonnements cessent. Les nuées disparaissent. Le ciel se couvre de noir et les eaux de vagues. Je ne pense pas aller très loin mais, les sacs étant bouclés et la pagaie à la main, je pars quand même.

Au fil des heures, la menace se fait moins pressante. Lorsque j'aborde les rapides Snake, après avoir avalé un sandwich à la perdrix et des dattes dures comme pierre, les humeurs de la météo m'offrent un ciel éclatant. Au hasard, c'est la rive gauche que je choisis de longer pour remonter les premiers kilomètres du couloir sinueux qui me mènera au lac suivant. La violence des deux cents derniers mètres qui me séparent du pont, le second à enjamber le Churchill, m'oblige à haler le canoë. En appui sur sa proue, je déambule sur le fond glissant. Rapidement, la puissance du courant, alliée à un niveau d'eau qui chatouille déjà les poils les plus bas de ma barbe, me défie de faire un pas de plus : je me noierais. Je me laisse alors flotter vers l'aval pour retrouver une position plus aérienne, et j'embarque, marri par tant d'efforts inutiles. Quinze secondes de descente m'amènent sur la berge opposée où, à nouveau, je déchire le ph. 53 courant pour gagner, pas après pas, cailloux après cailloux, le cœur si rebelle de ces rapides. Plus loin, une trouée s'ouvre à travers les bois, qui m'offre son chemin pour atteindre le pont de manière plus sereine. Pendant les trois heures que je passerai en vue de ce dernier, aucun véhicule n'ébranlera sa poussière. Afin de m'épargner un long portage, je décide de remettre à l'eau juste derrière le pont pour remorquer le canoë. La berge, noyée par la convergence du rapide que les piliers achèvent d'étrangler, se dérobe soudainement. Perdant pied, je m'agrippe aux branches émergées. La puissance du flux me contraint d'attacher le canoë aux arbustes au fur et à mesure de ma lente progression. Je regrette presque le portage... La corde entre les dents, de branches en branches, je me débats pendant plusieurs dizaines de mètres avant d'atteindre l'amont.

Quand je parviens enfin sur le lac Sandy, le soleil m'inonde de ses rayons obliques. Aucun lieu de bivouac ne s'annonce, même pas dans les jumelles. Rompu de fatigue, je décide de couper court, à travers le lac, persuadé de trouver à l'autre extrémité un endroit convenable où passer la nuit. La réverbération du couchant me cingle. Pas un souffle ne tempère la brûlure du fer rouge qui me marque le visage. Les yeux fermés, je pagaie ardemment.

Deux heures plus tard, je m'engage dans ce qui ressemble à une rivière, assez large toutefois pour que le courant ne soit pas trop fort. La boule de feu qui m'a lacéré toute la soirée roule par-dessus la cime des pins pour dévaler l'autre versant. De ce côté-ci, toujours pas de bivouac. Les terres sont inondées, et la gangue d'insectes qui les coiffe me dissuade de débarquer. Alors, sans quitter le canoë, je régale mon estomac de la dernière barre énergétique. Sur la centaine que j'avais préparées, monopolisant pendant deux jours le four et les plats d'Anita, j'en avais gardé une partie et envoyé le reste aux postes de la police montée d'Île-à-la-Crosse, de Fort Smith (à la frontière de l'Alberta et des territoires du Nord-Ouest) et de Fort Providence (territoires du Nord-Ouest), après m'être assuré qu'ils les garderaient jusqu'à mon passage, avec le courrier éventuel. À Tuktoyaktuk, j'avais également expédié un jean, un caleçon et une chemise, persuadé que mes nippes seraient en loques. À moitié rassasié, je m'enfonce sous la pleine lune dans la nuit grouillante.

À 2 heures du matin, je découvre un terrain en pente que les marécages n'ont pu escalader. Une modeste plate-forme m'y offre son lit de feuilles mortes. Le plaisir d'enfiler des arceaux au milieu de la nuit n'a jamais été aussi grand. Je renseigne brièvement mon journal de bord puis, éreinté, je ferme les yeux sur les quarante kilomètres d'une journée bien remplie.

Un paradis de brochets et de moustiques s'illumine sous les premières caresses du soleil. Mais que l'on ne s'y trompe pas : le monde boréal est une terre cruelle. Les prédateurs d'eau douce abandonnent momentanément l'affût pour bondir sur le nuage vivant qui stationne à fleur d'eau. Dans leurs sauts d'un mètre de haut, ils referment leurs rangées de quelque sept cents dents bien acérées sur les insectes ignorants. L'aube et le crépuscule sont en effet les meilleurs moments pour chasser, la chaleur étant trop écrasante pendant la journée.

Les poils de mes avant-bras découverts grillent sous la réverbération matinale et le soleil pèse sur mes épaules. Le courant, plus difficile à contrer, s'ajoute à la touffeur du marécage, où bientôt aucun bond de poisson ne résonne, mais où les moustiques pullulent, eux. À une suite de lacs et de rapides ondulant entre les 105e et 106e méridiens, où j'ai multiplié les heures de rame et de portage, succède à présent une chaîne de marais dont le labyrinthe est orienté vers le nord. Quand un bras, plus fin sur la carte, coupe les divagations du chenal principal d'est en ouest, je décide de l'emprunter.

J'y découvre la flore naine et musquée d'une tourbière desséchée, et le courant, que j'escomptais moindre dans ce passage dérobé, se révèle accentué par des méandres incessants. J'espère seulement ne pas m'égarer. Soudain, je surprends un orignal avec de l'eau jusqu'à l'encolure, qui bondit dans les buissons. Son agilité est surprenante. Avec le chevreuil, il est le seul à vivre sans ses pairs, sa puissance l'autorisant à arpenter la forêt transcontinentale en solitaire. La période de rut est une exception : il s'amourache alors d'une compagne, au prix de luttes cruelles et d'autant plus ostentatoires que la solidité de ses andouillers de massacre le lui permet ! Serrant la végétation de près, je ne manque pas d'oublier ma vitesse d'escargot. Étourdi par la chaleur, l'effort et les virages qui ne cessent de se lover sur eux-mêmes, je poursuis, prostré sur un manche de plus en plus lourd, jusqu'à ce que le seul emplacement depuis le matin où je puisse prétendre débarquer me propose son aire de granite. Après dix heures, à une vitesse moyenne de 2 km/h, je décide alors de mettre pied à terre.

Je m'applique à repriser pour la énième fois mon pantalon, quand un Indien ralentit son moteur à la vue de mon campement. Sa barque, remplie de viande d'orignal, vient lourdement racler le rivage. Son arrêt ne me surprend guère. Pas plus qu'il ne s'étonne de ma présence dans ces marécages podzoliques du Grand Nord. C'est comme s'il avait toujours su ; c'est comme si je le connaissais depuis toujours, cet Indien, ressuscitant aux commandes d'un Mercury après des siècles d'histoire.

Sans doute le murmure du vent a-t-il transporté nos actions pour unir nos esprits.

– Combien de bêtes ?

– Une seule.

Je comprends la stupidité de ma question. Cinq cents kilos de viande d'orignal suffisent à remplir une barque.

– Où te diriges-tu ? reprend-il aussitôt.

– Au nord, mais ce n'est pas facile avec ce courant !

Son rire découvre plusieurs dents jaunies par le tabac, épousant le teint hâlé de son visage :

– Ha ! ha ! Attends de voir les rapides un peu plus loin ! Là, tu verras ce que c'est que du courant ! Tu campes ici ce soir ?

– Oui, je suis fatigué.

– T'as de la viande pour dîner ?

– Non.

– Vas-y, découpe-toi un morceau là-dedans !

Je sors mon couteau.

– Non, non, pas là ! Là, dit-il en désignant l'épaule alors que je m'apprêtais à entailler modestement le jarret. Sais-tu que c'est un honneur de partager ma prise de chasse avec toi ?

– Je t'en remercie.

– J'ai rendez-vous à la route avec mon frère. Il va venir chercher l'orignal en pick-up. Cette viande le nourrira lui et sa famille pendant plusieurs mois.

– J'ai vu un mâle à trois heures d'ici. Peut-être un quart d'heure en bateau.

– Ah, merci ! Un me suffit : c'est assez de travail comme ça !

Un échange de sourires servira d'adieu. Bien qu'ils ne soient plus nomades, la plupart des Indiens du Nord vivent en communauté restreinte, dans de modestes réserves, et ont conservé la façon de penser de leurs ancêtres. En effet, si les Iroquois du sud-est du pays, qui assuraient leur subsistance grâce à l'agriculture, et si les peuplades de la côte Ouest, qui vivaient exclusivement du saumon, étaient dans une large mesure sédentaires, les autres tribus, elles, se déplaçaient au rythme des migrations animalières, toujours à la recherche de nouveaux territoires de chasse. Or la seule force sur laquelle ces Indiens pouvaient compter pour se déplacer était celle de l'homme, et éventuellement celle du chien. Ils ne pouvaient donc accumuler des biens, même s'ils en éprouvaient l'envie. Ce soir, je retrouve en l'attitude

46

Dans le nord du Manitoba, à The Pas, Jack et Anita Fulmore m'accueillent pour l'hiver. Pendant sept mois, je déneige les habitations, empile les stères de bois, nettoie les étables… pour gagner de quoi poursuivre mon voyage. Je découvre aussi la vie d'une communauté du Nord qui me comble, et une famille adoptive débordant d'amour. 48

47

50

La débâcle est tardive. À la mi-mai, certains lacs, même modestes, sont encore gelés. Néanmoins, ne pouvant me permettre d'attendre davantage, je décide de repartir enfin. Quitter mes nouveaux parents m'est difficile, et j'espère en fait secrètement être de retour l'hiver suivant.

51

52

Les dernières coulées de neige disparaissent et laissent le champ libre aux rapides bouillonnants et aux moustiques. Pour traverser la Saskatchewan, je dois remonter le fleuve Churchill sur huit cents kilomètres. Au cours de journées sans fin, je remorque mon bateau mètre après mètre, à travers la taïga du centre du Canada.

53

54
Le printemps, saison des amours et des éclosions. Un oisillon appelle sa mère,
des canards passent discrètement devant mon bivouac, un pygargue à tête blanche
monte la garde, une biche se dérobe. Le 20 juin 1997, jour de mes 27 ans, j'attaque le 59
portage Methye, le plus long de la route : trois journées de marche seront nécessaires
55 pour m'affranchir de ses vingt et un kilomètres de boue et de maringouins. 57
56 58

FEATHER

61

Une fois la dernière ligne de partage des eaux franchie, les rivières Clearwater puis
60 Athabasca m'entraînent rapidement vers l'Arctique. Pagayant sans relâche, espérant
toujours atteindre la mer de Beaufort avant l'hiver, je me récompense de mes efforts par
62 des miches de pain aux raisins, des galettes de framboises, des colverts et des perdrix. 64
63 65

66
Pagayer dans les flammes du couchant est un moment privilégié, unique, inoubliable.
C'est l'instant de vérité avec une contrée sauvage que j'essaie d'approcher, le moment
de partage recherché après plusieurs aubes d'efforts. Cette récompense que m'offre 68
la nature, quoique toujours semblable en apparence, est la plus belle que je connaisse;
par le bonheur qu'elle engendre, elle justifie toutes les privations.
67

70

69 Sur le Grand Lac des Esclaves, ma fièvre tombe enfin. Je me sens un autre homme, un homme libre que plus rien ne peut désormais arrêter. Confiant, je m'élance dans des traversées toujours plus audacieuses, au risque de me faire surprendre par un coup de vent. Mon canoë et moi ne faisons plus qu'un avec le lac.

71

72

Le fleuve Mackenzie m'offre son havre de paix tout au long des mille six cents kilomètres qui conduisent à l'océan Glacial. Aussi, dans les nombreux affluents qui le flanquent, dorés, brochets, truites et ombles arctiques sont-ils abondants. 74
Contrairement aux bisons, les ours noirs, intrigués par l'homme, me rendent visite quotidiennement.

73

75

À l'heure du bivouac, je songe aux deux cents kilomètres qu'il me reste à parcourir pour découvrir enfin l'océan : assis à quelques pas de l'eau, je laisse le Mackenzie emporter mes pensées. Fin août, dans l'immense delta du fleuve, une pellicule de gel recouvre déjà tente et canoë.

76

77
78

79
80

Dans la toundra, je décèle la présence de loups et de caribous. Un *siksik*, spermophile du Grand Nord canadien, tentera de chaparder mes provisions. Çà et là, je trouve les ossements des baleines que les Inuit chassent pour faire des réserves de viande, de graisse et de peau. Parfois, un gîte isolé me soustrait au vent glacial.

81

83

Dix jours durant, cerné par des vents soufflant à plus de 80 km/h, j'attends à l'abri de la tente. Fort des privations précédentes, je parviens à dominer ma faim. Au matin du onzième jour, épuisé par le froid et l'inanition, je charge enfin le canoë pour achever, un an et demi après le départ, ma quête sauvage.

84

85

Tuktoyaktuk, en mer de Beaufort, surgit devant ma proue le 11 septembre 1997 : cinq cents âmes y vivent, et presque autant de chiens. Comme à l'accoutumée, j'exprime ma joie par un bain glacé : la joie d'être arrivé, le bonheur d'avoir réussi. Le corps supporte tout lorsque le cœur est ardent. Le mien est dorénavant comblé.

86

désinvolte de ce charitable chasseur toute la sagesse de ses anciens imposée par le nomadisme. C'est ce même nomadisme, induisant un mode de vie limité à l'emport du strict nécessaire, qui me procure aujourd'hui la plus grande satisfaction, en me libérant non seulement des entraves de la vie moderne, mais aussi de celles que l'on finit par se créer après un séjour prolongé dans ses paradis artificiels.

Au petit matin, je glisse silencieusement devant Elak Dase Indian Reserve. Le soleil vient tout juste de se lever. Sur le monticule sédimentaire, laborieusement épluché de ses sapins, rien ne bouge. Seules les volutes de fumée trahissent l'occupation des deux modestes chalets de la réserve. La barque à moteur, que j'aperçois un peu plus loin, indique la présence de son pilote et donc du restant de sa famille. Peut-être deux frères, dont l'Indien qui m'a rendu visite hier soir, leurs femmes, un grand-père et deux petits-enfants ; pas forcément les leurs, mais ils veillent quand même sur eux. Sans doute les parents de l'un sont-ils morts noyés dans un rapide ou dans l'alcool, l'association des deux causes étant plus probable encore ; et le second était peut-être maltraité par les siens. Heureusement, il est naturel de s'occuper des autres enfants d'un même village et aussi d'assurer leur éducation : une coutume sociale qui a survécu à la colonisation. Pendant ce camp d'été, les deux jeunes garçons apprendront à pêcher au filet, nettoyer et sécher le poisson. Ils attraperont peut-être un lièvre en posant des collets et ils tueront leur premier canard. Au soir, le grand-père racontera les histoires séculaires que lui a narrées son propre grand-père. Divertir, instruire et transmettre les croyances est le but de tout conteur. Peut-être celui-ci commencera-t-il donc par leur expliquer comment le monde fut créé sur le dos d'une grande tortue, quand tout était eau. Puis il leur parlera du Grand Esprit et leur dira :

« Le Grand Esprit habite les sommets giboyeux. On ne peut pas Le voir, mais Il s'occupera de nous si nous Lui faisons confiance. Il faut Le remercier pour le changement des saisons et les récoltes. Il n'aime pas que l'on tue nos frères. Il nous met en garde contre le Mauvais Esprit qui est très méchant et qui engendre guerres et maladies. Il y a l'esprit des vents, du maïs et des haricots. Il y a aussi des esprits dans l'eau, le feu, dans tous les arbres, les baies, les herbes et le tabac. Ils assistent tous Celui qui règle notre monde. Il faut toujours les remercier. Si vous respectez cela, le Grand Esprit vous fera une place près de Lui dans les contrées giboyeuses. »

Peut-être le grand-père jettera-t-il ensuite du tabac dans le feu pour faire une offrande au Grand Esprit et, pendant que le vent d'ouest berce la maisonnée des louanges du crépuscule, les volutes de fumées s'élèveront jusqu'aux terres giboyeuses. Blottis près du poêle, les enfants écarquilleront les yeux, derrière leurs épais cheveux d'ébène, pour avaler les suaves paroles de ce vieux conteur de légendes, avant de les refermer et de s'envoler vers le pays des rêves. Là, ils se verront à l'aube de la Création, échappant à la Grande Inondation, puis dévalant les pentes de la Montagne sacrée pour aller peupler la Terre et se nourrir en chassant courageusement le mammouth.

20. Île-à-la-Crosse

DES RAPIDES FROIDS me lèchent les reins dès l'aurore. Je reste attentif: maintenir le canoë parallèle au flot, tout en marchant, est essentiel. La moindre incidence provoquerait... Trop tard, une embardée soudaine me déchire l'épaule droite. Une vague cachée, un vortex, un contre-courant? Déjà, la rivière déverse ses paquets de mer dans mon canoë. Je n'arrive pas à le redresser. Le flanc bâbord s'effondre. Je suis entraîné vers l'aval, les phalanges incrustées dans la proue. Je jette une main en avant dans l'espoir de saisir une aspérité.

Heureusement, je la trouve vite. Écartelé entre le canoë et le rocher providentiel, je ne peux m'empêcher de songer aux conséquences si je lâchais prise. L'embarcation dévalerait les cinq kilomètres de rapides que j'ai remontés depuis la veille. Non, je dois résister. Arc-bouté sur les galets, à moitié noyé par les rouleaux qui me passent sur le corps, je hale le canoë, centimètre après centimètre, jusqu'au rocher, avant d'y hisser l'étrave. Mon équipement affiche complet. Je m'en tire avec plusieurs écorchures et une grosse frayeur.

Toute la journée, je bataille dans les rapides, décuplant d'ardeur face au tumulte des eaux printanières et déjouant les ruses de l'hydrodynamique grâce aux méandres que proposent les chenaux du fleuve. Quand un rocher plat surgit, j'y échoue le canoë pour avaler une grappe de raisins secs et repousser la fatigue qui me ronge. Cependant, même si je résiste à ce surmenage, je sais que je ne pourrai éternellement fournir quinze heures d'effort journalier; mais je suis également conscient que chaque jour me rapproche du changement de pente et, tant que je continuerai à manger canard, perdrix, pain, pâtes et plus rarement poisson, comme on fait le plein d'huile ou d'essence, la formidable machine qu'est le corps humain tiendra. Si physiquement je parviens donc à étancher ma soif, de même, spirituellement, je me satisfais de ce mode de vie dépouillé. En fait, la vie elle-même, ou plutôt cette vie-là, bien que rude et austère, suffit à combler de sérénité les rares moments où je ne suis pas pétri de rapides, à l'affût d'un gibier ou plongé dans un sommeil lourd. Je me couche tard chaque jour, prêt à recommencer le lendemain et, dans cette suite sans limite, je compte bien tenir jusqu'au bout.

Pluie et grêle alternent avant que la soirée ne s'achève dans une effusion de soleil. J'étale mes vêtements trempés sur le granite chaud d'une île potelée. Du haut de son dôme poli par l'âge, je contemple le pertuis qui me sépare des marécages côtiers. Au loin, je distingue l'étroit coude septentrional que dessine le Churchill. Les rapides que j'ai affrontés sont insignifiants en comparaison de ceux qui m'y attendent. Bien sûr, je ne le savais pas encore, et si on me l'avait dit ou fait comprendre, j'aurais feint de l'ignorer. Ce n'est qu'en préservant cette insouciance que j'aurai le cran d'affronter l'avenir. Alors, plutôt que de scruter davantage l'horizon, je plonge, nu, dans les reflets orange et chatoyants que m'offre le soleil vespéral dans sa course vers le nadir.

La généreuse lumière qui inonde mon réveil disparaît derrière un ciel de poix dès les premiers coups de pagaie. Un hydravion bimoteur, dont j'avais d'abord pris le bruit pour du tonnerre, surgit entre les nuages denses. Trois fois, il tournera autour de moi avant de poursuivre sa route vers l'est. Sans doute le pilote voulait-il s'assurer que je n'étais pas en difficulté. Dans le Nord, des centaines de kilomètres séparent les localités les plus proches. Le *bush plane*, avion de brousse, est donc le seul moyen de transport d'urgence, le second étant le bateau à moteur à condition que les portages soient praticables et que l'urgence n'en soit pas vraiment une ! En effet, la multitude des marécages et la densité des forêts n'autorisent l'aventure que sur les cours d'eau. En revanche, l'hiver, ces terres pauvres et embourbées, alors figées dans la glace, sont sillonnées par les motoneiges. Il y a même de véritables *winter roads* – pistes traversant rivières, lacs et marécages, donc inutilisables pendant l'été – que des citernes arrosent afin de noyer les aspérités sous une couche uniforme de glace. Bien sûr, il ne faut pas imaginer quarante tonnes de marchandises – souvent du bois d'ailleurs, l'hiver étant la meilleure saison pour haler les troncs hors de la forêt – lancées à toute vitesse sur une patinoire naturelle. À –20 °C, la glace n'est pas aussi glissante qu'on pourrait le croire, et des gravillons auront vite fait de la rendre moins lisse.

Le grondement qui me parvient de l'amont m'extirpe de ces rêveries hivernales dénuées de moustiques. Cette fois, il n'est pas question de voltiges aériennes, mais de pelletées d'eaux vives. Les rapides Dipper sont les premiers de cette grande boucle vers le nord à me déverser leurs chutes. Pour les approcher, je me laisse entraîner par les contre-courants de la rive droite, puis de la gauche, où j'aperçois une structure en bois rappelant les tamis roulants des chercheurs d'or. On l'avait bel et bien cherché cet or, et à maintes reprises. Si, en 1534, François Ier avait envoyé Jacques Cartier au Canada, ce n'était pas pour y faire un inventaire des castors, des indigènes ou des morues, ni même pour chercher le mythique passage vers les Indes, c'était dans un but autrement lucratif. Dans leur conquête du Mexique sur les Aztèques, et du Pérou sur les Incas, les conquistadors avaient mis la main sur des trésors aussi précieux que les richesses de l'Extrême-Orient, alors il ne fallait pas être les derniers dans cette course au précieux métal. Cependant, Cartier fut bien déçu par ses découvertes : le métal jaune semblait inconnu des indigènes. En fait, il faudra attendre plus de trois siècles et parcourir une distance vers l'ouest au moins aussi grande que celle qu'il avait couverte en bravant l'Atlantique pour qu'on en trouve en Californie, en Colombie-Britannique, dans le territoire du Yukon et enfin en Alaska.

En débarquant, je discerne mieux ce que je prenais de loin pour une batée mécanique : le ponton supporte une paire de rails qui s'enfonce dans les bois. Chic ! Un portage de fer ! Trop heureux à l'idée d'échapper aux cascades, je cours chercher le wagonnet à l'autre bout. Long d'un millier de mètres, le portage sinue à travers la noble forêt, épousant les mouvements du terrain comme le ferait instinctivement un élan. La plupart de ces sentiers sont d'ailleurs bien d'origine animale, le passage de l'homme n'ayant fait que les entretenir.

Deux essieux à deux roues supportent la plate-forme du chariot que je m'empresse de pousser, jubilant comme un enfant :

tchou, tchou ! Puis, bondissant sur ma locomotive, je me laisse si bien rouler dans la pente qu'au dernier virage, en épingle à cheveux pour cette voiture dépourvue de différentiel, je m'envole les quatre fers en l'air ! L'humus de la forêt séculaire amortit ma chute. Sonné, je ramasse mes membres éprouvés et, à grand-peine, remets le lourd engin sur ses rails. Avec mon chargement, je me montrerai plus prudent.

Courant et retour de courant alternent dans le corridor mouvant de la taïga où je perds vite tout repère, jusqu'à ce que les rapides Deer m'indiquent enfin ma position. Après les avoir franchis, j'étarque ma toile de tente sur un lit de granite que certaines touffes d'herbe adoucissent. Surplombant le cours d'eau de quelques mètres, le bivouac est sûr. Je constate d'ailleurs que je ne suis pas le premier à y séjourner : plusieurs bâtonnets sont plantés à proximité d'un foyer. C'est la manière dont les Indiens, les anciens plus particulièrement, font cuire le poisson. Vidé et embroché, il cuit en quinze minutes quand, ayant perdu son eau, sa peau ainsi que ses arêtes se détachent facilement de sa chair. Les jeunes, quant à eux, préfèrent la friture, et celle des canards et des perdrix m'occupe ph. 65 assez pour me faire délaisser la pêche. Ma canne passe le plus clair de son temps démontée car, entre un farouche brochet se débattant en bout de ligne et une perdrix qui m'appelle en cognant ses ailes contre son poitrail, puis qui se laisse hypnotiser par le canon de mon calibre 12, le choix est facile. Les oiseaux sont les premiers à parader pour attirer les charmes d'une femelle. Le printemps est donc la saison de chasse idéale de ces lagopèdes qui, sans ce battement d'ailes, passeraient inaperçus dans les décombres du sous-bois.

Rapides Leaf : je suis au cœur du coude que j'ai aperçu deux jours auparavant. Le saut que je viens de franchir gronde encore sous la poupe de mon canoë. Saillant et écumant, le suivant semble plus redoutable encore. Si au moins j'avais pied… Mais les berges sont noyées sur des kilomètres de long. De plus, la chute de nombreux arbres, provoquée par les castors, n'a fait qu'aggraver la situation. Ah ! comment peut- ph. 9-10 on oser imaginer construire un barrage sur ce torrent large comme un fleuve ? Et moi qui dois le remonter à la force des bras, des jambes et de mon entêtement ! Avec de l'eau jusqu'à la taille, j'attache le canoë à un tronc sur lequel je me hisse

pour reprendre souffle. En secouant mon maillot, que j'arrache presque tant il est usé, je fais tomber des dizaines d'araignées : chaque branche agrippée, bousculée ou cassée m'en a livré par grappes. Jusqu'à aujourd'hui, ces arachnides boréaux m'avaient pourtant épargné. Débarrassé de ces hôtes toutefois inoffensifs, je hale le canoë par-dessus le tronc, priant pour qu'il ne cède pas sous son poids puis, par un labeur calme, prudent et interminable, je gagne, mètre après mètre, le demi-kilomètre de ce
ph. 52 rapide, avant de me plonger dans le suivant, dit Drum.

Le lac Île-à-la-Crosse se découvre le lendemain. Pour éviter les méandres de la côte et aller au plus court, je prends par le centre, achevant ainsi de brunir sous le soleil printanier. Une seule pause, à l'ombre de la végétation littorale, m'offre une oasis de fraîcheur dans le cagnard de ce désert d'eau, avant que je ne reprenne ma course jusqu'au crépuscule.

– Tu vas où comme ça ?

– Je compte passer la nuit sur cette île, à deux milles, réponds-je en désignant le sud.

– Ça se gâte, tu veux que je t'y emmène ?

Au milieu du lac, je transborde sacs et canoë dans la barque d'Ernie Wolverine. Ses longs cheveux auburn, qu'un bandana rouge retient, flottent au vent sitôt qu'il remet les gaz :

– Sans moi, tu aurais pris la douche ! Ça ne va pas tarder à tomber, dit l'Indien.

Cela ne serait pas la première fois, me dis-je à moi-même. Toutefois, la brise ne me semble pas suffisante pour ramener les nuages noirs qui s'amoncellent à l'horizon. Comme je ne tiens pas à contredire mon hôte, je réponds :

– Peut-être. Tu vas où, toi ?

– J'ai repéré un orignal. Je vais essayer de l'avoir avant la nuit.

La patine de son calibre 12, qu'il a pris à tout hasard, et dont le canon est rendu solidaire du devant par le sempiternel *duct tape* – gros scotch à usages multiples – contraste avec celle de sa Winchester à lunette, astiquée et protégée par un étui rigide.

– Si tu veux un coup de main pour le transporter, viens me chercher !

– Entendu.

Ernie me dépose devant l'île Halfway Point, à trente kilomètres de la côte nord du lac qui en compte soixante de long pour seulement deux ou trois de large. Sitôt que j'ai achevé de monter la tente, l'orage éclate. Les cumulo-nimbus s'ébrouent, en déversant plusieurs giboulées fulgurantes.

Dès l'aube, la chaleur ralentit chacun de mes gestes quand, vers midi, une soudaine détonation ébranle ma torpeur. Je saisis mes jumelles pour interroger le ciel, mais rien ne semble expliquer ces lointains roulements. Tout à coup, trois sillons blancs déchirent l'espace, griffant la voûte céleste comme pour signer leur vandalisme. Si les traces étaient moins hautes, moins rapides, si elles n'étaient pas apparues de nulle part pour s'évanouir tout aussi mystérieusement, j'aurais pu croire à un vol d'entraînement ou à un exercice militaire. Tout en reprenant ma route, je tente de trouver une explication logique. Cependant, la canicule qui s'abat sur mon crâne est loin de me rasséréner.

Un peu plus tard, le même phénomène se reproduit. Les coups de tonnerre sont cette fois suivis de quatre déjections blanchâtres qui disparaissent aussitôt. Elles réapparaissent au nombre de six... huit un peu plus loin ! Bientôt, douze jets de l'Air Force canadienne me frisent les moustaches, deux par deux, hurlant la poursuite effrénée qu'ils semblent avoir engagée contre ces hallucinations surgies de l'espace. Une demi-heure plus tard, je verrai la moitié de la flottille revenir bredouille. Invasion extraterrestre ? Troisième Guerre mondiale ? Depuis longtemps, je ne suis plus au courant de l'actualité. Ma radio ne capte rien. À moins que... Non, je préfère ne pas chercher à comprendre.

Les journées sont mal faites. À peine le soleil commence-t-il à baisser que l'appendice recourbé d'Île-à-la-Crosse m'invite à un atterrissage. Je me dirige vers l'extrémité d'un ponton où se tient un jeune pêcheur :

– Salut ! Je cherche le poste de police !

– C'est toi le pagayeur ?

– Ben...

– On ne t'attendait pas avant ce week-end !

– Ah ? Pas fait exprès.

– Je suis Greg, dit-il en me tendant la main, en stage à la police montée. Bienvenue à Île-à-la-Crosse !

Les enfants, qui s'amusaient dans les vaguelettes, se figent un instant. Mes longues boucles et ma peau hâlée semblent intriguer, car je les entends dire de loin :

– *Who's this black guy ?*

– *He looks like Jesus...*

21. L'équipier

LE 12 JUIN. Au poste de la police montée d'Île-à-la-Crosse :

– *Hello*, Mark !

– Kim ! Ça fait plaisir de t'entendre ! Toujours en un seul morceau ?

– Je t'appelle d'Île-à-la-Crosse. Je suis arrivé hier soir.

– Île-à-la-Crosse ! Ça alors, t'as fait un sacré bout de chemin ! Attends, je passe dans le studio d'enregistrement et je te récupère sur l'autre ligne.

Mark, animateur à la CBC, l'office canadien de radiodiffusion, m'avait contacté durant l'hiver pour retransmettre mes aventures sur les ondes, et nous étions convenus que je l'appellerais régulièrement, ou du moins quand j'en aurais l'occasion, pour tenir informés les auditeurs du North Country Show de la suite de mon voyage. Aussi Franie, la secrétaire du détachement de gendarmerie, a-t-elle gracieusement mis à ma disposition son téléphone pour que je puisse pérorer à loisir avec Mark, puis avec Jo, reporter pour un journal de la Saskatchewan. La station radiophonique de The Pas m'accorde également l'antenne afin que je puisse saluer mes hôtes manitobains, résumer ma progression et confier mes espoirs comme ils avaient si chaleureusement partagé avec moi la rigueur de leur hiver.

Quand je raccroche, le soleil est déjà à mi-course. M'étendant à l'ombre pour éplucher mon courrier, je décrète l'heure trop tardive pour partir. Lloyd et Ted, les deux officiers de police, et leurs trois stagiaires m'invitent à bord de leur vedette rapide pour une partie de pêche. Six gros brochets termineront dans les mains de Iona, la douce et charmante femme de Lloyd, pour assurer le délicieux souper collectif. Au terme de la veillée autour du feu, je fais mes adieux à la petite localité. Mon départ se fera à l'aube.

Je quittai donc Île-à-la-Crosse avec deux jours d'avance sur mes prévisions. Sous une pluie fine et persistante, je me régalais du souvenir de cette chaleureuse hospitalité. C'est certain, il faut savoir parfois ralentir pour arriver, surtout lorsqu'on est pressé par le temps, ce temps auquel j'avais réservé deux années entières pour justement ne pas avoir toujours à lui courir après. Seulement, voilà, il y a une échéance. Pas celle du billet d'avion, il n'est plus valable, ni même celle liée au désir de boucler cette aventure en deux ans – qu'importe au fond si elle en prend trois –, mais l'inéluctable marche des saisons. Si tout se déroule comme prévu, je serai à Fort McMurray le 1er juillet, à Fort Providence avant le 1er août et à Tuktoyaktuk pour la date butoir du 1er septembre. De mémoire d'homme, la mer de Beaufort n'a jamais connu d'embâcle en août, même si, en 1994 je crois, elle était gelée dès le 3 septembre. Sur ces distances de plusieurs milliers de kilomètres, il aurait été prétentieux de calculer mes différentes étapes au jour près, d'autant que j'ignorais le nombre de rapides à franchir sur le Churchill et que j'ignore toujours dans quelle mesure, de l'autre côté du portage Methye, le courant m'entraînera vers l'Arctique. C'est pourquoi j'ai effectué le raisonnement suivant. En pagayant ferme sur le Mackenzie, il me faudrait un mois pour parcourir les mille huit cents kilomètres qui séparent Fort Providence, en amont, de Tuktoyaktuk. Cette audacieuse estimation m'imposait d'arriver à Fort Providence le 1er août. Entre Fort McMurray et Fort Providence, il y a mille deux cents kilomètres que se partagent la rivière Athabasca qui, par l'ouest, alimente le lac du même nom, la rivière des Rochers, la rivière Slave et le redouté Grand Lac des Esclaves, le deuxième plus grand lac du Canada (le premier est le Grand Lac de l'Ours, le lac Supérieur appartenant pour moitié aux États-Unis). Or je savais à quel point la progression sur un lac de cette taille pouvait être contrariée par la météo, alors je me suis également accordé un mois pour relier Fort McMurray à Fort Providence. Pour être à Fort McMurray le 1er juillet, je devais saluer Île-à-la-Crosse le 15 juin au plus tard. Nous sommes le 13 ! J'ai envoyé cet itinéraire, soigneusement dactylographié et ponctué de dates, à plusieurs détachements de police montée.

À mes parents, j'ai précisé que les dates n'étaient que des estimations et qu'ils ne devaient pas s'inquiéter s'ils n'avaient pas de nouvelles au jour indiqué. Pour moi, pour la réussite de mon pari, ce minutage est la règle d'or à suivre : si je suis en retard à l'une de ces étapes, ce n'est pas un avion, un train, un paquebot ou un traîneau à voile que je manquerais, mais l'embâcle que je devrais affronter dans l'immense delta que forme le Mackenzie ou, pire encore, sur les côtes désertiques de la mer de Beaufort. Les derniers rapides à me dérouler leurs eaux seront ceux de la rivière la Loche. Ensuite, je franchirai d'un bond le lac la Loche pour aborder ce qui sera le clou de cette épreuve à contre-courant : le portage Methye.

Lassé par la pluie, j'écourte ma journée en débarquant sur une aire dégagée à l'extrémité sud-est du lac Peter Pond. Une piste, que je n'avais pas entrevue du canoë, traverse la petite clairière. Sans doute conduit-elle à Buffalo Narrows. Lloyd m'a mis en garde contre les Chipewyans de ce village et de La Loche : « Leur tempérament, de nature farouche, devient excessivement agressif sous l'influence de l'alcool. Île-à-la-Crosse est différente, c'est une communauté métisse : nous, on est moins sauvages ! » Lloyd et sa femme font en effet partie de ces Blancs aux cheveux noirs et aux visages hâlés, ces Indiens aux nez moins busqués et aux yeux verts, que l'on appelait les sang-mêlé.

– Moi aussi, je suis costaud ! Moi aussi, je pourrais pagayer comme toi ! hurle Darrel en apercevant mon canoë, tandis que ses compagnons allègent de ses bières une grosse glacière.

– Sûrement, réponds-je.

– Là, je suis un peu bizarre. C'est parce que j'ai bu. Sinon, je suis comme Tarzan ! Comme Tarzan, je te dis ! crie-t-il en soulevant son maillot pour exhiber sa musculature.

Je souris sans rien dire. Son frère intervient :

– Allez, on s'en va.

– Non, non ! Moi aussi, je veux pagayer ! Prends-moi avec toi ! J'ai besoin d'aventures moi aussi !

– C'est d'accord. Reviens avec une pagaie, dis-je après un moment de réflexion.

Son frère rigole.

– Allez Darrel, on se tire ! dit-il en l'attrapant par le bras.

– Attends-moi, je reviens ! Tu m'attends, hein ?

Bières, glacière et excitation rembarquent dans le pick-up, qui s'évanouit entre les arbres. Je mets le dîner en route. L'idée d'avoir un équipier pendant plusieurs jours n'est pas pour me déplaire. Darrel semble en bonne condition physique, et je pourrai le déposer à La Loche puisqu'il est de là-bas. En fait, il me serait d'une aide précieuse pour traverser le lac Peter Pond, puis remonter la rivière la Loche dont l'aspect topographique laisse redouter le pire. D'autres voitures passent, d'autres bouteilles se vident : j'ai débarqué en plein sur une aire de pique-nique.

Ce sont les marchands européens qui, les premiers, ont introduit de l'alcool sur le continent américain. Ils offraient du whisky aux autochtones avec qui ils traitaient : quel meilleur moyen de déjouer la concurrence tout en facilitant les négociations ultérieures ? Jusqu'à la moitié du XVIIIe siècle, un seul facteur a empêché la généralisation de la consommation d'alcool : les *trading posts* étant éloignés et peu nombreux, les Amérindiens ne s'y rendaient qu'une fois par an et l'essentiel des libations avait lieu sur place. Cependant, à la fin de la guerre de Sept Ans (1763), les efforts commerciaux reprirent de plus belle. La stratégie commerciale ne consistait plus à attendre que les Indiens apportassent les fourrures, mais plutôt à aller chercher ces dernières là où elles se trouvaient. Aussi, face à l'expansion économique de la Compagnie du Nord-Ouest, celle de la baie d'Hudson commença-t-elle à établir des *trading posts* à l'intérieur des terres. Les contacts entre marchands et Indiens se sont donc multipliés, et l'alcool s'est répandu comme une traînée de poudre au sein des populations autochtones.

Cette « traite de l'alcool » finit par conduire à une démoralisation générale, si bien qu'au début du XIXe siècle, dans les milieux politiques anglais outre-Atlantique, on se résolut à y mettre un terme. Ce trafic était si désastreux qu'il avait déjà ruiné l'économie de plusieurs tribus. Dans certaines régions, la Compagnie devait même faire venir du cuir des Prairies pour que les Amérindiens pussent se fabriquer des mocassins. De plus, le temps était venu de limiter la traite des fourrures à un niveau supportable pour l'écosystème. Faute d'un gouvernement établi dans cette colonie aussi vaste que l'Europe, il n'y avait qu'un moyen d'imposer des règles au commerce pelletier : le monopole. Alors, quand les deux plus grandes compagnies de traite des fourrures, de la baie d'Hudson et du Nord-Ouest, fusionnèrent en 1821, gardant le nom de la première, le parlement anglais le leur accorda-t-il. Quand bien même les intentions étaient, au départ, plus ou moins bonnes, la centralisation de l'autorité marqua un changement soudain dans les relations entre Blancs et Indiens, et, à l'exception de la côte Ouest et des Prairies où la concurrence américaine jouait toujours, la Compagnie finit par établir un ordre social et économique qui plaça les Indiens dans une position de plus en plus subalterne.

J'achève à peine de nettoyer la casserole quand Darrel revient :

– Alors, pas de pagaie ?

– Si tu as un bon couteau de chasse, je m'en taille une dans un arbre ! Tu vas voir... Notre Mère, la Terre, subvient à tous nos besoins !

– Non, tu prendras ma pagaie de secours.

Apaisé, il s'assoit et commence à me raconter sa vie. Sa femme est partie parce qu'il aurait couché avec une autre – bien sûr, il me jure que c'est faux. Trois jours qu'il noie son chagrin dans l'alcool.

– Tu comprends, j'ai besoin d'aventure... Ça me changera les idées.

– Tu veux des pâtes ?

– Oui, je veux bien. Je n'ai rien mangé depuis que je bois.

Je remets la casserole sur le feu avant d'y plonger une ration de pâtes et la sauce que Franie m'avait donnée :

– T'as de la chance, il y a de la sauce tomate ce soir !

C'est à peine s'il fait attention à ce que je dis, ingurgitant le plat louchée après louchée, si vite qu'il est rassasié avant d'avoir fini la casserole. Puis, étourdi d'alcool, de sauce tomate et de prémices d'aventures dont il devait se demander où elles le conduiraient, il s'allonge près du feu :

– Je suis un dur ! Je peux dormir comme ça, dit-il en fermant les yeux.

Le jour s'éteint lui aussi progressivement et je m'apprête à gagner la tente.

– T'aurais pas une couverture ?

– Tiens, prends mon poncho.

– Là, je suis bon pour la nuit ! C'est parfait... Tu vas voir ! Notre Mère, la Terre, et notre Père, le Ciel !

– Allez, bonne nuit !

Je jette un dernier coup d'œil sur le bivouac quand, brusquement, Darrel se redresse :

– Dis, t'es sûr que ça ne craint rien ici ?

– Certain.

– Et ces chiens, là-bas ?

– Ils n'ont pas l'air méchant. On s'en serait rendu compte. Ils jouent, ne t'inquiète pas !

– Et les ours ? Il y a beaucoup d'ours par ici, tu savais ?

– Ah ? Eh bien... ils ne viendront pas à cause des chiens.

– Attends ! Il faut que je me cache ! Il y a eu des bagarres entre les gars de Buffalo et ceux de La Loche... et même des meurtres. S'ils me voient ici, ils vont venir ! dit-il en se dissimulant derrière la tente.

Je suis partagé. En se serrant un peu, il y aurait bien assez de place pour deux et, si Darrel m'accompagne, il faudra bien qu'il dorme sous la tente. Toutefois, j'ai envie de lui faire assumer sa décision de passer la nuit à la belle étoile : j'aime voir un homme aller jusqu'au bout de ses idées. Aussi, persuadé que la fermeté vaut mieux que la mollesse, décidé-je finalement de mettre sa détermination à l'épreuve :

– S'ils m'aperçoivent, je... je suis cuit ! chevrote-t-il.

– Non, pas si je suis là. Dors maintenant, il est tard. Réveil à 6 heures.

Sur la clairière, la nuit jetait enfin son manteau de silence. Aussi loin que portait l'horizon des pins, la forêt s'endormait sous le ciel étoilé du Grand Nord. Les chiens eux-mêmes s'étaient repliés dans quelque recoin du monde sauvage, comme s'ils avaient craint qu'un événement tragique ne se produisît. La profondeur éclatée du firmament ne présageait pourtant rien de tel. Bercé par les ronflements de mon nouvel équipier, si méticuleusement enroulé dans le poncho qu'il aurait été indécelable, si ce n'est à l'ouïe, du moins à l'œil, pour tout ours, chien ou Chipewyan de passage, je me laissai, moi aussi, délicieusement gagner par le sommeil.

– Oh !

Faisant chorus avec l'éclosion espacée de grosses gouttes de pluie sur le double-toit, des cris étouffés de sommeil et d'angoisse me réveillent :

– Oh ! Oh ! Oh !

Le martèlement s'accélère et, aussi régulier qu'un métronome, Darrel exprime sa surprise, puis son cauchemar, par des harmoniques tout en rythme avec la nature. Le déchirement soudain du tonnerre me fait sursauter. M'efforçant de contenir un fou rire, je crie à Darrel, entre deux détonations, dans un élan de magnanimité et de justice :

– Allez, entre. Laisse tes chaussures sous l'auvent !

Le restant de la nuit se déroule sans autre incident. À l'aube, un râle remontant des tréfonds du poncho, suivi d'un grognement bougon où je ne saisis que le mot *frozen*, répond à mon entrain matinal.

– Alors occupe-toi du feu pendant que je démonte la tente. Ça te réchauffera !

J'achève de plier l'abri, tout en surveillant les va-et-vient de Darrel visiblement en proie à une grosse inquiétude. Ne trouvant aucune matière à brûler hormis de vieux cartons détrempés, il s'approche de la berge. Les yeux hagards, il fixe les rouleaux. Toute la poésie d'un lac déchaîné disparaît lorsqu'il s'agit d'y manœuvrer un esquif aussi frêle que le canoë. Je ne connais que trop bien cette appréhension. Pour Darrel cependant, je devine que c'est la première fois :

– Tu sais nager au moins ? je lui lance d'un air narquois, néanmoins inquiet.

Seul un gloussement d'angoisse, suivi d'un « pouvoir de l'esprit sur le corps » et du sempiternel *« Mother Earth and Father Sky »*, fait écho à mon interrogation. Mon optimisme s'effondre. Je n'étais déjà pas rassuré à l'idée de me jeter dans cette cuvette en ébullition sans pagaie de secours, mais là… J'ai soudain un mauvais pressentiment. Toutefois, si quelques méchantes lames me contraignent de mettre à la cape, quelle leçon de détermination et de courage oserais-je encore donner à Darrel, lui qui recherche dans mon aventure son chemin de croix ? Alors, décidé à lever l'ancre vaille que vaille, j'achève de boucler les sacs. Je me retourne vers Darrel.

Disparu ! Enfui comme un voleur, avec mon poncho sur le dos ! Je me résigne à ce dénouement. Risquer ma vie est assez sans que j'aie à parier sur celle d'un autre. La baie, d'une dizaine de kilomètres, m'incite à prendre directement le large pour biaiser les vingt-cinq kilomètres que ses bras me tendent.

Le vent du nord déchaîne des rangées de lames, qui soulèvent mon tribord. La houle, en m'attaquant par le flanc, me force à pagayer d'un seul côté pour limiter les embardées et garder l'équilibre. L'eau de pluie et des vagues dont je n'ai pu parer la gifle s'accumule. J'écope avec la vieille bouteille que j'avais trouvée sur le lac Winnipeg. Ah ! le Winnipeg… Des coups de vent, j'en avais vu d'autres. Néanmoins, ne pas alterner les efforts réduit mon endurance comme une peau de chagrin. Le deltoïde gauche prend feu. Un avant-bras se tétanise. Pagayer à bâbord pour inverser mes peines donnerait la part trop belle à ces leviers hydrauliques. Les vagues renverseraient la situation en retournant le canoë d'une seule baffe. Exténué, je trouve finalement dans un demi-tour ma seule chance de ne pas chavirer.

22. À marche forcée

JE TRAVERSE le lac Peter Pond sous la pluie jusqu'à l'embouchure de la rivière la Loche, où une colline défrichée m'invite à débarquer. La brise qui la caresse, en m'affranchissant des éternelles nuées de moustiques, m'amène à y installer mes quartiers. Pourtant, ce ne sont pas les insectes qui m'inquiètent depuis plusieurs jours, mais le portage Methye : à cause des récentes précipitations, je crains le pire. Il a fallu attendre la fin du XVIIIe siècle pour que les Blancs s'aventurent aussi loin vers l'ouest. Peter Pond fut le premier, en 1778. La sauvagerie des Iroquois, la méconnaissance de l'arrière-pays, les efforts déjà importants que devait fournir la colonie pour survivre dans ce monde nouveau, tout poussait à se retrancher derrière des fortifications. Cependant, à plusieurs reprises succédant chacune à des traités de paix, un élan mu à la fois par des objectifs commerciaux et une volonté d'exploration entraîna les marchands, ou du moins les trappeurs qui travaillaient pour eux, vers l'occident. La rivalité entre compagnies de traite grandit en conséquence, et c'est dans ce climat de guerre des pelleteries que Peter Pond atteignit la vallée de l'Athabasca, paradis supposé du castor. À mesure que je m'approche de ce changement de pente, imperceptiblement, j'en appréhende les méandres car, gisant par-delà le bouclier canadien, le portage s'étend à travers le pays fourbe des tourbières et des marécages.

Lorsque je m'engage au petit matin sur la rivière la Loche, je découvre un cours d'eau étroit. Sinuant à travers la taïga ravinée, il se resserre progressivement dans l'ombre des conifères : les résineux enchevêtrés s'effondrent lentement dans le fatras de leur sous-bois.

Soudain, le cimetière végétal s'écarte. Un affluent déverse ses eaux boueuses. La rivière devient bientôt torrent. J'abandonne la pagaie pour remorquer le canoë. Avec de l'eau jusqu'au cou, j'ai au moins la satisfaction de me soustraire aux assauts des mouches. Le fond vaseux se dérobe parfois, ce qui me fait boire la tasse. Constamment à l'affût des rouleaux, je dois également prêter attention à la carte pour ne pas m'égarer dans la succession des confluents. Ainsi, à une moyenne de 1,5 km/h, je progresse pendant une quinzaine d'heures, avant que les dernières lueurs vespérales abandonnent le faîte des sapins et me plongent dans une obscurité totale.

Le lendemain, les rapides s'espacent, cédant la place à un fort courant. La rivière, trop profonde pour qu'on puisse marcher dans son lit, et bordée d'épineux, m'impose de reprendre la pagaie. Avec vivacité, j'alterne régulièrement les efforts à bâbord et à tribord, évitant ainsi de freiner en gouvernant. Avec cette nouvelle technique, ma pagaie en aluminium, par sa légèreté et sa pelle moins large, se révèle très efficace. La forêt s'ouvre sur un immense glacis marécageux où je continue jusqu'au soir à me traîner vers l'amont. Je débarquerai à temps avant l'explosion de l'orage.

Après trois jours d'efforts, j'aperçois l'étendue glabre du lac la Loche. Je suis transi. Si la pluie ne m'a pas entièrement trempé, le dernier rapide, lui, s'en est chargé, m'engloutissant à deux reprises. Abandonnant la rivière, je me rue sur le lac. Malgré les rafales cinglantes et le froid de canard, une profonde satisfaction me gagne. Comment pourrait-il en être autrement ? Ces eaux sont les dernières qui s'opposent à mon ambitieux pari ! Sitôt le portage Methye franchi, trois mille kilomètres de descente me livreront l'Arctique. Descendre sur une pareille distance semble si démesuré que j'ose à peine y croire. Mais ne l'aurai-je pas mérité ?

Sous les lueurs vacillantes du crépuscule, j'atteins l'extrémité nord-ouest du lac. À travers mes jumelles, je cherche le portage. D'après la carte, il serait situé à l'embouchure d'un petit cours d'eau. Il fait trop sombre, je ne vois rien, seulement un groupe d'oies sauvages. Instinctivement, je me dirige vers elles. Le rivage s'affine peu à peu, noyant les côtes à droite et à gauche dans une végétation basse et confuse où l'on ne distinguerait plus la moindre trouée quand, derrière les joncs, je devine un maigre cours d'eau.

Un peu plus loin, un monument se dresse au cœur d'une clairière : c'est le portage Methye. Éclairé par les derniers filets de lumière, j'érige alors ma tente sur cet espace historique pour remettre au lendemain l'observation de son mystérieux gardien.

La stèle de pierre qui a envahi mes songes de mille et un portages se révèle être le monument érigé en l'honneur de Peter Pond : une plaque commémorative y rappelle le passage de l'explorateur américain. Ce qu'elle ne raconte pas, c'est comment, et à deux reprises, Peter Pond fut impliqué dans la mort de traiteurs rivaux. Après la conquête de la Nouvelle-France, le monopole pelletier fut maintenu par des individus, des associations et de vagues coalitions. Avec leur savoir-faire, et munis de brandy anglais, les « voyageurs » étaient devenus de formidables adversaires pour les marchands de la baie d'Hudson. La concurrence était donc souvent acharnée, et fréquents les échanges de coups de feu. En outre, la plupart des « voyageurs » provenaient de l'ancienne Nouvelle-France, alors la tentation de tirer sur des concurrents, ex-ennemis de surcroît, était grande.

Le sentier Methye est là. C'est même un véritable chemin ph. 58 d'un mètre cinquante de large, défriché à travers une végétation luxuriante. Cependant, dès les premiers pas, je m'enfonce dans la mousse croupissante qui me glace le sang jusqu'aux mollets ! La pluie a gangrené le passage. J'ôte mes chaussures de randonnée pour privilégier les sandales. Chaque pas, en faisant ventouse, m'asperge d'un jet de crasse. Bientôt, sous la tension, les semelles se déchirent. Cinq minutes suffisent pour me labourer les épaules et broyer les chevilles. Je dépose mon premier chargement pour aller chercher le second. En profitant de ces minutes de marche sans fardeau, je me rends compte que le nuage de moustiques qui m'enveloppe s'est encore épaissi. Couvert de la tête aux pieds dans la chaleur écrasante de cette jungle détrempée, je laisse à mes mains seules le soin d'évacuer la sueur. Après avoir franchi un torrent dont les débordements engorgent la boue omniprésente du chemin, je m'assieds pour tenter de repérer ma position sur la carte. Mon pantalon rouge en Goretex, rajouté pour éviter d'être piqué à travers le premier, se couvre aussitôt de noir. Seule la reprise de la marche me libère de la claustrophobie que suscite chaque arrêt.

D'allers en retours boueux et lancinants, je me traîne sur le chemin Methye. À chaque mouvement de terrain, j'espère voir le lac Rendez-Vous, un modeste plan d'eau noyant le portage aux deux tiers de sa longueur, soit à environ quatorze kilomètres du départ. Cependant, à la nuit tombante, pas le moindre changement de végétation ne laisse présager sa proximité. Sur les quatre litres d'eau que j'ai emportés, pensant renouveler mes réserves au soir, il ne m'en reste plus qu'un quart. Je dresse la tente sur le sentier, quoiqu'un ours m'y précède : des étrons violacés se sont répétés tous les deux cents mètres depuis la fin de l'après-midi. Je renseigne succinctement mon carnet de bord : « vendredi 20 juin, nombre de kilomètres parcourus inconnu... », avant de souffler mes vingt-sept bougies sur une boîte de haricots froids que le dôme d'insectes me contraint d'avaler sous la tente. Tout en me recouvrant des fibres du sursac, je ne peux m'empêcher de penser aux enfants de The Pas qui s'inquiétaient tant du programme de mon anniversaire.

Le lendemain, quatre heures de marche mettent fin à la pénombre de la forêt. Le terrain se vallonne. Les arbres s'espacent. Les rayons du soleil peuvent enfin nourrir le sol de cette tourbière étiolée. Un lac va-t-il y surgir ? Depuis deux heures, je n'ai plus rien à boire. Hélas ! Tout espoir s'évapore dans le soupir de désolation d'une contrée calcinée. À perte de vue, le sol est blanc, livide. Plusieurs troncs fuligineux se tordent. Aucune trace de vie ne mouille le paysage cendreux. Serait-il possible que le lac ait brûlé avec la forêt ? Bon sang ! La faim n'était-elle pas suffisante pour que le Grand Nord m'épargnât la soif ? L'état de mes muscles est plus préoccupant encore : une nouvelle décharge vient de me foudroyer les épaules. La déchirure est imminente. Si je charge le canoë sur ma nuque une seule fois encore... Non, je ne veux même pas y songer. Je ne porterai plus. Je le traînerai avec une corde, le chemin n'étant pas trop raboteux.

Plusieurs heures s'égrènent encore. Des torrents de transpiration m'inondent, m'asséchant progressivement quand, soudain, les moustiques réapparaissent. Le lac ? Non, ce n'est que la forêt : le chemin quitte les vallons incendiés pour s'engager à nouveau à couvert des résineux sempervirents. À travers les lucarnes que les conifères lui ouvrent, le soleil prodigue ses rayons sur les flaques du portage où une myriade d'insectes s'applique à dessiner des ondes. Je les chasse pour y remplir ma gourde.

Sous les douces lumières vespérales, le lac promis m'ouvre enfin son horizon. Ô lac, eau mère, source de vie, fontaine de jouvence, laisse-moi flotter dans ton ventre, m'abreuver à ton sein, purifie-moi, baptise-moi, donne-moi ta force, donne-moi ta foi et mon âme sera tienne ! Ainsi, je me jette à l'eau avec pour unique défroque mon gilet de sauvetage et, me laissant envahir par un flottement de béatitude... je coule à pic ! Zut ! Mon gilet, brûlé par mille flammèches et ratatiné à force de servir de coussin, est devenu une éponge.

Autrefois, le transport des marchandises fonctionnait parfaitement, malgré ce portage de vingt et un kilomètres par lequel les « voyageurs » devaient les faire passer. De même qu'au « Grand Rendez-Vous » des forts William et Grand Portage, on échangeait ici hachette en fer, marmite en cuivre et mousquets contre peaux et fourrures. La Compagnie du Nord-Ouest, la plus célèbre des associations de marchands montréalais, venait tout juste de voir le jour quand Peter Pond et ses hommes atteignirent la vallée de l'Athabasca. D'ailleurs, parmi les associés initiaux figuraient Peter Pond lui-même et un certain Alexander Mackenzie. Toutefois, avant d'envahir le bassin Athabasca-Mackenzie, les *Northwesters*, hommes de la Compagnie du Nord-Ouest, avaient à résoudre un problème de logistique. Le paradis supposé des animaux à fourrure – dès le début du XVIIIe siècle, les peaux d'orignal, de chevreuil, d'ours et de vison servent à faire des vêtements de cérémonie et prennent autant d'importance que le castor pour les chapeliers –, était trop loin pour que l'on puisse l'atteindre en une saison. De plus, les ressources en gibier étant imprévisibles, on ne pouvait se permettre de chasser et de pêcher en cours de route. Enfin, les canots des Amérindiens, trop petits, ne pouvaient transporter suffisamment de nourriture et de marchandises. Pour résoudre tous ces problèmes de distance, la Compagnie du Nord-Ouest scinda le système de transport en deux sections : l'une, de Montréal jusqu'au lac Supérieur, où l'on adopta le canot de maître, qui faisait environ onze mètres de long et pouvait transporter trois tonnes de marchandises en plus de l'équipage ; l'autre, pour le nord-ouest, où l'on utilisait le canot du Nord qui faisait huit mètres de long, avec une capacité de chargement deux fois moindre que le précédent, mais plus efficace dans une région où portages et rapides abondaient. Les *Pork Eaters*, ainsi nommés car ils se nourrissaient essentiellement de viande de porc, pagayaient entre Montréal et le lac Supérieur ; les *Northwesters* – en réalité, ils l'étaient tous, puisqu'ils travaillaient tous pour la Compagnie du Nord-Ouest – et les brigades Athabasca-Mackenzie se partageaient le nord-ouest, de part et d'autre du lac Rendez-Vous, comptant sur les Ojibwés et les Crees pour se procurer du maïs, du riz sauvage, du poisson et du pemmican[6].

Je dors mal. Au réveil, mes muscles sont douloureux, mes tendons sont raides. Je ne parviens à lever le camp qu'en milieu de matinée. Je coupe par le lac, espérant rattraper mon retard, mais dois me livrer à plusieurs atterrissages avant de retrouver le portage. Celui-ci se réduit à un sentier qui, doucement, prendra de l'altitude. Les cordes qui m'attellent au canoë me rabotent durement les épaules, mettant ma chair à vif.

Peu après midi, j'atteins le point culminant. Sur cette ligne de partage des eaux, le champ de gravitation se déchire. Deux mondes se séparent. Je me déleste pour respirer ce moment de bonheur et suspendre, au sommet du voyage, le summum de l'effort. Le passé est mort, le futur va bientôt naître. Le présent est instable. Derrière moi : cinq semaines d'efforts. Devant : trois mille kilomètres de descente ! Je charge les sacs dans mon canoë et descends à une allure folle, entraînant dans ma course l'ensemble de mon équipement. Deux cents mètres suffisent à provoquer la catastrophe : l'embarcation verse dans la pente et s'écrase contre un sapin ! Je reste un moment calé sur mon arrière-train, en équilibre dans le vide et dos à la pente, avant de reprendre ma course plus sagement.

Les derniers kilomètres me mènent au cœur de la vallée promise où la rivière Clearwater se découvre chantante et pleine ph. 60 de courant. Quel bonheur, elle épouse mon azimut ! Je le vérifie par deux fois tant l'instant est magique. Le flot va effectivement dans le bon sens : l'ouest. Le soleil lui aussi y converge, déployant son éventail de rayons obliques dans le creux de mon bivouac.

Je suis passé !

---

6. Pemmican : mélange de viande séchée et de graisse de bison auquel on ajoutait parfois des baies sauvages pour en rehausser la saveur. Cette nourriture, hautement énergétique, était préparée par les Indiens des plaines et envoyée dans les entrepôts de la Compagnie le long de la route des « voyageurs ».

23. Or noir en Alberta

L'ARDEUR qui m'a poussé à arracher, un à un, les kilomètres qui me séparent de la ligne de partage des eaux s'est brusquement dissipée dans un havre de tranquillité. Blottie au creux d'une vallée, la rivière Clearwater m'offre des jours paisibles. Aucune bourrasque extérieure n'atteint son lit encaissé et, là où je me laisse délicieusement porter par le courant, écureuils et daims se partagent la sérénité d'un éden aux essences résineuses. Les plaisirs de la descente s'étaient pour l'instant cantonnés aux rapides de la rivière French, à ceux des Eaux frontalières et, dans une moindre mesure, à ceux de la rivière Winnipeg. Ici, la pente assure une poussée constante, ajoutant 3 km/h à mes 5 km/h relatifs, qui m'entraîne dans la quatrième province du voyage : l'Alberta.

En me penchant sur une carte du Canada, dans l'effervescence parisienne de mon départ, outre le Mackenzie, sans doute le premier cours d'eau à frapper par son immensité, la rivière Clearwater avait attiré mon attention : nous allions dans le même sens. C'est un détail que l'on retient quand il s'agit d'avancer à la force des bras dans une région où tous les cours d'eau sont tournés vers la baie d'Hudson. De la Clearwater, je pouvais donc rejoindre le bassin Athabasca-Mackenzie, puis l'océan Glacial arctique. Tout devient en effet très simple : plus de portages, il suffit d'aller tout droit, vers le nord, jusqu'à la mer. C'est un jeu d'enfant. Presque trop facile. À vrai dire, je n'y pense pas trop. Les brûlures longilignes que les traits ont occasionnées sur mes épaules et mes cuisantes courbatures me préoccupent bien assez, sans compter le carrousel de rapides que la Clearwater me réserve.

Des nuits de douze heures succèdent à des journées paresseuses. La fatigue du printemps s'efface. Les muscles se font moins douloureux, les blessures occasionnées par les traits cicatrisent. Le canoë, lui, conservera ses entailles engravées dans la quille jusqu'à sa réparation. Pour l'instant, et même si elle est plus gravement écorchée que je ne l'avais d'abord observé, aucune fuite ne justifie un tel soin.

– *Hello.* Y a quelqu'un ? crie une voix à l'extérieur.

J'étais à peine couché. Le soleil baignait encore le faîte des pins de ses chaudes lueurs estivales : son coucher était devenu beaucoup trop tardif et son lever trop matinal pour favoriser des nuits que je souhaitais réparatrices. Irrité par la sarabande de ces visiteurs incongrus, je quitte mon antre pour m'enquérir de ce remue-ménage. Quatre cow-boys mal rasés descendent de leurs canoës :

– Salut l'ami ! Est-ce qu'on peut bivouaquer ici ? On vient des cascades et on est vraiment fatigués.

– Faites comme chez vous !

– Ah, c'est gentil. On ne savait pas si on allait être reçus à coups de chevrotine !

– Hum... J'y ai pensé.

Rictus circonspects devant le spectacle d'homme des bois que je devais leur offrir avec ma barbe, mon caleçon long et mon calibre 12.

– Eh, je plaisantais !

Mes hôtes déchargent leur barda. À quatre, leur campement est installé à une vitesse incroyable. Deux montent les tentes, tandis qu'un troisième empile les bûches et que le quatrième dresse la table. Pendant leur court voyage sur la Clearwater, dont ils ont atteint l'amont en hydravion au départ de Fort McMurray, ils se sont octroyé le luxe d'une glacière avec ses kilos de barbaque. Aussi me régalent-ils de leurs derniers morceaux.

– Tu viens d'où comme ça ? demande John.

– J'ai commencé près d'Ottawa.

– *Hey !* C'est toi le *French guy* qui traverse le Canada ? demande Myron.

– Heu... oui.

– On t'a entendu à la radio, explique John.

– On a même pensé qu'on te rencontrerait peut-être par ici, précise Neil. La dernière fois qu'on t'a entendu, nous quittions Calgary en voiture pour Fort McMurray. Tu étais alors dans la Saskatchewan.

– C'est exact, j'ai appelé la CBC du poste de police montée d'Île-à-la-Crosse. Mais j'ignorais que l'émission était diffusée dans le Sud!

– Je crois que c'était une rediffusion, dit John.

– Ah, bravo! Si des gens du Sud se mettent à écouter les histoires du Nord…

– Ça s'arrose! interrompt Doug, en débouchant une bouteille d'eau-de-vie.

– Et même plus! renchérit Myron en sortant plusieurs cigares de sa gibecière, sous les exclamations de ses partenaires.

Les volutes de fumée cubaine se mêlèrent à celles de notre feu de camp qui, seul, avec l'explosion d'étoiles, repoussait la nuit hors de notre cercle. Les ténèbres, denses et majestueuses, rendaient les échos de toute sorte plus mystérieux encore. Plusieurs va-et-vient d'écureuils résonnaient sur les troncs, répondant à l'éclatement des bûches dans notre foyer. Des détonations nous rappelaient l'omniprésence de cet ouvrier infatigable, le castor. En revanche, l'eau supposée alimenter nos cocktails tardait à venir: ce soir-là, c'était à Doug qu'il incombait d'actionner la pompe pour la filtrer.

– Vous n'avez pas besoin de l'épurer, dis-je. Cela fait trois jours que je la bois comme ça.

– Ah, vous voyez bien qu'elle est potable cette eau! s'écrie Doug, visiblement las de pomper inutilement.

– Peut-être, coupe John. Mais nous, on la filtre depuis une semaine. Alors autant continuer encore pendant vingt-quatre heures. On ne réagit pas tous de la même façon aux bactéries. Cela serait dommage de chopper une saloperie maintenant.

– C'est vrai, je suis sans doute plus habitué que vous, ajouté-je pour tenter de convaincre Doug.

Mais je ne peux me retenir d'éclater de rire en me tournant vers lui: le conduit en plastique qui alimentait sa gourde avait malencontreusement été déplacé, et l'eau filtrée, au lieu de s'y écouler, s'était déversée sur son chandail pour faire une large tache sur son pantalon! Mon rire est aussitôt rejoint par celui de John,

Neil et Myron. Ce fut la fin de l'histoire de la pompe, Doug ne voulut plus en entendre parler.

Malgré une nuit entrecoupée par les ronflements bougons de Doug, mon départ se fait au point du jour. Arriver en ville à l'ouverture des commerces, faire le plein de vivres, saluer la police montée et passer mes coups de fil, avant de m'en éloigner suffisamment pour installer ma tente, tel est l'objectif de la journée. Sous une rosée glaciale, l'aube se découvre radieuse. Des fumées givrantes s'élèvent paresseusement au-dessus de la rivière, nourrissant une atmosphère chatoyante que le soleil révèle à peine. La lune achève sa volte du firmament boréal. Elle repose sur les brumes de l'horizon, attendant de disparaître sous les feux de l'Orient. Quand, allégé de quelques vêtements par les rayons du levant, je passe devant la première rangée de maisons, des aboiements acerbes me saluent. Deux heures plus tard, j'échoue mon canoë entre les hydravions de la marina de Fort McMurray.

Greg, qui prenait son petit-déjeuner dans la quiétude matinale du port, me voit débarquer. Il se présente aussitôt et propose de me conduire partout où je désire me rendre. Dans une ville de trente mille habitants, lui et sa voiture se révèlent d'un grand secours, même s'il n'arrête pas de ressasser: *«Hey, what do you expect for a hundred bucks!»*[7] à chaque fois que le moteur cafouille. Seul le message d'une nouvelle station radiophonique, à l'affût d'une interview, m'attend au poste de police. L'accueil froid du large bâtiment, dont je ne verrai que la standardiste, tranche avec la convivialité des postes de brousse. Aucun courrier – j'apprendrai qu'il a été retourné. Aucun sourire. Je n'ose quémander une douche, on m'enfermerait pour vagabondage. Je quitte l'austère gendarmerie royale pour ne pas faire attendre mon généreux ami. Ah! Qu'aurais-je été sans lui et sa voiture déglinguée à cent dollars? Sans Darcy, Peter, Doug, John, Jo, Dave, Jim, et tous les autres encore?

Rien.

Pourtant, je croyais avoir tout ce dont j'avais besoin: médicaments, cartes, outils, essence, imagination, débrouillardise et détermination. Toutefois, il y a une chose que l'on ne peut pas comprimer dans un bidon étanche: l'amour. L'encouragement,

7. «Qu'est-ce que tu veux... pour cent dollars!»

la sympathie, la charité et les prières sont aussi indispensables que pénicilline, boussole et mastic à carrosserie. Chaque Greg rencontré, ce sont des mois de solitude en moins. Une amie me dira, après que je lui eus conté mon voyage : « C'est très bien tout ça, et je suis sûre que tu as appris beaucoup de choses, mais je pense que l'homme est fait pour vivre en société et non en reclus comme tu l'as fait pendant des mois... » Vivais-je en reclus ? Étais-je en train de m'isoler du reste du monde ? D'une certaine manière, oui. Hormis les rencontres au hasard du chemin, je passais l'essentiel de mon temps seul, et je ne m'en plaignais pas : j'étais heureux de pouvoir me fondre librement dans la nature, sans aucun regard civilisé pour m'épier. Cependant, à chaque fois que j'étais bien reçu dans le monde moderne, je me réconciliais davantage avec lui. Je me rendais compte que beaucoup d'hommes demeuraient bons, même entourés par les barbelés d'une ville. J'avais envie de partager avec eux mes espoirs et mes peines. J'avais envie de leur faire confiance. Et cet échange d'amour grandissait au fur et à mesure des kilomètres, bien que je vécusse de plus en plus de temps seul, en ermite boréal. D'ailleurs, cela n'est pas surprenant. Le manque n'est-il pas l'aiguillon de la création, et même de la création d'amour ?

L'étalage pléthorique des rayons du supermarché me laisse rêveur. Le dernier de cette taille que j'ai arpenté était en Ontario. Comme les vivres seront plus chers au nord, à cause des frais de transport, je débourse plus de deux cents dollars en « carburant » musculaire. Puis, après avoir invité Greg au Kenctuky Fried Chicken et appelé plusieurs radios, je visite avec lui le centre nerveux de sa ville : la Oil Center.

Fort McMurray est bâtie sur l'or noir. Surnommée première ville de Terre-Neuve tant l'immigration des *Newfies* – personnes originaires du Newfoundland – y est importante, elle connaît, grâce aux fonds bitumeux de l'Athabasca, une formidable croissance économique. Le procédé d'extraction du pétrole est long, plutôt coûteux, mais finalement assez simple. Versés dans de l'eau bouillante, l'argile et le sable se déposent tandis que le pétrole qu'ils renferment, moins dense, remonte à la surface ; l'eau, également plus dense, reste sous le liquide fuligineux. Ce dernier est ensuite raffiné dans une centrifugeuse. Deux tonnes de sable procurent ainsi un baril de pétrole, et les réserves semblent considérables. Le paradis du castor est devenu l'eldorado des compagnies pétrolières !

Peu rassuré à l'idée d'avoir abandonné mon canoë toute la journée, et suffisamment informé de la qualité douteuse de l'eau des jours suivants, je regagne la marina après avoir acheté deux gallons d'eau minérale. Adieu donc Greg mon ami, toi le fil d'or qui me retient encore au monde des hommes.

Dix minutes me suffisent à atteindre l'Athabasca. Large de plusieurs centaines de mètres et flanquée d'imposantes falaises sédimentaires, cette rivière charrie toutes sortes de débris végétaux provenant des montagnes Rocheuses. Ses eaux boueuses, et dangereuses à cause des troncs souvent entiers qu'elles charrient, n'ont aucun attrait pour le citadin en quête d'évasion. L'effet qu'elles engendrent en moi est tout autre. Une vague d'émotion me submerge. Le spectacle se découvre aussi mythique pour moi qu'il l'était pour les trappeurs montréalais. Aujourd'hui, 26 juin 1997, je suis finalement sur un de ces
ph. 61 géants qui coulent vers l'Arctique. Est-ce réellement possible ? Les Grands Lacs, le lac Winnipeg, le fleuve Churchill sont-ils vraiment derrière moi ? Déjà ! Tout en évitant les troncs qui valsent devant la proue, je pense aux rudes journées qui s'estompent dans mon sillage. Ma poitrine se gonfle d'un élan nouveau qui me comble. Que désirer de plus ? Une femme avec qui partager la douceur de mon feu de camp ? Oui, sans doute.

Au rythme d'une progression monotone et sans souci, je file bon train vers le nord, remplissant à l'occasion mes bidons d'eau dans les torrents qui alimentent l'Athabasca, quand un dôme terne se profile sur la rive droite. Tout en me laissant porter par le courant, je me rapproche de la berge afin de percer son secret. On pourrait le prendre pour une tente, qui se fondrait avec la végétation. À aucun moment, il ne me serait venu à l'esprit d'en acheter une kaki : j'avais choisi une tente bleue et un canoë rouge afin qu'ils restent visibles en cas de recherches. Quant aux animaux, la plupart ne distinguent pas les couleurs, leur odorat et leur ouïe étant souvent meilleurs que leur vue. J'aperçois bientôt des sacs à dos. Nul doute, il s'agit d'un campement. L'occasion d'écourter ma languissante journée est trop belle, je m'échoue à proximité du bivouac.

Aucun signe de vie.

– *Anybody here ?*

Pas de réponse. La tente est fermée. Ses occupants m'auraient entendu s'ils avaient été dedans. Par acquit de conscience, je jette un coup d'œil à l'intérieur. Personne. Résolu à attendre les propriétaires – j'ai ma petite idée quant à leur identité – je m'installe à l'ombre de la lisière. Cependant, un canoë rouge vif ne tarde pas à surgir de l'affluent voisin, avec à son bord un homme blond solidement bâti et une charmante brune :

– Salut ! C'est vous les Allemands ?

– *Ja, ja,* c'est nous les Allemands. Mais… d'où viens-tu ? demande l'homme en mettant pied à terre.

En quelques mots, j'éclaire leur chandelle. Un garde forestier et un trappeur que j'avais rencontrés sur la rivière Clearwater m'avaient appris qu'un couple d'Allemands était à plusieurs jours devant moi et se dirigeait vers le nord.

– Où est-ce que vous avez mis à l'eau ?

– Au lac la Loche, début juin, répond Karl.

– Et pourquoi pas directement sur la Clearwater ? Cela vous aurait évité le portage.

– *Ja,* mais on s'est dit qu'on allait corser un peu les choses !

– Et alors ?

Seul le long soupir de Birgit trahit les soixante-douze heures qu'ils ont passées dans le bourbier, bien que Karl – il me l'avouera plus tard – ait dû faire tout le boulot. Leur pêche n'ayant rien donné, Birgit s'empresse d'étaler ses moules à gâteaux : *muffins* au menu ! Je dois rêver. Moi, avec mes vingt kilos de pâtes et de gruau d'avoine ; eux, avec leur panoplie de recettes pâtissières !

Dans la légère fumée qui s'échappe de notre bivouac, quelques notes de guitare et d'harmonica gagnent le crépuscule. Pendant un instant, aucun castor ne plonge, aucun brame ne trouble nos louanges à la forêt. Le temps est suspendu à nos airs, les oreilles sont dressées à nos mélodies, tandis que le Grand Nord, lui, remplit nos cœurs de son infinie sérénité.

Nos destinées se séparent dans l'après-midi du lendemain, lorsque Karl et Birgit s'arrêtent de bonne heure pour bivouaquer. En épousant leur rythme de vacanciers, je me suis rendu compte combien j'ai ralenti l'allure depuis la fin du portage Methye. Or il me reste deux mille huit cents kilomètres à parcourir et seulement deux mois avant l'hiver. Ce dernier est imprévisible dans le Grand Nord, aucun automne ne l'annonce. Il tombe d'emblée, glacial et implacable. C'est pourquoi Karl et Birgit ne se sont pas fixé de but et préfèrent simplement vivre quelques mois de vacances paisibles. Probablement suivront-ils l'Athabasca, puis la vallée du Mackenzie et, dès que la saison froide commencera à poindre, ils s'arrêteront dans une localité disposant d'un aérodrome de brousse. Quant à moi, je devais insuffler à ma quête une nouvelle vigueur. Il était temps, la facilité relative des derniers jours m'avait affaibli. Pire encore, j'avais l'impression que le défi n'en était plus vraiment un. La quête avait perdu de son attrait, la souffrance s'était brusquement dissipée pour faire place à une espèce de mollesse routinière dans laquelle je m'étais égaré. Le défi désormais ravivé, l'ardeur reconquise, je confiai au soleil couchant ma détermination renouvelée.

24. La fièvre du castor

AUCUNE TERRE ne m'offre l'asile. Les eaux boueuses de l'Athabasca ont tout noyé. Les bras moulus par une journée qui s'éternise, je file doucement sur les méandres du chenal Fletcher, le seul encore ouvert. Des troncs à la dérive ont envahi les autres. Je débouche bientôt sur la mer de joncs qui couvre le delta. Devant moi, le lac Athabasca se déploie sous les rayons obliques du couchant. Dans sa partie occidentale, ses côtes sont suffisamment proches pour envisager la ligne droite. Fort Chipewyan est à douze kilomètres, sur l'autre rive ; j'en distingue même les bâtisses à flanc de coteau. Alignant l'étrave dans la direction du village indien, je m'engage dans cette traversée. Bien que le vent soit rude, les vagues me paraissent abordables. Dans sa lente descente vers l'horizon, le disque aveuglant du soleil se cale juste au-dessus du mouvement de terrain qui me fait face, inondant d'éclats la large baie. Le hameau se fond dans l'obscurité du mamelon. Je poursuis à l'azimut.

Explosion…

La température du rouleau me glace le sang. Un court moment de distraction, une rêverie dans les chatoiements argentés du clapot, et la moitié du lac en a profité pour m'engloutir. Tandis que j'écope, les derniers filets de lumière lèchent mon maillot détrempé. Ah ! Comment ne pas se laisser envahir par l'eau et le soleil au crépuscule de cette belle journée d'été ? Le bivouac n'est pas loin, le feu de camp, le repas et le duvet me réchaufferont bien assez. Que la vie serait triste si je devais la réduire à l'esclavage d'un air conditionné !

Pourtant, dans le monde civilisé, c'est exactement cela. Ne pas avoir froid, éviter d'avoir chaud et, surtout, ne jamais avoir mal. Depuis longtemps, la société moderne a atteint cet état de confort matériel. Pourquoi donc s'inquiéter ? Tant que le charbon, le gaz ou le pétrole brûleront, tant que l'on taira les fuites de nos centrales nucléaires et leurs conséquences, tant que la climatisation véhiculera son lot de maladies contagieuses, pourquoi devrions-nous nous préoccuper d'une quelconque dépendance ? Il est si difficile dans la formidable évolution technologique que nous connaissons de faire la part entre le nécessaire et le superflu que nous croyons que tout est bénéfique. Le manque a tellement stimulé la science que nous en sommes à un stade de surproduction de confort. Or l'abondance ne mène qu'à la paresse et à la déchéance. Alors, où s'arrêter ? À chacun de trouver les limites à ne pas dépasser. Encore faut-il que nous puissions nous remettre en question. Pourquoi les cris de notre terre nourricière demeurent-ils sans réponse ? Les doubles vitrages empêchent-ils d'entendre ? Les tours de béton empêchent-elles de voir ? Qu'à cela ne tienne. Que le lac me glace le sang et que son doux soleil me réchauffe ! Qu'est-ce que vivre, au fond, si ce n'est s'enivrer de cette pluie de sensations dont la nature nous éclabousse ? Je sais ce que j'aime. Ce n'est pas me perdre dans les méandres frontaliers, lutter sur de grands lacs ou me soumettre aux tourments de l'inanition. Non, ce n'est rien de tout cela. Ce que j'aime… c'est vivre.

Lorsque je débarque sur la rive nord, clôturant ainsi une journée de quatre-vingt-cinq kilomètres, la vallée entière gît sous les ténèbres. Le lendemain, mardi 1er juillet 1997, est le cent trentième anniversaire du Canada, jour de fête nationale. À Fort Chip, le bureau de la police montée et le magasin sont fermés. Tant pis, à peine arrivé, je repars. Je n'ai que faire de la beuverie dans laquelle la communauté va sombrer sitôt le discours du maire et le défilé achevés. J'aurais pourtant aimé flâner à l'ombre du musée. Sans doute y aurais-je appris pourquoi ce fut Alexander Mackenzie qui choisit l'emplacement de ce *trading post* sur la rive nord du lac Athabasca, et non Peter Pond, qui fut le premier à avoir atteint cette contrée, quoique de toute évidence le site eût été élu pour sa beauté naturelle : le granite rosé présente un magnifique contraste avec les tourbières des rivages méridionaux. Certainement aussi le gibier y était-il abondant.

Fort Chipewyan devint peu après sa création le camp de base des deux plus grandes explorations de Mackenzie. Pond, à l'âge de la retraite, lui avait communiqué ses espoirs concernant la quête du Pacifique : cette grande rivière, dans le nord-ouest, dont les Indiens lui avaient si souvent parlé. Si c'était la même que celle à laquelle le capitaine Cook avait fait allusion dans ses récits d'exploration du Pacifique, peut-être la recherche de cette route mythique vers les Indes, à qui les autochtones devaient leur appellation, allait-elle prendre fin. C'est en 1789 que Mackenzie partit explorer le fleuve qui porte aujourd'hui son nom. Terriblement déçu par l'Arctique qu'il trouva au bout, il le nomma « rivière de la Déception ». En 1792, il repartit de Fort Chip pour aller cette fois vers l'ouest, en remontant la rivière la Paix, et atteignit finalement le Pacifique en 1793. Son parcours remarquable, ainsi que les explorations à travers les Rocheuses de Fraser et de Thompson – également des hommes de la Compagnie du Nord-Ouest – ont permis de prolonger le commerce pelletier de l'intérieur des terres jusqu'à la côte Pacifique, et si, trente ans plus tôt, tout le territoire à l'ouest de la baie d'Hudson et de la Saskatchewan demeurait inconnu des Blancs, il n'en restait plus que des miettes à explorer au début du XIXe siècle.

Le seul exutoire que présente à l'ouest le lac Athabasca est la rivière des Rochers qui, un peu plus loin, rejoint la rivière la Paix pour former la vaste rivière Slave. Je quitte ainsi définitivement les contrées granitiques.

Lorsque j'atteins les eaux vives de la Slave, plus boueuses encore que celles de l'Athabasca, vingt heures de soleil hâlent quotidiennement ma peau. Son flambeau s'intensifie à mesure que je progresse vers le nord, comme si un air plus pur laissait mieux passer ses rayons brûlants. Chaque matin, une chaleur insoutenable me fait quitter la tente. Le soir, je sue à l'abri de la moustiquaire pour éviter les piqûres des milliers de maringouins qui se ruent sur moi dès l'accostage. Le pays est rude, extrême aussi bien l'été que l'hiver. Quant à l'automne et au printemps, c'est tout juste s'ils existent dans ces contrées septentrionales. Depuis quelques jours, un malaise abdominal m'inquiète. Serait-ce la chaleur ? l'eau ? les moustiques ? Certainement pas une mauvaise viande : aucun gibier n'a agrémenté mes repas depuis la rivière Clearwater. Les perdrix sont silencieuses et les canards trop alertes sur ces larges cours d'eau où l'approche est difficile. Quant aux poissons, ils ignorent les reflets argentés de mes cuillères, sûrement atténués par les alluvions. Cependant, malgré cette légère fébrilité, je parviens à Fort Fitzgerald le 5 juillet, avec plusieurs jours d'avance sur le calendrier.

Le bled se résume à quelques maisons au pied d'une modeste colline, et une nouvelle espèce de moustiques blanchâtres qui me harcèle. De la plage, j'entrevois plusieurs croix qui s'élèvent sur la rive gauche, à l'entrée des rapides. Et quand on sait que vingt kilomètres de chutes, de tourbillons et de vagues conduisent à Fort Smith…

– Un couple d'ici a tenté de les descendre, il y a quinze jours. On n'a jamais retrouvé le corps de l'homme, m'apprend Sandra, une habitante de Fort Fitzgerald. Si tu veux, tu peux prendre mon pick-up pour transporter tes affaires jusqu'à la ville, ajoute-t-elle généreusement.

– C'est très gentil, mais Jacques a dit qu'il viendrait me chercher.

Jacques Van Pelt, que la police montée de Fort Smith avait mis au courant de mon expédition, m'avait téléphoné à The Pas pour me mettre en garde contre cette portion de la rivière. « Si j'étais toi, je ne prendrais pas le risque de descendre ces rapides : ils sont très dangereux. Si tu veux, je pourrais venir te chercher à Fort Fitzgerald », m'avait-il dit. Évidemment, j'étais d'accord. Plus encore maintenant que planait ce funeste événement. Grâce au téléphone satellite de Sandra, je parviens donc à joindre Jacques chez lui, avant de retourner sur la plage pour l'attendre auprès de mon canoë. Je n'aime pas revenir sur ce que j'ai dit, or Jacques avait eu la gentillesse de m'appeler à The Pas, aussi la moindre des choses maintenant était-elle de patienter.

Un grand van, coiffé de galeries, dévale la piste de la colline. D'origine européenne, la soixantaine, Jacques me tend une gourde de jus de citron en guise de bienvenue. En route pour Fort Smith, il me montre ce qui aurait pu signer la fin de mon voyage. La rivière s'est transformée en un monstrueux torrent printanier, vomissant ses eaux de cataracte en cataracte. Des entrailles bouillonnantes, plusieurs geysers jaillissent avec fracas : écumante, c'est la vallée entière qui s'adonne à la fureur.

Au poste de police, où je récupère lettres et colis, l'officier de garde me propose d'utiliser les douches. Cependant Jacques semble pressé, alors on repart :

– Je peux te déposer au camping, dit-il. Il est à l'écart de la ville, c'est quelques dollars pour la nuit et une douche.

– Non merci, dépose-moi par ici, ça ira.

Je viens de me faire avoir. L'autocollant « Subarctic Adventure » sur le van, le dépliant qu'il m'avait envoyé, le jus de citron, l'arrêt à la rivière, tout cela aurait dû attirer mon attention. Mais pourquoi, après toute l'aide que j'avais reçue au cours de ce voyage, aurais-je dû me méfier d'un sexagénaire débonnaire coiffé d'un bonnet à pompon ? Le coup du camping est trop gros. Comment ne pas penser à tous ces faux guides qui vous assaillent lorsque vous descendez du train à la gare de Marrakech pour vous conduire à travers le souk et la médina avant de vous indiquer l'hôtel parfait ? Quelques mots d'arabe suffisent à les éloigner, mais combien je plains le touriste non prévenu débarquant dans la ville aux orangers.

– C'est comme tu veux, mais les feux de camp sont interdits en ville. Il y a aussi pas mal de soûlards qui traînent la nuit.

– Je n'ai jamais payé un centime pour monter ma tente et ce n'est certainement pas aujourd'hui que je vais commencer ! rétorqué-je brutalement.

– Tu ne crois pas que je t'ai transporté pour rien, n'est-ce pas ?

Bien sûr que je le pensais ! Du moins jusqu'à ce qu'on arrive en ville. Si j'avais su, j'aurais fait le trajet à pied ! Et Sandra qui me prêtait si gentiment son véhicule…

– Combien ?

– Quarante *bucks*… et dix de plus demain matin pour que je t'emmène jusqu'à la rivière, s'empresse-t-il de répondre, trop heureux d'avoir gagné la partie.

Car Jacques sait que je ne m'enfuirai pas comme un voleur.

– C'est cher.

– C'est le tarif.

– Bon, dépose-moi ici, je te paie tes quarante dollars et adieu.

– Et pour demain ?

– Je me débrouillerai seul.

Il feint l'étonnement :

– Écoute, tu peux laisser tes affaires dans le van. Prends juste ce dont tu as besoin pour la nuit et je passerai te prendre demain soir pour te conduire à la rivière. J'oublierai les dix dollars, finit-il par ajouter.

J'acceptai. Si Jacques n'est pas au rendez-vous, je saurai où le retrouver, la ville n'est pas grande. En attendant, c'est quarante dollars de moins pour manger. Je fais mes comptes. Plus que cent dollars pour atteindre l'Arctique et en revenir ! Je plante la tente derrière un bosquet, à l'abri des soûlards dont je ne verrai finalement pas l'ombre d'une bouteille. Après mes interviews habituelles, plus une entrevue avec le journal local, je repartirai le lendemain en début de soirée, comme prévu, pour confier mon amertume au soleil couchant.

Des spasmes me labourent l'estomac. Les maux de tête et la fièvre me matraquent. Aussi la journée de travail est-elle d'autant plus longue qu'aucun emplacement convenable pour bivouaquer ne se profile. À cause du fort débit, les berges sont toutes effondrées. Douze heures d'efforts par une chaleur écrasante me feront pénétrer de soixante-quinze kilomètres les territoires du Nord-Ouest, avant que je ne m'allonge sous la tente pour relire quelques lettres froissées reçues la veille. Dans l'une d'elle, on me croit sous la neige. Ah ! si cela pouvait être vrai... j'aurais de quoi calmer ma fièvre et me débarrasser de ces maudits insectes. Je suis en nage. Il fait 35 °C à l'ombre de mon toit. Lorsque je prends ma température, 38 °C s'affiche sur la bandelette de mon thermomètre frontal. Épuisement lié à la canicule ? Sans doute. Caractérisé par des nausées, une sudation importante et une baisse du pouls, et consécutif à un effort musculaire important en zone chaude, celui-ci est sans gravité. D'ailleurs, sa cause est simple. Pour réguler sa température, le corps joue sur le diamètre des vaisseaux sanguins. Ainsi, en cas de froid extrême, les vaisseaux périphériques se contractent – c'est la vasoconstriction – pour éviter une perte précieuse de chaleur à travers la peau et alimenter en priorité les organes nobles, comme le cœur ou le cerveau. À l'inverse, en cas de forte chaleur, la vasodilatation périphérique permet de faire circuler plus de sang dans les vaisseaux proches de la peau qui, elle, est refroidie par l'air – à condition, bien sûr, qu'il soit inférieur à 37 °C – afin de garder au frais ces mêmes organes nobles ; exactement de la même manière que l'eau d'une voiture se refroidit à l'avant grâce au vent relatif (ou forcé d'un ventilateur), pour ensuite aller refroidir le moteur et retourner chaud dans les conduits du radiateur où elle se refroidira à nouveau. Dans le cas d'un épuisement lié à la chaleur, le corps réagit en quelque sorte à l'agression, et la vasodilatation s'en trouve excessive. Le repos est alors le seul remède.

Je voudrais tant que cela soit vrai. Une nuit de sommeil me remettrait d'aplomb. Toutefois, ces satanés maux de ventre demeurent inexplicables. De plus, mes aventures dans le sud du Maroc m'ont donné une résistance naturelle aux agressions du chaud. S'il y avait une chose que je craignais dans le Grand Nord canadien, c'était le froid: méditerranéen que j'étais, qu'est-ce que je connaissais du froid? Mais la chaleur... Je me rappelle ma toute première aventure. C'était dans la vallée du Drâ, aux confins méridionaux du Maroc. Nous nous y étions enfoncés en plein mois de juillet: des fous inconscients! Oui, mais des fous amoureux d'espace que rien ne pouvait arrêter: ni les pierres noires brûlées par le soleil, ni les scorpions, les najas, les braconniers d'iguanes ou les patrouilles frontalières. Aussi cette expédition en 4x4 m'avait-elle révélé tout l'intérêt des cartes topographiques. Grâce à elles, nous étions libres d'aller où bon nous semblait, et même de traverser une partie du Sahara occidental sous les canons des tanks marocains qui jalonnent la frontière algérienne. Bernard, toi qui avais organisé ce raid, puisses-tu voir en ces lignes toute la reconnaissance que je te dois d'avoir allumé la flamme de l'aventure qui brûle à présent dans mon cœur.

Si je ne souffre pas d'un épuisement de chaleur, alors quoi d'autre? Certainement pas le fameux «coup de chaleur», que l'on confond habituellement avec l'épuisement. Celui-là survient très rapidement et, à moins que le sujet ne soit plongé dans une eau glaciale, l'issue est souvent fatale. Les causes sont identiques: chaleur, humidité et effort musculaire. La fièvre est alors très élevée, contrairement à la mienne, et la peau devient brûlante à cause de l'absence de sudation. Je ne pense pas non plus souffrir de déshydratation puisque je continue à boire beaucoup: trois à quatre litres par jour. Attendre d'avoir soif pour boire serait ici une grave erreur. Or ne serait-ce pas justement cette eau qui me rend malade? Je ne sais pas. Je ne sais plus. Il me devient difficile de réfléchir dans cette atmosphère moite et bourdonnante. Chaque geste est laborieux. Je sens que toute force m'abandonne. Vivement la nuit que je lui confie ma fatigue, même si trois heures d'obscurité n'apporteront qu'un modeste réconfort à mes lèvres brûlées par le soleil.

Malgré un bivouac peu confortable – j'ai monté ma tente parmi un enchevêtrement de branchages –, la nuit est réparatrice : ma fièvre est tombée, mes douleurs abdominales s'espacent, et j'emploie une autre journée à pagayer sous un soleil cuisant avant de me réfugier à nouveau sous la tente. Tandis qu'une pluie de moustiques cogne sur mon double-toit, j'avale quelques dattes. Je n'ai pas retrouvé mon féroce appétit. J'imagine que cela ne tardera guère.

J'avais tort. Un mal de ventre me brûle toute la nuit. Au petit matin, cerné de fatigue, j'ai 40 °C de fièvre. Si j'avais eu un miroir convenable, peut-être aurais-je remarqué l'aspect chargé de ma langue, car je suis à présent certain de souffrir d'une infection gastrique. Autrement, jamais la nuit n'aurait accru ma fièvre. Non, c'est sûrement l'eau de cette saleté de rivière. Comment ai-je pu croire un instant à une agression du soleil et de la chaleur alors que j'avais passé des journées entières par 45 °C dans le Sahara et parcouru, en plein été, les plus hauts plateaux de l'Atlas à vélo ? Ce n'est pas par négligence que je n'ai pas utilisé de comprimés purificateurs, mais pour préserver le travail de mes reins. Ces comprimés, qui sont assez puissants pour tuer les bactéries, exigent en effet un filtrage rénal laborieux. C'est évidemment sans conséquence pour une situation d'urgence, même si elle doit se prolonger pendant plusieurs jours mais, en quittant Fort McMurray, je savais que je naviguerais sur des eaux boueuses au moins jusqu'au Grand Lac des Esclaves. Aussi avais-je préféré prendre le risque. J'étais confiant en ma résistance naturelle à ce genre d'infection, quoique j'eusse des antibiotiques au cas où. D'ailleurs, je ne pouvais me résoudre à croire que ma contamination éventuelle entraînerait une hospitalisation sérieuse. J'espère ne pas m'être trompé, car il n'y a pas ici l'ombre d'une infirmerie. Alors je m'administre une cure de pénicilline, non moins nocive pour le foie et les reins que les comprimés mais, je l'espère, plus courte.

Nausées et maux de ventre ne me quittent pas. Je continue à pagayer, ne songeant qu'au lac. L'espoir de ses eaux limpides me soutient dans cet effort insensé. Je sais que je ne m'accorde aucune chance de guérison en prolongeant un effort physique inondé de soleil, je ne fais qu'aggraver ma fièvre et ma fatigue, mais je poursuis, rejetant les mécanismes de la raison pour me fier à ceux de mon instinct.

Contre toute logique, soixante-douze kilomètres pagayés font redescendre la fièvre à 39 °C. Sous la tente, je reprends cinq cents milligrammes du précieux antibiotique. Il m'en reste trois grammes. Le bivouac est pitoyable : je n'ai rien trouvé de mieux qu'un banc de sable à fleur d'eau et, comble de malchance, un orage semble vouloir crever l'abcès de cette chaleur infernale. Je n'ai ni le choix, ni la force, et mes yeux se ferment sur ces perspectives incertaines.

L'atmosphère qui m'enveloppe est étrange. Elle me met mal à l'aise. J'ai le sentiment absurde de ne pas être en sécurité. Pourtant, les eaux qui m'entourent sont calmes. À tel point que je me suis endormi dans le canoë. Maintenant, il fait nuit. Elle ne tombe que très tard ici. Entre deux nuages, je crois reconnaître une constellation quand, soudain, la rivière se met en branle. Toujours allongé dans le canoë, je cherche la pagaie. La nuit est d'encre. Je palpe à droite, à gauche, mais en vain. La pagaie a disparu ! Serait-elle tombée pendant que je dormais ? Impossible, j'ai dû la mettre en lieu sûr avant de m'allonger. Lorsque je me retourne pour m'assurer qu'elle n'a pas glissé en dessous de moi, je ne sens pas la coque en fibre qui aurait dû me labourer le dos et les reins. À la place, il y a quelque chose de très agréable, de très doux, qui me rassérène aussitôt.

Mais, bientôt, un grondement sourd me parvient. C'est certain, une chose effrayante se rapproche. Dans un violent effort de concentration, je fouille mon cerveau à moitié fondu de fièvre. Je dois me rappeler. Pourtant, non… aussi loin que j'y puise, il n'y a aucune chute indiquée entre Fort Smith et le Grand Lac des Esclaves. Pas même un rapide. Que peut donc bien être ce vacarme qui me torture ? Et pourquoi suis-je incapable du moindre mouvement ? La fièvre m'a-t-elle terrassé à ce point ? Suis-je en train de délirer ? Dans un ultime effort, je me retourne encore, comme si j'espérais trouver là une position plus solide pour me relever. Mais de nouveau, il y a ce bain de confort si étrange dans les cales à ciel ouvert de mon canoë.

Je tâte ce doux tapis pour essayer de comprendre quand, brusquement, je me rends compte que je suis en caleçon dans mon duvet, sur le banc de sable et... emporté par le puissant courant de la Slave ! Mort d'angoisse, j'ouvre complètement les yeux. Tout se confirme. J'entends même le fracas des vagues qui m'entraînent à une vitesse incroyable vers l'aval. Inondé de chaleur, tremblant de fièvre et d'effroi, je me rue sur la fermeture Éclair. Un souffle de brise s'engouffre dans l'auvent, qui glace ma poitrine. Sous la pleine lune, plusieurs joncs se profilent. Le canoë est retourné, solidement amarré à la tente. À quelques pas, la rivière coule paisiblement. J'ai rêvé.

Je n'ai aucun appétit. Cinq cents milligrammes de pénicilline me tiennent lieu de petit-déjeuner. Combien de kilos ai-je perdus en trois jours ? Qu'importe, je ne m'arrêterai plus avant d'avoir atteint le lac. Cerné d'eaux boueuses et accablé par la chaleur, je n'arriverai à rien. Le courant s'amollit à mesure que j'approche du delta, ralentissant ma progression. Le soleil est lancinant, la journée s'éternise. Une croix – probablement une victime de l'alcool – tend ses bras squelettiques à l'embranchement du premier chenal. Imbibé de sueur, je m'y engage, anxieux de repousser mon horizon à l'infini. Aucune crainte ne freine mon élan, bien que j'aie conscience de m'avancer vers un lac aussi dangereux que le Supérieur. Mais au diable les tempêtes et les vents d'ouest si j'ai de l'eau à boire. La végétation naine s'estompe brusquement au débouché du cours d'eau. Le Grand Lac des Esclaves se découvre, immense. Je poursuis deux heures encore pour quitter les eaux insalubres. Quatre-vingts kilomètres couronnent ainsi douze heures d'efforts non nourris.

Comment ne pas songer au lac Supérieur ? Des milliers de troncs s'amoncellent sur les côtes. Décapés par les vagues et les galets, ces cadavres disloqués étendent leur cimetière annulaire sur des kilomètres de rivage : on y reconnaît la marque du vent d'ouest. Depuis des mois, j'appréhende la rencontre avec le
ph. 68 Grand Lac des Esclaves. Aujourd'hui, sous des lueurs vespérales, je préfère me laisser subjuguer par sa beauté. Je n'avais encore jamais ressenti une telle sérénité face à ces étendues infinies. Bien sûr, la baie Géorgienne m'avait ébloui par l'espace qu'elle m'octroyait, mais j'étais davantage un louveteau qui sortait

pour la première fois de sa tanière, mu par la soif de nouveaux horizons, qu'un navigateur comblé par un retour en mer après de longues errances sur terre.

Je m'assois sur la plage avec le journal de bord entre les mains, mais qu'il est difficile de réduire cet univers à quelques lignes sur du papier ! Parfois, je voudrais m'affranchir des mots, jeter ces pages, pour m'enivrer uniquement de sensations, de rêves et d'images. Pourquoi donc ce besoin d'écrire qui revient chaque soir comme un cas de conscience ? Je regarde vers le large, comme pour trouver une réponse, choisir des mots. Les eaux semblent davantage vouloir me baptiser que me faire chavirer. Je les entends presque me chuchoter : « N'aie crainte, sois le bienvenu dans le Grand Nord. » Mais, le Grand Nord, n'y étais-je pas déjà ? Y arrive-t-on jamais ? Que d'interrogations ! Moi qui étais parti chercher des réponses… Comment un lac si vaste peut-il exister dans un territoire aussi reculé ? Par quel miracle son secret a-t-il été gardé ? J'ai l'intime conviction qu'il sera l'occasion de renouveler un serment, bien que je ne sache pas encore lequel. Ma volonté d'atteindre l'Arctique n'a pas besoin d'être rappelée, elle est grande et grandit à mesure que j'approche de Tuktoyaktuk. Alors quel est ce message que la brise me souffle ? En moi, assurément, quelque chose grandit, comme si ce déploiement d'horizons autorisait mon cœur à de nouvelles émotions. Je ne sais comment les décrire, je les ressens à peine, j'ai cependant de plus en plus d'espace pour les accueillir. Sans doute la plénitude extérieure augmente-t-elle intimement la mienne. Cette relation sacrée, que plusieurs fois j'ai eu l'occasion d'entretenir avec le monde naturel, me submerge à nouveau, de bonheur évidemment, mais aussi d'espoir : l'espoir d'une transformation intérieure qui se dessine au fil de ma progression vers le Nord.

Pourtant, est-ce réellement le Nord et ses univers sauvages qui engendrent en moi ce sentiment flou que je n'arrive pas encore à cerner ? Ou est-ce le temps et le renoncement au confort de la société moderne qui me transforment ainsi petit à petit ? Sûrement l'un est-il étroitement lié à l'autre. Où ailleurs peut-on se soustraire à l'exploitation meurtrière des hommes si ce n'est là où la Terre devient trop rude pour y vivre ? Ô ma Terre bien aimée, tant que tes virus foudroyants rendront dangereux les confins de tes forêts tropicales, tant que tes hivers cruels figeront dans le froid et l'obscurité tes régions les plus septentrionales, il te restera un espoir de survivre aux prédateurs que tu as engendrés. Gonflé par l'ardeur de ton combat, je me blottis une fois encore dans le creux de ta nuit pour laisser aux étoiles le soin de tracer mon avenir.

L'aube se déclare dans les foudres d'un orage violent. La terre est battue par une pluie torrentielle. Sans rechigner, j'accumule alors consciencieusement les siestes, désireux de me débarrasser au plus vite du mal qui pourrit mes intestins. Si le gramme quotidien de pénicilline semble avoir enrayé la fièvre, l'infection, elle, est loin d'être maîtrisée. Des maux de ventre tenaces me minent. Aucun vomissement, aucune diarrhée, pas de constipation : seulement des crampes, si violentes qu'elles me donnent des sueurs froides. Je tente de combler une fatigue énorme. Pagayer avec une forte fièvre, sous un soleil crucifiant, m'a épuisé plus encore que je ne le croyais.

À Fort Resolution, que j'atteins le lendemain, le poste de police est désert. Sans doute la pêche a-t-elle séduit ses occupants. Ici, les glaces persistent pendant huit à neuf mois, et les longues journées d'hiver sont vécues dans une semi-obscurité, je ne peux donc leur en vouloir de fuir l'ombre des bureaux. J'espère seulement ne pas y laisser trop de courrier. D'une ligne droite, je fends la baie Resolution pour me rendre à l'embouchure d'un cours d'eau. Un delta est souvent synonyme de poissons, il arrive même qu'on y rencontre des humains. En amont de la petite rivière, je dénicherai en effet une aire spacieuse aménagée pour camper. Un couple d'Alberta s'y est installé depuis plusieurs jours, et leurs deux jeunes enfants se sont pris de passion pour la pêche. Mon accostage ayant interrompu leurs lancers, je leur offre une promenade en canoë pour récompenser leur courtoisie. Andy est là lui aussi. Il a monté une tente près de son van pour éviter à ses deux chiens d'être tourmentés par les *black flies.* J'ai rencontré Andy dans la matinée au village. Sa vieille Dodge se découpait nettement sur la côte aride de Fort Resolution et, naturellement, je m'étais dirigé vers son propriétaire, reconnaissant en lui un baroudeur avec lequel je ne pouvais que m'entendre. Ancien officier de police, Andy réside sur l'île Vancouver (en Colombie-Britannique) et profite de sa retraite pour sillonner les pistes les plus septentrionales du Canada. Nous partageons notre repas.

Le jour suivant, un orage déchaîne de nouveau les flots. Me faufilant parmi les éclairs, je ne gagne qu'une quinzaine de kilomètres avant de trouver refuge dans une cabane abandonnée. Deux lits superposés, une table et trois boîtes de conserve vides meublent l'humble baraque. Sur le plancher, plusieurs feuilles arrachées à des magazines mondains affichent photos de stars et potins associés. Je peine à les déchiffrer tant le papier est abîmé, mais l'actualité se répète et je n'y trouve qu'une odeur de salle d'attente. La pénombre s'installe rapidement dans ma masure sans fenêtre. Je m'y recroqueville pour m'épargner l'installation d'un bivouac.

Sous le toit branlant, je ne parviens à dormir que d'un œil. Quand les éclairs cessent, au lever du jour, j'embarque sous une pluie battante. Malmené par la houle, je m'éloigne de la côte, tout en la fixant d'un regard fébrile à chaque crête.

La journée est aussi longue qu'incertaine. Je ne cesse de différer un atterrissage pourtant prudent. Tant que manier l'écope suffira à me maintenir à fleur d'eau, je poursuivrai le pari : durer jusqu'au soir où le vent deviendra certainement plus clément. S'il se met à souffler de la terre, je serai bon pour passer la nuit sur le lac ; et si je tombe à l'eau, je ne verrai jamais le Mackenzie. Cependant, en poursuivant ma route occidentale, je ne me sens pas menacé. Le lac a gagné ma confiance. Depuis longtemps, mon corps ne fait plus qu'un avec le canoë – sûrement est-ce la raison pour laquelle je n'ai jamais songé à lui donner un nom, comme les navigateurs le font pour leur voilier. En ce jour maussade, mon canoë et moi ne faisons qu'un avec le lac. Je lui appartiens corps et âme. Je me sens en sécurité. Je suis libre. Prisonniers d'une ville et de ses enceintes en béton, si vous saviez comme je vous plains ! Mais non, vous ne le savez pas. Comment le sauriez-vous ? Je ne suis qu'un murmure qui souffle vers l'ouest, éclaboussé par un lac si grand qu'il pourrait engloutir mille fois votre technopole.

Le disque solaire balise ma route de plusieurs lucioles chatoyantes. Le vent de mer s'apaise. La houle faiblit pour me laisser filer bon train sur cette étendue peu à peu étale : le pari est gagné. À terre, je dresse le bilan d'une journée agitée : soixante-cinq kilomètres en onze heures. Puis, allongé sur les galets, je ferme les yeux, tandis que les bourrasques s'apprêtent à éventrer la nuit.

La tempête dure quatre jours. La pluie cinglante ne m'autorise que de rares sorties, aussi mets-je à profit ce temps providentiel pour achever ma convalescence. Blotti dans mon duvet, à l'abri de la tourmente et sans jamais me lasser de fermer les yeux, je dors plus de seize heures par jour. Cette fois, aucune inquiétude ne me ronge : mes gibecières sont pleines, je n'ai quitté Fort McMurray que depuis deux semaines. Pas un refrain de *country* n'égaye mes soirées, le réseau de communication est trop espacé. Seule une station asiatique sans musique me lance ses onomatopées incompréhensibles.

À l'aube du cinquième jour, les rafales s'adoucissent, mais un ciel de poix me dissuade d'interrompre mes longues siestes. Quand le soleil se lèvera de nouveau, je serai requinqué. Prêt à avaler d'une traite les deux mille kilomètres restants. Plus rien, désormais, ne m'empêchera de capturer mon rêve.

25. Fort Providence

JE M'ÉLOIGNE de la côte pour adopter la ligne droite, trajectoire idéale. Le ciel est radieux. Le clapot hérisse à peine la surface turquoise du Grand Lac des Esclaves. Il n'a jamais été si majestueux, et progresser loin des terres renforce le divin plaisir qu'engendre ma complicité avec l'eau. Peut-être est-ce l'infinie pureté de cet univers marin qu'aucune forêt ou mouvement de terrain ne vient obstruer qui m'enivre de liberté et qui, par la grâce d'une rêverie passagère, me transporte à bord d'un kayak sur l'océan. Depuis plusieurs semaines en effet, je me surprends à élaborer de nouveaux itinéraires et à imaginer des aventures toujours plus audacieuses. Échafauder des projets, quels qu'ils soient, m'aide à supporter l'idée que ce voyage touche à sa fin. Que vais-je devenir ? Chercher du travail ? Prendre des vacances ? Repartir ? Oh oui ! repartir. C'est ce que je désire le plus. En dépit de toutes les difficultés, je n'ai jamais éprouvé un tel amour de la vie. J'ai appris à vivre pleinement. ph. 70

Un vent de terre cuisant, qui frappe mon tribord, m'enveloppe dans ses masses d'air chaud : quelques heures de soleil auront suffi pour augmenter notablement la température des côtes. La terre, ayant une inertie thermique plus faible que l'eau, se réchauffe plus vite, d'où ces vents thermiques. Pendant la journée, l'air chaud des côtes s'élève, tandis que l'air froid du large prend sa place, c'est le vent de mer ; la nuit, le phénomène s'inverse. Aujourd'hui, il faut croire qu'une dépression de sud-ouest a supplanté le vent thermique. Aussi mon accostage est-il compromis. Je suis à cinq kilomètres de la pointe visée.

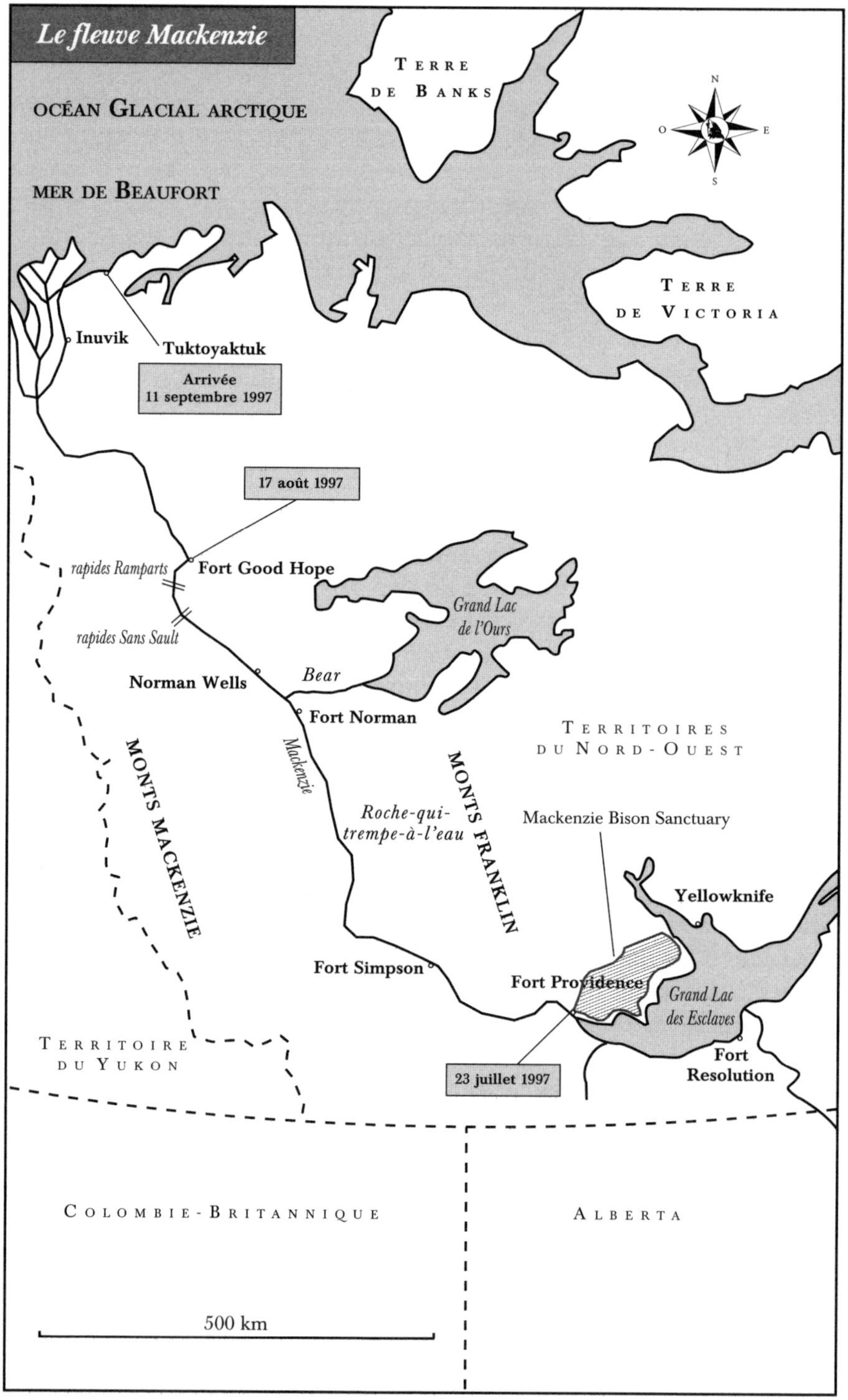
Le fleuve Mackenzie
OCÉAN GLACIAL ARCTIQUE
MER DE BEAUFORT
TERRE DE BANKS
N
O
E
S
TERRE DE VICTORIA
Inuvik
Tuktoyaktuk
Arrivée
11 septembre 1997
17 août 1997
rapides Ramparts
Fort Good Hope
rapides Sans Sault
Grand Lac de l'Ours
Bear
Norman Wells
Fort Norman
Mackenzie
TERRITOIRES DU NORD-OUEST
MONTS MACKENZIE
MONTS FRANKLIN
Roche-qui-trempe-à-l'eau
Mackenzie Bison Sanctuary
Yellowknife
Fort Simpson
Fort Providence
Grand Lac des Esclaves
Fort Resolution
TERRITOIRE DU YUKON
23 juillet 1997
COLOMBIE-BRITANNIQUE
ALBERTA
500 km

Les côtes qui s'étendent sur ma gauche ne sont guère plus proches. Je décide donc de garder le cap. Sans vent, une heure suffirait. À présent, je sais qu'il m'en faudra au moins deux. L'effort ne me dérange pas. Au contraire, il me plaît, il me comble.

Alors que je force sur mes bras pour donner les derniers coups de pagaie, deux silhouettes se découpent sur la péninsule. J'aperçois également, mais bien après, la forme d'une tente. Est-elle donc verte pour être discrète à ce point ? On ne me voit qu'au dernier moment :

– Alors… je constate que la recette s'est améliorée !

– *Ja!* On t'attendait, on savait bien que tu finirais par nous rejoindre !

– Tu arrives juste à temps pour un gâteau au chocolat ! lance Birgit.

J'échoue mon canoë pour fouler la presqu'île conviviale. Inondée de soleil, elle est balayée par les embruns. Le vacarme des vagues qui nous assiègent parfait l'irréalité de ce lieu hors du temps. L'écart de température entre l'eau et le vent est étonnant. Plusieurs sapins se dressent, qui déversent leur ombre et atténuent la chaleur torride. Jamais une telle débauche de sensations n'avait envahi mon bivouac. De plus, je me réjouissais de retrouver Karl et Birgit, mais comment, en explorant continuellement les recettes pâtissières, ont-ils pu me devancer ? Ont-ils bravé la tempête tandis je passais cinq jours à dormir ?

– *Na, nein!* On n'a pas voulu pagayer sur le lac : trop risqué ! explique Karl. Alors, à Fort Resolution, on a fait du stop.

De tout le voyage, ce campement fut l'un des meilleurs. Sur cette langue de terre, nous avions tout. Nous étions rois. La nature entière chantait sa force et sa liberté, et nous nous en imprégnions jusqu'au plus profond de notre être. Du haut de ses arbres, elle nous offrait la vue plongeante sur un lac sans fin. Nous étions à la fois spectateurs et acteurs de cet hymne à la vie, et jamais nous n'aurions pu mieux crier le nôtre qu'en laissant les éléments nous assourdir, nous cingler le visage et nous brûler la peau.

Quatre heures. Les réveils sonnent. D'un commun accord, nous avons décidé d'un tôt lever pour voir le soleil poindre et jouir d'une matinée paisible. Toutefois, le vent forcit rapidement, et nous nous perdons de vue dans le dédale des joncs qui bordent la côte. À l'ombre d'une crique, à l'abri du cagnard et des maringouins de la terre ferme, j'attends mes nouveaux compagnons de route. Nous voterons pour un après-midi de repos et une progression de nuit afin d'éviter ces vents irascibles que je ne m'explique toujours pas. Leurs horaires réguliers, leur chaude haleine et la haute pression qui nous coiffe caractérisent les vents thermiques. Pourtant, ils soufflent dans le mauvais sens ! Sans doute le vent d'ouest a-t-il quelques secrets.

Le soleil s'éternise sur l'horizon septentrional. Les derniers souffles de brise s'éteignent. Il est temps de boucler les sacs en prévision de notre coup de main nocturne. Sans une ride, le lac nous renvoie la sarabande des couleurs vespérales qui embrasent la moitié septentrionale du ciel. Au sud, la lune verse son filet de lumière sépulcrale. Pour trois heures seulement, l'astre de vie quitte l'hémisphère Nord en abandonnant sa palette d'ocre et de pourpre. Nous appareillons. Sous la magie d'une voûte bigarrée, nous glissons sur le roi des fleuves canadiens : le Mackenzie. Les éclairs fulgurants qui jaillissent bientôt au sud-ouest incitent Karl et Birgit à se rapprocher de la côte. Tandis que leur canoë s'enfonce dans la pénombre à bâbord, je m'entête sur mon azimut. Ici, le cours d'eau est encore large d'une dizaine de kilomètres. Il s'affinera progressivement jusqu'à n'en faire plus qu'un ou deux sur l'essentiel de sa longueur. Nous nous retrouvons au petit jour, fatigués et trempés par la pluie. L'aurore souffle déjà certaines rafales qui ne présagent rien de bon. Alors, quand l'embouchure de la rivière Kakisa se présente, nous nous y précipitons pour monter les tentes.

Trois heures de sommeil réparent les soixante-dix kilomètres de ces dernières vingt-quatre heures. Je savoure mon petit-déjeuner devant le spectacle que m'offrent les dorés. Leurs acrobaties me font jeter la ligne à l'eau. De taille plus modeste que les brochets, ces poissons ont l'inconvénient de présenter une épine dorsale redoutable tant le poison qu'elle contient est aussi dangereux que les dents aiguisées de leurs grands frères. Ils se distinguent aussi par les écailles épaisses et argentées auxquelles ils doivent leur nom et sont appréciés pour leur chair ferme et savoureuse. Deux gros spécimens assure-
ph. 74 ront notre repas. Après les avoir filetés, je laisse à mes hôtes le soin de concocter notre festin, qu'échalotes, gingembre et crème fraîche ne manquent pas de relever. Lit de courgettes

et de purée, pudding au dessert: notre banquet est royal. Autour du feu de camp, mes notes d'harmonica s'immiscent dans les accords de Karl, toutefois j'ai des progrès à faire avant de rivaliser avec sa guitare.

Je mouille à Fort Providence dans la soirée du lendemain. Karl et Birgit se sont levés plus tard, mais sans doute ne tarderont-ils pas à me rejoindre. En les attendant, je m'offre le luxe d'acquérir un paquet de farine à vingt dollars avant la fermeture de l'épicerie. Dans les territoires du Nord-Ouest, vivres, bois d'œuvre et matériel de construction sont acheminés par barge pendant les trois mois qu'offre l'été. Aussi les prix flambent-ils. Au poste de police, je découvre une pile de lettres et de dessins que les enfants de The Pas m'ont envoyés. En savourant leurs messages, tristes, humoristiques, voire philosophiques, je ne peux retenir une vague de nostalgie qui humecte mes pupilles. Ils demandent si je me fais des amis dans les bois ou si les renards rapinent mes victuailles, ils espèrent que je ne rencontrerai pas trop de rapides ou d'ours, ils se souviennent du jour où j'ai pianoté un air de jazz sur le piano de l'école, l'un me raconte son anniversaire, un autre me confie un secret... Les paroles des enfants m'ont toujours plus touché que les encouragements des adultes. Sans doute sonnent-elles plus vraies à mon cœur serré. D'ailleurs, le partage de mes rêves n'a jamais été le même avec eux qu'avec leurs aînés. À leur âge, ils débordent d'aspirations et d'espoir, ils pensent toujours pouvoir être pompier, routier ou joueur de football. Je suis moi-même convaincu – et ce voyage le prouve – que la vie est exactement ce que l'on décide d'en faire. Leurs lettres témoignent de cet espoir que nous avons si bien partagé lorsque je leur avais rendu visite dans leur école, et leur lecture ce soir à mon bivouac agit comme une fontaine de volupté: mon cœur se gorge d'amour à chacune de leurs phrases. Dans l'obscurité de ma tente, les mots d'une fillette résonnent encore: «Voici ce que j'ai retenu de ta présentation: il faut essayer d'être tout ce que l'on peut être.» Comment ne pas réussir mon périple avec cette confiance que l'on m'accorde? D'une certaine manière, il l'était déjà.

La liste des interviews s'allonge à chaque arrêt. Plusieurs heures dans la seule cabine téléphonique du village sont à présent nécessaires pour venir à bout des sept versions successives de mes aventures! Je les conte à Jo pour le journal de Creighton

(Saskatchewan), à Mark, l'animateur de la CBC de Thompson (Manitoba) qui les rediffuse un peu partout, à la radio CBC de La Ronge (Saskatchewan), à celle de Regina (Saskatchewan), à Rob pour le journal de Fort McMurray, à Lori pour celui de Fort Smith et enfin à la radio locale de The Pas. Ce carrousel médiatique commence à me lasser : cela devient un vrai travail non rémunéré. Toutefois, deux raisons me font poursuivre ces entretiens. D'abord, je n'ai contacté aucun média, ils l'ont tous été plus ou moins par hasard. Reconnaissant pour l'intérêt que l'on porte spontanément à mon périple, je prends le temps de répondre aux questions en promettant de tenir les uns et les autres au courant de la suite du voyage. Par ailleurs, je désire donner une ou deux conférences pour payer mon billet de retour en Europe. Je pense donc qu'un peu de publicité ne me fera pas de mal.

Pendant que Karl et Birgit prennent d'assaut le petit magasin d'alimentation, je me poste à la sortie du village dans l'intention de faire du stop en direction de Yellowknife, la capitale des territoires du Nord-Ouest. La route qui y mène traverse le Mackenzie Bison Sanctuary, alors peut-être pourrai-je piéger l'un de ces bovidés à l'intérieur de mon objectif. Mais après une longue attente, où je ne vois aucun véhicule passer, je m'apprête à renoncer. Clare, l'officier de police, nous a invités, Karl, Birgit et moi, à partager son dîner, et je ne voudrais surtout pas le manquer pour des quadrupèdes que je ne verrai sans doute pas. C'est alors que Jim ouvre la portière de son pick-up. Cet Indien au visage cuivré me rappelle toutes les personnes qui donnent de leur temps pour rendre service, que l'on croise au hasard des chemins et que l'on ne revoit jamais. Elles font la joie et la tristesse du voyageur. Je n'ai pas le temps d'y penser. À peine Jim m'a-t-il déposé à l'embranchement qu'un van me prend sur la route goudronnée qui mène à Yellowknife :

– T'es venu d'Ottawa en canoë ? *Holy smokes!* Fais gaffe sur le Mackenzie, ça pourrait bien être la partie la plus ardue de ton voyage !

– Mmm… au contraire, je crois que ça sera la plus facile : j'aurai du courant tout le long, aucune chute et seulement deux petits rapides !

Je n'avais en fait aucune idée de la taille de ces rapides, surtout sur un fleuve si large, mais les cartes, elles, laissaient envisager des jours paisibles.

– On a vite fait de se perdre sur un cours d'eau de la taille du Mackenzie, m'explique-t-il.

– Bah ! je commence à me débrouiller en topographie.

Les voyages en voiture sont monotones dans le Nord. La *highway* est une coulée souvent rectiligne à travers des centaines de kilomètres de forêt, alors prendre un auto-stoppeur est comme un luxe. En plus d'une simple compagnie, ce sont deux bras en cas d'ennui mécanique… Bisons en vue ! Une harde de bestiaux pavoise au beau milieu de l'asphalte : seul moyen pour eux de se soustraire aux mouches qui les terrorisent dans le sous-bois. Je prends congé de mon hôte et débarque à cent mètres des bêtes :

– Attention ! Ils ont l'habitude des voitures, mais tout seul, à pied…

– Merci, salut ! Je serai prudent !

Plusieurs mâles menaçants – c'est pour eux le début du rut –, flanqués de leurs femelles et de deux jeunes veaux, s'écartent devant le van qui, à mon insu, colportera mon aventure à Yellowknife : la CBC des territoires du Nord-Ouest ne tardera guère à me joindre. Ma progression à pas de loup intrigue. Si les bêtes avaient reculé, je me serais senti plus en sécurité, mais je n'aurais alors eu aucune prise de vue. La bombe anti-ours pend à la sangle de ma sacoche photo, quoique je doute de son efficacité si le troupeau me charge. Je poursuis cependant l'approche. Surtout ne pas les effrayer, ni les provoquer. À cinquante mètres, je leur tire le portrait. Puis je continue à avancer, prudemment. Quarante mètres, une deuxième photo. Je passe sur le côté ph. 72
gauche de la route, maigre barrière psychologique. Les bisons s'agitent soudain. Je me fige. Quelle mouche les donc a piqués ?

Un véhicule arrive du nord. Je déclenche une dernière fois avant de me faire prendre en stop :

– Salut, monte ! dit le conducteur en ouvrant la portière.

– T'arrives à pic ! Ils commençaient à s'exciter.

– Ouais. Dire que c'est la seconde fois que je vais à Edmonton en quatre jours !

– Ah ?

– C'est ma femme. On s'est fâchés ! Elle est allée chez ses parents avec mon pick-up. Comme j'en ai besoin pour travailler, j'ai dû y aller pour le récupérer et lui laisser la voiture.

– Ah bon.

– Et voilà qu'hier soir elle m'appelle et, devine quoi ?

– Ben…

– Elle me demande de venir la chercher !

– Elle ne pouvait pas revenir toute seule ?

Il grommelle quelque chose.

– T'as ton permis ?

– Je ne vais pas si loin ! Je descends au croisement pour Fort Providence.

– Dommage, je commençais à être fatigué de rouler, moi…

Je veux bien te croire, Richard. Quatre fois mille trois cents kilomètres en quatre jours !

J'arrive au village pour retrouver Karl et Birgit sur le palier de Clare. Ce dernier nous réserve un accueil si chaleureux que nous prenons la liberté d'utiliser sa salle de bain et, rapidement, nous voici tous les trois brillants comme des sous neufs.

– J'ai vu une autre tente dehors, avec un kayak. Vous savez qui c'est ? demandé-je aux Allemands.

– C'est un Japonais qui est arrivé de Yellowknife par le bus de nuit, répond Karl.

– Pourquoi ne pas l'inviter lui aussi ? propose alors Clare.

Et bientôt, Teruyoshitago nous honore de sa visite :

– S'il vous plaît, appelez-moi Teru !

Teru est un homme de taille modeste, comme le sont la plupart des Asiatiques d'Extrême-Orient, quasiment imberbe, de teint jaune mat et aux yeux bridés. À mesure de sa descente du Mackenzie, il deviendra aussi noir que moi mais, contrairement à mon visage barbu, le sien ressemblera de plus en plus à celui des autochtones. Tout au nord, s'il n'était pas vêtu d'un surpantalon en Goretex et d'une parka The North Face, on aurait même pu le prendre pour un Inuk !

Notre humeur toujours bonne, le délicieux repas dont nos panses d'aventuriers se goinfrent sans manière et les syllabes que Teru lance au hasard de la conversation sont l'estampille d'une soirée fort joviale. Âgé de 22 ans, Teru s'est déjà rendu en Australie, à Madagascar et dans le territoire du Yukon pour des expéditions estivales à vélo et en kayak. Étudiant en économie, il rêve de rééditer l'exploit de Naomi Uemura, le premier homme à avoir atteint en solo le pôle Nord avec des chiens de traîneau. En descendant le Mackenzie en kayak, il espère apprendre des autochtones les techniques de pêche, de chasse et de conservation de la viande, et se préparer ainsi à la grande aventure qu'il projette pour ses 28 ans. Ses yeux pétillent d'excitation lorsque je déroule ma carte du Canada pour lui détailler ma route depuis Ottawa. Nous nous surprenons ensuite à rêver à d'autres itinéraires, d'autres voyages : la Terre de Feu, le pôle Nord, le passage du Nord-Ouest... Si nous avions eu une carte du monde sous les yeux, nous serions restés toute la nuit près du feu à élaborer les rêves les plus fous. Jamais je n'avais éprouvé une telle connivence avec un voyageur : le même amour de la vie et les mêmes espérances brûlaient dans nos cœurs. Rapidement, nous n'avions plus besoin de parler pour communiquer, nous savions déjà ce que l'autre pensait. D'ailleurs, cela valait mieux : l'anglais de Teru était si pauvre que je devais le faire répéter plusieurs fois avant de saisir le sens de sa phrase, tout en contenant les fous rires que ses monosyllabes engendraient immanquablement !

Le lendemain, après un petit-déjeuner collectif, nous nous donnons rendez-vous à soixante-cinq kilomètres en aval. Cependant, lorsque j'arrive tardivement au lieu convenu, je suis le premier. Je crains que nous n'ayons largement surestimé nos forces et la puissance du courant. Tant pis, nous finirons bien par nous croiser un jour ou l'autre. Quatre pagayeurs sur un même cours d'eau, même si c'est le Mackenzie, ne peuvent pas se manquer. En outre, j'ai décidé de ralentir l'allure. Je ne veux pas arriver à Tuktoyaktuk trop tôt : ayant « payé » pour tout le mois d'août, il n'est pas question de terminer l'aventure avant ! Le fleuve m'offrira de belles perspectives de randonnée dans les contrées qu'il traverse, et je ne m'en priverai pas. J'allume un feu pour signaler ma présence aux éventuels retardataires, mais lorsque je me glisse dans le duvet, personne n'a encore rejoint mon campement.

26. Deh Cho, la « Grande Rivière »

SON COURANT est paresseux. Dix heures d'efforts ne m'entraînent que soixante-deux kilomètres en aval. Adossé à la forêt, je dîne à quelques mètres de l'eau que pas une ride ne plisse. Tandis que les bûches crépitent doucement, tout est calme et silencieux. Un aigle fend l'air en secret. Son piqué est furtif, son attaque à peine trahie par une éclaboussure : ses griffes se sont refermées sur un corégone qui est aussitôt traîné jusqu'à la berge. De petits échassiers s'écartent devant le prédateur et viennent vers moi, par bonds timides, en quête d'insectes et de graines. Tourné vers le nord-ouest, j'observe le soleil se pencher dans le creux de la vallée pour en épouser le fleuve. Les Indiens l'appellent Deh Cho : la « Grande Rivière ». C'est la dernière de ce voyage, la plus longue aussi : mille sept cents kilomètres. Il ne me reste plus qu'un mois avant l'hiver, mais je ne me fais aucun souci. Je suis serein. Il m'aura fallu parcourir des milliers de kilomètres pour apprendre à poser ma pagaie, à écouter et à me laisser guider par Mère Nature. Sans doute est-ce le temps qu'il faut pour oublier et réapprendre à vivre. En caressant la terre, la brise soulève mes cheveux longs et me murmure la liberté de cette contrée sauvage, me révélant peu à peu les secrets de sa magie. La vallée du Mackenzie s'affaisse dans une harmonie de douceur à mesure que l'on suit son cours vers l'océan Glacial. Protégé du monde extérieur, le fleuve coule des jours paisibles, presque hors du temps. Qu'est-ce qu'une année, un siècle, au regard de ses alluvions millénaires ? Le temps et l'espace lui ont donné ses lettres de noblesse, et son chemin royal me conduira jusqu'à l'océan. Mais où encore ? Seul le souffle de ses brises polaires connaît les secrets de ma destination. Dans mes lettres, j'essaie de partager le bien-être que je ressens, mais les mots sont insuffisants à décrire ce vaste paradis naturel.

Une localité se profile sur la rive gauche. Rien, sur ma carte, ne l'avait annoncée. Qu'un pont ou une tour de communication surgisse à l'improviste, cela s'explique... mais un village tout entier ! Je débarque pour assouvir ma curiosité. Une vingtaine de maisonnettes quadrillent la plaine. L'ambiance y est étrange. Tout semble en parfait état, pourtant il n'y a personne. Un village fantôme. Un chien, rongé par les mouches, traîne dans la rue déserte. Oublié ? Abandonné dans la confusion qui a précédé l'exode ? Au bout de l'allée centrale, je repère l'école. Plus loin se dresse un autre grand bâtiment. Peut-être le centre communautaire ou la mairie. J'entre, espérant y découvrir une explication. C'est un gymnase. Un ballon de basket m'incite à marquer quelques paniers : je cours d'un bout à l'autre du terrain. Mais les dribbles sonnent faux. En sortant, j'aperçois une plaque commémorative au nom de Jean Marie, le premier habitant du village : il y a construit sa maison en 1984. Inquiet de la disparition du chien famélique, je reviens sur mes pas quand, sur le perron d'une maison, j'aperçois une Indienne avec un panier de linge sous le bras :

– Bonjour ! Je commençais à croire que le village était abandonné !

– Les enfants sont partis se baigner à la crique, alors c'est calme. Tu vas où, toi ?

– Jusqu'au bout !

Comme elle fait mine de ne pas comprendre, j'ajoute :

– Jusqu'à l'océan !

– Tu te moques de moi ! C'est trop loin !

– Plus si loin maintenant...

Personne d'autre ne se montre. Drôle de village. D'une croix, je note sa position sur ma carte.

Je ne rêve pas ! Une bête renifle ma tente. Je me fige. La puissante respiration se confirme : c'est un ours ! Sans bruit, je me glisse hors du duvet. Je dégoupille la bombe anti-ours et saisis une cartouche. Puis je tends l'oreille. Plus rien. J'écarte doucement l'auvent. L'ours noir me tourne le dos et se dirige vers la tente de Karl et Birgit.

– Hé ! Karl !

L'ours se retourne.

– *Was ?* répond-il de l'intérieur de sa tente.

– Il y a un ours… juste devant votre tente !

– *Ja, ja…*

– T'entends pas ?

L'ours, indécis, ne bouge plus, mais sa lourde respiration arrache bientôt à la tente de mes amis un bref cri féminin.

– Ne faites rien le temps que je prenne une photo !

Cependant Karl écarte brusquement la toile. L'ours, surpris, virevolte pour lui faire face. Une détonation déchire l'aurore. La bête disparaît aussitôt dans le sous-bois. La bombe anti-ours dans une main, le stylo lanceur de pétards dans l'autre, Karl me regarde, encore tremblant.

– T'aurais pu attendre un peu avant de lui balancer un pétard dans la gueule ! lui reproché-je.

– Mais… il avait commencé à me charger !

– Ouais, ouais…

– Et toi alors, tu faisais quoi pendant tout ce temps ?

– Ben… j'essayais d'enfiler mon pantalon !

Depuis Fort Simpson, où nous nous sommes retrouvés, Karl et Birgit partagent souvent mon bivouac. Teru, lui aussi, a surgi au détour d'un méandre, et les soirées à quatre se révèlent chaleureuses. Des journées nonchalantes, de quarante à cinquante kilomètres, nous font lentement dériver vers le nord. Aussi la facilité relative de la progression nous laisse-t-elle beaucoup de temps pour élargir notre répertoire musical : harmonica, guitare et ocarina se mêlent régulièrement au crépitement du feu de camp. J'améliore également la recette de ph. 62 mon pain en l'enrichissant de dattes séchées, de raisins secs et de noix. Sans levure, avec beaucoup de farine et peu d'eau, j'obtiens une miche d'une haute qualité nutritive qui se conserve longtemps et, même si elle est loin d'être aussi élaborée que les préparations de Birgit, j'avoue en être assez fier.

Certaines pluies tempèrent les torrents de soleil qui se déversent sur nos têtes quoique, d'une manière générale, les précipitations se fassent d'autant plus rares que la latitude augmente. À l'inverse, le nombre d'ours noirs, lui, croît infailliblement.

Une journée se passe rarement sans que j'en aperçoive deux ou trois, toujours bougons et solitaires, qui arpentent les berges. L'heure favorite de leur baignade est celle où le soleil empourpre l'horizon de notre vallée giboyeuse. C'est également l'heure où je jette la ligne à l'eau. Un soir, je tournais le dos aux buissons quand il m'a surpris. J'étais trop loin du campement pour songer à m'y replier, aussi ai-je continué à pêcher. Ma présence ne l'a aucunement dérangé dans sa toilette et, celle-ci achevée, il a ostensiblement regagné la berge pour se fondre dans les bois. L'attitude des ours noirs ne justifie pas le port permanent du fusil – même si je conserve toujours deux balles en poche. Jamais je n'ai décelé la moindre agressivité dans leurs visites vespérales ou nocturnes. En fait, je m'habitue à leur voisinage, leur accordant un peu plus de confiance chaque jour. Toutefois, certaines règles doivent être suivies – avant tout, ce sont eux qu'il s'agit de respecter –, comme ne pas dormir avec des provisions sous l'oreiller, nettoyer truites et brochets à distance du campement, se débarrasser des déchets dans le fleuve, se laver les mains et la bouche avant de se coucher... Depuis le réveil mouvementé de la semaine dernière, je ne peux m'empêcher de taquiner Birgit, surtout quand je la surprends en train de se couper les ongles après un repas de poisson ! La crème hydratante qu'elle utilise est bien plus odorante, mais je ne lui en ferai la remarque qu'une fois de peur de nous effrayer tous les quatre pour de bon.

Quoi qu'il en soit, la présence des autres rassure chacun de nous. Il y a en effet peu de chance qu'un ours isolé s'en prenne à quatre personnes, surtout dans une contrée si riche en gibier, en poisson et en baies sauvages. En revanche, dans les parcs naturels, leur agressivité est réelle. Les touristes qui y affluent en masse en sont la cause et les accidents contribuent chaque année à discréditer ces animaux pacifiques. Désinvolte ici, l'ours noir ne se sent ni à l'étroit, ni menacé. D'ailleurs, le territoire est si vaste que les rencontres avec des chasseurs demeurent sporadiques. En fait, la prudence, le respect et la curiosité se révèlent naturels et réciproques, et aucun accident ne troublera notre progression. Une fois seulement, une mère fera mine de bondir quand son ourson m'approchera de trop près. Heureusement, je serai alors dans le canoë et plusieurs coups de pagaie suffiront à mettre une distance plus convenable entre nous. À mesure que la vallée s'encaisse, les chances de rencontrer des ours bruns augmentent.

Avec eux, je serai sans doute plus méfiant. L'apparition des premières chaînes montagneuses de part et d'autre du fleuve métamorphose déjà le paysage. À ma droite, les monts Franklin culminent à 1 500 mètres, et la chaîne des montagnes Mackenzie ne tardera guère à faire surgir ses sommets de trois mille mètres sur la rive gauche.

Un grognement me réveille en pleine nuit. Bon sang, encore un ours ! Non… cette fois, ce sont Karl et Birgit qui font l'amour.

À une trentaine de kilomètres au nord du 63e parallèle, au pied de la Roche-qui-trempe-à-l'eau, un ruissellement familier interrompt ma progression. Combien de fois, dans les contrées semi-arides du Moyen Atlas, n'avais-je pas tendu l'oreille pour chercher à entendre ce bruit ? À vélo, je ne pouvais guère transporter plus de trois litres d'eau. Trois litres… en plein été… sur les hauts plateaux : cela ne représente même pas une journée d'autonomie. Alors il me fallait constamment écouter pour en dénicher. Une fois seulement, je n'avais rien trouvé à boire. Je me réveillai le lendemain, désemparé. Je ne savais plus où aller. Je m'assis sur le bord de la piste, à l'ombre d'un grand cèdre. Que n'aurais-je donné, en cet instant, pour entendre le doux gargouillement de l'eau creusant dans l'argile sa rigole de vie. Le soleil montait, implacable. Je baissai la tête. Je ramenai mes genoux à moi et examinai mes pieds sales, rougis par la terre. J'attendais. Quoi ? Je ne savais pas. J'espérais une idée. La piste ne figurait pas sur ma carte. C'était une piste désaffectée que j'avais trouvée par hasard. Trop heureux à l'idée d'un raccourci, j'avais foncé. Aucun bougre ne passerait. Pas même un âne. Ma tête se faisait lourde. Je l'inclinai sur mes genoux et regardai vaguement les abords escarpés du chemin. Plusieurs buissons avaient poussé dans la pente. Je me demandais où ces arbres pouvaient puiser leur eau. Ils devaient savoir, eux. J'étais trop las pour bouger la tête, aussi me contentai-je de fouiller la poussière du regard. En contrebas, je distinguai un modeste plateau. J'entamai lentement son exploration. J'étais fatigué, j'aurais préféré dormir un peu. Cependant, mes yeux voulaient voir. Je regardai pour leur faire plaisir. Entre deux buissons, il y avait un… un puits ! J'ai dévalé la pente. C'était un vrai puits, avec de l'eau.

Les ruissellements qui avaient interrompu ma course proviennent de plusieurs sources à flanc de cette Roche-qui-trempe-à-l'eau. Elles se révèlent modestes, mais c'est avec volupté que je me baigne dans leurs eaux salées. Nu, en équilibre sur la pente rocailleuse du mamelon, je verse sur ma nuque ces eaux tièdes surgies des entrailles de la terre pour me régaler du seul plaisir de la civilisation qui me manque : la douche chaude. Ah ! la civilisation. Elle était si loin. Comment aurais-je pu mieux apprendre à me connaître qu'en quittant mon douillet studio d'étudiant et mes galons de lieutenant pour m'immerger dans cette nature sauvage ? Sûrement l'éphémère expérience de la faim m'a déjà transformé plus que tout enseignement, or jamais je ne l'aurais connue en poursuivant le train-train d'une vie rangée. En effet, je ne regarderai plus la nourriture de la même façon. Je ne lui trouverai plus cette évidence qu'elle a trop souvent lorsqu'elle est posée sur la table à l'heure du repas. Ce dernier est devenu un moment pudique et sacré. Sans doute ai-je trop de peine et de respect envers ceux qui ne mangent pas à leur faim pour le considérer autrement. Seuls ceux qui l'ont connue me comprendront ici.

Le froid me sort de mes pensées. Je me suis laissé noyer par le sel et la tiédeur. Je retourne à mon canoë, à la rivière, à sa langueur.

Teru et moi pagayons côte à côte lorsqu'un Blanc stoppe son moteur devant nous. Nous nous approchons :

– Salut ! Pouvez-vous m'aider à dégager les branches coincées dans la prise d'eau ? demande-t-il.

Teru, dans son kayak, n'a pas suffisamment d'assise pour effectuer l'opération d'entretien. Je me place donc à l'arrière du bateau et, tout en retirant les débris végétaux au fond du tuyau, je satisfais la curiosité de Lynn quant à notre présence.

– J'habite à Fort Norman, dit-il lorsque j'ai terminé. Je suis le pasteur. Passez donc me voir quand vous y serez !

Nous l'assurons de notre visite prochaine, avant de retourner à nos pagaies.

Dans l'ombre du crépuscule, seules les plus hautes cimes des monts Franklin se teintent de rose, tandis que plusieurs grues se posent devant mon campement. J'essaie en vain de capturer cet instant du jour qui s'endort, mais l'appareil photographique ne se déclenche pas : un faux contact. Je suis seul ce soir. Sans Karl, Birgit et Teru, le bivouac me paraît vide. Les Allemands sont derrière, sans doute se sont-ils arrêtés plus tôt. Quant à Teru, il doit se trouver à quelques kilomètres en aval.

Agrippé à flanc de vallée, Fort Norman se profile dans la soirée du lendemain. Je me dirige vers la grève où reposent plusieurs barques quand, sur la piste qui longe le fleuve, un pick-up me dépasse en klaxonnant. La grappe humaine qui s'agite sur le dos du camion fait de grands signes. C'est donc à moi qu'ils... L'un d'eux grimpe sur la ridelle pour mieux se faire remarquer : je reconnais Teru !

Nous nous mettons en quête du pasteur, tâche qui se révèle ardue : les trois cents habitants de Fort Norman fréquentent une demi-douzaine de lieux de culte ! Nous finissons néanmoins par trouver la demeure de Lynn, où Karl et Birgit ne tardent guère à nous rejoindre. L'accueil est des plus chaleureux : patates au four, maïs, poulet, poisson et tarte ! Nous y faisons aussi la connaissance de Bill et Maurita venus passer des vacances dans le Grand Nord, qui nous content leurs péripéties. À peine Lynn les avait-il recueillis dans une localité amont que son bateau tomba en panne sèche. Heureusement, ils n'ont patienté qu'une douzaine d'heures avant qu'un autre bateau ne vienne les secourir. C'est ça, le Grand Nord : tout peut arriver. Le temps s'écoule plus lentement, il faut se mettre à son rythme. Bill et Maurita habitent la région d'Edmonton, la capitale provinciale de l'Alberta où les champs de blé côtoient les derricks de pétrole. Il supervise la maintenance de plusieurs de ces derniers. Maurita, quant à elle, est enseignante, et lorsque je lui apprends que je compte donner des présentations de mon voyage dans les écoles canadiennes, elle me propose aussitôt de faire étape dans la sienne. Nous passerons la journée suivante tous ensemble à grimper les pentes escarpées du rocher Bear, un mont situé au confluent du Mackenzie et de la rivière Bear. Sur le plateau, qui s'élève à plusieurs centaines de mètres au-dessus de Fort Norman, se déroulaient autrefois certaines cérémonies indiennes. La brise semble nous murmurer la légende de ce lieu sacré :

C'était il y a très longtemps, quand l'homme n'était pas encore apparu sur la Terre. Le Grand Lac des Esclaves était alors beaucoup plus large qu'aujourd'hui et aucune rivière ne s'en échappait pour couler vers le nord. À l'extrémité orientale de ce lac vivait un géant. Un jour où il avait grand faim, il partit à la chasse et découvrit la maison de Castor. Pas un de ces gabions d'aujourd'hui, mais la demeure d'un énorme castor. Il fallut beaucoup d'efforts au géant pour briser la bâtisse. Lorsqu'il y parvint enfin, maman Castor et ses petits s'en échappèrent. Cependant, les jeunes n'étaient pas encore assez endurants pour résister au géant, qui les tua sans peine. Il les mit sur ses épaules et se lança à la poursuite de leur mère qui nageait en direction de l'ouest. À la pointe du lac, un grand rocher barrait la route à maman Castor. Rapidement, elle creusa un trou sous lui pour s'y engouffrer. L'eau du lac la suivit aussitôt et elle fut entraînée vers l'aval de cette nouvelle rivière qui prit le nom de Deh Cho. Le géant la poursuivit jusqu'au confluent de la rivière Bear. Là, il était si fatigué qu'il s'arrêta et alluma un feu pour faire cuire les castors qu'il avait tués. Feu qui continue aujourd'hui à brûler le long des berges de lignite, à proximité de l'affluent. On peut également noter les trois peaux de castor, qui se distinguent par leur couleur rouge-brun, étendues sur le rocher Bear.

Lorsque je retourne au bivouac, l'entrée de ma tente faseye dans le vent. Mon sang ne fait qu'un tour : je crains le pire. Journal de bord, boussole, duvet, tout cela est irremplaçable. Je balaie l'intérieur de mon abri d'un regard anxieux. Le fusil est là. Le duvet, les cartes topos et même la petite radio. J'essaie de me rappeler ce que j'y avais encore laissé. L'essentiel de mon équipement se trouvait heureusement dans mes sacs qui, eux, n'ont pas été visités. La trousse de toilette seule a disparu. S'y trouvaient les affaires d'hygiène, le thermomètre frontal et un tube de vitamine C.

Canards et oies annoncent l'hiver. Les vols migratoires se multiplient. Le temps m'est compté. Larry Wright, le chef du détachement de police de Fort Smith, m'a confirmé les renseignements que j'avais déjà : «Dans l'Arctique, tout peut arriver dès septembre. L'océan peut geler dès le début du mois.» Deux hors-bord me croisent, qui font du trafic. Les quatre-vingts kilomètres entre Fort Norman et Norman Wells sont sillonnés par les *bootleggers*, car Fort Norman est une localité «sèche» où la vente d'alcool est interdite. Les bouteilles de whisky achetées à Norman Wells y sont revendues cent cinquante dollars pièce par les contrebandiers. Ainsi, le marché clandestin enrichit les propriétaires de bateau et prive les autres d'une bonne part de leurs allocations familiales. Quant aux amendes dérisoires qu'inflige la police lorsqu'elle arrive à prendre un trafiquant sur le fait, elles ne semblent pas apporter de solution au problème. En outre, beaucoup d'individus profitent de ce flux éthylique d'une manière ou d'une autre, alors les délations ne sont pas courantes.

Je découvre en Norman Wells un charmant village entouré de puits de pétrole, et je m'offre plusieurs minutes d'extase sous la douche chaude du bâtiment de la police montée avant de reprendre ma route. Au sud-ouest, les montagnes Mackenzie dressent leur rempart devant le territoire du Yukon. Dans la chaude lumière du couchant, je crois même distinguer le linceul qui recouvre les plus hautes cimes. Elles ont vraiment fière allure à cette époque de l'année.

C'est à travers ces montagnes, pendant la Seconde Guerre mondiale, que les ingénieurs de l'armée américaine ont réalisé la construction d'un pipeline pour acheminer le pétrole du bassin du Mackenzie jusqu'à la raffinerie de Whitehorse, dans le Yukon. Le projet, baptisé «Canol» (Canadian Oil), a coûté très cher et donné lieu à de nombreuses polémiques car, pour réussir ce travail d'Hercule, il fallait braver les marécages, les tourbières et leurs maringouins pendant la courte saison chaude, et le froid glacial le restant de l'année. La logistique mise en œuvre fut donc énorme et les moyens financiers exorbitants. Cependant, une invasion de l'Amérique du Nord par l'Alaska semblait possible et, dans cette hypothèse, il fallait être en mesure de ravitailler le front en carburant. À la fin de la guerre, le pipeline fut mis hors service, probablement en raison des coûts de maintenance et aussi parce que le système routier se développait: l'Alaska Highway avait été construite à travers les Rocheuses pour rallier Whitehorse. Même si aujourd'hui la Klondike Highway relie Whitehorse et Dawson City et si la Dempster Highway, avant tout une piste, la prolonge jusqu'à Inuvik, le système routier demeure très pauvre dans le Nord. Les points de peuplement sont trop isolés pour que l'investissement en vaille la peine. De plus, l'asphalte s'échaufferait et, en faisant fondre le sol gelé sur lequel il s'appuierait, il ferait s'effondrer la route elle-même. D'ailleurs, même dans le sud du pays, la maintenance des routes est un gouffre financier, car les infiltrations d'eau et le gel minent continuellement leur revêtement.

La vallée se couvre brusquement. Le grain est d'une violence inouïe. Comment diable le temps peut-il changer aussi rapidement ? Plutôt que de chercher à comprendre, je me replie dans la fissure d'un mouvement de terrain. Éviter le combat chaque fois que possible et faire preuve de patience : pour déchiffrer la terre, il faut d'abord la respecter, surtout quand une tornade soulève la colère de Deh Cho. J'attache les sacs au canoë, le canoë à un tronc massif. La tente est haubanée. Pendant vingt-quatre heures, je me cramponne à la forêt. Lorsque la tourmente s'apaise, je déplore une nouvelle rupture : une couture de base d'arceau.

Les distances entre les villages sont grandes, mais la progression est bonne. J'ai franchi les rapides Sans Sault qui, comme leur nom l'indique, se sont montrés fort paisibles. Dans les nombreux affluents du Mackenzie, j'attrape régulièrement des brochets. Le poisson est donc quotidiennement au menu, tantôt à la poêle, tantôt sur le grill ; toutefois, je me rendrai compte que le plus simple est de l'embrocher, comme le font les Indiens.

Le 17 août, je dépasse les rapides Ramparts, les seconds du Mackenzie. En se bousculant au fond d'un canyon, ils annoncent la localité indienne déné de Fort Good Hope. J'y fais la connaissance d'Alfred, écrivain et dessinateur, qui me conte certaines de ses histoires relatant les croyances et le mode de vie ancestral des nations indiennes. Curieusement, je n'ai jamais eu l'occasion d'en discuter avec les autochtones, et je lui demande pourquoi :

– Cela ne m'étonne pas, répond-il. Pendant trois générations, les enfants ont été enlevés à leur famille pour être envoyés dans des missions catholiques. Évidemment, ils ont bénéficié d'un enseignement qu'ils n'auraient jamais eu s'ils étaient restés chez eux. Cependant, ce fut un enseignement exclusivement blanc. Il leur était interdit de parler leur langue ou de suivre leurs traditions, sous peine de punitions corporelles. Bien sûr, certaines missions étaient plus tolérantes que d'autres, mais il y a eu beaucoup d'abus, et également certains d'ordre sexuel. Aujourd'hui seulement, on commence à faire toute la lumière sur ces événements. Le gouvernement et l'Église catholique ont d'ailleurs reconnu leurs torts, bien que l'on attende toujours des excuses officielles. Quoi qu'il en soit, trois générations de lavage de cerveau ont suffi pour détruire une culture qui n'était transmise qu'oralement. Aujourd'hui, les jeunes ne savent plus rien de leur langue, ni de leurs ancêtres ou de leurs coutumes. Alors j'essaie de réintroduire cette culture, ici, à Good Hope, mais ce n'est pas facile.

Alfred poursuit :

– Il y a un esprit bon ou mauvais dans chaque arbre, chaque ruisseau, chaque pierre. Malheureusement, l'homme exploite beaucoup trop la Terre. Un jour viendra où elle n'encaissera plus toutes ces blessures, et ce jour-là sera fatal pour la race humaine. Le moment est venu pour l'homme blanc d'écouter le message des Indiens.

Alfred est un homme rempli d'espoir, d'imagination et d'optimisme, qui vit en accord avec ses idées. En cela, il est heureux. Sauf quand sa fille adoptive de 3 ans joue avec l'encre de sa machine à écrire !

Je passe la nuit au village, partageant l'herbe qui s'étend devant la chapelle avec un groupe de vacanciers. Ces derniers retourneront bientôt à Norman Wells où un avion de brousse les débarquera dans un aéroport mieux desservi. Rick me donne son adresse en me proposant de faire étape chez lui, dans le sud de l'Alberta, lorsque je serai en route pour Ottawa. Dave, qui enseigne dans un lycée de Kenora, la bourgade que j'avais visitée sur le lac des Bois, m'invite pour une journée de conférences. Ainsi mon itinéraire de retour se dessinait petit à petit. Illo, l'amie de Rick, déclenche une réaction en chaîne en me donnant le reste de ses vivres : ses compagnons vident aussitôt leurs fonds de gibecière dans la mienne. Soupes, pâte de tomate en tube, œufs en poudre, sauce bolonaise séchée ! Submergé par ces rations providentielles, je tente de répondre face à la caméra vidéo de Jay lorsqu'il me demande ce que mon voyage m'a apporté :

– Cela m'a certainement beaucoup changé. Je ne vois plus la vie de la même façon. D'ailleurs, je ne vis plus de la même façon. J'ai appris à prendre mon temps. Le temps de regarder, écouter et sentir. Je n'essaie plus de tout planifier. Je crois que la façon que nous avons de toujours vouloir tout prévoir, justifier ou expliquer est excessive. Sûrement, au fond, n'est-ce qu'un moyen de faire face à notre appréhension de l'inconnu. L'inconnu, c'est bien sûr l'avenir. Or je n'appréhende aucunement l'avenir. Au contraire, je lui accorde une grande confiance.

Je cherche donc à profiter des occasions comme elles se présentent, ce qui est, je crois, impossible si l'on organise trop rigoureusement sa vie. C'est seulement en la laissant librement couler que l'on s'aperçoit de sa richesse. C'est cette foi qui m'autorise à ne pas me mettre des œillères. Pour cela, il faut une certaine dose de courage, certes. Mais uniquement pour cela. Se lancer en canoë à travers le Canada exige de la détermination et de solides motivations au départ, non du courage comme on me le dit trop souvent.

Écouter, c'est également s'écouter, savoir déchiffrer ses sentiments et ses instincts. Depuis des mois, j'essaie d'adopter cette attitude qui devrait nous être naturelle. Ainsi, je pense vivre plus sainement, plus près de la nature et de Dieu. Bien sûr, j'ai beaucoup grandi, physiologiquement et mentalement. Je suis capable de pagayer dix-huit heures d'affilée et je suis devenu plus fort intérieurement. Toutefois, le plus important est sans doute d'avoir vu la vie sous un autre angle. L'angle rustique et sauvage de la nature, l'angle rugueux de la simplicité, l'angle divin du dénuement.

Je te l'avoue, Jay, il m'est encore difficile de répondre clairement à ta question. Une seule chose est sûre : Tuktoyaktuk sera pour moi beaucoup plus qu'une simple ligne d'arrivée.

Le 19 août, je franchis le cercle polaire arctique, la ligne imaginaire située entre le 66e et le 67e parallèle à partir de laquelle il y a au moins un jour en été pendant lequel le soleil ne se couche pas et un jour en hiver pendant lequel il ne se lève pas. Les premiers flocons tourbillonnent. Le vent du nord enlace la vallée de son étreinte glaciale. L'été touche à sa fin et Tuktoyaktuk est encore à plus de sept cents kilomètres. Le mauvais temps me contraint de dîner sous la tente. Grâce à l'abside dépourvue de tapis de sol, je peux utiliser le réchaud sous abri. La visite d'un ours me fera regretter cette initiative culinaire, mais il s'éloignera rapidement. Par précaution, je scotche une balle au fût de mon calibre 12.

Sans doute est-ce le même ours que j'aperçois le lendemain en train de longer le fleuve. À deux cents mètres de moi, l'animal se met à courir, avant de reprendre paisiblement sa marche. À genoux, recroquevillé dans le canoë, je me laisse

entraîner par le courant en serrant la berge. Je ne suis plus qu'à vingt mètres de lui. Aussi incroyable que cela puisse paraître, l'ours noir, recherchant tête baissée du poisson, ne m'a toujours pas vu. À moins que… Non, il continue à s'avancer. Le vent m'est favorable. Je suis tout près de la berge, presque échoué. Le courant est nul. L'ours est maintenant à dix mètres. Je règle, je cadre. La photo parfaite. Soudain, il lève la tête. Je le vois à travers l'objectif, qui me fixe, la patte levée comme un chien
ph. 73 à l'arrêt. Ma bombe anti-ours est à portée de main, mais c'est l'appareil photo que je tiens. Tant pis, l'occasion est trop belle. J'appuie sur le déclencheur. L'ours bondit. Je saisis la bombe, le cœur battant à tout rompre. Ouf! Il a mis quinze mètres entre nous deux. Se campant derrière un buisson, il m'observe, dressé sur ses pattes arrière. Je ne distingue que sa gueule et ses larges épaules. Cela suffit pour lui faire mes adieux.

Les nuages se sont légèrement écartés, ils filtrent la lumière crépusculaire. Dans le canoë, je me mets torse nu. L'univers m'enveloppe aussitôt. Éprouver l'écume glaciale qui se pose sur ma poitrine, sentir la caresse des rayons obliques, c'est communier pleinement avec la nature, écouter ses secrets et oublier un peu l'hiver.

Soixante kilomètres de plus me rapprochent de l'océan. Je n'arrive guère à faire mieux. Pourtant, le courant devrait m'y aider. Je suis ivre de fatigue. Peut-être l'usure psychologique de la fin, ou la brusque chute de température. Quand le vent du nord se lève, le mercure dégringole de 20 °C en moins d'une heure. Une telle gifle n'est sûrement pas anodine sur mon organisme pétri de soleil.

Un garçon dévale la pente comme une chèvre, tandis que je renouvelle mes réserves d'eau sur une rivière affluente :

– Je suis avec mon grand-père, là-haut ! dit Lean en désignant le sommet de la colline.

Après avoir prélevé deux gallons d'eau, je débarque pour le suivre. Sur la crête, Billy Cardinal, le vieux grand-père, m'offre l'hospitalité : du thé. Au moment de me tendre le bol de sucre, il s'aperçoit que la cuillère est sale. Avec rapidité et agilité, il en taille une dans un morceau de bois. Quelle meilleure façon de montrer que l'on peut être heureux avec ce que l'on a ? Il suffit d'ouvrir les yeux et de faire preuve d'imagination. Pour Billy, c'est une manière d'être ancestrale, instinctive. Bon sang, Billy ! Si nous pouvions tous être tes petits-enfants !

– Les temps ont changé, dit-il avec nostalgie. Maintenant, la nourriture, tout le monde l'achète.

Eh oui, Billy, même chez toi.

Lundi 25 août. Je pénètre dans le delta. Chenaux et affluents rampent vers l'océan Glacial. Trois cents kilomètres pour atteindre la mer. Cinquante de plus pour arriver à Tuktoyaktuk. Pluie et brouillard noient l'horizon. Alfred m'a expliqué pourquoi le mauvais temps précède l'embâcle : «La terre s'agite une dernière fois avant de se figer dans la glace.» Le silence de l'Arctique est intense. Pas un souffle ne le rompt. Tout est calme, profond et grave, pour préparer l'événement. Les arbres se font plus petits, la nature plus grande.

27. Tonnerre sur la toundra

EN SE REGROUPANT pour migrer, les derniers volatiles m'offrent une cible idéale. Pourtant, je ne chasse plus. J'ai assez tué d'oiseaux. J'ai encore de la nourriture et la pêche est bonne. Je l'avoue, j'éprouve une grande tristesse à chaque fois que j'abats un malard : prendre la vie du mâle, c'est briser le cœur de sa compagne. J'en ai vu chercher et appeler en vain leur compagnon. Elles se consoleront avec un autre mais, en attendant, leur désarroi nasillard viendra longtemps me hanter. Je n'ai jamais été chasseur. Je ne le serai sans doute jamais. Je ne tuerai que par nécessité.

J'ai quitté le chenal principal pour suivre celui qui conduit à Inuvik, la dernière localité du fleuve. Chronométrer, vérifier l'azimut, compter chaque virage, chaque coup de pagaie est le prix à payer pour connaître ma position sur la carte. Surtout ne pas se perdre. Des milliers de passes s'entremêlent pour que leurs eaux gagnent le nord, l'ouest et Dieu seul sait quoi encore. Même le plus petit ruisseau trouve moyen de se diviser. Entre ces milliers de cours d'eau s'est organisé un réseau de lacs et d'étangs où une flore encore drue décline gaiement ses couleurs du vert au rouge. Je suis dans l'un des plus vastes sanctuaires sauvages du monde, l'estuaire du Mackenzie : un corridor d'eau et de terre limité par les contreforts du Yukon à ma gauche et par la toundra qui peine à le contenir à ma droite, un monde regorgeant d'espèces, un foisonnement d'affluents qui, pendant des millénaires, ont creusé des galeries sur trois cents kilomètres de long et cent de large. Et je suis au milieu, vermisseau en quête de salut. Ici, tout est excessif, poussé à l'extrême. La carte topographique elle-même a changé de format pour supporter la démesure de ce qu'elle représente. Sous la pression du pôle, les méridiens se sont resserrés. Les parallèles résistent. Sous la tente, veillé par des hululements lugubres, j'en fais autant.

De plus en plus, l'aube se fait attendre. Depuis que j'ai franchi les portes du delta, ours et coyotes me rendent visite nuit après nuit. La fatigue, liée à la température glaciale qui règne à l'extérieur de mon duvet, me dissuade d'en sortir : je reste sous les plumes d'oie. Seul un cri bestial retentit alors de mon antre. La chance me sourit : mon bluff suffit à écarter les visiteurs. Mais pour combien de temps encore ? Une dernière fois, je renforce les coutures défaillantes de ma tente. Je remplace un arceau. Puis, sous un ciel gris, je me traîne vers le nord.

Les journées s'écourtent à une vitesse incroyable. À cinq kilomètres en amont d'Inuvik, la nuit m'enveloppe déjà. À la lueur de mon feu de camp, je déroule l'avant-dernière carte topographique du voyage. Je ne l'avais dépliée qu'une fois, huit mois auparavant, en plein hiver : une page de rêve rapidement consultée et refermée. À présent, je ne rêve plus. J'y suis : 133° 40' ouest, 68° 20' nord.

Le lendemain, 28 août, sous un ciel débordant de flocons, Inuvik me dévoile ses airs polaires. La capitale du Mackenzie abrite trois mille âmes. Je me rends au poste de police pour signaler mon passage :

– Signez ici, dit l'officier de garde.

Je signe. Première fois que je dois signer. Première fois que je vois une femme officier de police montée.

– Avez-vous du courrier pour moi ?

– On ne garde pas le courrier, répond-elle sèchement.

– Qu'est-ce que vous en faites alors ?

– On le renvoie.

– Vous le renvoyez ! Mais où ça ?

– À la poste, à l'expéditeur. Qu'est-ce que j'en sais moi ?

Je me tais.

Pour joindre la CBC, je m'adresse finalement au bureau de l'administration provinciale. L'accueil se révèle identique : froid. Ô créatures de bureaux, quelle triste mission vous a-t-on donc assignée ? Probablement ne rien faire et tout empêcher. Las, je me hâte de quitter la ville, une de ces villes grises et amères qu'aucun sourire n'adoucit. Sur la rivière, une pluie fine me glace. Je croise plusieurs barques à moteur. On me salue, on m'encourage, on s'arrête même, inquiet de ma présence dans le delta en cette menaçante fin du mois d'août.

Le crachin m'explose au visage. Je m'éreinte à pagayer. Toutefois, contre le vent, je n'avance guère. La fin du voyage s'annonce ardue. La météo se détériore de jour en jour. Cerné par la tourmente, j'accroche ma tente à une langue de terre. Acculé aux arbres, je me sens plus isolé que jamais. Je rassemble alors du bois détrempé pour me réchauffer.

ph. 76 Au lever du jour, tout est bouché, paralysé, figé par le givre. J'attends que la tente sèche avant de repartir. Faire autrement serait maintenant trop risqué. Hormis ma volonté de réussir, mon abri est tout ce qu'il me reste.

– Tu n'es pas perdu, hein ? Tu es sur le bon chenal, continue ! me crient des chasseurs depuis leur bateau.

– Où est-ce que tu vas ? reprend l'un d'eux une fois que nous nous sommes rapprochés.

– Tuktoyaktuk, et vous ?

– Eh ! On n'est pas fous, nous !

Le vent et les vagues me harcèlent jusqu'au soir. Tandis que le jour retourne à l'obscurité, je dresse mon bivouac au pied de vastes collines dénudées. J'ai franchi la limite des zones boisées, cette bande qui fait le tour de la Terre et au-delà de laquelle les arbres ne poussent plus. Le sous-sol est gelé en permanence, c'est le permagel, la toundra, l'Arctique : cette région mythique où l'on ne vit pas, mais où l'on se bat pour rester en vie. Ma réserve d'écorce de bouleau et le bois mort à la dérive m'y aideront. L'océan se rapproche. Régulièrement, le panache de boue souillant le chenal où je navigue se dissipe dans certains des affluents qui le flanquent. Les marées viennent enfin bercer le rivage. À la descendante, je complète mes réserves d'eau potable.

À quatre-vingt-dix kilomètres de Tuktoyaktuk, un réchauffement inespéré m'incite à prendre un bain : le mercure s'est juste hissé à 6 °C. Plus aucun arbre ne cache ma nudité. L'espace a conquis de nouvelles parcelles. L'immensité s'agrandit. Je me sens encore plus petit. Un conteneur aménagé m'abrite pour la nuit.

Dans le Nord, ces gîtes isolés, bien qu'appartenant à des particuliers, ne sont pas cadenassés: une règle tacite qui sauve régulièrement des vies. Une vieille table, deux chaises d'école et un poêle à bois encadrent l'entrée. Au fond, deux lits se disputent une montagne de couvertures, seule richesse de l'humble demeure où je m'enfouis pour la nuit.

Sous les empilements de laine, le réveil est laborieux. Je suis épuisé. Peut-être certaines carences alimentaires. Après des jours d'absence, le soleil est rayonnant, le ciel irréel: glacial. Je passerais bien la journée à dormir ici où le lit est douillet et le poêle tire bien. Un tel luxe ne se renouvellera pas. Je poursuis toutefois mon chemin, irrésistiblement attiré par ce qu'il y a derrière la colline, après le delta, au bout du voyage. Peut-être un autre moi. Peut-être rien. Tout est possible. Subitement, le vent du nord me noie dans un brouillard givrant. Je me rappelle les paroles d'Alfred: «Le brouillard rend la terre plus riche... C'est pour t'accueillir.» Alors je continue en essayant d'oublier l'adversité des éléments. Des ruisseaux de glace fondue suintent à travers les murs de brume à mesure que je les traverse. La toundra ne me fait pas peur. Vide, infinie, perdue, elle survit aux vents et aux températures les plus extrêmes. Elle semble désertique, mais elle est pleine de vie et de sagesse. Il suffit de savoir regarder. On y découvre un subtil mélange de puissance et d'humilité. En sa pauvreté, elle cache assurément la plus belle des richesses.

Je pagaie jusqu'à la nuit tombante, inscrivant quarante kilomètres de plus à mon carnet de bord, à mon voyage, à ma vie. Encore cinquante et je serai à Tuktoyaktuk. J'ai peine à le croire. C'est presque trop facile. Pourtant, j'ai le sentiment que cela ne le sera pas.

Des ossements jonchent la berge de mon bivouac sur plusieurs dizaines de mètres. Je ne parviens pas à identifier l'animal. Je me demande qui a bien pu le mettre dans un état pareil. Pendant longtemps, sa carcasse hantera ces confins: à cause du froid, la décomposition naturelle est ici très lente. Ce monde est si pur que l'histoire ne s'oublie pas. J'arpente les environs à la recherche de nouveaux indices, quand un courant d'air déplaisant trahit une aération supplémentaire dans les lucarnes de mon pantalon: sa braguette s'est cassée. Je grimpe sur la colline. D'en haut, d'un flirt avec les nuages, j'embrasse la mer. L'infini. Je tends l'oreille. La nature me drape dans sa sérénité. Je m'assois un instant.

Ce n'est pas facile, même après un an et demi, de s'arrêter pour trouver le temps de vivre. Les Indiens savent pourtant le faire. Ils ont toujours su. Une fois par an, ils interrompaient leurs activités usuelles pour se retirer dans un endroit isolé de la forêt. Cette retraite leur permettait de prendre du recul et de méditer sur leur conduite. La première se pratiquait au début de l'adolescence et revêtait un caractère sacré pour les garçons : il s'agissait d'avoir la vision de son esprit gardien. Pour cela, le jeune homme devait tout d'abord se laver et se purifier dans un *sweat lodge*, sorte de tipi-sauna dans lequel on versait de l'eau sur des pierres brûlantes. Puis il se retirait seul et sans nourriture dans la forêt. Le jeûne pouvait durer plusieurs jours. Régulièrement, son père spirituel, un grand-père ou un ancien de son village, lui rendait visite pour le guider dans sa quête, *the Vision Quest*, et s'assurer de sa bonne santé. La vision pouvait se manifester sous différentes formes. Souvent, un animal dangereux surgissait, qui mettait le courage du jeune homme à l'épreuve, puis un esprit lui parlait, comme dans un rêve, pour lui conférer certains pouvoirs, l'informer sur son esprit protecteur et le guider dans la vie. Alors ce n'était plus un adolescent, mais un homme qui retournait chez les siens.

En rentrant au bivouac, je découvre deux empreintes. La taille des griffes ne trompe pas. Gare au grizzly !

L'océan Glacial s'ouvre devant moi dans l'après-midi du 2 septembre. Lorsque je m'échoue sur les bancs de sable de la baie Kittigazuit, je dois débarquer pour haler le canoë. Bien que je sois à deux kilomètres des côtes, l'eau ne m'arrive qu'aux mollets. Je me retourne pour contempler l'instant fou de ce rêve prétentieux. Il est si près de se réaliser, mais tellement loin encore.

Je dresse la tente à vingt-cinq kilomètres de Tuktoyaktuk, ph. 82 par – 10 °C d'un vent frigorifiant. Près du feu, je suis bien. Je savoure. Je jubile. Je n'ai aucune envie d'aller me coucher. Si un ours approche sur ces étendues désolées, j'aurais le temps de le voir venir. Je m'attendais à un coup dur, une dernière épreuve, un accident. Il faut croire que je me suis trompé : Tuktoyaktuk est à cinq heures à peine d'ici. C'est difficile d'imaginer qu'il s'agit de ma dernière soirée, de mes derniers instants de tranquillité avec la nature. Je ne sais pas si je suis prêt. Un an et demi a passé si vite. Finalement, peut-être le vrai voyageur ne rentre-t-il jamais.

À mon réveil, une formidable tempête rend la mer de Beaufort écumante ! Pas de quartier. L'océan bave. Des rafales à 80 km/h balaient la côte en soulevant d'innombrables nuages d'embruns. Courageuse, la flore se plie aux exigences de sa Mère la Terre. La mousse de caribou se referme, les feuilles hérissent leur duvet, les *hummocks* – tertres qui parsèment la toundra – se blottissent les uns contre les autres sous peine d'être emportés comme de simples boutons. La terre s'agite une dernière fois. Un ménage de printemps avant l'hiver. Quel soulagement. On m'accorde un sursis.

Un sursis… ou une épreuve ? Une épreuve, bien sûr. Une de plus. La dernière. Combien de temps va-t-elle durer ? Je l'ignore, mais cela importe peu. L'important est d'avoir la foi, la foi en mon instinct qui a su me mettre en garde, et la foi en Dieu. La science arrive parfois à prédire certains événements. Je suis sûr que l'homme pourrait pressentir bien davantage s'il arrivait à approfondir ses relations avec la terre et, par la même occasion, avec lui-même. Les animaux le font depuis toujours, certains aborigènes depuis des milliers d'années. Pourquoi pas nous ? Il est essentiel de savoir qui l'on est. D'ailleurs, n'est-ce pas la question que nous nous posons tous ? La nature nous répond, écoutons-la. Mais ne nous bornons pas à un dialogue d'intellectuels. Pour cela, il faut s'asseoir, regarder et écouter. Ah, que d'efforts ! Oui, mais la paix n'est-elle pas à ce prix ?

Le lendemain, les rafales se font plus puissantes encore. Maintenant j'en suis sûr, l'attente va se prolonger. Je consulte mes vivres : juste une ration de pâtes, deux sachets de soupe, quelques raisins secs et douze cubes de bouillon. Ce n'est pas la première fois que je vais devoir me rationner. Je connais trop bien la suite. Je l'envisage donc sereinement.

Bientôt, je ne quitte plus la tente. Il fait trop froid. Le facteur vent[8] est très élevé. Je ne sors que pour remplir mes

8. Facteur vent ou *Wind chill* : valeur qui renseigne sur la température ressentie lorsqu'on est exposé au vent. La seule donnée de la température mesurée par le thermomètre est insuffisante : il est moins dangereux d'envisager une sortie à – 30 °C sans vent, qu'à – 15 °C avec un vent de force 3.

bidons d'eau et pour uriner. Heureusement, l'eau du rivage est adoucie par celle du fleuve. Je n'ai plus le courage de faire du feu, aussi gardé-je l'ultime lambeau d'écorce de bouleau en cas d'urgence. Pour me réchauffer, je me contente de bouillons. En les consommant par demi-cube, j'aurai droit à vingt-quatre tasses. À une tasse par jour… Le litre d'essence tiendra à peu près aussi longtemps. Grâce à l'abside de la tente, je n'ai pas besoin de sortir pour utiliser le réchaud. En restant ainsi à l'abri – la température à l'intérieur de ma tente avoisine 0 °C –, je sais que je pourrai tenir plusieurs jours sans m'alimenter. Les vagues et la faible profondeur de la mer m'ôtent tout espoir de pêche. Quant aux canards, ils ont quitté l'Arctique depuis longtemps. Le gel est imminent. La banquise se formera dès que la température de l'eau atteindra −2 °C. J'ai confiance. Je sais que chaque événement se produit quand il doit arriver. C'est-à-dire lorsque je serai prêt à le recevoir.

Cinquième jour. Temps inchangé. Ciel noir, plafond bas. Un mélange de pluie, de grêle et de flocons volant presque à l'horizontale cingle la toundra. Vent de nord-est force 8. Hier, il a tourné. Les gifles qu'il a infligées au double-toit m'ont empêché de dormir. Je ne mange presque rien. Combien de temps encore ? Sans la tente, je serais en état d'hypothermie. Après neuf mois d'utilisation intensive, elle résiste encore. Je résisterai avec elle. J'essaie de faire durer les bouillons.

À minuit, le vent hurle, la toile claque. Mais c'est un bruit inhabituel qui me réveille : quatre pattes se sont lourdement posées tout près de moi. Je me dresse pour écouter. Le fusil est à côté. Trois balles sur le tapis de sol… Deux dans ma poche… Une sur le fût… Secondes interminables qui me déchirent le cœur. J'écarte doucement l'auvent. Un écureuil s'enfuit ! Le ph. 79 *siksik*, petit mammifère de l'Arctique appelé spermophile, qui vit comme une marmotte, aura flairé mes bouillons et mes raisins secs. Je pose un collet dans l'ouverture de l'abside, mais il ne se laissera pas prendre.

La tourmente se prolonge. Je n'ai plus d'appétit. Je dois même me forcer à manger. C'est heureux. Il n'y a rien de pire que de se réveiller avec une faim de loup et de ne pas pouvoir la satisfaire. Mon estomac s'est une fois de plus réduit comme une peau de chagrin. Restreindre le métabolisme de base à son minimum est facile. Maîtriser ses pensées pour rester serein et confiant l'est beaucoup moins. Je m'applique à ne pas renoncer. L'effort est permanent. Aussi prie-t-on toujours mieux le ventre vide.

Une bête fait bouger les sacs à proximité de la tente. Je pointe le fusil vers l'entrée et j'attends, retenant mon souffle. Comment diable un ours a-t-il fait pour s'approcher sans que je ne m'en rende compte, même avec le fracas des vagues ? S'il est toujours près des sacs, il sera en plein dans ma ligne de mire, sinon… Tant pis, je tente ma chance. Je me glisse dans l'ouverture de l'auvent. À l'instant où j'écarte la toile, deux grands corbeaux s'envolent !

Je crois la rencontre avec un grizzly inévitable. Je suis ici depuis sept jours. Sept jours à mariner dans ma tente. Sept jours au vent qui colporte l'odeur de ma présence à travers la toundra. Je suis si proche de Tuktoyaktuk. Je ne peux pas échouer si près du but. Ce serait trop injuste. J'ai pensé finir à pied, j'ai même essayé de faire plusieurs pas dans l'eau. Elle est glaciale. Dans mon état, je ne tiendrai pas quinze minutes. Or la toundra est un vaste archipel. Il me faut donc attendre. Le vent finira bien par tomber. Il ne peut pas en être autrement. Attendre, je connais. J'ai appris. Je saurai le faire. Le crépuscule m'octroie une éclaircie timide. L'intérieur de mon antre se réchauffe : 2 °C. J'avale mon repas : trois pâtes dans une demi-tasse de bouillon. Je ne mange plus que pour me réchauffer. C'est tout ce dont j'ai besoin. Dans ces conditions, on ne meurt jamais de faim, mais de froid.

L'aube est éprouvante, à la fois crainte et espérée. Entendre la tente secouée dans tous les sens, écouter le bulletin météo et apprendre que le lendemain sera semblable à la veille. Bon sang, attendre ! Toujours attendre. Qu'attendre au juste ? Je ne sais même plus à quoi ressemble un jour sans vent. Alors j'essaie de rester concentré sur l'objectif de la journée. Tenir jusqu'au soir. Économiser les raisins secs et les bouillons. Ne pas faire de gestes brusques. Chasser les idées insensées. Se contenter d'attendre. C'est dur.

Dix septembre, neuvième jour de tempête. Je ne dors plus. J'ai trop peur. Je suis trop concentré. Combien de jours encore ?

L'obscurité est un abîme d'angoisse où les heures sont de plus en plus longues. Le froid, les ours... Chaque claquement de toile me fait sursauter. Le fusil est chargé en permanence, mais il ne suffit plus à me rassurer. Quelle chance aurais-je contre un grizzly en pleine nuit ? Je veux partir, courir, m'enfuir. Parfois, je me persuade que c'est possible. Puis je me raisonne. Toute erreur serait impardonnable. La météo, la saison, la fatigue, tout est contre moi. Je suis exténué. Aurai-je encore la force de pagayer quand le vent tombera ? L'idée même de mettre le canoë à l'eau me fatigue. On verra bien. Pour l'instant, il faut tenir. Je n'abandonnerai pas. Jamais. Dussé-je...

Je quitte mon antre pour tenter une dernière fois de chasser et de pêcher. Sans succès. Je repère néanmoins le terrier du spermophile. Quand je reviens à la tente, les deux corbeaux sont sur le toit, qui tentent de percer la toile ! Je tire sur l'un d'eux. L'autre s'enfuit. Salauds de corbeaux. Le vent baisse imperceptiblement dans la soirée. Je m'agrippe. Et si c'était... Non, surtout pas d'excitation. Je dois rester calme et agir avec prudence.

À minuit, il n'y a plus qu'une forte brise. Les étoiles se découvrent. Le mercure dégringole. Je n'ai pas sommeil. J'ai trop peur. Peur que le vent ne se lève à nouveau. Il est grand temps d'agir. Je me redresse pour me dégager du duvet. Mais le froid me brise les reins. Je n'ai ni la force, ni la volonté. Je m'effondre.

À 6 heures, je parviens enfin à me lever. La nuit est dense, le silence épais. La mer est calme. Je suis lent, engourdi par le froid, la peur et la fatigue. J'utilise mon dernier morceau d'écorce,
ph. 84 mais c'est à peine si le feu me réchauffe. J'avale plusieurs raisins secs à la hâte et boucle les sacs.

Selon un azimut précis, je vire en direction du large pour m'engager dans une traversée de vingt-cinq kilomètres. Un léger vent de face écarte la brume. J'avance doucement vers le levant. Comment cela est-il possible ? Je suis si faible... mais tellement heureux à l'idée d'arriver. Je suis enfin prêt. Prêt à succomber pour renaître. Je fais une pause à mi-chemin, à des kilomètres de la terre, à des kilomètres de Tuktoyaktuk. Au milieu de nulle part. Au cœur de moi-même. La mer est étale, le ciel intense. Plusieurs
ph. 83 *pingos*[9] se détachent sur l'horizon, turgescences de la toundra

9. *Pingo* : colline de la toundra dont la croissance constante est due au gel des eaux de ruissellement qui s'infiltrent en elle.

qui sont ses seuls reliefs, ses seuls repères, mes seuls témoins. Je mâche lentement des raisins secs, les derniers. Il s'agit d'aller jusqu'au bout. La journée est magnifique. Inoubliable. La plus belle du voyage, la plus belle de ma vie.

J'arrive à 14 heures. ph. 85

Grâce à Dieu.

28. Tuktoyaktuk, la «terre où migrent les caribous»

JE DEMANDE à des enfants où se trouve le poste de police. Ils m'indiquent le chemin et s'enfuient. Qu'importe, j'ai la force de marcher, de chercher, d'errer. Je pourrais même courir, transporté par la joie. La joie d'être arrivé, le bonheur d'avoir réussi.

Je gagne le poste, qui n'était pas si loin. En me voyant, les deux officiers de permanence sont soulagés. Ils étaient sur le point d'envoyer un bateau à ma recherche: Jack et mon oncle avaient appelé plusieurs fois le détachement de police en espérant m'y trouver. Bien sûr, le poste d'Inuvik ne les avait pas prévenus de mon passage, sans quoi ils auraient affrété un bateau de secours depuis longtemps. Le hasard fait donc bien les choses. Enfin, le hasard... Je suis soulagé d'avoir terminé tout seul. Je crois que j'aurais tout perdu sinon.

Je récupère mes lettres. Certaines, expédiées il y a plusieurs mois, m'ont suivi de province en province pour me rattraper ici. J'étais loin de mes amis, mais ils pensaient à moi. Nous étions proches finalement. Grâce à leurs prières, la chance m'a toujours souri. Je ne leur en serai jamais assez reconnaissant.

On m'a souvent demandé si j'avais eu droit à un comité d'accueil, à une fête pour mon arrivée. Je n'étais pas vraiment en état de faire la fête, et puis, la seule vraie fête est intérieure, le reste n'est que partage. C'est important, mais c'est pour les autres. Or je n'étais pas en état de partager. Ah! Une fête... Tout ce que je voulais, c'était une douche chaude. On me l'a refusée. On me l'a refusée au poste de police. On me l'a refusée au dispensaire.

Alors je me suis installé sur la plage, un peu à l'écart des habitations. Là, les couleurs étaient plus intenses, plus vraies, plus pures. L'aube et le crépuscule y étaient parfaits, des œuvres divines de la nature. J'y puisais tout ce dont j'avais besoin pour me retrouver. Car mon métabolisme était complètement déréglé : je tremblais de froid quand la température était à peine négative, je ne pouvais rien manger de solide et j'ai mis plusieurs jours avant de réussir à dormir. J'étais épuisé.

Les Inuit sont plutôt réservés et mon contact avec eux s'établit progressivement. Les enfants ont été les premiers à m'approcher. Tous les soirs, après l'école, ils me rejoignaient autour du feu. Ma barbe intriguait, mais ils ont fini par l'adopter. J'appréciais beaucoup leur compagnie. Ils ne manquaient pas de questions, ni moi d'histoires à raconter. D'ailleurs, je n'étais pas pressé de quitter le village. Je n'avais pas fait sept mille kilomètres pour repartir *illico* ! Il fallait aussi que je me rétablisse car la suite – j'envisageais de faire du stop – ne s'annonçait pas de tout repos. J'ai renvoyé par colis la plupart de mes affaires à Ottawa. Il ne me restait plus que la tente, le duvet, le canoë, les habits que je portais et les quelques dollars que des amis de The Pas m'avaient envoyés par lettre. « De quoi t'offrir un hamburger et une bonne bière pour célébrer ton arrivée ! » m'avaient-ils écrit. Bien sûr, ici, il n'y avait ni bière, ni hamburger. Mais de toute évidence, ils étaient confiants dans le succès de mon voyage.

Je vivais au jour le jour. Tantôt je pêchais, tantôt j'étais invité à manger. Chez Eddie, j'ai dégusté du *muktuk*, lard de baleine fait d'épiderme et de graisse, cru et gelé : c'est bien meilleur qu'il n'y paraît. J'ai beaucoup moins apprécié la viande de baleine séchée, trop huileuse à mon goût. Quant au poisson cru et gelé, ça passe bien et c'est pratique : il suffit de le pêcher, puis de le laisser dehors quelques instants pour qu'il soit prêt à être dégusté. D'une certaine manière, cela m'a rappelé la simplicité avec laquelle Billy avait taillé une cuillère dans un bout de bois. Chez Maureen, une des charmantes filles d'Eddie, je me suis réchauffé à maintes reprises avec son excellente soupe de caribou : *« Mamaktuk ! »*, délicieux !

Le 23 septembre, après douze jours sur cette plage que je n'oublierai jamais tant j'y ai vécu pauvre et heureux, j'ai définitivement plié la tente pour accepter l'invitation de Maureen. J'étais complètement remis. Il n'y avait plus qu'à attendre qu'un pilote de brousse veuille bien me déposer à Inuvik. Par bateau, c'était trop tard : l'océan allait bientôt se figer.

Chez Maureen, j'ai petit à petit renoué avec les douceurs de la civilisation. Les huttes en peaux et en terre appartiennent en effet au passé, même si celui-ci est tout récent. Pendant la guerre froide, l'armée américaine a établi de nombreuses bases dans ces régions septentrionales, dont une chaîne de stations radar baptisée « DEW Line » (Distant Early Warning Line). Les populations autochtones, qui étaient alors nomades, se sont naturellement regroupées autour de ces points de civilisation occidentale, et des villages comme Tuktoyaktuk sont nés. Les Inuit vivent aujourd'hui dans des maisons tout à fait modernes, alimentées par centrale Diesel. À cause du froid extrême, il n'y a cependant pas de réseau d'eau courante. Chaque foyer est donc ravitaillé par un camion-citerne. L'eau douce ne manque pas dans la toundra, le sol gelé retient toutes les précipitations, aussi tous les bâtiments sont-ils surélevés car, au contact d'une demeure chauffée, le sous-sol fondrait et les constructions s'effondreraient.

Le mot « heureux » n'est pas suffisant pour décrire ce que j'ai connu pendant mon séjour à Tuktoyaktuk. J'étais plutôt dans un autre état. Je sentais une vie nouvelle éclore en moi, qui me remplissait de paix et de sérénité. L'interaction que j'avais avec la nature et les hommes était plus intense. Forcément, puisque je vivais moi-même plus intensément. J'étais débarrassé de toute pensée négative et libéré de toute souffrance, comme lors de ces instants de bonheur que l'on ressent à l'occasion d'événements heureux. Hormis qu'il n'y avait rien là de passager. C'était permanent. Bouleversant ! Comment pouvais-je être si heureux pendant aussi longtemps et sans raison apparente ? Car cela n'avait plus rien à voir avec la joie que j'avais éprouvée le jour où j'étais arrivé sur la plage de Tuktoyaktuk. C'était beaucoup plus fort, bien plus grand. Je n'étais plus le moi qui avait franchi la ligne d'arrivée, je n'étais plus le rêveur prétentieux qui avait réalisé son rêve, je n'étais plus celui qui avait pagayé, seul, durant sept mille kilomètres à travers le Canada. Non, je n'étais rien de tout cela. Je n'étais qu'un homme aux cheveux longs et aux vêtements troués. J'étais tout petit, quelque part dans l'Arctique. Un homme parmi tant d'autres, avec qui les moments de partage étaient faciles, simples et profonds. Je ne parle pas de dialogue, même paisible et constructif. Cette profondeur ne s'exprimait ni par des mots, ni par des gestes, mais par un état d'âme. Un état d'esprit. Un esprit d'humilité et de respect de la vie. J'avais appris à vivre avec un minimum de biens, de nourriture et de prétentions. Être modeste, la seule manière de prendre du recul pour chasser le superflu et découvrir l'essentiel. C'est-à-dire l'amour. L'amour des autres, l'amour de la vie.

Tuktoyaktuk est un village de plusieurs centaines d'habitants et de presque autant de chiens. Je savais le moment venu de me trouver un compagnon de route, car sans doute inconsciemment me destinais-je à la route. Il aurait soif d'espace et de liberté. Nous aurions donc les mêmes besoins. Je l'ai échangé contre une douzaine de cartouches. Il avait un mois tout au plus. Une boule de poils, plusieurs dents pointues, des pattes blanches et robustes de louveteau. Une race de là-haut, à moitié sauvage : de mère chien de traîneau et de père inconnu. Je l'ai appelé « Vent d'ouest », comme le vent dominant de mon voyage.

Unghalak, en inuktitut.

Épilogue

UNE HEURE d'avion-stop, deux jours à Inuvik et trois mille kilomètres d'auto-stop (Dempster Highway, Klondike Highway, Alaska Highway, etc.) en cinq jours m'ont permis de rallier Edmonton le 5 octobre dans la nuit. Bill et Maurita, le couple que j'avais rencontré à Fort Norman, m'ont hébergé dans un hameau voisin. Là, j'ai fendu du bois pendant deux semaines en échange d'un van Dodge des années 1970. Après certains aménagements et l'installation d'un chauffage au gaz, j'en ai fait ma tanière. Ainsi, de conférence en conférence, de province en province, j'ai rejoint Ottawa six mois plus tard.

Sur le chemin du retour, j'ai fait halte dans une bourgade qui restera dans mon cœur ma seconde ville natale : The Pas. Célébrer Noël avec Jack et Anita, revoir mes amis manitobains et raconter la fin de mon périple aux enfants de la localité fut la plus belle des fêtes et la meilleure des récompenses que je pouvais espérer.

Le 19 mars 1998, je retournai en France.

Partir à l'aventure, vivre seul, explorer mon âme et mon cœur et ne rien donner en échange me serait impossible. Alors j'ai voulu partager cela avec d'autres. J'ai eu la prétention d'écrire un livre. Écrire un livre : que d'orgueil ! C'est vrai, dans toute forme d'abnégation se cache aussi une montagne d'orgueil. Mais quoi de plus naturel ? L'abnégation n'est-elle pas la clé de la réussite ?

Je ne me suis pas immédiatement attelé à la lourde tâche qu'a été la rédaction de ce récit. Je voulais d'abord donner sa chance à la civilisation : je voulais essayer de m'y intégrer. Car écrire c'est aussi se replier sur soi. Cependant, on me demandait de vivre entre quatre murs et je me languissais des grands espaces. On voulait me cantonner à une fonction et j'aurais aimé tout faire, tout apprendre, tout connaître. On exigeait de la rentabilité, alors que j'avais appris à m'enivrer du ciel, du vent et du temps qui passe. On voulait me fondre dans le creuset de la société. Or j'étais pétri de liberté. Alors j'ai fini par me replier, j'ai écrit. Consciencieusement, comme un devoir, comme un aboutissement, comme un adieu. J'ai essayé d'être juste avec les mots. C'est difficile, parfois les mots vous échappent.

Au printemps 2000, je serai reparti. Cette fois, il ne s'agira plus d'une quête. J'ai trouvé ce que je cherchais : je sais comment je désire vivre. Je serai nomade, nomade du Grand Nord. La Scandinavie, la Sibérie, l'Alaska, le Canada, le Groenland, l'Islande… J'envisage un tour complet de l'hémisphère boréal en kayak. Bien sûr, Unghalak sera du voyage. Nos destins sont à présent liés. L'objectif n'est pas vraiment de pagayer autour du globe, mais de vivre. Vivre pleinement de la manière qui me paraît la plus saine. Aussi me déplacerai-je à la force des bras ou à pied. Je serai parfois en compagnie des Lapons, des Iakoutes ou des Aléoutes, parfois seul. J'apprendrai à pêcher, chasser et cueillir pour me nourrir. J'apprendrai à me reposer pour être résistant. J'apprendrai à prier pour être fort. Je vivrai comme je l'ai fait, avec un minimum de biens, de nourriture et de prétentions. L'épanouissement est à ce prix. Du Grand Nord, je ferai mon monastère, des privations mon ascèse, du recueillement mes prières. Et du dénuement, mon bonheur ! J'ignore vers quelles péripéties ma pagaie me conduira, peut-être dans un cachot sibérien comme le dit mon éditeur en plaisantant. Quoi qu'il en soit, l'important n'est pas d'arriver, mais de partir. À présent, j'en suis sûr, le vrai voyageur ne rentre jamais. Et si par miracle je boucle ce tour des mers froides, peut-être irai-je voir plus au sud…

En quoi ce voyage au Canada a-t-il changé ma vie ? En tout. Je me destinais à être un ingénieur de banlieue.

Je serai un voyageur.

EIDER

Par souci d'indépendance, je n'ai fait appel à aucun sponsor
pour couvrir le modeste budget qu'a nécessité ce raid.

Toutefois, je tiens à remercier The Pas Teacher's Association
pour son soutien financier, d'autant qu'il fut spontané,
ainsi que Kim Borne, chargée des relations publiques
chez Fujifilm Canada, pour les films remis.

Je suis également très reconnaissant envers les habitants
et les écoles de The Pas et de Tuktoyaktuk pour leurs dons.

Je ne saurais oublier Bill et Maurita Engelking
qui m'ont accueilli à la fin de mon périple, alors que je n'avais
plus un sou en poche. Sans leur aide, je n'aurais pu réaliser
la tournée de conférences qui a précédé mon retour en Europe.

À Jack et Anita Fulmore, c'est tout mon amour
que j'ai tenu à exprimer en leur dédiant ce livre.

❄

Pour leurs remarques sur le manuscrit, je remercie :
Fouzia Aboulfath, Dominique Agniau-Canel, Fabien Béteille,
Marjorie Carniel, Bruno et Ninon Colcombet, Martine et
Stéphanie Dewerpe, Pierre-Louis Frouein, Jean-Luc Simon,
Éric et Carol Sourdeau, Karim Tabet et Aurore Thiebaut.

Mes remerciements vont aussi à :
Julie Boch et Émeric Fisset pour la relecture ;
Marc Alaux et Marie Gouillart pour les cartes ;
Jérôme Canel pour les dessins et les pictogrammes.

Je remercie également ma mère pour l'ordinateur
avec lequel j'ai écrit ce livre, et mon père de m'avoir hébergé
pendant tout le temps qu'a duré sa gestation.

❄

Enfin, je rends hommage aux hommes et aux femmes, Blancs,
Indiens et Inuit, qui m'ont offert repas, conversations et prières.
Leur amour fut ma force et mon courage.

TABLE DES CARTES

Achevé d'imprimer sur les presses
de l'imprimerie Jean-Lamour
à Maxéville (54)
Décembre 2005